Der Tod macht Fehler

Herstellung u. Verlag: Books on Demand GmbH, Norderstedt
ISBN: 978-3-7386-5398-4

*Hartmut
Salzmann*

Der Tod macht Fehler
(Streulicht)

Edition 2019 – unlektoriert, erweiterte Fassung
Titelfoto Hartmut Salzmann (Brügge/Beginenhof)

Inhalt

Seite

I

Eine alte Frau

Entspannte Stille.

Der anhaltende Schneefall hat ein Ende gefunden. Weiße Pracht wohin man schaut. Weite Wiesen mit weißer Tusche überzogen. Kälte und Frost sind ein Versprechen, dass sich die schlichte Schönheit nicht so bald wieder in miesen Matsch wandeln wird. Endlich beginnt die Himmelsapotheke Sonnenschein zu liefern. Eine willkommene Medizin.

In die Ruhe der Winterlandschaft mischen sich knarzende Geräusche. Eine junge Frau zieht einen Kinderschlitten durch den wuchernden Neuschnee. Stählerne Kufen pressen Furchen in das jungfräuliche Weiß des Feldweges; der Nadelwald dahinter eine wohltuende, in zartes Silber getauchte Silhouette. Puderzucker rieselt herab. Kristalle blitzen fluchtartig auf. Kaltes Geschmeide. Aus scheinbar lebloser Erde reckt sich eine Christrose empor - ein zerrupfter Stern. Weit verstreut in die Landschaft geschmiegte Häuser. Die Dächer tragen unterwürfig ihre bleichen Schneemassen.

Ein tuckerndes Geräusch weht über das Feld. Im Dorf bricht ein Schneepflug zum Einsatz auf. Die junge Frau schaut hinüber, rafft die Pelzkappe noch tiefer ins Gesicht und wendet sich hin zu einem Kleinkind, das eingekuschelt in einem stützenden Sitz auf einem hölzernen Kinderschlitten hockt. Blaue Augen lugen zwischen einer bis an die Augenbrauen herabgezogenen Pudelmütze und einem bis an die Nase reichenden Wollschal in die weiße Welt.

„Na, alles klar bei dir?" klingt es aus dunstiger Atemfahne.

Die Antwort ist ein leises Juchzen.

Die junge Frau lächelt glücklich. „Wir müssen einen Schritt zulegen. Dein Bruder wartet auf uns. Den Cedric wollen wir doch nicht solange alleine lassen."

Eine gebeugte Frauengestalt stapft heran. Unter einem fransigen Kopftuch schauen tiefliegende Augen hervor. Das wollene Tuch wird von einer gichtigen Hand zusammengehalten. An der bis dicht an die Oberlippe herangezogenen Nase hängt ein frostiger Tropfen. Darunter verstecken sich abgebrauchte Zähne. Die dunkle Kopfbedeckung verbirgt unvollständig einen schlohweißen Schopf. Ein absonderliches Weib. Abweisend wie die sibirische Taiga. Die welke Hand zupft am zerfransten Kopftuch. Analytische Augen fixieren die Mutter, Augen, die an venezianische Gondeln denken lassen.

„Bestimmt genießt ihr Kleiner die Spazierfahrt."

„Wieso…, ja, ich denke schon."

„…soll achtgeben."

„Was haben Sie gesagt, ich soll achtgeben?"

„Ihr Junge, der soll später auf sich achtgeben."

Die Mutter fröstelt. Schmaläugig starrt sie in das antike Gesicht. „Ich verstehe nicht, wie kommen Sie darauf?"

Sie runzelt die Stirn, erinnert sich, dass eine Zigeunerin vor Jahren einmal ihre Hand begutachtet und festgestellt hat, dass der Mondberg zu hoch, der Sonnenberg zu flach und der Zeigefinger im Verhältnis zu den anderen Fingern zu lang geraten sei. Dann hatte sie mit geheimnisvollem Blick erklärt, dass die deutliche Kurve der Schicksalslinie hin zum Jupiterberg dennoch einiges Gutes erwarten ließe. Das war damals unterhaltsam gewesen, nicht ernst zu nehmen. Wer glaubt schon an Chiromantie. Nun aber dieser neue Hinweis?

„Wollen Sie mich vor etwas warnen? Was ist mit meinem Kleinen?"

Die Alte zögert. „Ja nun… ich denke, also, ihr Sohn wird auf sich achtgeben müssen, später."

Ein kurzes Nicken, dann schlurft die Frau durch den tiefen Schnee davon. Der lange Mantel schleift im Schnee. Ein Windstoß lässt das ausgefranste Kopftuch unruhig flattern.

Sabine Tilman wendet sich ihrem vermummten Kind zu. „Mensch Amadeus, woher wusste die Alte, dass du ein Junge bist?"

Verunsichert packt sie das grobe Schlittenseil. Mit erheblicher Anstrengung zerrt sie das winterliche Gefährt durch eine dicke Schneewehe. Sie stolpert, rutscht aus, findet sich auf den Knien im Schnee wieder, rappelt sich hoch und blickt in runde Kinderaugen.

„Da schaust du, Sohnemann! Merke dir, hinfallen ist nicht schlimm, aber liegenbleiben schon." Sie streift Schnee von der Jacke und greift nach dem kaltstarren Strick.

Ein besonders heftiger Windstoß fegt über das Ackerland, wirbelt frische Flocken empor und scheucht zwei Krähen auf. Laut meckernd kreisen die Rabenvögel über dem verschneiten Feld.

II

Eine blaue Blume

Im tiefen Osten verblasst ein letzter Stern.

Der Himmel gibt sich wolkenarm, wirkt unendlich entfernt. Diffuses Blau wölbt sich über einem bleichen Horizont.

„Primär kreierte das Absolute den Kosmos und der Mikrokosmos war ein Chaos", tut ein elegant gekleideter Herr auf dem Beifahrersitz einer Limousine kund. Sein blauer Zwirn erinnert an ein Modejournal. Das stimmt. Sein eulenhaftes Gesicht wirkt wenig intelligent. Das nicht stimmt. Durchaus möglich, dass der Mann einmal den Boxsport ausgeübt hat. Flüchtige Schlaglöcher im hageren Gesicht und eine schiefe Nase rechtfertigen diese Vermutung. Mag auch sein, dass er als Baby mit dem Kopf voran aus dem Bett gefallen ist. Dieses Gesicht könnte einem Landschaftsmaler als Anregung dienen. Der schlanke Mann wirkt glatt. An einem solchen Typ bleibt nichts hängen. Da könnte es eher gelingen, einen Pudding an die Wand zu nageln.

„Na, werter Partner, klingelt es bei Ihnen, können Sie mit dieser Aussage was anfangen?" In das Gesicht kommt Bewegung. Die asketischen Wangen zerfließen zu einem fetten Grinsen.

Der Mann am Lenkrad ist ebenfalls von schlanker Statur und mittleren Alters. Frühe Geheimratsecken verstärken den gescheiten Eindruck. Er wirkt seriös. Er würde nie Hand an eine Frau legen, es sei denn in freundlicher Absicht. Über der kräftigen Nase hat sich eine aufrechte Falte gebildet. Das Stirnrunzeln ist berufsbedingt, kaschiert ein freundliches Gemüt.

„Mein lieber Blaumann, die Wucht ihrer Worte haut mich um. Lassen wir Denkspielchen. Muss mich konzentrieren. Der Verkehr ist nervig."

„Meister Tilman, ein kleiner Tipp. Ist ein einführender Satz. In einem bekannten Buch. Kennen Sie bestimmt!"

„Kann ich mir nicht vorstellen!" Klare Augen blicken geradeaus. Dieser Mann hat noch viel mit sich vor. Einer, der auch mit einem schlechten Skatblatt gut zu spielen versteht.

„Handelt sich um einen Bestseller."

Das Fragezeichen auf Tomas Tilmans Stirn will nicht weichen. „Mensch Blaumann, muss ich ihn deshalb kennen?"

Alexander Blaumann stöhnt auf. „Gewiss haben Sie schon in diesem *Buch der Bücher* gelesen. Allmächtiger! Noch nie was von der *Bibel* gehört?"

„Natürlich."

„Und die beginnt bekanntlich mit den Worten: Am Anfang schuf Gott Himmel und Erde und die Erde war ...?"

„Öd und leer."

„Yes Sir! Da klappt sich doch glatt die Bibel von alleine auf. Chaos heißt übrigens im Original *Tohuwabohu*. Ist hebräisch, wurde später von einem gewissen Martin Luther eingedeutscht."

„Mein Gott, Blaumann, alles gesundes Halbwissen! Haben Sie das einer toten Kuh aus dem Euter gesaugt? Blenden Sie damit auch Ihre Freundin?"

„Welche meinen Sie?"

„Angeber! Ich spreche von diesem verdorbenen Früchtchen. Haben Sie damals auf der Reeperbahn aufgerissen." In den Augen des Fahrers tanzen winzige Kobolde. „Sie wissen schon, als wir am Hafenprojekt arbeiteten."

„Ja die! Wie könnte ich diese herrliche Frau vergessen. Wunderbare Erinnerung. Sie schlenderte vor dem Café Keese auf mich zu und hauchte mir etwas in den Nacken."

„Heißen Atem?"

„Nein, heiße Worte."

„Raus damit!"

„Gut, weil Sie es sind, lieber Tilman. Also, sie flüsterte *Hallo Süßer, bei mir wohnt die Liebe!"*

„Schluss mit der Schlüpfrigkeit!"

„Wieso, was heißt schlüpfrig? Hier spricht das wahre Leben. Im Gegensatz zu verdorbenen Früchten hat sich dieses Weibsbild wenig später als verdammt wohlschmeckend erwiesen. Wenn Sie nachvollziehen können, was ich meine." Alexander Blaumanns Zunge schleift genießerisch die Oberlippe. „Ach, Berater Tilman, wenn Sie wüssten, wie Recht ich habe."

„Sie verhinderter Casanova! Eifern Sie bloß nicht diesem Mannsbild nach, das den Frauen angeblich so beherzt zugetan war. Mit einer lichten Höhe von 187 Zentimetern bot er einen erfreulichen Anblick. Selbst Friedrich der Große hielt ihn für einen *schönen Mann*. Er benötigte keine fiesen Tricks, um Frauen auf seine Seite zu bringen. Und was Sie vermutlich nicht wissen, der hat sogar für kurze Zeit den Priesterberuf ausgeübt. Bei diesem Job ist der Bursche mal angetrunken von der Kanzel gestürzt!"

„Das wusste ich nicht, verehrter Partner. Aber ich weiß, dass dieser Mensch auch Schriftsteller war. Hat Weltruhm erlangt."

"Das wird stimmen. Ich denke wir sind jetzt ausreichend aufgeklärt. Aber nun legen Sie ihren Sicherheitsgurt an!"

„Sie haben ja Recht. Auf Landstraßen ereignen sich die häufigsten Unfälle." Vom Nikotin angegilbte Finger zerren den Kunststoffriemen aus der Halterung. „Ich fühle mich von diesen Dingern immer so stranguliert. Das geht Ihnen doch bestimmt nicht anders, werter Partner."

Der Mann am Steuer nickt, ohne den Blick vom dunklen Band der Straße abzuwenden. Sie schlängelt sich wie ein Trauerflor in langen Schwüngen durch eine hügelreiche, vom Morgentau benetzte Landschaft und ist weitläufig eingerahmt von dunklen Wäldern. Die Wipfel erinnern ihn an zackige Zähne eines früheren Mitschülers. Der verzichtete beim Entfernen von Kronkorken gerne auf einen Flaschenöffner.

Immer mehr Autos bahnen sich ihren Weg über den bleiernen Asphalt. Hin und wieder lärmt ein kraftstrotzender Truck an ihnen vorbei.

„Haben Sie sich endlich eingeklinkt, Berater Blaumann?"

„Ja, nett, dass Sie sich Sorgen um mich machen." Der eitle Mann mit dem Eulengesicht rekelt sich im Beifahrersitz – ein Pfau, der bereits Federn reichlich gelassen hat. So einer bekommt keine Grippe, sondern Influenza. Mit knochigen Fingern greift er nach einer Tüte auf dem Rücksitz und pickt einen Apfel heraus. „Habe ich mir am frühen Morgen besorgt. Am alten Bahnhof."

„Zeigen Sie mal her. Ist sicher ein Kulturapfel, ein malus x domestica, wie ich anzumerken pflege, wenn ich Eindruck schinden will. Diese Gattung gehört zur Familie der Rosengewächse. Dürften Sie kaum wissen, oder?"

„Ist mir wurscht, Herr Kollege. Jedenfalls stand so ein Nikolaustyp am Bahnhof. Der pries dieses Kernobst als Glücksäpfel an, bot mir gar noch einen Würfelbecher mit Würfeln als Zugabe."

„Da konnten Sie nicht nein sagen, verehrter Partner."

„Klar, also was ist, möchten Sie eines dieser knackigen Rotbäckchen?"

„Ich habe eine Idee. Zocken wir ein wenig. Weihen wir die Würfel ein. Wenn der Weiße eine höhere Zahl aufweist als der Schwarze, schenken Sie mir einen schönen Apfel. Andernfalls ist abends ein Drink fällig."

Alexander Blaumann nickt. Er packt seine abgewetzte Aktenmappe, positioniert sie auf den Knien und schon knallen zwei Holzklötzchen auf strapaziertes Rindleder. „Mist! Ihr Weißer hat ein Auge mehr. Dann hat das Gute wieder mal gesiegt. Knapper ging es kaum. Freibier ade. Hier, dies ist doch ein prächtiger Apfel, oder?"

„Hm, sieht gesund aus. Ist dieses Rotbäckchen auch ordentlich gereinigt? Großmutter hat uns immer ermahnt, Obst nicht ungewaschen zu essen."

„Also, blödelt Blaumann, „ich nehme vorher immer ein Bad."

„Da laust mich doch der... wusste ich`s doch! Sie sind mit allen Abwassern gewaschen." Der Mann hinter dem Steuer kaut eine Weile auf seinen Gedanken herum. Sie werden lauter. Unerwartet hebt er die Stimme und deklamiert:

Ein Apfel, blank und rot vor Sonne,
im Wind sich wiegt im Abendlicht.
Adam davor in süßer Wonne
genüsslich an dem Apfel riecht.

Er greift ihn, schaut ihn zärtlich an,
beißt herzhaft in sein Fleisch sodann.
Er stockt. Denn drinnen ächzt `ne Made.
Das findet auch die Eva schade!

„Donnerwetter, eine tolle Epopöe! Haben Sie noch mehr?"
„Habe ich. Aber erzählen Sie, was wir von dem Poeten lernen können."

„Tja, was will uns der Verseschmied damit sagen?" Alexander Blaumann poliert ausgiebig einen Apfel am Jackenärmel. „Vermutlich will er uns bedeuten, dass sich Adam nicht nur auf Äußerlichkeiten verlassen soll. Auch dem leckersten Apfel sieht man nicht an, ob ein Wurm in ihm wühlt."

„Sapperlot!"

„Ja, ja, ich kenne die Menschen. Die schlechtesten Früchte sind`s nicht, an denen die Würmer nagen", behauptet Alexander Blaumann. „Verdammt!" Ihm ist der schwarze Würfel unter den Sitz gerollt. Er putzt noch ein wenig am Kernobst herum, dann versenkt er entschlossen seine Schneidezähne im Apfel. Der Biss ist heftig. Es kracht geräuschvoll. Tomas Tilman zuckt am Steuer zusammen.

Aus einer Bodenwelle taucht ein grauer Klotz auf, ein wuchtiger Lastkraftwagen in riskantem Überholvorgang. Der LKW-Fahrer findet keine Lücke und versucht eine Notbremsung. Von der Masse des Fahrzeugs wird er brutal vorangeschoben. Die mächtige Zugmaschine gerät aus der Spur, schleudert auf die Limousine zu. Drohend türmt sich der Laster vor den beiden Männern auf. Tomas Tilman steigt erschrocken auf die Bremse, umklammert das Lenkrad, presst das Wort *Scheiße* heraus. Strangartig tritt am Hals eine dicke Ader hervor. Schon bohrt sich das schwere Fahrzeug in die Frontseite der Limousine. Der starke Aufprall wirft beide Insassen in die Sicherheitsgurte. Das Auto wird herumgeschleudert und kommt auf der Stelle zum Stehen.

Qualm und Staub steigen auf. Splitter fliegen herum. Der Kopf des Fahrers kippt nach vorne. „Den Termin schaffen wir nicht mehr", rauscht es noch durch seinen Kopf, dann wird er ohnmächtig. Er spürt keine Schmerzen, nicht im rechten Knie, das soeben gegen die Lenkradsäule krachte, nicht im Oberkörper, der in den starren Sicherheitsgurt hinein-geschleudert wurde. Es ist still. Eine Stille, als sei ihm das Gehör abhandengekommen. Wie in einem Freiluftballon entschwebt er dem zerstörten Fahrzeug und verweilt über den kollidierten Fahrzeugen. Er beobachtet herannahende Autos, heftige Bremsvorgänge, zum Autowrack eilende Menschen. Einem Buchhalter gleich registriert der stille Beobachter, wie an seiner verklemmten Fahrertür gerüttelt wird. Ein weiterer Helfer tritt hinzu, doch die Tür lässt sich nicht sofort öffnen. Auf der Beifahrerseite haben sie Erfolg. Alexander Blaumann liegt im Fond des Wagens, hin gekrümmt vor Schmerzen. Aus der missförmigen Nase rieselt Blut. Der Sicherheitsgurt ist aus der Verankerung gerissen. Vorsichtig wird er von zwei Passanten herausgehoben und ins frische Gras gelegt. Am Straßenrand liegt der andere Fahrer, gnadenlos aus seinem Lastzug in die kalte Morgenluft katapultiert. Ein grauköpfiger Mann kommt gelaufen und breitet eine Decke über ihm aus.

Tomas Tilman beobachtet, wie er nun hinausgezerrt wird. Von hoher Warte aus registriert er das flackernde Licht eines nahenden Krankenwagens. Angezogen von einer unbegreiflichen Kraft entfernt er sich vom Unfallort. Willenlos, in vollkommener Unbeschwertheit, schwebt er durch ein kristallines Tor, hinein in eine tunnelartige Röhre. Schnell weitet sich der streulichtige Durchlass und wächst zu einer leuchtenden Blume, vergissmeinnichtblau. Im Zentrum der Blüte flimmern ihm kleine Feuer entgegen, die sich langsam verstärken und zu einem funkensprühenden Spielzeugpanzer mutieren. Schnell verblasst dieses Bild. Eine großrädrige Karre wird sichtbar, dazu ein Bub und ein Mann in schäbiger Wehrmachtsuniform auf winterlichem Waldweg. Die Erscheinung verliert sich im Blau der Blume. Dann erneut zwei Menschen, jung, mit Tennisschlägern in den Händen, ein Farbiger, barfüßig, und ein Weißer in Sandalen. Das Blau wandelt sich zu ozeanischer Weite. Der Mann taumelt davon: ein im All schwebender Astronaut im Herzen des Himmels. Unversehens wird er zurückgesogen, heimgeholt.

„Hallo, können Sie mich hören?" Ein silberbärtiger Mann hat sich über ihn gebeugt, schaut forschend auf ihn herab. Ein Blick, der in die Seele geht.

„Ist er tot?", fragt jemand. Tomas Tilman möchte widersprechen. Fröstelnd verharrt er auf der Liege, die Hände in eine Decke gekrallt.

„Der Tod ist sicher", sagt eine Stimme, „das Leben nicht."

***

Die Stimme klingt besorgt.

„Hey Tom, allwedder Alpdröme?"

Der Mann hält die Bettdecke umklammert, findet zurück in die Realität. „Was? Wie spät?" Die Uhr gibt Antwort. „Wieder kurz nach Mitternacht. Tut mir leid, Sabine. Ich habe dich schon wieder geweckt."

„Ach Tom, jemmer düssen bannig slimmen Unfall?"

„Ja, war eine Begegnung der besonderen Art. Habe ein Stück Unendlichkeit geschaut. Solche Erfahrungen können einem die Furcht nehmen, wenn Gott einst das große Amen spricht. Es hat für mich heute wenig Beängstigendes, ins Jenseits hinüberzugleiten. Außerdem bin ich überzeugt, dass es danach irgendwie weitergeht."

„Dat glöv ik ook, Tom."

Sabine Tilman lebt ihre norddeutschen Wurzeln aus. Es macht Spaß, in diese althergebrachte *Spraak* zu verfallen. *Is keen Dialekt!*

„Sabine, der Glaube, das kannst du mir glauben, gehört in die Kirche, ist was Höheres als Verstand und Voraussicht. Der Glaube ist das Wissen, das aus dem Herzen kommt. Es war wohl Michelangelo, dem folgender Spruch zugeschrieben wird: *Ich bin nicht tot, ich wechsle nur die Räume. Ich leb in euch und geh durch eure Träume.* Das trifft es ganz gut."

Die Stirn des Mannes präsentiert sich nach den vielen Jahren um einiges höher, die Frisur anspruchsloser. Seine flinken Augen erforschen die weiß getünchte Decke. Eine christliche Frage kommt ihm in den Sinn: *Wozu sind wir auf dieser Erde?*

16

„Weißt du, Biene, Leben und Tod sind Zwillinge. Der Tod ist so sicher wie unsere Geburt. Dieses Wissen sollte uns den Umgang mit dem knochigen Schnitter leichter machen. Meinst du nicht auch?"

„Na ja, ik weet nich. Ik hal mi wat to drinken."

„Bitte für mich auch." Der Mann reibt sich das Knie. Dort ist ein großes vernarbtes *U* sichtbar, ein riesiger Schnitt. Eine unliebsame Erinnerung.

Die Frau ist zurück, reicht ihm ein Glas Wasser.

„Danke Sabine. Alles hat seine Zeit, das Leben und das Sterben. Ein schneller Tod kann eine Gnade sein."

Er wälzt sich herum. „Weißt du noch, wie die den Blaumann und mich in ein christliches Kreiskrankenhaus transportiert haben? Eine Nonne stand an einem der Fenster und beobachtete unsere Ankunft. Eine andere empfing uns am Eingang, hielt meine die Hand und half, mich über den Flur ins Untersuchungszimmer zu schieben. Später landeten wir auf der Frauenstation. Bei den Männern waren keine Betten frei! Tja, damals waren wir das Tagesgespräch in der kleinen Kreisstadt", erinnert er sich. „Ordentlich prominent waren wir, zumindest für einige Tage."

„Nu klamüser man nich so rüm, Tom. Ji hebbt echt Sott hat, so een Kavents-mann von Laster!"

„Stimmt, Sabine. War noch nicht meine Zeit. Gott holt sich die zuerst, die er am meisten liebt. Da habe ich noch reichlich Reserven."

„Spinnkrom!"

„Wie du meinst. Aber bei den Schwestern hatte ich richtig Schlag, wie man so sagt. Eine der Nonnen brachte mir später einen kleinen Blumenstrauß ans Bett. *Selbst gepflückt, hinten im Schwesterngarten*", flüsterte sie mir zu, so, als hätte sie etwas Verbotenes getan.

„Grootmuul, aver ji hebbt Sott hat."

„Das hatten wir. Auch wenn ich später meinen goldenen Kugelschreiber vermisste. Die im Krankenhaus waren alle sehr hilfsbereit. Bei der Einlieferung kümmerte sich sofort ein angehender Halbgott in Weiß um mich. Ich fragte ihn, ob die auch erfolgreiche Knieoperationen durchführen könnten. Knie, das sei doch sehr kompliziert, tat ich mein medizinisches Halbwissen kund. Daraufhin kam nur noch der Halbgott in Person des Chefarztes zu mir."

Der Mann reibt sich erneut das Kniegelenk. „Der olle Chefarzt hat mich dann in der Tat wieder prima zusammengeflickt. Das war ein klasse Handwerker. Hat Schiffsmodelle gebastelt, Rosen gezüchtet und bei einem regionalen Fußballclub im Sturm ausgeholfen. In der dritten Liga, immerhin. Das hat mir die eine Schwester erzählt, die mit dem Blumenstrauß. Nach seiner Pensionierung wurde er Bürgermeister, so hat es mir Kollege Blaumann später berichtet." Sein Lächeln welkt. „Vielleicht haben uns ja Blaumanns Glücksäpfel geholfen. Die hatte er einem bärtigen Zausel am Bahnhof abgekauft. Oder die Würfel? Mein Kollege hat sie mir später geschenkt. Müssen irgendwo im Büro rumliegen."

„Das weiß nur Gott."

„Hast natürlich Recht, Biene. Da fährst du in einen sonnigen Morgen hinein und der Sensenmann taucht auf. Er hat mich angegrinst. Ich habe zurückgegrinst. Vielleicht hat ihn das irritiert!"

„So snackt`n avgeklärten Kirl."

„Ach, meine süße Kartoffel. Was heißt abgeklärt? Das ist einer erst, wenn er einen flotten Bankrott hingelegt und mindestens zwei geschiedene Ehen samt Schwiegermüttern durchlebt hat. Mit beidem kann ich nicht dienen."

„Quatsch nich son dumm Tüüch, Tom." Sie kneift die Augen zusammen, findet zurück ins Hochdeutsche. „Damals war gerade der Cedric geboren, wenige Monate alt. Weißt du noch, dass du mir ein Gedicht geschmiedet hast?"

„Natürlich, wie sollte mir das entfallen. Ich habe lange dran rumgebastelt, musste heftig mit der Muse flirten. Wurde eine Ode an unseren Erstgeborenen."

„Die Zeilen habe ich nie vergessen, Tomas."

„Tatsächlich? Bei deinem Gedächtnis …"

„Warte, das kriege ich bestimmt noch hin, das ging etwa so:

Vor vierzehn Tagen wurde er geboren,
da war die Freude groß, denn Cedric war nun da.
Jetzt liegt er nachts uns schreiend in den Ohren.
Und trotzdem freu'n wir uns, denn er ist uns so nah.
In seiner kleinen Welt ... "

„gibt's keinen Streit um Geld", ergänzt er. Seine Augen funkeln. „Tja, unser Cedric. Was wohl mal aus ihm wird? Bald wird er dreißig. Wo sind nur all die Jahre geblieben."

„Fast hätte er seinen Vater nie richtig kennengelernt. Hoffen wir, dass ihm solche Unfälle erspart bleiben."

„Und natürlich auch deinem Liebling, dem Amadeus. Der..."

„Na was, Tom?"

„der wäre nie auf Kiel gelegt worden."

„Stimmt schon." Sabine Tilman zögert. „Aber bitte, was heißt *dein Liebling!* Cedric steht voll im Leben und Ama ist nun mal immer noch unser Nesthäkchen. Auch wenn wir bald seinen neunzehnten Geburtstag feiern dürfen."

„Es ist jedoch dann schon der Zwanzigste, meine süße Marzipankartoffel. Korrekterweise musst du den Tag der Geburt mitzählen."

„Erbsenzähler! Mein Ama wird demnächst neunzehn Jahre alt!"

Ama. Ein freundliches Kürzel für Amadeus, ein Name, in welchem die alten Römer Liebe und Gott vereint haben. Für die Mutter ist er ein anderes Wort für Freude und Glück. *Seut, een Bild för Götters.* Nichts in dieser Welt ist so stark wie die seelische Bindung zwischen Mutter und Kind.

Kinder sind eine Brücke zum Himmel – sagt ein persisches Sprichwort.

III

Ein kurzer Halt

Ein heißer Sommertag.

Drückende Schwüle wabert durch das veraltete Zugabteil, mikroskopisch winzige, für das menschliche Auge unsichtbare Wassertröpfchen. Das halb heruntergeschobene Fenster schafft wenig Abhilfe. Der Fahrtwind verwirbelt die Luft und lässt das Namensschild an der Reisetasche unruhig flattern.

An der Fensterseite des dahinratternden Eisenbahnwaggons döst ein junger Mann vor sich hin. Helle graublaue Augen in einem unausgeruhten Gesicht. Neben dem Twen liegt ein Buch, aufgeschlagen beiseitegelegt. *Das Bildnis des Dorian Gray.*

„Stickig wie im Puff, würde Amadeus behaupten, obwohl er bestimmt noch nicht drin war." Das Murmeln des Twens geht im Geräusch des Eilzuges unter. Mit einem Papiertaschentuch wischt er sich über das Gesicht. Es ist ein vertrauenswürdiges Gesicht, eins, das den Frauen gefällt. Lässig hockt er da, die Arme hinter dem Kopf verschränkt, die langen Beine von sich gestreckt, hin auf die gegenüberliegende Sitzbank. Die verschlissenen Stoffsitze wirken speckig, die wildledernen Slipper an den nackten Füßen ebenfalls. Das Schuhwerk erweckt den Eindruck, als hätte es schon viele Sommer seine Schuldigkeit getan und dabei ausgedehnte Märsche über den Sylter Strand oder über das holperige Vulkangestein von Lanzarote erlebt. Die modischen Jeans schmiegen sich an wie eine Liebende, lassen sein Geschlecht erahnen. Man könnte die Hose wegen Freiheitsberaubung verklagen. Der verschwitzte Haarschopf lehnt im knappen Schatten der Sommerjacke. Das vorsichtig aufgeknöpfte Hemd gewährt diskreten Einblick auf glatte Haut. Der hochgewachsene Mann macht schon auf den ersten Blick einen liebenswerten Eindruck; ein flotter Twen, dem nicht nur Frauen interessiert hinterherschauen.

Ein Bahnhof rückt heran. Er wirkt grau und unwichtig. Der Zug verliert an Fahrt. Die Bremsen keuchen. Vor das Abteilfenster schieben sich schwarze Buchstaben auf hellem Grund. Ein kurzes Rucken und die Lok schnauft aus.

„Niebüll", brüllt eine scheppernde Stimme. Klingt, als würde ein Zentnersack Kartoffeln angepriesen.

„Der soeben eingefahrene Eilzug aus Hamburg, Weiterfahrt nach ..." Die unpersönliche Stimme aus dem Lautsprecher wird undeutlich, ertrinkt im Gepolter eines über den Bahnsteig rumpelnden Gepäckwagens.

„Hier herein! In diesem Waggon ist Platz!" kommandiert eine Frau ihren an zwei Koffern schleppenden Mann. Ächzend erklimmt sie die Stufen des Eisenbahnwagens.

Die Anatomie der Frau hat reichlich Verschwenderisches. Ihre dicken Finger zerren einen Knaben mit rostigen Haaren hinter sich her. Der Junge umklammert mit seiner schmuddeligen Hand ein kleines Päckchen. Stampfend durchpflügt die Frau den schmalen Gang. Hektisch blickt sie nach rückwärts und erteilt Anordnungen. „Paulchen, sei vorsichtig, hau nicht mit den Koffern gegen die Wand."

Der junge Mann im Abteil wendet den Blick zur Schiebetür, fixiert die beleibte Frau mit verkniffenen Augen. Seufzend lehnt er den blonden Schopf an die Kopfstütze.

„Sehr geehrte Fahrgäste, Sie haben sieben Minuten Aufenthalt", plärrt eine blecherne Stimme aus dem Lautsprecher.

„Schorsch, nach hier! Paulchen, zuerst den großen Koffer!"

Eine fleischige Hand mit einem protzig roten Stein am Mittelfinger schiebt die Abteiltür zur Seite. Ein erhitzter Frauenkopf mit Doppelkinn fragt: „Hier ist doch noch frei!?"

Die Frau wartet keine Antwort ab und nimmt sofort die gesamte Sitzbank in Besitz. Das großgeblümte Sommerkleid gibt knackende Geräusche von sich. Der sommersprossige Junge wirft das kleine Päckchen auf den Sitz. *Paulchen* wuchtet erfolgreich einen gewaltigen Koffer ins Gepäcknetz. Seine epileptischen Augen erfassen das Schild an der Reisetasche, entziffern neugierig einen Namen. *Cedric Tilman.*

Cedric. Ein hübscher, eher seltener Vorname. Keltischer Ursprung. Bedeutet freundlich und liebenswürdig. Passt schon. *Paulchen* ist von dünner Gestalt. Auf den mickrigen Schultern thront ein Kopf, einem Henkeltopf nicht unähnlich.

„Dieser Mann harmoniert von der Statur her gar nicht mit der umfangreichen Dame", denkt der junge Mann am Fenster, „Sie passt auch nicht nach Sylt... und in ihr Kleid passt sie auch nicht."

„Schorsch, wo hast du die Stullen gelassen?" fragt die Frau mit hungrigen Schweinsaugen. Ihr gewichtiges Hinterteil sinkt auf den Sitz herab. Sofort zeigen sich auf dem Kleid blumige Verwerfungen. Der Blick dieser lästigen Person gefriert. Sekundenlang wirken ihre Augen ausdruckslos. Zwei große Sultaninen in ausgewalztem Kuchenteig.

„Verdammter Bengel!" Die Großgeblümte stemmt sich empor und zieht unter sich etwas Plattes hervor. Der Rötliche grinst und schiebt einen Kaugummi auf die andere Backenseite. *Klatsch!* Das Gesicht mit den Sommersprossen nimmt eine aufdringliche Farbe an.

„Aber Trudchen, wir haben doch heute unseren Hochzeitstag." Paulchens Knopfaugen im runden Gesicht mit den abstehenden Ohren blicken ärgerlich, ähnlich einem Schachspieler, der beim Verlieren das Brett umwirft. Schon ist er wieder draußen. Cedric schaut hinterher, lächelt das Lächeln des Chirurgen.

Auf dem Nebengleis rollt ein Schnellzug heran. „Der verspätete Intercity aus München fährt in Kürze weiter", plärrt es aus dem Lautsprecher.

Cedric Tilmans Blicke irren am verwaschenen Beton des Bahnsteigs entlang. Er schaut auf, blickt unversehens in ein liebes Frauengesicht. Honigfarbenes Haar und volle Lippen. Das verhalten blonde Haar ist zu einem Pferdeschwanz gebunden. Die Frau, Mitte zwanzig, hat sich abgewendet, hinein ins Abteil. Das Halbdunkel zaubert einen perlenhaft seidigen Schein auf ihr Antlitz. Ein breiter, goldener Querstreifen auf dem T-Shirt lässt beunruhigende Formen ahnen. Ein edles Gefäß der Anmut. Der

Blick des jungen Mannes klebt an der Frau. Wann wendet sie endlich den Kopf und schaut zu ihm hinüber! Pochend protestiert das Herz gegen sein enges Gefängnis.

Paulchen schleppt einen weiteren Koffer ins Abteil. Erst nach mehrfachen Versuchen gelingt es, das schwere Ding ins Gepäcknetz zu wuchten. Dabei quetscht er sich einen Finger.

„Hi, hi, Papa hat sich die Hand wehgetan!" kräht der rotblonde Bengel.

Die Dame im Großgeblümten zieht die fett bemalten Augenbrauen hoch. Der Ehemann flucht undeutlich vor sich hin.

Cedrics Blicke haben sich noch immer an dem bezaubernden Mädchen von gegenüber festgehakt. Jetzt endlich blickt es auf. Kastanienbraune Augen blinken zu ihm hinüber. Volle Lippen öffnen sich langsam zu einem neugierigen Lächeln. Der junge Mann hebt den Arm, will winken, doch die Hand zögert in der Aufwärtsbewegung.

„Schorschi, willst du ein Butterbrot?" Die Dame im Großgeblümten wartet die Antwort nicht ab und reicht Schorschi etwas Plattes. Der Rötliche pappt sein Kaugummi unter den Sitz und befummelt argwöhnisch das verunglückte Nahrungsmittel.

Auf dem Bahnsteig schlurft eine Eisverkäuferin herbei. Cedric blinzelt der jungen Frau zu, deutet auf die Verkäuferin und schleckt an der Luft. Zwei dunkelbraune Augen blinken ein OK. Die scheppernde Stimme aus dem Lautsprecher meldet sich und fordert die Fahrgäste ultimativ zum Einsteigen auf. Es ist gerade noch Zeit, der hübschen Frau eine Eiswaffel hinüberzuschicken. Das unwillkommene Abfahrtssignal klingt nervig. Zwei junge Menschen mit Blickkontakt schlecken an ihrem Eis.

Mit leisem Vibrieren setzt sich der Zug in Bewegung, gewinnt langsam an Fahrt. Der Mann winkt mit der Eiswaffel, die Frau waffelt zurück. Schon sind nur noch Umrisse von ihr wahrnehmbar, denn das Sonnenlicht spiegelt sich in den Scheiben des anfahrenden Zuges. Viel zu schnell verliert der Mann sie aus den Augen.

Eine Weile schaut Cedric dem Zug hinterher. Dann setzt sich auch der Eilzug in Bewegung. Er drückt das Schiebefenster hoch.

Seine Hand gleitet an der schmuddeligen Scheibe abwärts. Die Finger hinterlassen eine schlierige Spur.

„Schorschi, schmatz nicht!" tönt es durchs Abteil.

Der Junge mit den rostigen Haaren schiebt sich den Rest des Butterbrotes in den Mund. Dann fährt er mit seinen Fettfingern über das Polster und betastet den Sitz unter sich. Mit einem zufriedenen Grunzen klaubt er sein Kaugummi hervor und lässt es im Mund verschwinden.

Ein Gegenzug naht, ein langer Autozug. Dröhnend passiert das eiserne Ungetüm den Eilzug. Die wenigen Autos auf der oberen Plattform huschen vorbei. Die Insel Sylt zeichnet sich in der Ferne ab, zeigt sich lang hingestreckt, doch noch verschwommen. Ganz entlegen wird die Nordspitze des Eilands sichtbar und links davon eine helle kleine Säule, ein Leuchtturm mit einem schwarzen Streifen mittendrin. Den Streifen kann man zunächst nur bei genauem Hinsehen erkennen.

Ah, da ist er ja. Vater Leuchtturm. Cedric blickt angestrengt zur Insel hin und versucht, vertraute Einzelheiten auszumachen. *Ich darf morgen Amas Geburtstag nicht vergessen*, hetzt ihm der Gedanke an den Bruder durch den Kopf. Er lehnt sich zurück und denkt an ein freundliches Gesicht.

Es knistert im Abteil. Blinzelnd nimmt Cedric wahr, dass die beleibte Dame ein Butterbrotpapier zerknüllt. Abfällig betrachtet sie das Hinweisschild am Fenster, das kategorisch dazu auffordert, nichts hinauszuwerfen. Die Frau entsorgt mit blitzartiger Handbewegung das zerknautschte Papier. Sekunden später betrachtet sie die frevlerische Hand. Der eben noch am Mittelfinger funkelnde Rubinring ist verschwunden!

Bald zeichnen sich die Hochhäuser des Kurzentrums gegen den leicht bewölkten Himmel ab. Wenige Minuten später poltert der Eilzug über zahlreiche Weichen in den Westerländer Kopfbahnhof. Der Zug ist pünktlich. Das Rattern verstummt. Viele Reisende haben es eilig, auch im Urlaub. Cedric lässt sich Zeit. Er ist einer der letzten Fahrgäste, die dem Zug entsteigen.

Maritimer Urlaubsduft liegt über der Urlaubsstadt. Der Neuankömmling schlendert in Richtung Bahnhofsvorplatz. Vor ihm schleppt eine dünne Gestalt zwei Koffer davon. Daneben bewegen sich ein großgeblümtes Kleid und ein rothaariger Knabe in Richtung wartender Taxis. Auf dem gewaltigen Kopf der Großgeblümten schwankt ein Wagenrad aus Stroh. Ein glatzköpfiger Mann in verschwitztem Hemd eilt ihnen vom Taxistand entgegen.

Das Fremdenverkehrsbüro befindet sich vor dem geklinkerten Bahnhofsbau, gleich links nahe am Ausgang. Ein flacher, unscheinbarer Anbau mit einem hellen Plakat, das auf touristische Dienstleistungen hinweist. Die Tür ist einladend geöffnet. Ein ledernes Frauengesicht blickt Cedric freundlich an. Das vielfaltige Antlitz vermittelt den Eindruck, als hätte es in der Blüte seiner Jugend noch das Heraufziehen des Charleston miterlebt. Die Frau wirkt unglaublich gesund. Klare Augen, großer Busen, breites Becken in strammen Jeans.

„Na denn, dschunger Mann, was kann ich für Sie tun?"

„Guten Tag, liebe Frau. Cedric Tilman ist mein Name. Für mich ist hier ein Autoschlüssel deponiert."

„Na denn, da weiß ich doch gleich Bescheid."

Die *liebe Frau* wühlt einige Augenblicke in einem vor Schriftverkehr überquellenden Ablagekorb, der auf einer schmuddelig abgenutzten Holzplatte auf Bearbeitung wartet. Ihr Suchen ist schnell erfolgreich. Die Frau kennt sich gut aus in ihrer Unordnung. Mit einem wohlmeinenden *Na denn!* reicht sie dem Urlaubsgast einen braunen Umschlag. Cedric öffnet das Kuvert und liest:

Lieber Herr Tilman,

im Auftrag von Herrn Mönckemeier überreiche ich Ihnen die Autoschlüssel.

Gehen Sie pfleglich mit dem Prachtstück um. Ich kann mich nicht erinnern, dass er seinen alarmroten Flitzer jemals in fremde Hände gegeben hat! Der Chef muss einen besonders schwachen Moment gehabt haben.

Ich wünsche Ihnen schöne Tage und nicht allzu viel Spaß auf der sündigen Insel Sylt.

*Der rote Porsche steht auf dem Parkplatz in Bahnhofsnähe. Er
dürfte kaum zu übersehen sein. Wenn Sie die Insel wieder verlassen,
stellen sie das gute Stück dort bitte wieder ab.
Ich beneide Sie.
Es grüßt herzlich
Clarissa Rose
(Sekretärin, Mönckemeier & Co KG)*

Der Beneidete steckt Brief und Schlüssel in die Jackentasche,
bedankt sich artig, legt einige Geldmünzen auf den Tresen und
wendet sich zum Gehen. Die Dame mit dem Ledergesicht
streicht das Trinkgeld lächelnd und mit der Gewandtheit einer
routinierten Kassiererin ein.

„Na denn, einen schönen Aufenthalt."

„Na denn, da bedanke ich mich recht herzlich und wünsche
auch Ihnen eine gute Zeit, liebe Frau."

Der Inselbesucher tritt hinaus auf den Bahnhofsvorplatz. Der
Himmel gibt sich inzwischen wolkenlos. Cedric bleibt stehen, um
sich zu orientieren. Richtig, dahinten entdeckt er einen Platz, auf
dem dichtgedrängt zahlreiche Fahrzeuge abgestellt sind.

Im Café gegenüber erhebt sich ein Pärchen von einem
Bistrotisch und nimmt Arm in Arm Kurs auf den Parkplatz.
Cedric registriert es eher zufällig, schaut dann aber genauer hin.
Das rundliche Gesicht des männlichen Begleiters, ein
dunkelhaariger Typ mit Kurzhaarschnitt, strahlt Sympathie und
Frohsinn aus. Das kurzärmelige Hemd klebt an Brust und
Schultern. Es zeichnet deutlich Formen eines durchtrainierten
Oberkörpers nach. Bei der jungen Frau fällt sofort das T-Shirt ins
Auge, besonders die Verzierung in Form eines goldfarbenen
Querstreifens. Der dunkelhaarige Mann hat den Arm um die Frau
gelegt und haucht ihr einen Kuss auf die Wange. Mit der freien
Hand öffnet er die Beifahrertür eines Cabriolets. Ganz Kavalier
vergewissert er sich, dass seine Begleiterin bequem Platz
gefunden hat.

Cedric schaut verkniffen, schlendert langsam Richtung
Parkplatz, erreicht die Auffahrt in dem Moment, als der

Sportwagen in zügigem Tempo an ihm vorbeikurvt. Schmallippig starrt er dem Cabriolet hinterher. Im Laden an der Ecke kauft er eine Flasche Jameson, *twelve years old*. Wer Irish Whiskey nicht kennt, sollte mit Jameson anfangen. Sagt man.

***

Das alte Friesenhaus trägt ein beleibtes Reetdach. Es vermittelt einen heimeligen Eindruck. Abseits der Keitumer Hauptstraße liegt es, umrahmt von einem mit wilden Rosen bewachsenen Friesenwall. Die Eltern haben hier schon mehrfach gewohnt und sich in die besondere Atmosphäre dieses typischen Friesenhauses verliebt.

„Die Wirtin heißt Erna Tiffemann. Sie ist auf taktvolle Weise neugierig. Solange man ihr das Mobiliar nicht zertrümmert, kannst du tun und lassen was du willst", hat der Vater dem Sohn mit auf den Weg gegeben. „Außerdem tischt die Erna ein saustarkes Frühstück auf."

Der Nachmittag ist schon weit vorangeschritten. Der knallrote Sportwagen rollt vor dem Urlaubsquartier aus. Wie zufällig steht die Wirtin vor der in friesischem Blau lackierten Eingangstür.

„Da lerne ich endlich den großen Sohn der Familie kennen. Tach auch, ich bin Erna Tiffemann. Dolles Ding da, was Sie Auto nennen. Ein flotter Flitzer!"

„Gehört mir leider nicht, liebe Frau Tiffemann. Also, ich bin Tilmans Cedric. Guten Tag erst einmal. Wollte zeitiger hier sein, aber das Wetter! Musste es unbedingt ausnutzen. Bin gleich runter an den Strand, rein in die Wellen. Schon mal zur Probe."

„Kann ich gut verstehen, wenn man verschwitzt daherkommt. Unsere frische Nordsee lockt unwiderstehlich. Außerdem weiß man nie, ob es am nächsten Tag auch noch so angenehm warm ist. Immerhin, die Wettervorhersage für die nächsten Tage ist vielversprechend."

„Na, hoffentlich verspricht die nicht zu viel."

„Denn mal rein mit Ihnen, Herr Tilman, habe Sie schon früher erwartet. Ihr Zimmer ist seit Stunden gerichtet."

„Nennen Sie mich doch Cedric. Schön, dass ich meine Liegestatt nicht von zu Hause mitbringen muss." Er amüsiert sich über die gerunzelte Stirn der Wirtin. „Sie müssen wissen, Frau Tiffemann, das war früher, zum Beispiel zu Mozarts Zeiten, gang und gäbe. Wenn sich der Wolfgang Amadeus auf eine Reise begab, war das lebensgefährlich. Man hatte seine eigenen Bettsachen dabei und war gut beraten, vor einer Reise sein Testament zu machen."

„Das Gestern ist ein altes Land, junger Mann. Da haben Sie sicherlich recht.

Treten Sie näher, ich zeige Ihnen das Zimmer."

Das kleine Appartement erweist sich als recht schlicht, ist aber behaglich eingerichtet. Und für zwei Personen geeignet. Darauf deutet ein breites Bett hin. An der verblassenden Tapete fällt dem Ankömmling ein Holzschildchen ins Auge. Es präsentiert eine kategorische Forderung. *Selbst bei dreißig Grad im Schatten, darf die Liebe nicht ermatten!*

In der Ecke hinter einer perlgrauen Tür entdeckt Cedric ein kleines Badezimmer. Der Duschbereich ist durch einen schlichten Kunststoffvorhang abgetrennt. Er wirft seine Kleidung auf den einzigen Stuhl und gönnt sich eine flüchtige Dusche. Die Anreise, die Wärme, der Stress der vergangenen Wochen, Cedric überfällt große Müdigkeit. Er beschließt, frühzeitig schlafen zu gehen. Gemeinsam mit *Jameson, twelve years old*.

Er zerrt ein luftiges Hemd aus dem Koffer. Unterhalb des V-Ausschnitts sind in geschwungenen Lettern die Worte *Born to sleep* eingestickt. Er hat dieses kurze Nachtshirt schnell noch vor Reiseantritt gekauft. Niemand wird ihn heute Nacht darin bewundern.

Die Vertiefung im Mittelteil der Matratze ist ein deutlicher Fingerzeig. Auf dieser Unterlage haben bereits zahlreiche Urlauber ihren Hintern gebettet. Er beschließt, alles erträglich zu finden, geht ins Bad, greift sich das einzige Wasserglas, kippt ordentlich *Jameson* hinein und prostet seinem Spiegelbild zu.

„Hallo, du attraktiver Bursche! Wünsche dir schöne Tage auf der sündigen Insel!" Er genehmigt sich einen weiteren, kräftigen

Gute-Nacht-Schluck, kippt ins Bett und versucht sich wegzuträumen. Er schläft unruhig, wie so häufig, wenn er die erste Nacht in einem fremden Bett verbringen muss.

Am Morgen kämpft Cedric unausgeschlafen mit dem großen Kopfkissen. Seine Gedanken projizieren unter die Lider der geschlossenen Augen das Bild einer schönen jungen Frau mit Kastanienaugen. Wäre es nicht toll, mit ihr ausgiebig zu kuscheln, den Kopf in ihren festen Hügelchen vergraben? Und dann, nach innigem Vorspiel in ihre Ohren keuchen und sich dahintreiben lassen.

Der Magen knurrt. Er ist des Schlafens müde, wirft die Beine hoch und schafft es im ersten Versuch, aus der Bettkuhle herauszukommen. Die Sprache des Spiegels zwingt ihn zu einem kurzen Gang unter die Dusche. Tapfer versucht er, die Maske der Nacht aus dem Gesicht zu wischen. Beim Abtrocknen betrachtet er kritisch seine ebenmäßigen Füße, greift zu einer Nagelschere. Sorgfältig bearbeitet er die vom Duschwasser aufgeweichten Zehennägel. Er hasst ungepflegte Füße. Dann schlüpft er in die Freizeitschuhe. Die ledernen Dinger sind bequem und praktisch. Er muss sich nicht einmal bücken um einzusteigen, ist bereit, um auf Nahrungssuche zu gehen.

Kaffeeduft kriecht ihm in die Nase. Er betritt den Frühstücksraum: kleine hölzerne Vierertische, eingedeckt mit weißblauem Geschirr, locker verteilt. Von einem Zweiertisch am Fenster duften ihm aus einem Weidenkörbchen frische Brötchen entgegen.

Mit einem *schon so früh hoch?* erscheint Witwe Tiffemann in der altfriesischen Küchentür, an welcher der blaue Lack abzubröckeln beginnt. „Guten Morgen, dschunger Mann. Hoffe, dass Sie sich hier wohlfühlen. Wurst, Käse, Ei, vielleicht auch Lachs, ja?" Die Wirtin schlurft zurück in die Küche, kehrt mit einer Kanne Kaffee und einem beladenen Teller zurück und wünscht einen guten Appetit.

„Des Schweines Ende ist der Wurst Anfang", murmelt der Gast und rammt sein Frühstücksmesser in die pralle Leberwurst. Frühstück bei Tiffemann.

Von der Treppe her sind trippelnde Schritte zu vernehmen.

„Guten Morgen, Fräulein von Horwitz. Haben Sie gut geschlafen?"

„Ja, Frau Tiffemann, herrlich, wie ein Waschbär in einem Berg frischer Bettwäsche", antwortet eine angenehme Frauenstimme.

„Was darf ich Ihnen bringen?"

Die angenehme Stimme erbittet ein weiches Ei und Schinken. Und natürlich

Kaffee. Gleich darauf erreicht Cedric ein fröhliches *guten Morgen*. Er wendet sich zur Seite, um den Gruß zu erwidern und verschluckt sich beinahe an einer Wurstscheibe. Die Angebetete aus dem Zug!

„Wollen Sie sich vielleicht herüber setzen, hier an den Tisch dieses netten dschungen Mannes?", animiert Erna Tiffemann ihren weiblichen Gast.

„Mache ich gerne, wenn *dieser nette dschunge Mann* nichts einzuwenden hat?"

Cedric kaut und schluckt an seinem Brötchen. Er nickt.

„Ich bin Martina von Horwitz aus München." Sie rückt sich den Stuhl zurecht, bevor der *nette dschunge Mann* tätig werden kann.

„Cedric ... aus Hamburg", krächzt der.

Die Frau trägt helle Shorts. Das knappe Sommerhemdchen vermittelt Hinweise auf anatomische Schätze. In der Tat, ein *edles Gefäß der Anmut*. Der junge Urlauber weiß immer noch nicht, was er reden soll.

„Gesprächig sind Sie ja nun nicht. Schüchtern, wie?"

Endlich gelingt es Cedric, seine Redehemmung zu überwinden. „Schöne Frau, wenn Sie wüssten, wie recht Sie haben."

„Was, tatsächlich? Raus mit der Sprache!"

„Ich muss an Tante Martha und ihre Würste denken. Die hat sie mir als Kind oft um den Hals gehängt, damit wenigstens der Nachbarhund mit mir spielte."

„Oh, milieugeschädigt auch noch! Doch erzählen Sie, wer ist Tante Martha?"

„Eine vornehme, äußerst eloquente Verwandte. Wenn man ihr etwas unter dem Siegel der Verschwiegenheit anvertraut, wird es in kurzer Zeit Allgemeingut. Sie kann stundenlang über Dinge reden, denen sie sprachlos gegenübersteht. Seit vielen Jahren ist sie Witwe. Als sie ihren Mann kennenlernte, handelte der mit Bananen und machte andere krumme Dinger. Sogar ein Buch hat er geschrieben. Der Roman freilich war eine Totgeburt. Tante Martha hat ihren Mann redlich unterstützt, besonders erfolgreich beim Schrumpfungsprozess des verfügbaren Einkommens. Dann ist ihr Ehemann zur See gefahren und wurde schließlich als verschollen gemeldet. Von ihm ist nur eine mickrige Witwenrente übriggeblieben. Da verfiel sie dem Geiz. Doch reden wir über erfreulichere Dinge."

„Tun wir das, scheint sinnvoll. Ja, da denke ich zum Beispiel an das Eis von gestern. Das war klasse. Nochmals besten Dank."

„Gern geschehen. Kam bei der Hitze vermutlich gerade recht."

„Richtig, nun will ich mich aber erstmal für den heutigen Tag stärken. Wer weiß, was auf mich zukommt." Die junge Frau greift nach dem Schinken und entwickelt einen erstaunlichen Appetit.

Wenn ich mir die beiden anschaue, passen sie doch richtig gut zusammen, findet Witwe Tiffemann. Nach Wirtinnen Art hat sie das Gespräch der beiden hinter der Küchentür verfolgt. Die beiden jungen Leute gefallen ihr.

Cedric überlegt, wie er ein vernünftiges Gespräch zustande bringen kann. Die Entscheidung wird ihm abgenommen. In der Tür steht der dunkle Typ vom Vortag und eilt mit ausgebreiteten Armen und gespitztem Mund heran.

„Bist du fertig, Tinchen? Ja? Das ist gut, muss mich beeilen. Bin spät dran."

„Gutes Timing, lieber Matze. Ja, ich bin so weit. Mein Tischpartner hier ist übrigens der Herr Tilman aus Hamburg."

Matze lächelt einen guten Tag und vergisst sich vorzustellen. „Lass uns starten, Tinchen, ich muss zeitig in Westerland sein."

Hat er es wirklich so eilig? Er drückt der Frau einen Kuss auf die Backe. Dann enteilen sie. Der Zurückgebliebene lächelt krampfhaft. So muss sich ein Sechsjähriger fühlen, dessen Alter man auf fünf geschätzt hat.

„Wenn das so weitergeht, handele ich mir noch Depressionen ein. Fertig Tinchen? Gutes Timing, lieber Matze!"

Motzig muffelt er auf dem Rest eines Brötchens herum und erwischt dabei die Zunge. Herzensfrust statt Herzenslust.

***

Ein junger Morgen.

Frischer, unschuldiger Duft dringt durch das angelehnte Fenster. Sonnenlicht reflektiert in der Scheibe, drängt in die Enge des Schlafraumes. Ein nächtliches Gewitter hat die Luft gewaschen. Zwei Männerfüße tapsen aus dem Bett zur Dusche. Kühles Wasser rieselt durch den angekalkten Duschkopf. Prüfend bewegen sich zwei Hände in die sprenkelnde Nässe, dann verschwindet Cedrics schlanke Gestalt hinter der Duschabtrennung. Das Nass, ein willkommener Muntermacher, rieselt an knapp hundertneunzig Zentimetern herab. Abrubbeln, abtrocknen, noch ein mutiger Blick in den Spiegel. Der junge Mann scheint zufrieden. Leise pfeifend schreitet er hinunter in den Frühstücksraum.

Wieder ist er der einzige Gast. Ohne zu zögern wählt er den Tisch vom Vortag. Ob ihm *Tinchen* wieder über den Weg laufen wird? Man soll ja den Lauf der Welt um eine Winzigkeit beeinflussen können, wenn man sich auf sein Ziel konzentriert. Und siehe da! Das erste Brötchen ist noch nicht geschmiert, da vernimmt er trippelnde Schritte. Schon das leichte Aufsetzten der Sandale verspricht Anmut.

Martina von Horwitz, heute früh die Morgenröte in Person, tiriliert ein duftiges *Guten Morgen* in den Frühstücksraum. Cedric spürt ein zartes Beben im Brustbereich. Eilig springt er hoch und rückt er für die Vermisste den Stuhl neben sich zurecht.

„Guten Morgen, schöne Frau. Sie machen mir doch die kleine Freude, ihr Frühstück wieder an diesem Tisch einzunehmen?"

„Diese *kleine Freude* gönne ich Ihnen." Sie schaut plötzlich unsicher. „Ist was, stört Sie etwas an mir? Ist mir der Lippenstift ausgerutscht?"

„Nö, im Gegenteil, sie schauen frisch und munter aus. Bestimmt haben Sie heute früh schon ein Bad genommen."

Die Gegenfrage *Wieso, fehlt eines?* entkrampft die Situation.

„Hatten Sie gestern Zeit, diesen herrlichen Strandtag zu genießen? Sie sind doch hoffentlich nicht zum Arbeiten auf diese schöne Insel gekommen?"

„Wie man`s nimmt", lächelt die Frau.

„Verstehe ich nicht."

„Beides ist richtig. Ich jobbe hier, war gestern aber auch schon am Strand."

Zwei blanke Kastanien funkeln. „Ich helfe bei einer Familie aus, mache Babysitten. Das *Baby* ist freilich schon fünf Jahre alt und heißt Justus. Mit ihm war ich gestern an der Nordspitze der Insel, am Ellenbogen bei List."

„Die Ecke kenne ich, das ist ein hübscher, ruhiger Strandabschnitt. Der heißt so, weil der Nordteil der Insel dort einen sanften Bogen macht", versucht er aufzuklären. „Man muss auf die starke Strömung achten, kann äußerst gefährlich werden, wenn man da ins Wasser steigt." Jetzt will er es wissen. „Haben Sie sich mit Justus allein hin getraut?"

„Junger Mann, Sie ziehen mir ja mächtig an der Zunge", grinst sie. „Aber gut, Sie wollen wissen, ob mich dieser sympathische Typ von gestern Morgen begleitet hat!" Ihre Gesichtskastanien leuchten. „Nein, hat er nicht. Der Matze muss auf der Insel einige geschäftliche Dinge regeln und in der Zwischenzeit kümmere ich mich um seinen Sohn. Zufrieden?"

„Whow!" Cedric wird mutig. „Was halten Sie davon, wenn wir etwas gemeinsam unternehmen. Wir könnten zum Beispiel heute oder morgen unsere Haut zum Strande tragen. Ich habe in den Dünen bei Vater Leuchtturm eine wunderschöne Ecke entdeckt. Hätten Sie Lust?"

„Klingt gut, aber wer ist Vater Leuchtturm?"

„Pardon, das muss ich erklären. So nennen wir in unserer

Familie den großen Kampener Leuchtturm in der Nähe der Hauptstraße. Da gibt es eine Geschichte, die erzähle ich Ihnen gelegentlich."

„Klingt interessant, die Gegend kenne ich noch nicht. Heute muss ich mit dem Kleinen noch zum Arzt und auch sonst ist noch einiges zu erledigen. Und morgen? Ich habe Justus versprochen, noch mal mit ihm an den Ellenbogen zu gehen. Wenn Sie wollen, können Sie uns dorthin begleiten. Vater Leuchtturm kann uns ja nicht weglaufen."

„Klar, will ich, kann ich. Aber wenn wir dann schon in Familie machen, sollten wir uns langsam duzen, was meinen Sie?"

„Habe nichts dagegen. Also, mein werter Name ist Martina und ich mache einen Diener." Sie deutet galant eine Verbeugung an.

Der junge Mann lüftet einen imaginären Zylinder. „Chapeau. Chapeau, es ist kein Trick, ich bin der nette Cederic!"

Das Verliebtsein beginnt Spaß zu machen. Die beiden jungen Leute ergreifen ihre Kaffeetassen, verhaken die Arme ineinander, nippen ein Schlückchen, verharren Wange an Wange und hauchen sich, ein liebestoller Höhepunkt, ein vorsichtiges Küsschen auf die geröteten Backen.

IV

Ein Leuchtturm

Cedrics Finger sucht den Klingelknopf.

Das *Ding Dong* dröhnt deutlich, aber im Haus rührt sich nichts. Über den Sandweg, von der Düne her, joggt ein Mann heran. Er hat offensichtlich einen strammen Strandlauf hinter sich. Schnaufend begrüßt er den Wartenden.

„Tach auch, ich bin Martinas Bruder."

„Und ich bin erfreut", grinst Cedric. „Wir haben uns schon kurz in der Pension kennengelernt."

„So ist es, Herr Tilman, ihren Namen habe ich mir gemerkt."

„Ist das nun ein gutes oder schlechtes Zeichen? Sie wissen sicher, dass ich mit ihrer Schwester und Justus verabredet bin. Martina ist vorhin schon mit dem Fahrrad vorausgefahren. Wollte sie abholen, aber sie hat vermutlich die Klingel nicht gehört."

„Klar, prima, dass Sie sich zusammentun. Ich bin Matthias, meine Freunde sagen Matze. Wollen wir uns duzen?"

„In Ordnung, Matze. Siezen macht alt. Also, ich bin der Cedric."

„Meine Schwester duzt du ja auch, oder?"

„So ist es. Haben Sie gerade ihren Frühsport hinter sich?"

„Du hast ...", korrigiert der Jogger.

„Entschuldigung, die Situation ist neu", stottert Cedric und beschließt, den verschwitzten Matthias ab sofort sympathisch zu finden. „Du hast `ne tolle Figur, Matze, treibst viel Sport, was?"

„Kann man so sagen."

„Regelmäßig?"

„Kann man so sagen."

„Was ist denn dein Lieblingssport?"

„Schach."

Witzig ist Matze auch noch. Besser als dröge oder taubstumm.

„Übst du noch andere Extremsportarten aus?"

„Aber ja, Cedric. Bogenschießen."

„Oh je! Das stelle ich mir recht schwierig vor. Ist doch schon schwer genug, geradeaus zu schießen!"

Matthias von Horwitz schmunzelt. Der neue Freund gefällt ihm. Tina erscheint in der Haustür. Sie hat mitbekommen, dass sich ihre Urlaubs-bekanntschaft vor dem Haus eingefunden hat.

„Hallo Matze, da bist du ja. Schön ausgepowert? Ich habe alles gerichtet, hole nur noch den Kurzen, dann können wir los." Tina verschwindet im Haus, ist schnell mit dem Fünfjährigen und einem Rucksack zurück. Ihr Bruder verabschiedet sich, dreht sich in der Tür noch einmal um.

„Heute ist Freitag, der Dreizehnte. Also fahrt vorsichtig und passt gut auf meinen Sprössling auf."

„Ach Matze, seit wann bist du abergläubisch? Leidest du etwa unter Paraskavedekatriaphobie?" Tina amüsiert sich über sein überrraschtes Gesicht.

„Oh je, Tina, wie lange hast du an diesem Wort geübt! Aber ich kann dich beruhigen. Ich leide nicht, aber ich kenne genug Menschen, die mit einer solchen Phobie kämpfen. Aber keiner von denen, wenn ich es richtig weiß, hat deswegen schon einmal auf sein dreizehntes Monatsgehalt verzichtet, auch nicht an einem Freitag." Matze präsentiert lachend sein blendendes Gebiss. „Macht voran. Habt ihr Schutzcreme dabei an diesem sonnenbrandfreundlichen Tag, ja? Gut, dann befreit mich von eurer Gegenwart. Muss mich umziehen, habe nachher noch einen wichtigen Termin. "

Termine sind immer wichtig. Tina, Cedric und Justus klettern in den roten Sportflitzer. Der Kleine klemmt sich auf den Notsitz. Cedric tritt so zügig auf das Gaspedal, dass der Schotter vom Wege aufspritzt. Schnell haben sie die Hauptstraße erreicht und befinden sich auf der einzigen Durchgangsstraße, die zum Norden der Insel führt. Die rechts und links der Straße verstreut liegenden Anwesen schmiegen sich mit ihren Reetdächern vornehm geduckt in die Dünenlandschaft. Im Autoradio melden sich die Beatles. *All you need is love.*

„Oh, sieh nur da rechts, der sssöne Leuchtturm." Justus kann das *sch* nicht richtig aussprechen.

„Das ist *Vater Leuchtturm*", klärt ihn Cedric auf.

„Aha", murmelt Justus, ohne groß zu reagieren.

Kurz darauf zeigt Cedric auf einen kleinen Leuchtturm. „Schaut da vorne links, auf der Düne kurz vor dem Strand. Das ist *Baby Leuchtturm*. Wenn du schön brav bist, erzähle ich dir nachher die ganze Geschichte."

„Cedric, du versuchst ein Märchen unter die Leute zu bringen."

„Nicht wirklich. Wir waren früher häufig auf dieser herrlichen Insel. An einem heißen Nachmittag, wir kamen vom Strand, mochte der Ama nicht mehr laufen. Mein Vater sollte ihn huckepack nehmen. Dem war aber auch heiß und er hatte keine Lust, den Sohn bis zum Parkplatz zu schleppen. Um ihn abzulenken, fing er an, Erlebnisse vom Vater Leuchtturm zu erfinden. Wenn ich einmal Kinder haben sollte, werde ich ihnen diese Geschichte bestimmt erzählen."

„Oh, ja." Justus zeigt zunehmend Interesse.

„Also später mal", weicht Cedric aus und steuert das flotte Gefährt mit mäßiger Geschwindigkeit über die Landstraße. „Mein Vater wollte früher auch einen Porsche fahren. Er war richtig heiß darauf, aber Mutter fand das zu protzig. Sie liebt das Understatement. Du musst wissen, sie ist in Hamburg geboren. Echte Hanseaten sind so."

„Ah ja. Und wie geht es deinen Eltern?"

„Ich denke gut. Sie leben schon länger in Lübeck. Da ich seit einige Jahren nicht mehr zu Hause wohne, habe ich sie in den letzten Monaten kaum gesehen."

„Sind sie berufstätig?"

„Meine Mutter ist Hausfrau, mit Leib und Seele. Mein Bruder und ich nennen sie diskret *Hamburgensie*. Eine liebenswerte Glucke. Das hat sich auch nicht geändert, als ich ausgezogen bin. Dafür wird mein jüngerer Bruder mit seinen knapp neunzehn Lenzen umso heftiger umhegt. Aber wenn Amadeus nach hoffentlich bestandenem Abitur zur Bundeswehr geht, dürfte es zu Hause ruhig werden. Ich denke, Mutter wird ordentlich dran zu knabbern haben."

„Und dein Vater?"

„Ein freiberuflicher Ingenieur."

„Viel auf Reisen?"

„Ja, aber er hat sein Büro zu Hause, ist dadurch einigermaßen präsent."

Auf der linken Seite drängt sich eine Wanderdüne ins Blickfeld. Sie wälzt sich seit vielen Jahren der Straße entgegen, unaufhaltsam, im Zentimetertempo, vom dauernden Westwind angetrieben.

Die drei Ausflügler haben den nördlichsten Ort auf der Insel erreicht. Justus hat Hunger. Am Ende der Straße lockt ein rustikales Restaurant. Eine bunte Fahne flattert an der holzverkleideten Front. *Das nördlichste Restaurant Deutschlands*, so steht es auf einer betagten Holztafel. Tina lässt Cedric den Vortritt, damit er ihr die Tür öffnen kann. Schon steht er am Garderobenständer und fragt den vorbeieilenden Kellner: „Hier können wir uns doch aufhängen?"

„Aber bitte nur die Jacken!"

„Na klar", grinst Cedric, „wir wollen Ihnen ja nicht die Gäste vergraulen."

Tina hat sich einen Fensterplatz ausgewählt. „Hier hat man einen tollen Blick auf die Wattseite", staunt sie.

Das Lokal ist zu dieser Tageszeit kaum besucht. Nur hinten im Eck hocken einige Gäste. Die Drei haben kaum Platz genommen, da ist auch schon der Ober mit der Speisekarte zur Stelle. Cedric blättert darin herum.

„Ich werde eine Portion orthographische Fehler bestellen", entscheidet er.

Tina hat ein Fragezeichen auf der Stirn.

„Die stehen hier auf der Karte, wirklich Tina, schau selber rein", grinst er. „Zum Beispiel ganz unten, da kannst du dir etwas zum Lachen bestellen, *Lachspieß*."

Tina gurrt und bestellt einen Lachsspieß.

„Für mich auch."

„Ein Sonderpunkt wegen Übereinstimmung", stellt Tina fest und versetzt dem Freund einen kleinen Stoß in die Rippen. Justus möchte Pommes mit Majo und eine Limo. Die bekommt er auch. In einer Ecke des Lokals thront auf einem der alten Holzstühle eine voluminöse Dame, eingezwängt in ein geblümtes Kleid. Am Stuhl hängt eine Windjacke, Modell *Festzelt*. Daneben hockt ein rothaariger Junge.

„Ich will Currywuurst!", krächzt der Knabe und belässt die Hände in der Hosentasche. Das in die Länge gezogene *U* lässt vermuten, dass das Bürschchen aus dem Ruhrgebiet stammt. Hinter dem Jungen wird ein runder Kopf mit abstehenden Ohren sichtbar.

„Ach du liebes Lieschen, das ist doch *Paul* mit seiner Mischpoke", flüstert Cedric. „Und die gute Frau scheint nur dieses blumige Kleid zu besitzen."

Tina hat Cedrics Blicke verfolgt, schaut verständnislos. Der Freund klärt auf. „Die Leute da hinten sind bei meiner Anreise in Niebüll zugestiegen, leider in mein Abteil. Fragwürdige Zeitgenossen. Wir können froh sein, dass die sich dahinten hingehockt haben."

Der Kellner schlurft mit der Limonade heran. Justus stürzt sich sofort drauf und quält den Strohhalm. Kurz danach durchquert der Kellner erneut den Raum, trägt zwei Teller vor sich her. Auf dem einen jongliert er eine gewaltige Portion Schweinskopfsülze mit Remouladensauce. Das Gericht auf dem anderen Teller ist schwer definierbar, ähnelt Hundefutter. Ein Teil davon erweist sich bei genauem Hinsehen als zu Tode frittierte Bratkartoffeln.

„Ich bin der Schweinskopf", ruft *Paul*. Sofort beginnt er mit Messer und Gabel zu werkeln, als wäre er bei einem Torero in die Lehre gegangen.

Cedric rümpft die Nase und wendet sich der Freundin zu. „Wir waren vorhin unterbrochen worden. Ich wollte noch was Persönliches loswerden, Tina. In den Augen meines Bruders war ich immer der Große, der verständnisvolle Freund. Amadeus und ich verstehen uns blind. Wenn ich mal die Eltern besuche, quatschen wir uns richtig aus, stundenlang. Ich weiß so ziemlich alles über ihn und er über mich. Es gibt zwischen uns keine Geheimnisse. In einigen Tagen hat er Geburtstag, den darf ich nicht verpassen. Wie sieht es bei dir aus, Tina, hast du noch Geschwister?"

„Nein, Matze ist der einzige. Unser Vater ist durch einen Autounfall ums Leben gekommen. Als wir noch klein waren."

Cedric zuckt zusammen. „Tut mir leid."

„Auf der Autobahn ist ein großer Lastzug ins Schleudern gekommen und auf die Gegenfahrbahn geraten. Mein Vater hatte keine Chance zum Ausweichen."

„Das konnte ich nicht ahnen. Meiner hatte ein ähnliches Erlebnis. Er kollidierte mit einem Laster, hatte aber riesiges Glück. Solche Unfälle sind häufiger als man denkt. Man meint, dass immer nur anderen ein Ziegelstein auf den Kopf fallen kann. Was ist mit eurer Mutter?"

„Ach die. Die Gute reiste dauernd in der Welt herum und hat sich früh scheiden lassen. Kindererziehung war nicht ihre Sache. Inzwischen hat sie wieder geheiratet, einen Unternehmertypen. Menschlich ganz in Ordnung. Ich sehe Mutter und Stiefvater selten."

Das Essen ist da. Das Gespräch versandet. Tina beobachtet einige Surfer, die sich auf ihrem Brett balancierend durch das Wasser bewegen. Es ist Flut. Der Wind hat aufgefrischt. Richtig kabbelige Wellen.

„Jetzt ist er umgekippt", stellt Tina fest.

„Wer?" Cedric schaut hinüber zu dem Mann mit den abstehenden Ohren. Ist dem vielleicht die Schweinskopfsülze nicht bekommen?

„Ich spreche von dem Surfer da draußen. Er ist vom Brett gekippt, einfach so", stellt Martina klar.

Aus dem angestaubten Lautsprecher in der dunkelsten Ecke des Lokals kräht die Singstimme einer Berliner Göre. *Pack die Badehose ein* ...

***

Sie haben es gerade noch rechtzeitig ins Quartier geschafft. Ein heftiges Sommergewitter prasselt auf die Insel nieder. Die Drei haben fast den ganzen Tag am Lister Nordstrand ausgehalten. Justus konnten sie mit Ballspielen, Wassergeplansche und Getränken aus Tinas Rucksack lange Zeit bei Laune halten. Als sich erste Wolken am Horizont zusammenballten, haben sie eilig zusammengepackt.

Martina lümmelt sich auf dem plüschigen Sofa herum. Cedric und Justus hocken zu ihren Füßen, haben sich mit Proviant versorgt. Eine Kanne Orangensaft, eine Flasche Wasser und eine Anhäufung Salzgebäck.

„Nun bitte die Geschichte vom Vater Leuchtturm!" bettelt Justus.

Cedric lehnt mit seinem Kopf an einem Sofakissen und sucht für die nackten Beine eine bequeme Position. Sein Gesicht strahlt Wichtigkeit aus. „Gut, jetzt also die Geschichte vom Vater Leuchtturm. Justus, du hast ihn ja bereits gesehen, den Vater Leuchtturm."

„Ja, da sind wir dran vorbei."

„Richtig, wir können ihn auch von hier sehen, wenn wir hinten aus dem Fenster gucken. Die großen Leute nennen ihn den *Leuchtturm von Kampen*. Ist doch toll, wie er rund und mächtig aus dem Dünenland herausschaut. Findest du nicht auch, dass er sich wie eine beleibte Rakete in den Himmel reckt?"

Justus nickt.

„Hast du die breite, schwarze Bauchbinde bemerkt, die seinen weißen Leib umspannt? Das ist bei Leuchttürmen ein untrügliches Zeichen für Mannestum. Und der dunkelgrüne Hut oben drauf soll ihn vor Regen, Wind und starker Sonne schützen."

Justus hüpft zum hinteren Fenster. „Der Hut ist sssön grün." Er liebt das Wörtchen *schön*.

„Wenn es dunkelt und die Nacht nahe ist, beginnen seine Augen zu leuchten. Die Augen funkeln dann richtig feurig und sind für Mensch und Tier weithin sichtbar. Je dunkler es wird, desto heller strahlen die Augenlichter. Sie blicken forschend hinaus auf das Meer, wo ab und zu ein Fischerboot den Weg zum Hafen sucht oder wo auch hin und wieder größere Schiffe in der Ferne vorbeiziehen."

„Am Abend gucke ich mal", beschließt Justus.

„Die Seeleute auf den Schiffen", erklärt Cedric, „können die Blicke des Leuchtturms auffangen und sie wissen sofort: *Achtung, da ist Land in der Nähe!* Sie geraten dann nicht in die Gefahr, mit ihrem Schiff auf Grund zu laufen. In seiner Jugend hatte Vater Leuchtturm eine Freundin, die hieß Anna, die wohnte gleich an der Düne neben ihm. Die war mit ihm aufgewachsen, war wie er recht kräftig gebaut. Groß und rund, mit heller Haut. Du musst nämlich wissen, Justus, eine helle Haut gilt unter Leuchttürmen als besonders vornehm. So fühlte sich die Anna auch. Sie wuchs schnell heran und reckte sich, als wollte sie nach den Wolken greifen."

„Und hat sie?"

„Nicht ganz, da fehlte immer ein Stückchen. Aber wenn die Wolken tief daherschwebten, sah es wirklich so aus. Die Wolken strichen dann ganz dicht um Annas Kopf herum als wollten sie die Anna küssen."

„Und wo ist sie nun? Habe sie nicht gesehen!"

„Langsam, warte ab. Abends blinzelte Vater Leuchtturm zu ihr hinüber. Er warf sich dabei so stolz in die Brust, dass man Angst haben musste, ihm würde die Bauchbinde vom Leib wegplatzen. Anna flirtete dann emsig und blinkte heftig. Ich denke, sie passten wirklich gut zusammen. Im Laufe der Zeit verliebten sie sich schließlich heirateten sie."

„Wo denn, in einer Kirche?" fragt Justus ungläubig.

„Nein, kein Pfarrer in der Kirche traut Leuchttürme. Eher schon zwei Männer"… Cedric stockt.

„Waas?"

Nun muss Cedric einem kleinen Jungen erst einmal klarmachen, dass normalerweise…, aber was ist schon normal. Erfolgreich lenkt er ab und kann schon bald er mit der Geschichte fortfahren.

„Wie das nun so ist, wenn man sich lieb hat, kommt eines

Tages ein Baby zur Welt. Ein Sohn. Das sah man schon daran, dass er wie der Vater eine, wenn auch kleine, schwarze Bauchbinde trug. Weibliche Leuchttürme sind da ganz ohne. Der Sohn war von ähnlicher Statur wie Vater und Mutter, nur eben kleiner, so dass Baby Leuchtturm, der dicht an Vaters Seite stand, häufig übersehen wurde."

„Und Mutter Leuchtturm?"

„Die stand auch da, bei jedem Wetter. Wie wir alle erfreute sie sich an der Sonne. Oft reckte sie sich den warmen Strahlen entgegen und ließ sich umarmen. Wie du weißt, Justus, kann die Sonne auf der Insel ganz doll strahlen und man muss sich immer gut mit Sonnenöl einreiben."

Klar, das versteht Justus.

„Nur Mutter Leuchtturm dachte nicht daran. Große Leute können ja so unvernünftig sein!"

Klar, auch das versteht Justus.

„Du kannst dir sicherlich denken, was passierte. Hellhäutig wie sie war, bekam sie schnell einen Sonnenbrand und den am ganzen Körper. Vater Leuchtturm hat das natürlich mitbekommen, Mutter Leuchtturm ordentlich ausgeschimpft und sie *sonnenhungrige Anna* genannt."

„Hat sie viel Sonne gefuttert?" Der Kleine wälzt sich am Fußboden. *Sonnenhungrige Anna* findet er lustig. Er stellt sich vor, wie die Anna emsig an der Sonne herumknabbert.

Auch Martina amüsiert sich, wie ihr neuer Freund mit wichtiger Miene so phantasievoll diese Geschichte zum Besten gibt und dabei offensichtlich immer etwas hinzuerfindet. Seine liebe Art macht ihr Herz heiter. Justus könnte durchaus Cedrics Kind sein. Sie schaut ihn an und versucht, ihn sich als Familienvater vorzustellen.

„Also, Anna räkelte sich, wann immer das Wetter es zuließ, in der Sonne und brutzelte dort vor sich hin. Sie wurde immer fauler und je fauler sie wurde, desto mehr rötete sich ihre ehemals blasse Haut. Mutter Leuchtturm wurde rot und roter und bald wich die Röte nicht mehr von ihrem Körper und ob du es glaubst oder nicht, schließlich war sie so rot wie sie faul war!"

„Find ich gar nicht sssön. Was war mit Baby Leuchtturm?"

„Das Kind wuchs heran und die Leute sagten, wenn sie vorbeikamen: 'Seht, dort steht der Sohn von Vater Leuchtturm. Er ist zwar noch recht klein, aber ist das nicht ein schöner Junge? Aus dem wird mal was!'

Vater und Mutter stritten sich immer häufiger. Als der Sohn eines Morgens aufwachte, war die Mutter verschwunden. Sie hatte das Geschimpfe satt. Knall auf Fall war sie fortgegangen und nach Süden gewandert."

„Weggelaufen? Können Leuchttürme laufen?", fragt Justus mit großen Augen.

„Wenn sie sich viel Mühe geben schon, aber sie gehen nur sehr, sehr langsam und vorsichtig. Darum war Anna auch sieben Tage unterwegs, bis sie an der Südspitze der Insel angekommen war. Das kannst du mir glauben. Unten in Hörnum, so heißt der Ort. Dort konnte sie aber nicht mehr weiter, wegen der Nordsee mit ihren vielen Wellen. Sie suchte sich einen ruhigen Platz und beschloss, in Hörnum zu bleiben. Dort steht sie heute noch und thront auf einer hohen Düne, mächtig von Statur und Röte. Draußen im Flur hängt ein Foto. Wenn du mal hinfährst, kannst du Mutter Leuchtturm bestimmt schon von weitem erkennen."

Justus springt hoch, läuft in den Flur. „Wann fahren wir nach Hörnum? Ich will nach Hörnum!"

„Mein Urlaub geht so verdammt schnell zu Ende. Morgen möchte ich mit Tina noch an den Kampener Strand. Das verstehst du doch sicher."

Nein, das versteht der Kleine nicht. Mit runden Augen betrachtet er ein großes Kalenderblatt an der Zimmerwand. Es zeigt den Hörnumer Leuchtturm. „Wieso hat Mutter Leuchtturm oben und unten so weiße Streifen? Die ist ja gar nicht voll rot!"

„Ja, also ..." Cedric überlegt kurz. „Das ist so. Wenn sich Mutter Leuchtturm gesonnt hat, kamen natürlich häufig Leute vorbei und da hat sie einen Bikini angezogen. Darunter bleibt doch die Haut blass, oder nicht?"

Martina wälzt sich amüsiert auf dem Sofa und fragt sich, was der Erzähler noch alles von sich geben wird.

„Wenn Vater Leuchtturm seine Arbeit aufnahm, streiften seine Blicke wie lange, helle Finger über Insel und Meer und der Sohn fragte: 'Papa, siehst du ein Schiff? Ach ja, wirklich? Papa, ist es ein schönes, ein großes Schiff? Papa, kommt es uns besuchen? ' Vater Leuchtturm gab geduldig Auskunft und meinte: 'Warte nur, bis du groß bist, Sohn, und über unsere wunderschöne Insel blicken und nach Schiffen Ausschau halten kannst. ' Der Sohn wurde älter, aber sein Körper wollte nicht recht wachsen, obwohl er sich reckte und dehnte, damit er einen besseren Blick über die Insel haben konnte. Aber er blieb klein."

„Ich bleibe aber nicht klein", protestiert Justus.

„Natürlich bleibst du nicht klein. Willst du noch den Rest hören?"

Was für eine Frage, los, weiter!

„Eines Tages hatte Vater Leuchtturm eine tolle Idee."

„Wirklich? Welche denn?"

Der Vater nahm die Hand des Sohnes und sprach, dass es an der Zeit wäre, sich von seiner Seite zu lösen. Selbständig sollte er werden, der Sohn. So nennen es die großen Leute. Da wurde der Kleine auf einmal traurig. Er hat sich in Vaters Nähe immer so sicher gefühlt, konnte sich in stürmischen Nächten, in denen sich sogar die Lämmer auf der Weide hinter ihren Müttern versteckten, an Papas Bauchbinde festhalten. Das kann man doch gut nachempfinden, Justus, oder? Vater Leuchtturm erläuterte seine Idee und meinte: 'Dort drüben gibt es eine kleine Düne. Da solltest du dich hinstellen. Man hat von dort einen wunderbaren Blick über Insel und Nordsee. Das ist gar nicht weit weg, so dass wir uns immer sehen können.'

Der Sohn dachte darüber nach und fand die Idee schließlich gar nicht so schlecht. Und so machte er sich einige Tage später auf den Weg. Über ausgelaugten Sand und kärglich bewachsene Sandwege gelangte er zu der kleinen Düne, von welcher der Vater gesprochen hat. Mühsam begann er hinaufzusteigen. Der harte Strandhafer pikste, wenn er vom Weg abkam. Er musste höllisch aufpassen, damit er nicht stolperte. Leuchttürme sind ja so behäbig. Justus, du kannst dir gewiss gut vorstellen, dass es für einen Leuchtturm schwer ist, wieder aufzustehen, wenn er mal hinfallen sollte!"

„Hi, hi, ist er denn mal hingefallen?"

„Nein, glücklicherweise nicht. Er hätte sicherlich lange warten müssen, bis kräftige Leute vorbeigekommen wären, um ihm aufzuhelfen. Also weiter. Der kleine Leuchtturm konnte weit über die Nordsee blicken. Bis hin zur Buhne 16 am nördlichen Strandabschnitt von Kampen, dem Nacktbadestrand. Da darf man ohne alles baden. Hast du schon mal nackelig gebadet, Justus?"

Der weiß es nicht genau.

„Ich schon. Als ich das erste Mal ohne Badehose in eine Welle hineinsprang, griff ich erschrocken nach meiner Hose, fürchtete, die starke Brandung würde sie mir entreißen. Dann erst merkte ich, dass ich gar keine anhatte!"

Justus gluckst vor Lachen bei dem Gedanken an den nackten Ceddy, der verzweifelt seine Badehose sucht. Und die ist gar nicht da! Auch Martina kann sich das gut vorstellen.

„Ist schon ein komisches Gefühl, so ohne Hose, zumindest am Anfang. Aber wenn du dann erst im Wasser drin bist, findest du das doll!"

„Weiter, Cedric, komm endlich zum Ende!"

„Der Sohn stand nun auf seiner Düne und blickte immer wieder hinüber zum Nacktbadestrand. Er konnte gut erkennen, wie dort Menschen oftmals juchzend und barfuß bis zum Hals in die Nordseewellen sprangen. Frauen waren dabei, auch einige hübsche, mit toller Figur. Das konnte er gut erkennen. Auch, dass einige an Strand herumknutschten. Dann wurde der kleine Leuchtturm immer ganz rot."

„Ich würde nicht rot werden", behauptet der Kleine. Gehen wir auch mal an diesen Strand?"

„Mal sehen, aber lass mich weitererzählen. Mit der Zeit nahm sein ganzer Körper eine backsteinrote Farbe an, so dass nicht einmal mehr seine Bauchbinde erkennbar war. Ja, der Vater hatte schon recht, hier war ein wunderschöner Standort mit einem herrlichen Ausblick!"

46

Unbemerkt steht Mathias von Horwitz in der Tür. Er hat die letzten Sätze aufgeschnappt.

„Ihr Voyeure, wart ihr am FKK-Strand und habt nach nackigen Leuten geschaut?"

„Ruhe! Ceddy erzählt eine ssöne Gessichte", ruft Justus.

Sein Vater verstummt und lässt sich in einen der Plüschsessel sinken.

„Der Sohn, den ich heute immer noch *Baby Leuchtturm* nenne, weil er doch so niedlich klein ist, steht nun schon seit vielen Jahren dort in den Dünen. Wenn es dunkelt und die Abendsonne wie ein großer gelber Ballon am Horizont steht, bietet unser kleiner Leuchtturm ein besonders friedvolles Bild. Oft ist dann der Abendhimmel tief rot, so, als ob die Engel im Himmel Brot backen. Wenn dann die Sonne langsam am Horizont in die Nordsee hineintaucht, könntest du meinen, sie würde dort ertrinken. Bei Arbeitsbeginn wirft Vater Leuchtturm dem Sohn einen freundlichen Blick herüber, als wollte er sagen: ´Mein lieber Sohn, ich wünsche dir einen guten Abend. Ich hoffe, es geht dir gut.´ Und dieser lächelt zurück, mit leuchtenden Augen: ´Auch dir einen schönen Abend. Und arbeite nicht so viel.´

„Mein Papa arbeitet auch viel", stellt Justus fest und guckt zum Vater hinüber. Der greift nach einer Flasche Bier. Justus steckt einen Finger in den Orangensaft und lutscht daran.

„Ab und zu, an klaren Abenden und Nächten, wenn die Sicht gut ist und der Blick weit reicht, kann *Baby Leuchtturm* von Kampen aus weit in den Süden der Insel schauen. Er kann die Orte Westerland und Rantum erkennen und fast bis nach Hörnum sehen. Von Hörnum her wird dann oft ein flackerndes Leuchten erkennbar, kaum erkennbar, nur ganz schwach, aber wenn er sich Mühe gibt, kann er es erkennen. Dann nämlich späht Mutter Leuchtturm wie ein Indianer durch die Nacht zu Vater und Sohn. Hofft sie, einen Blick von den beiden aufzufangen? Was meinst du, Justus, ob sie Sehnsucht nach ihrem Sohn hat, nur ein kleines bisschen?"

„Ganz bestimmt", ruft Justus.

„Ja, ich weiß es sogar. Das aber ist eine andere Geschichte."

„Welche denn?" fragt Justus und auch Martina ist neugierig.

„Die erzähle ich später einmal, aber nur, wenn du artig bist und dich zum Schlafengehen fertigmachst. Für heute ist Schluss. Es ist schon recht spät."

Justus ist müde, kann kaum die Augen offenhalten. Der Strandtag war anstrengend. Er trollt sich. Auch Matthias steht auf und folgt dem Sohn.

„Jetzt sind wir beiden Alten allein", stellt der Geschichtenerzähler fest. „Was machen wir mit dem angefangenen Abend?"

„Wollen wir ausgehen?", fragte eine Kerze die andere.

„Mit einer so süßen Flamme wie dir immer! Da verwandele ich mich ruckzuck in den Prinzen von Kampen! Machen wir uns auf den Weg. Wie wär`s mit der Würstchenbude am Bahnhof? Oder muss es etwas Besseres sein?"

Die lieb erzählte Geschichte, kleine Komplimente, die angenehme Art des Freundes herzt. „Ich lege mich und die Gestaltung des Abends vertrauensvoll in deine sensiblen Hände, Ceddy."

„Prima, und morgen fahren wir rüber zu meiner Lieblingsdüne, ja? Die möchte ich dir unbedingt noch zeigen. Ich meine die am FKK-Strand. Du weißt, wie die Friesen sagen, wenn sie *FKK* sagen? Nein? Fiete kann kieken."

Mit sandigen Füßen wandern sie über wacholderbewachsene Hügel in Richtung Strand. Das schlechte Wetter hat sich verzogen. Der Regen hat nur wenig Erfrischung gebracht. Ungewöhnliche Schwüle lastet über der Insel. Inzwischen haben Sonne und Mond den Platz getauscht. Der volle Mond versteckt immer wieder sein Gesicht hinter einer Wolke. Ein einzelnes Himmelslicht wird sichtbar.

„Schau mal, der Stern dahinten, im Westen. Toll, dass man ihn um diese frühe Zeit schon sehen kann."

„Das ist einer der größeren Planeten", klärt Cedric auf, „die Venus, sie strahlt mit besonderer Helligkeit. Man nennt sie auch Abendstern."

„Wie gescheit du bist", schleimt Tina.

„Mein Vater befasst sich mit dem Sternenhimmel. Er hat mir erzählt, dass die Venus zurzeit fast zwanzigmal heller leuchtet als der hellste Fixstern, der Sirius. In der Morgendämmerung ist er noch im Osten zu sehen, deshalb nennt man ihn dann auch Morgenstern."

Sie schlendern dem einschläfernden Rauschen der Nordsee entgegen, die leichten Pullover locker über den Schultern. Der Westwind streift seufzend das Dünengras. Es ist fast windstill. In der Dämmerung taucht der kleine Leuchtturm auf. Die Düne unter ihm badet im Mondlicht.

„Ach, guck mal, da ist ja Baby Leuchtturm!" freut sich Tina.

Sie betrachten das kleine Bauwerk. Der helle Stern steht jetzt direkt über ihm.

„Sieht aus, als ob er mit dem Leuchtturm flirtet", findet Tina und einige Schritte später: „Tatsächlich, guck mal, die Venus sitzt Baby Leuchtturm im Nacken, will ihn necken."

V

Eine Lieblingsdüne

Knallrote Badeshorts lodern im Sonnenlicht.

Cedric hockt auf einem platt abgerundeten Holzpfahl, algenbewachsene Buhnenreste, die wie gedrückte Periskope ihren Kopf aus den heranplätschernden Wellen recken. Daneben planscht ein nymphenhaftes Mädchen in der sanften Brandung und versucht, den netten Typen zu bespritzen.

Es ist ein würziger Sommertag im Juni. Die Insel hat sich hübsch geschminkt, hat sich herausgeputzt. Der Himmel wölbt sich in blauer Gelassenheit über kabbeligen Wellen. In der Ferne reckt ein Fischkutter seine grauen Masten in einen blauen Himmel.

Die forsch und frech herumplanschende Nereide gibt ihre Annäherungsversuche auf und schwimmt davon. Cedric balanciert immer noch geduckt auf den dicken Holzpflöcken, bereit, sich in die heranschwappenden Fluten zu stürzen. Die Freundin sitzt nahe am Wasser und zeichnet mit der Fußspitze Herzen in den Sand. Ob sie sich wünscht, Cedrics labberige Badehose möge beim Kopfsprung in die Kniekehlen rutschen?

Sonnenstrahlen brillieren in den salzigen Wasserspritzern, die den glatten Körper des Freundes benetzen. Schon taucht er in lässiger Streckung in die Wellen hinein, bewegt sich schnell hin zum wärmenden Strand, tappt auf Tina zu. Die nassen Shorts schlabbern tief an Lenden und Oberschenkeln und erlauben den Blick auf einen kräuseligen Haaransatz. Unter dem struppigen Haarschopf nehmen zwei Augen Kontakt zur Freundin auf. Tina blinzelt hoch zu dem Mann, der so schnell in ihrem Herzen ein freundliches Zuhause gefunden hat. Sie ergreift seine ausgestreckte Hand und lässt sich emporziehen.

„Sag Tina, was unternehmen wir jetzt?"

„Weiß nicht so recht, Cedric. Mache mir einen flotten

Handstand oder singe ein unanständiges Lied. Wozu habe ich dich mit an den Strand genommen?"

„Mal nachdenken. Lass uns rübergehen zu der friedlichen Düne, von der ich kürzlich gesprochen habe. Da können wir ungestört Tante Klaras warmen Strahlen huldigen."

„Hört sich gut an. Ich mag Tante Klaras Wärme. Aber hoffentlich beißen uns da keine Mücken."

„Die werden glücklicherweise vom Seewind verweht. Nur bei Ostwind, na ja. Also los, aber ich möchte einen kleinen Umweg machen, über das Café Po."

„Das klingt unanständig, Cedric! Willst du mich vom katholischen Weg abbringen?"

„Nicht doch, du Tugendreiche! Dieses Café dahinten ist nur ein bescheidener Kiosk. Er hat vor Jahren diese Bezeichnung erhalten, weil man dort ordentliche Toiletten vorfindet und auch Getränke bekommt. Da muss ich hin, wenn du verstehst.... oder möchtest du, dass ich in die Nordsee hüpfe?"

„Ceddy, Ferkel!"

„Mach ich ja nicht! Außerdem sind wir hier in einer appetitlichen Gegend, an der weltbekannten Buhne 16. In außergewöhnlicher Gesellschaft. Schau genau hin. Hier kannst du sie treffen, die Reichen und die Schönen, auch die weniger Schönen. Solche, die es sind und andere, die es sein wollen, geliftet und ungeliftet, von südlicher Sonne vorgebräunt oder blässlich, mehr oder weniger entblößt. Einige tragen ungeniert ihre Gaudinudel zur Schau. Also schau dich um. Wenn du Glück hast, ist ein flotter Millionär dabei."

„Klingt nicht schlecht. Vielleicht sollte ich mir wirklich eine höher gestellte Persönlichkeit anlachen, was meinst du?"

„Ja, ein guter Gedanke, wie wär`s da zum Beispiel mit dem Leuchtturmwärter von Kampen?"

„Witzbold, hau ab zu deinem Café. Ich hocke mich hier am Strand hin und werde mich nach reichen und knackigen Männern umschauen."

„Oh je, da muss ich mich sputen, bin aber guter Hoffnung, dich in Kürze hier wieder unversehrt anzutreffen."

Cedric verfällt in einen leichten Trab und joggt eine Anhöhe hoch. Er stolpert beinahe über eine blasshäutige Nackte, die auf dem Rücken liegend mit dem Kampener Strand verschmolzen zu sein scheint. Unter platten Brüsten treten die Rippenknochen deutlich hervor. „Ist das ein Model?", denkt er. „Wo hat diese Lauchgestalt bloß ihre Organe gelassen?"

Schnell ist Cedric auf der Rückseite des Kiosks angelangt. Über dem Pinkelbecken hat ein Witzbold mit Kreide einen unartigen Appell hinterlassen: *Tritt näher ran, er ist kleiner, als du denkst!* Und darunter, offensichtlich von einem anderen Kreativen mit Kreide ergänzend hinzugekrickelt: *Piss nicht daneben, altes Schwein, der Nächste dürfte barfuß sein!*

Grinsend öffnet er eine der beiden Kunststofftüren und hockt sich nieder. Eine Weile starrt er den betonierten Boden an, verfolgt Amok laufende Ameisen, die zwischen seinen sandigen Füßen umherirren. Er rutscht auf dem Klositz herum, verfällt ins Grübeln, denkt darüber nach, wie viele prominente Hintern sich hier wohl schon niedergelassen haben. Als er sich schließlich von der duroplastischen Klobrille erhebt, haben ihm seine Meditationen die Erleuchtung gebracht, dass aus Sicht eines Klodeckels alle Menschen gleich sind. Erleichtert betätigt er die Wasserspülung, klappt den Deckel runter und begibt sich zurück ins Sonnenlicht. Am Ausgang wird beinahe umgelaufen von einer Hühneraugen-Dame der erstbesten Gesellschaft, die auf ihren goldfarbenen Stöckelschuhen an ihm vorbeieilt, hinein in die sanitäre Vorrichtung zur Aufnahme von Körper-ausscheidungen. Cedric schlendert zurück, vorbei an einigen Reichen, Schönen und weniger Schönen.

Ein fleißig gebräunter Yuppietyp mit pomadigem Haar hat sich vor Tina aufgebaut. Schlaksig, mit flachem Brustkorb, steht er vor ihr. Ein Designerhandtuch verdeckt Blößen unterhalb des Nabels. Mit einem pediküurten Fuß scharrt er im Kampener Sand und breitet Einzelheiten über eine Model-karriere aus.

„Bin bereits ausgebucht", lächelt Tina. Sie reicht dem Freund die Hand und hakt sich unter. „Komm Ceddy-Schatz, mach voran, Tante Klara wartet in den Dünen auf uns!"

„Nettes Kerlchen", brummt Cedric und wirft einen kritischen Blick zurück. „Geist addiert sich nicht, Dummheit schon. Ich vermute mal, dem könntest du erzählen, dahinten im Dünengras brüten Sumpfdotterdrosseln. Dieses Wissen würde er gewiss sofort an seine Freunde weiterverbreiten."

„Menschenkenner!"

„Wollte er dich für heute Abend einladen? Geben Papi und Mami in ihrer reetgedeckten Prachtbude eine Party?"

„So ist es. Du hast ja hellseherische Fähigkeiten. Aber ehrlich, Cedric, du bist mir irgendwie lieber."

„Irgendwie? Das hätte ich gerne ein bisschen genauer." Cedric ergreift ihre Hand, haucht einen Kuss darauf und führt sie am Wasser entlang. „Vorsicht Tina, dort lauert eine Feuerqualle. Mit der machst du besser keine Bekanntschaft. Die besteht zwar fast nur aus Wasser, zu achtundneunzig Prozent schätze ich, aber trotzdem ist Vorsicht geboten. Sie besitzt kein Hirn und ist herzlos. Eine wollte mich mal richtig liebhaben, hat sich an meine Kronjuwelen rangemacht. Hätte aber lieber drauf verzichtet."

„Was du nicht sagst! Deine flüchtige Salzwasserbekanntschaft war herzlos und hat sich dennoch unsittlich genähert? Toll!"

„Lästere nur, du kannst dich ja auch mal in ihre reizenden Arme begeben. Hat ordentlich gebrannt damals, nicht nur auf dem Oberschenkel."

Sie wandern weiter. Unversehens fängt der Freund an zu deklamieren:

Wenn der Westwind über die Nordsee weht,
und dann langsam über Süden Richtung Osten dreht,
quellen Quallen oftmals aus der See.
Brennen auf der Haut. Tut richtig weh!

In einer Senke stolpern sie fast über ein Pärchen, das hingebungsvoll die Sonne anbetet. Zwei sonnengetränkte Leiber. Reiner Blößenwahn. Die Frau trägt nur ein Diadem aus Schweißperlen. Am Fußgelenk glitzert ein goldenes Kettchen. Der Mann hat auch nichts weiter am Körper als eine grob gegliederte, goldene Halskette. Er bietet den törichten Anblick eines balzenden Mittfünfzigers, das Gesicht vielfaltig, der Blick einfältig. Das ädrige Ding unterhalb des Nabels hängt schlapp herab wie eine Wurst am Fleischerhaken.

Der ausgemachte Balzvogel mustert die jungen Leute, verbiegt die schmalen Lippen zu einem Grinsen. Dabei entblößt er sein Gebiss. Das sieht fabrikneu aus, erinnert an weiße Klaviertasten. Die mollige, offensichtlich geliftete Frau ist auch nicht mehr die Jüngste. Doch sie wirkt flott und leichtherzig: *Geh aus mein Herz und suche Freud, in dieser schönen Sommerzeit...*

Tina will sich vorbeistehlen. Cedric stupst sie an. „Nun guck doch mal richtig hin Tina, die Frau bietet uns das *Kleid der Hingebung* dar."

„Na weißt du", brummelt sie und zerrt am Arm des Freundes. „Etwas in mir nimmt Schaden. Eine so derb dargebotene Blöße. Das Gesicht zwar straff wie ein Spannbettlaken, aber sonst...“

„Bewundernswerter Scharfblick, Tina. Wenn die lächelt, sieht man`s nicht! Und für alles Übrige könnte ein Bügeleisen von Nutzen sein." Er stockt und beginnt dann zu deklamieren.

„Was wirklich Spaß macht auf der Welt, ist unser Penis, so ein Gebamsel ist doch wirklich etwas Schönes...“

„Klingt nicht unbedingt nach Weltliteratur. Kann es sein, dass ich so was bei Monty Python gelesen habe?"

„Schau an, schau an. Bist ja echt gebildet, Tina! Stimmt, kommt im *Sinn des Lebens* vor. Da heißt es weiter: *Ein Steifer ist der Gipfel, von Stolz und Blut geschwellt, vom allerkleinsten Zipfel bis...*

"Hör auf, mir reicht der Zipfel!"

„Da bin ich beruhigt", schnauft der Freund. „Schau Tina, es ist doch so: Selbst ein ziemlich kleiner Zipfel, führt dich auf sehr hohe Gipfel."

Sie grinsen sich an und wandern zügig weiter. Schnell haben sie die heimelige Düne gefunden, von der Cedric gesprochen hat. In einer kuscheligen Mulde lassen sie ihre Strandtaschen und erste Hüllen fallen.

Cedric greift sich die Wasserflasche. „Hiermit erkläre ich dich zu unserer Lieblingsdüne", röhrt er in den Wind. Er schüttet sich einen Schwall so kräftig in den Mund, dass ihm reichlich Wasser über das Gesicht läuft und an der Brust herabkleckert. Einige Tropfen versickern in den knalligen Badeshorts. Rücklings sackt er neben Tina in den Sand. Er fühlt sich wohl in seinem Körper. Beide atmen still die Nordseeluft, hüllen sich in Sonnenstrahlen, lassen sich ihre Lider küssen und saugen Tante Klaras Wärme auf. Um sie herum blühende Gräser, bewegungslos, wie gemalt, bereit ihren Samen beim nächsten Windstoß hinauszustreuen. Die Natur scheint den Atem anzuhalten.

„So friedlich, alles unberührte Natur, findest du nicht auch?"

Tina nickt mundfaul. Sie möchte die Ruhe in Ruhe genießen; in Ruhe rasten und rösten.

„Was meinst du", stört der Freund erneut, mit Augen weich wie Mollusken. „Sollten wir nicht auch die restliche Kleidung von uns werfen?" Er beginnt an der Kordel der Schlabbershorts herumzufummeln.

Tina wirft die Arme in die Luft, verschränkt sie hinter dem Kopf. Sie scheint nicht abgeneigt. „Du meinst, ich soll mich dieser wunderbaren Natur hingeben so wie Gott mich schuf? Ich weiß nicht", bremst sie den Erwartungsfrohen. „Völlig ungestört sind wir hier ja nicht. Und möglicherweise", kokettiert sie, „schickst du mich dann zum Aufbügeln."

Der Freund protestiert, nestelt weiter an seinen Shorts, will ihr ein entblößtes Beispiel geben. Da verspürt er diese verräterische, eilig wachsende Schwellung in der Hose, die sich durch den Stoff abzuzeichnen beginnt. Schnell wälzt er sich auf sein Badetuch.

Tina hat den Kopf auf beide Arme gestützt und betrachtet den angenehmen Körper an ihrer Seite. Schlanke Sportlichkeit ohne störende Muskelberge. „Du Ceddy, sag mal, was sind das für Kratzer auf der Schulter? Wer war das?"

„Ach, die kleinen Narben. Ein Souvenir, Erinnerung an einen Keniaurlaub. Habe mit dem Lieblingssohn meiner Mutter zu lange die Sonne angeschmachtet. Mann oh Mann, da haben wir uns einen tollen Sonnenbrand eingefangen!"

Er setzt sich auf, schnippt mit den Zehen am Dünengras herum. „Bei meinem Bruder war es besonders schlimm, er musste später sogar beim Schwimmen das T-Shirt anbehalten."

„Tja, bei Sonnenbrand sollte man achtsam sein, die Haut ist nachtragend. Im Gegensatz zu mir verzeiht sie nichts."

Tinas großer Zeh zeichnet undefinierbare Linien in den feinen Sand und schiebt ihre Füße hinein. Eine Brise Zärtlichkeit fächelt durch die Mulde. Tinas Haut ist soweit man sehen kann von zarter Bräune. Und Cedric kann recht weit sehen. Er ist sicher, dass der knappe Bikini seinen vorzüglichen Sitz nicht nur den Spaghettiträgern verdankt.

Wie war das doch gestern Nacht? Nach einem gemeinsamen Spaziergang haben sie ein kleines Abendessen zu sich genommen, einer Strandbar einen Besuch abgestattet und sich mit einem artigen Kuss auf die Wange verabschiedet. Es ist eine der seltenen Nächte, in denen ein Urlauber wegen der dumpfen Wärme Mühe hat, in den Schlaf zu finden. Cedric wirft sich im Bett hin und her, kann nicht einschlafen. Das verschwitzte Nachtshirt klebt an seinem Körper, die Bettdecke hat er weggestrampelt. Im Halbschlaf huscht Martinas Name über seine Lippen. Er wird wach, reibt sich die Augen, stemmt sich aus der Matratzenkuhle hoch, tappt über den Flur zu Martina, drückt vorsichtig die Türklinke herab, findet den Zugang unverschlossen. Vorsichtig steckt er den Kopf durch die Tür.

Durch dünne Fenstervorhänge schimmert das Licht einer Straßenlaterne und wirft einen ärmlichen Schein auf die Schlafende. Die Reflexion eines silbernen Kreuzes an Martinas Hals zaubert einen winzigen Sternenhimmel an die Decke. Vor Cedrics geröteten Augen wandeln sich schemenhafte Konturen zu einem lockenden Frauenkörper. Die junge Frau hat sich bloßgestrampelt, liegt halb entblößt vor ihm. Teakfarbene Nippel glimmern im Streulicht. In die Boxershorts des wackeren Angsthasen kommt Bewegung.

„Martina?" Zögerlich steht er da, erregt, bewegt, aber gehemmt wie so oft. Er schaut auf sie nieder, saugt ihren Anblick auf und erschrickt, als sie sich zur Seite wälzt. Wacht sie auf?

Nicht heute Nacht, Josephine, entschied einst Napoleon. Alles hat seine Zeit. Auch die Liebe? Auch wenn sie mehr ist als eine hormonelle Veranstaltung?

Tina atmet ruhig, schläft friedlich. Keine Reaktion lockt die ängstliche Seele zum Handeln. So entschließt er sich zu einer vorsichtigen Absetzbewegung, schlüpft aus dem Dunkel zurück in sein Zimmer...

Ein leichter Wind fächelt durch die Dünen. Cedric blinzelt zur Freundin hinüber, die es so wunderbar versteht, in ihm ein wärmendes Feuer zu entfachen. Hat sie ihn gestern Nacht wirklich nicht gehört? Er wälzt sich herum, zieht das Badetuches unter der Schulter hindurch und kann nun, das Kinn auf die verschränkten Arme gestützt, die Dünenlandschaft überblicken.

Den Mann im ausgefransten Buschhemd bemerkt er schon von Weitem. Der kleinwüchsige, gebeugte Alte vermittelt den Eindruck eines knorrigen Rentners. Die im Verhältnis zum rundlichen Oberkörper viel zu kurzen Beine stecken in einer knitterigen Bundhose, die knapp über die Kniekehlen reicht. Die Farbe der abgewetzten Gewandung harmoniert prächtig mit den gebleckten Zähnen – bahamabeige, vergilbendes Zeitungspapier. Auf dem runden Kopf hat er als Sonnenschutz ein buntes Taschentuch zusammengeknotet. Die Augenbrauen über den Triefaugen stehen auf Sturm. Schwitzend schlurft er durch den tiefen Sand.

„Guck mal Tina, der Typ da hinten!"

Tina kichert und wirft den Kopf in den Nacken - eine entzückend balzende Lachmöwe. „Will der arme Kerl etwa bei uns die Kurtaxe eintreiben? Der sieht ja aus wie eine Schildkröte", lästert sie.

Mit den dünnen Armen und Beinen sowie mit der aufgeblähten zerzausten Kleidung ähnelt der Mann in der Tat diesem gepanzerten Kriechtier, das sich   o-beinig voran bewegt.

„Eine verheerende Gestalt der Dünenkultur! Der ist nur versuchsweise geboren", spottet Cedric. „Bei seiner Erschaffung muss der liebe Gott eine schwache Stunde gehabt haben."

„Ceddy, du lästerst ja noch fieser als ich!"

„Tue ich nicht. Fies ist, wenn ich meine alte Tante Martha die Treppe runterstoße und dann rufe: *Mein Gott, was bist du noch gut zu Fuß!* Aber im Ernst, Tina. Wenn man diesen Menschen an einen Blitzableiter ankettete, ich wette, dass jedes Gewitter einen Umweg machen würde, um ihm auszuweichen."

„Du bist undankbar, du gute Laune der Natur. Stelle dir vor, du selbst wärest mit einem unangenehmen Hang zur Fettleibigkeit, mit stechendem Blick und krummen Beinen geboren worden."

„Meinen Astralkörper musste ich mir schwer antrainieren", strunzt Cedric. „Aber vielen Dank." Tinas Lob lässt ihn ein wenig wachsen. „Ein Schriftsteller hat einmal geäußert, dass er von einem guten Lob zwei Monate leben könne. Oder war es nur ein Monat?"

„Dann lass doch mal einige Tage das Mittagessen weg!" schlägt Tina vor. „Aber von wegen Astralkörper, du bist doch nicht vom anderen Stern? Und einen perfekten Waschbrettbauch hast du auch nicht. Karotten kann ich nicht drauf raspeln."

„Aber du könntest es mit Süßholz versuchen."

Der Alte ist nähergekommen, schlurft unartig nahe an ihnen vorbei. Große finstere Zehen lugen Martina aus verschlissenen Lederlatschen entgegen. Triefaugen in dem ausgetrockneten Ledergesicht mustern das Pärchen und saugen sich an der hübschen Frau fest. Er fingert einen Pfirsich aus der Tasche und versenkt das Gelb der Zähne hinein. Saft tropft aus seifigen Mundwinkeln. Er wackelt mit dem taschentuchbedeckten Kopf, watschelt mühsam die Dünen aufwärts. Dort weist ein Schild den Weg zum Strand mit dem Hinweis *Magst du keine Nackedeis sehen, darfst du diesen Weg nicht gehen.* Der Alte grunzt leise vor sich hin und geht den Weg ohne Zögern. Ihm scheint die Gegend zu gefallen.

Tina wendet ihren Rücken der Sonne zu. Ein heller Flaum zieht sich von ihrem Nacken zart die Rückenwirbel abwärts und versteckt sich dann unter lindgrünem Stoff. Cedric beugt sich zu Tina hinüber und haucht einen Kuss auf die Schulter. Sie bringt ein fragendes *Cedric* hervor, als seine Lippen ihren Hals suchen, dann tiefer, wo man es nicht mehr Hals nennt. Seine Finger tasten sich voran, fummeln am Verschluss des Bikinis. Ein leises, nicht ernstgemeintes *nicht doch!* lässt ihn wieder einmal zaudern.

Was nun? Nicht, oder doch, oder doch nicht? Im Beruf geht er souverän auf die Menschen zu, im Privatleben jedoch handelt er zurückhaltend, oft richtig gehemmt. Schnelle Eroberungen hat er nie angestrebt. Er war gerade siebzehn geworden, da hatte er, ein noch ungelesenes Buch, auf einer Party ein älteres Mädchen kennengelernt. Schnell waren sie sich nahegekommen. Aber da fuhr der Zug schon los, obwohl er noch gar nicht eingestiegen war. Monate später, auf einer Schulfeier, ließ er sich von einer ansehnlichen Mitschülerin dazu verleiten, die Bequemlichkeit einer Schaum-stoffmatte in der Turnhalle auszuprobieren. Das unruhig gesteigerte Verlangen des Mädchens, sie kaum wissender als er, bewirkte eine Hilflosigkeit, so dass diese Viertelstunde zu einer großen Enttäuschung geriet - eine Erfahrung, die ihn lange Zeit belastete, seine angeborene Zurückhaltung gegenüber dem anderen Geschlecht verstärkte und dazu führte, öfter selbst Hand an sich zu legen.

Die Strandgräser zeigen einen langen Schattenwurf. Cedric möchte Tina wiedersehen. Dazu ist er fest entschlossen. Er schaut zur Freundin hin und weiß, dass er sich verliebt hat. Sie weiß es auch und er weiß, dass sie es weiß.

„Tina, du gibst mir doch noch deine Telefonnummer?"

„Klar doch, hast du einen Kuli oder ähnliches, auch ein Stück Papier? Nein?" Sie beginnt in ihrer unergründlichen Badetasche zu wühlen und fördert schließlich einen Lippenstift zu Tage. „Mach dich lang", grinst sie. „Du magst doch kirschrot mit Glitzereffekt?"

Brav streckt sich Cedric rücklings in den Sand, hebt den Kopf an und schaut zu, wie die junge Frau mit zarter Hand Zahlen auf die blanke Brust zaubert. Um die linke spitze Brustwarze herum gestaltet sie liebevoll und akribisch eine Sechs.

„Die Vorwahl ist ja bekannt, die lasse ich weg. Die passt nicht mehr vernünftig drauf."

„Ich werde ne Weile nicht mehr duschen", verkündet der Freund, schließt die Augen, genießt die zarte Malerarbeit und versinkt in leichte Träumereien.

„Wie spät ist es?"

Tinas nüchterne Frage bringt Cedric zurück in die Realität. „Verdammt, meine Uhr ist stehengeblieben. Sie zeigt auf kurz nach drei, das kann nicht stimmen. Dann müssen wir gleich aufbrechen", befürchtet Tina.

Es ist ein untypischer Tag an der Nordsee, einer, an dem man sich gerne bis in den Abend hinein am Strand aufhält. Doch es sind Reisevorbereitungen zu treffen. Das harte Gras piekt an den Fußsohlen, der heiße Sand tut ein Übriges. Tina hüpft herum, bis sie in ihre Strandsandalen hineingefunden hat. Cedric steigt in seine verwaschenen Jeans, schlingt sein T-Shirt um den Hals. Linke Hand an die Strandtasche, rechte Hand an die Freundin. Auf geht's.

„Guck mal, da ist wieder die *Schildkröte!*"

Tina wendet den Kopf zu dem Alten hin, der sich schwitzend eine Düne emporquält. Vor seinem Bauch baumelt ein Fernstecher.

Der erhitzte Strandsand ist inzwischen angenehmer zu ertragen. Sie tapsen zum Wasser hin, verharren eine Weile am Meeresrand. Ihre Zehen baden in der heute friedlichen Nordsee. Wellen schleichen heran, fließen ineinander, befinden sich in permanenter Umarmung. Füße versinken im saftigen Sand. Superzeitlupe. Hand in Hand stehen die beiden am Wasser und genießen.

Eine größere Welle schwappt heran, spritzt an Cedrics Hosenbeinen hoch und verwandelt das schwer definierbare Blau der Jeans in eine dunkle Mischfarbe. Ein Schwarm von Seemöwen schwebt auf sie zu. Das spitz gefiederte Gevogel lärmt kreischend über dem Wasser und vollführt waghalsige Flugkünste. Zwei Möwen kämpfen um ihren Anteil an einem erbeuteten Stückchen Brot. Eine von ihnen hat es kurz zuvor nach einem Sturzflug einem erschreckten Urlauber aus der Hand gerissen.

„Diese Segelflieger können dreißig Jahre alt werden. Sie holen sich ihre Nahrung am Strand, aber auch von Müllhalden", klärt Cedric auf. „Zurzeit haben sie Saison. So ein gieriger Allesfresser hat mal meinen Bruder attackiert und ihm mit seinem

Geierschnabel eine Fischsemmel aus der Hand gerissen. Wir waren an einem kalten Neujahrstag hier am Meer. Eine Möwe hockte frech und friedlich auf einem nahen Eisklumpen, reckte ihre weißgrauen Flügel, hob plötzlich ab und futsch war das Brötchen."

„Applaus, Applaus!" Martina klatscht in die Hände. „Liebe Möwe, flieg nach Helgoland! Du schaffst das! Und weißt du was, Cedric? Langsam bekomme ich einen trockenen Hals."

„Apropos trinken. Diese Vögel decken ihren Flüssigkeitsbedarf mit salzigem Meerwasser. Wir Menschen würden immer mehr Durst bekommen."

„Meerwasser nehme ich nicht mal beim Schwimmen zu mir, mein Lieber." Sie blickt der Möwe nach, die in die tiefliegende Sonne hineinzufliegen scheint.

„Es wird ein wunderbarer Sonnenuntergang. Nicht mehr lange, bis Tante Klara ins Meer hineinfällt."

„Ja Tina, sie wird bald am Horizont in rötliches Gold getaucht ertrinken."

Martina fixiert den flimmernden Horizont. Mit beiden Händen umklammert sie den Arm des Freundes, im Kopf wolkenweite Gedanken. Das ist Geborgenheit, ist ein Zipfelchen Glück. Sie holt den Blick heim aus dem entfernten Horizont. „Dahinten, wo sich die schwächelnden Sonnenstrahlen mit dem Grau des Meeres vermählen, beginnt ein neuer Tag", philosophiert sie.

„Stimmt so nicht, Tina. Der neue Tag nähert sich von der anderen Seite. Wenn du jetzt der Sonne nachreistest, würde der Tag nie enden, du würdest immer dem Sonnenuntergang hinterhereilen, ohne ihn jemals vollendet zu erleben. Dein Leben wäre ein ewiger Sonnenuntergang."

„Dieser wunderschöne Tag würde also nie zu Ende gehen? Das ist wahrlich ein kosmischer Gedanke, Cedric! Wäre aber auch langweilig auf die Dauer, was denkst du? Nach vierundzwanzig Stunden käme ich dann erneut hier vorbei, ohne die Nacht erlebt zu haben. Aber ein Kalenderblatt wäre inzwischen abgerissen worden."

„So ist es, Tina. Lassen wir diesen Tag in Ruhe ausklingen und hoffen wir auf den nächsten. Mal sehen, was der mit sich bringt."

„Ja, warten wir`s ab. Aber manchmal würde ich schon gerne wissen, was der neue Tag mit uns vorhat. Oder erst einmal die kommende Nacht?"

Tina grinst, Cedric grinst.

Der Freund schlüpft in sein Hemd und ist bereit für den Heimweg. Langsam schlendern sie los, vorbei an entblößten Gestalten. Eine dicke, nur mit einem Slip bekleidete Urlauberin hat sich neben einer mitgebrachten Liege aufgebaut. Mit ihren Oberschenkeln könnte sie Reklame für Raufasertapeten machen. Kritisch betrachtet sie, die Hände in die Hüften gestemmt, das muntere Treiben um sich herum. Ein Kleid mit großen Blumen welkt hingeworfen im Sand, daneben ein Wagenrad aus Stroh. Einige Meter weiter werkelt ein rothaariger Bengel mit Schaufel, Sieb und Eimer. Die beleibte Urlauberin stellt ihre Beobachtungen ein, sinkt herab auf die Liege. Sie weckt Erinnerungen an ein besonders dralles Aktmodell von Rubens, von diesem *unanständigen holländischen Maler*, wie sich Tante Martha immer ausdrückt. Was soll's, wenn Gott nur hätte Gazellen schaffen wollen, gäbe es keine Elefanten.

Die Frau ist sich selbst genug. Ächzend wälzt sie sich in eine unbequeme Endposition, gleicht nun einem gestrandeten Blauwal. Da gibt es keine Liege mehr. Alles ist nur sie selbst.

***

Cedric stellt den Sportflitzer auf dem von einem Steinwall eingegrenzten Parkplatz ab. Jetzt gemeinsam duschen, das wäre es doch!

Tina windet sich aus dem tiefliegenden Beifahrersitz, wirft die Tür ins Schloss und eilt dem Ferienquartier entgegen. An der Eingangsschwelle dreht sie sich ruckartig um. „Meine Strandtasche, Scheiße!" Aus ihrem Munde klingt der leise Fluch wenig anstößig. „Oh, fein, du hast sie mitgenommen."

„Ich bin nun mal ein hilfsbereiter Mensch", grient Cedric.

„Einmal am Tag soll man eine gute Tat tun und sei sie noch so winzig. Alte Pfadfinderregel."

„Brav so, mein Gutester. Wenn die Guten nichts tun, siegt fast immer das Böse."

Tina tänzelt voran, wiegend im Gang, mit aufgelösten Haaren. Vor ihrem Zimmer klimpert sie mit dem Schlüssel. Ihr Gesicht hat eine intensivere Farbe angenommen, das Gesicht des Freundes auch. Dessen Herz kollert. Er fürchtet, sie könnte es hören. Tina hat endlich den Schlüssel ins Loch gefummelt, drückt mit dem Knie die Zimmertür auf, streift eine Sandale ab und scheuert ihren panierten Fuß am Türrahmen. Cedric nestelt am verschwitzten Hemd herum. Dann finden sich beide in einer heftigen Umarmung wieder. Es folgt ein anhaltender Kuss, heftig und weitgehend, der die beiden nach einer Weile aus Atemnot zum Innehalten zwingt.

Die Zweisamkeit wird unterbrochen. Gäste lärmen die Treppe empor. Eine schmächtige Blondine mit aufgespritzten Lippen und endloser Schminke im Gesicht hängt feixend im Arm eines bärtigen Mannes.

„Und nun?", flüstert er.

Der nicht mehr ganz junge Kerl kichert ihr eine offensichtliche Schamlosigkeit ins Ohr. Die angemalte Schnepfe kichert geschmeichelt zurück und gibt glucksend eine unmissverständliche Antwort. Sie wühlt eifrig in ihrem pluderigen Handtäschchen, findet nicht sofort den Zimmerschlüssel. Dann will der Schlüssel nicht ins Loch. Schnell ist das Pärchen vom Flur verschwunden.

Die jungen Leute verharren noch immer vor Cedrics Zimmertür.

Oh Cedric, du dummer Zauderer! Warum erneut diese Zurückhaltung, diese lähmende Beklommenheit? Zu gerne möchte er doch an den Süßigkeiten des Lebens naschen, sehnt sich nach Tinas Umarmung, nach ihrem Körper! Und dennoch, herumdrucksend haucht er der Freundin einen Kuss auf die Wange, wendet sich zögerlich mit einem *ich muss dann wohl* hinaus auf den dämmerigen Flur, erreicht das eigene Zimmer. Dort presst er die Stirn gegen die Türfüllung, quält mit der flachen Hand den Türpfosten und zerrt schließlich Hemd und Hose vom erhitzten Körper.

Abkühlung tut Not. Nackte Füße tapsen zur Dusche, zwei Hände greifen nach der Armatur, legen den metallenen Hebel um. Aus dem Brausekopf spülen dünne Fontänen klebrige Sandkörner und glitzernden Lippenstift von der glatten Haut. Allmählich bekommt Cedric den Aufruhr in den Griff. Der Puls geht ruhiger. Seine Hand tastet nach einem Stück Seife. Das glatte Ding flutscht ihm durch die Finger. Ein erneuter Versuch es festzuhalten schlägt fehl. Er greift mit beiden Händen zu. Es scheint, als wolle er das glitschige Stück erwürgen, dann gelingt es ihm doch noch, die Seife zu packen und seinem Verwendungszweck zuzuführen.

Mit geschlossenen Augen nimmt er die Wohltat herabsprudelnden Wassers in sich auf. In flüchtigen Wolken sammelt sich milder Schaum am Boden der Duschwanne und umspielt seine frisch gebräunten Füße. Plötzlich zuckt Cedric zusammen. Zwei unartige Hände schlängeln sich unter seinen Achselhöhlen hindurch, finden tastend den Weg zur blanken Brust und verwischen die letzten Reste eines Lippenstifts.

„Darf ich dir helfen, mein braver Freund und süßer Adonis?", säuselt eine liebe Frauenstimme.

Die Schrecksekunde ist schnell verdrängt. Willig gibt sich Cedric den sanften Händen hin, die forschend auf glatter Haut auf der Suche nach der Männlichkeit abwärts gleiten. Schon ertasten ihre Hände den erwachsen werdenden kleinen Prinzen.

„Mein scheuer Hengst, ich habe gehört, man soll jeden Tag eine gute Tat tun. Wer hat das doch kürzlich noch gesagt?", gluckst Tina, bereit, dem Königssohn Einlass zu gewähren.

Cedric antwortet nicht. Warum auch? Er befindet sich wortwörtlich in guten Händen.

VI

Eine Feier

„**E**s sind schon Nachtwächter bei Tage gestorben."

„Tatsächlich, Ama? Woher beziehst du solche Weisheiten?"

Amelie, das schlanke Mädchen auf der Gartenbank, mimt Erstaunen. Ihr schmales Gesicht mit den versprenkelten Sommersprossen und den hellen Augen ist von unaufdringlicher Schönheit. Ihre dunklen Haare umschmeicheln den Nacken des jungen Mannes: Die Jungfrau sucht am Jüngling Halt, der wird heut neunzehn Jahre alt.

Amadeus ist von angenehmer Statur. Kräftige mittelblonde Haare umrahmen ein freundliches Gesicht. In der linken Hand hält er eine Zigarette, lässig, zwischen steifen Fingern, in der rechten eine Flasche Bier. Er nimmt einen ordentlichen Schluck, lässt die blauen Augen hinüberwandern zu jungen Leuten, die sich zwanglos plaudernd auf der Terrasse vergnügen. Auf seiner Brust prangen die Worte *Hakuna matatta*. Das versteht nicht jeder. Wer kann schon afrikanisch oder genauer gesagt Suaheli. Der Spruch auf dem T-Shirt könnte sein Lebensmotto sein: Keine Probleme, lass die anderen nur reden. Wenn sich das Wildschwein an der Eiche schabt, was kümmert`s die Eiche.

Die schriftlichen Abiturleistungen sind wenig erfreulich ausgefallen. Nicht verwunderlich bei dem mäßigen Arbeitseinsatz. Beim deutschen Aufsatz und bei der Mathearbeit hat der Korrekturstift häufig ein hässliches Kratzen verursacht, so dass eine Einladung zur mündlichen Prüfung unausweichlich wurde.

Amadeus ist dabei, sich in sein Leben hineinzufinden. Gott war ihm nie ein feste Burg, aber den Konfirmandenunterricht hat er brav absolviert. Er ist ein motorischer Typ, ständig in Bewegung, wie ein Fahrrad. Bleibt es stehen, fällt es um. Er verfügt über ein gesundes Halbwissen. In einigen Fächern jongliert er geschickt zwischen schlechten und mäßigen Noten. Er liebt Ballsportarten, zeigt körperliches Geschick und so hat sich das Sportfach zu einer der wenigen Disziplinen entwickelt, bei der er sich keine Sorgen machen muss.

Ein Schulfreund, der Semmelpeter, ist mit Sauerkraut und Kartoffelknödeln aufgewachsen. Sein blonder Scheitel über dem blassen Gesicht wirkt wie mit dem Lineal gezogen. Er ist mehr muskulös als mental begabt, entwickelt das Fingerspitzengefühl eines Maurers. Vorhin hat er in die Gegend posaunt, Amadeus habe beim Schriftlichen die fehlende Cleverness vermissen lassen. Kürzlich ist er zwanzig Jahre alt geworden und besucht mit Amadeus die letzte Klasse der Tomas-Mann-Schule, eines der Gymnasien in der Hansestadt. Er ist guten Mutes, das Abitur zu schaffen. Er springt als erster auf, wenn es gilt, in der Klasse die Tafel abzuwischen. Sitzen blieb er vor zwei Jahren. Da hat ihm das lustlose Dahinprötteln im Matheunterricht eine besonders schlechte Note eingebracht. Die machte seiner Versetzung endgültig den Garaus. Er gammelt oft herum, schlägt die Zeit tot. Aber auch darin ist er nicht sonderlich gut.

Die Sonne senkt sich langsam in die Baumkronen. Die steinerne Sonnenuhr mit dem mahnend erhobenen Messingfinger liegt bereits im Schatten. Auf der Terrasse herrscht lebhaftes Treiben. Eine Gruppe junger Leute genießt die schwächelnden Sonnenstrahlen. Alle können das gesetzliche Mindestalter für den Konsum alkoholischer Getränke nachweisen. Die meisten haben eine Bierflasche in der Hand oder rauchen. Demonstration heranreifenden Mannestums. Vorbei die Zeit, wo man sich auf der Toilette vor lauter Forschungsdrang ein Streichholz unter den Furz hielt oder als man im Kaufhaus kichernd eine Tomatensaftspur zur Damentoilette legte.

Die große Kübelpflanze am Terrassenaufgang lässt die Blüten hängen. Dabei hatte die Mutter den Sohn gebeten, sich um diese Pflanze besonders zu kümmern. Das hat Amadeus auch getan, hat sich redlich bemüht, hat das edle Gewächs jeden Tag gewässert. Willig ist er auf den Wunsch der Mutter eingegangen. Die Pflanze auch.

Aus zwei monströsen Lautsprechern plärren Oldies. Gitte outet sich klagend. Sie will einen Cowboy als Mann. Melanie trällert dazu, gibt ihr Bestes, um Polyhymnia zu gefallen. Musik und Stimmengewirr dringen weit hinein in die ruhige Wohnstraße nahe der Lübecker Altstadt.

Balthasar Kummer, ein Nachbar im fortgeschrittenen Rentenalter, hat im Dachgeschoss ein Seitenfenster geöffnet. Dort hockt er oft und gerne dort und lässt den Blick über den alten Stadtkern mit den zahlreichen spitzen Türmen schweifen. In der nahegelegenen Kirche von St. Jakobi, dem ehemaligen Zufluchtsort für Seeleute und Fischer, lauscht er oft der Kirchenmusik, die auf einer berühmten Orgel dargeboten wird. Heute aber kauert er wenig andächtig mit gerunzelter Stirn und gerecktem Hals am Fenster, die Unterarme im Sims aufgestützt und behorcht die störenden musischen Laute: Ein aufgeblasener, sprungbereiter Laubfrosch. Beim genauen Hinschauen kann man erkennen, dass hinter seinem Rücken die Ehefrau lauert. Mit Reptilienaugen. Erna Kummer ist eine geborene Fröhlich und meistens eine ganz Lustige.

Die Kummers sind korrekte Leute. Darauf deutet schon der schmucke Vorgarten hin. Der Rasen erweckt den Eindruck, als sei jeder einzelne Halm liebevoll bearbeitet worden. Auch die sorgsam gestutzten Äste einer murkeligen Krüppelkiefer möchten dafür geradestehen.

Amadeus genießt seine Freiheit. Einem Vogel ist der schlichte Zweig lieber als ein goldener Käfig. Nach dem Abitur will er zur Bundeswehr. Auf Ersatzdienst ausweichen wie andere seiner Mitschüler? Das findet er nicht gut. Da ist er sich mit seinem besten Freund Wolfgang, den sie Wolle nennen, einig.

Amadeus hockt neben Melanie auf der Rückenlehne einer Gartenbank, die Füße auf der Sitzfläche, eine Bierflasche in der Hand. Das langhaarige Mädchen beobachtet das bunte Treiben von Schmetterlingen, die auf der Terrasse herum-taumeln, hin zu einem orangefarben erblühten Rosenbusch.

„Ama, schau mal, diese flatterhaften Flieger!"

„Sind doch hübsche Tierchen, Melanie. Früher einmal

verkörperten sie Hexen und Geister und wurden argwöhnisch beäugt. Mühsam entpuppt fliegen sie von Blüte zu Blüte. Dann leben sie ungeheuer intensiv."

„Tatsächlich?"

„In der Tat. Es gibt Arten, die verstecken sich, verpuppt, jahrelang in Baumwurzeln und geben nichts von ihrer Schönheit preis. Aber dann entfalten sie sich zu voller Pracht und fliegen ab ins wahre Leben. Viele werden kaum älter als einige Tage oder Wochen."

„Das ist nicht erstrebenswert, oder?"

„Nicht unbedingt, Melli, nee wirklich. Doch lieber nachhaltig und kurz als freudlos und lang. Man sollte nicht danach streben, dem Leben mehr Tage zu geben, sondern den Tagen mehr Leben."

Nein, nur vor sich hin zu leben oder dahinzusiechen, das ist nicht seine Sache.   „Intensive Augenblicke können mehr sein als ein ganzes, freudloses Jahr", nuschelt er vor sich hin. „Aber leider lauern schlimme Krankheiten in jedem von uns, tauchen unvermutet auf."

„Wie du meinst, mein kleiner Philosoph, aber laut Statistik werde ich dich ohnehin überleben." Melanies Stimme hat etwas Jauchzendes. „Ich empfehle eine frühe Heirat. Wissenschaftler behaupten, dass verheiratete Männer länger leben als unverheiratete."

„Glaub ich nicht, denen kommt das nur so vor. Eine Heirat muss nicht sein. Die garantiert kein erfülltes Leben. Mein lustvoll pochendes Herz kann auf einen Standesbeamten verzichten… denke ich jedenfalls… und auch auf das Gebimmel von Hochzeitsglocken." Er streicht sich eine Haarsträhne aus dem Gesicht. „Mein Vater meint, wenn du stirbst und du hattest den einen oder anderen echten Freund, dann hattest du ein erfülltes Leben."

„Da ist was dran", stimmt Melanie zu.

„Wenn ich an das Ende denke, steht doch nur eine sterbliche Hülle vor meinen Augen", sinniert Amadeus. „Und danach?"

„Glaubst du an ein Leben nach dem Tod?"

„Nicht so recht. An eine Art Wiedergeburt schon eher. Schau mal, Melli, selbst bei einer Feuerbestattung werden die Atome und Moleküle nicht zerstört, bleiben erhalten und können in die Natur entweichen. Vielleicht werden sie ja später Bestandteil einer neuen Pflanze oder eines Lebewesens."

„Ein sonderbarer Gedanke." Als Teil einer Stubenfliege wiederzukehren, nein. Melanie mag dieses Thema nicht, versucht abzulenken. „Sag mal, wo sind deine Eltern? Nicht, dass ich sie sonderlich vermisse, aber dass deine Mutter ihr Nesthäkchen zum Geburtstag alleine lässt."

„Die haben eine Auszeit genommen, sind morgen zurück. Was meine Mutter betrifft, so kann ich dich beruhigen. Die Hut der Brut beherrscht sie gut."

Das Telefon läutet. Tante Martha ist am Klönkasten. Sie ist eine Frau in den Siebzigern und seit vielen Jahren Witwe. Erst in der Hochzeitsnacht hat sie ihre Jungfräulichkeit verloren, ohne Begeisterung und viel zu schnell. Später hat sie sich einmal gegen den erklärten Willen ihres Mannes einen Kachelofen in krassen Pinkfarben bauen lassen. Der Mann hatte daraufhin gedroht, sollte seine Frau vor ihm sterben, ihre Urne, für jedermann sichtbar, im Vorgarten zur Schau zu stellen. In derselben abnormen Pinklackierung. Den Gefallen eines zeitigen Ablebens hat Tante Martha ihm freilich nicht getan. Heute erzählt die listige Witwe gern, dass sie erst nach der Ehe den Sex so richtig kennengelernt habe und erstaunt gewesen sei, was man mit dem Mund alles anstellen kann. Sie widerlegt damit die allgemeine Volksmeinung, dass nur das Essen und Trinken der Sex des Alters sein soll. Mit über siebzig Jahren hat sie sich ihren ersten Bikini gekauft. Sie erklärt jedem, der es hören will oder auch nicht, man soll nie mit dem Anfangen aufhören. Nun hängt sie in der Leitung und gratuliert, will wissen, wie ihr Geschenk gefallen hat, ein versilberter Rückenkratzer, eine winzige Hand an einem dreißig Zentimeter langen Stab. Damit kann man den Rücken an schwer zugänglichen Stellen erreichen.

„Liebe Tante Marchtha", röhrt Amadeus ins Telefon und betont bei ihrem Namen die Buchstaben *rch*.

Tantchen legt großen Wert auf diese Aussprache. Es soll vornehmer klingen, gebildet. Das bildet sie sich aber nur ein. Am liebsten würde sie Blusen von Dior oder Chanel tragen und wenn sie sich einen Chauffeur leisten könnte, dann hätte sie bestimmt Kinder von ihm. Hat sie aber nicht. Weder schicke Kleider, noch Chauffeur oder Kinder.

„Wie konnte ich bisher ohne so was auskommen!" gurrt das Geburtstagskind.

„Gut, dass ich was Schickliches gefunden habe", freut sich die fidele Witwe.

Im Hintergrund vernimmt Amadeus eine Flüsterstimme. „Du ..., äh, nicht vergessen!"

„Hey, Tante Marchtha, was soll ich nicht vergessen?"

„Nicht du, ich soll dir was ausrichten, die Hanne die rumpelt hier mit ihrem Rollstuhl herum. Weiß nicht, was Hannelörchen wieder will, warte mal."

Es poltert. Tante Hanne ist der Telefonhörer runtergefallen.

„Verdammter Kot!" vernimmt man Tante Marthas Stimme.

Tante Hanne fingert am alten Telefon herum. Sie ist im Gegensatz zu Männern in der Lage, sich auf mehrere Dinge, die sie nicht kann, gleichzeitig zu konzentrieren! Dann ist wieder ihre piepsige Stimme zu hören. „Hallo, Amadeus, äh, ja, ich wollte dir noch was Wichtiges sagen."

„Ich höre."

„Also, äh, herzlichen Glückwunsch zu deinem Wiegenfest, du bist ja nun schon achtzehn und ... äh ... äh ..."

„Nein, neunzehn, liebe Tante, neunzehn! Was noch?"

„Ja, äh ... äh ...", sie schnappt nach Luft, dann stottert sie: „Hab ich vergessen", lässt erneut den Hörer fallen und beendet auf diese Weise das Gespräch.

„Ach, die Tante Hannelore", seufzt Amadeus, „schon tüttelich die Guteste. Letztes Jahr hätte sie sich beinahe einen Sarg andrehen lassen. *Zeitige Vorsorge* hat ein windiger Bestatter argumentiert. Ich bin überzeugt, man wollte sie reinlegen. Aber erst, wen du drin liegst, mein Lieber, im Sarg meine ich, dann hat man dich zum letzten Mal reingelegt."

Wolle hat sich den hölzernen Rückenkratzer gegriffen und testet die Wirksamkeit des Gerätes. Wolfgang heißt mit dem Nachnamen Engel. So sieht er auch aus, pausbäckig, mit bravem Blick und reichlich Hüftgold, kurz, fortgeschrittene Lebensmittelschwangerschaft. Er nennt es vornehm *adipös*. Abnehmen will er nicht, dann hängt die Haut womöglich runter wie eine Tüllgardine. Er ist von kleinerer Statur und deshalb bei neuen Schuhen ständig auf der Suche nach Plateausohlen. Wolle kann sich hervorragend benehmen, glänzt damit bei den Frauen, zu seinem Leidwesen aber nur bei Älteren. Er ist kein Herzensdieb, aber, wenn man ihn plappern hört, staunt man über seine tollen Erlebnisse. Schon als Säugling, fest an der Mutterbrust, wurde ihm eine gewisse Begabung zur Liebeslust angedichtet. Stets führt er dieses *wie wär`s* im Blick und agiert nach dem Motto *Reden ist alles, schweigen kann jeder.* Er ist Amadeus` bester Kumpel, zuverlässig und treu wie ein deutscher Schäferhund, immer da, wenn man ihn braucht und immer bereit, um zu helfen - bei den Schularbeiten oder beim Leeren von Bierdosen. Man könnte zuweilen den Eindruck gewinnen, dass er und Amadeus aus demselben Ei geschlüpft sind.

Jemand hat die Haustürklingel betätigt. Die Anfangstöne eines Schlagers schweben durch die Diele: *Ein Freund, ein guter Freund...* " Beim Einzug ins Lübecker Heim wurde die Melodie dieses alten Schlagers der Commedian Harmonists von den Eltern als Klingelton ausgewählt. Für Howard Carpendales alternatives *Hallo again, ich sage hallo again* ... konnte sich das Ehepaar nach langen Diskussionen, die fast einen Ehestreit ausgelöst hatten, nicht entscheiden.

Die beiden Peter tauchen in der Tür auf. Rotweinpeter genießt mit Vorliebe das Produkt dunkler Trauben. Davon hält er mehr als vom ständigen Pauken. Gesicht und Mund waren vor einigen Wochen durch einen Wespenstich so stark verquollen, so dass er nur mühsam trinken konnte. Da hat er zum Weintrinken eine Schnabeltasse zweckentfremdet. Die Freunde behaupten, er sei mit einem goldenen Löffel im Mund geboren worden. Doch Peter wendet ein, es sei allenfalls ein silbernes Schaufelchen gewesen. Richtig verwöhnt worden sei er nicht. Davon hätte er gerne mehr gehabt. Er malt leidenschaftlich gern. Und gut. Das kommt im Kunstunterricht bestens an. Auch bei den Mädchen. Er ist talentiert auf Laken und Leinwand.

Semmelpeter hat es weniger gut getroffen, ist das Produkt einer Karnevalssitzung. Er stammt aus einer unterprivilegierten Familie. Vor Jahrzehnten soll in seinem Stadtteil noch die Miete mit dem Revolver kassiert worden sein. Er ist ein cooler Typ. Kürzlich hat er sich bereit erklärt, in den gekachelten Kellerräumen der Pathologie des städtischen Krankenhauses eine einsame Nacht zu verbringen.

Aus dem Gartenteich greift er nach Clementine. Die lebensecht gestaltete Plastikente dümpelt dort schutzlos vor sich hin. Jetzt kreiert er eine neue Sportart. Er packt die Ente am Hals und schleudert sie hoch in die Luft. Klatschend setzt sie auf dem Wasser auf.

Schnell ist Rotweinpeter zur Stelle. „Ich kann sie höher werfen!", brüllt er.

Tatsächlich saust die Ente hoch bis zur Spitze der großen Tanne. Dort hält sie inne, scheint zu überlegen, ob es nicht klüger wäre oben zu verharren, doch dann kehrt sie den Gesetzen der Schwerkraft folgend im Sturzflug zurück. Nun will es auch Henning probieren, den sie Henne nennen. Amadeus bezeichnet ihn auch als Henne Bertha. Weil er oft bei den Mädchen herumgluckt. Eilig hinkt Henne heran. Vor einigen Wochen ist er beim Knutschen auf der elterlichen Veranda ausgerutscht und Arm in Arm mit Freundin Molli über die flache Brüstung gestürzt. Trotz immer noch spürbarer Beschwerden gelingt ihm, Clementine in beachtliche Höhen zu befördern. Auch Freundin Molli, die beim Sturz nur einige blaue Flecken davongetragen hat, versucht sich an dem neuen Sport. Dann greift auch Amadeus nach dem zur Flugente mutierten Plastiktier und katapultiert Clementine in eine rekordverdächtige Höhe, doch bei der Niederkunft verfehlt das Plastiktier den Teich und landet krachend auf der goldenen Rosenkugel, die sich flugs in Müll verwandelt. Entsetzt schaut er um sich.

„Verdammt, das habe ich nicht gewollt, ne wirklich."

Das Wurfobjekt wird inspiziert, scheint unversehrt. Gott sei Dank! Die arme Clementine musste ihr Kunststoffleben nicht aushauchen.

„Wäre schwierig geworden, kurzfristig ein Double zu beschaffen, damit meine *Hamburgensie* nichts merkt."

„Amadeus spricht von seiner Mutter", erklärt Wolle. „Die ist in Hamburg geboren. Aber wo bekommen wir schnell eine passende Rosenkugel her?"

Das Telefon stört erneut. Der große Bruder ist dran, will gratulieren.

„Bin grad beim Kofferpacken, muss wieder nach Hamburg zurück. Sag mal, was ist das für ein höllischer Lärm, tanzt ihr etwa auf den Tischen?"

„Abstruse Idee. Ne wirklich, wir doch nicht!" Amadeus macht sich grade. „Und nun, Bruderherz, nimm endlich zur Kenntnis, dass ich ziemlich erwachsen bin. Habe keine Eierschalen mehr hinter den Ohren, lutsche nicht mehr am Daumen und in die Hocke musst du auch nicht mehr gehen, wenn du mir etwas mitzuteilen hast", grinst er in den Hörer. Er spürt, dass Cedric zurücklächelt.

„Ist mein Geschenk angekommen?"

„Dein Geschenk, ja, herzlichen Dank für den Autoatlas und die nette Widmung. Ich halte das Ding gerade in den Händen."

Wolle nimmt ihm die ledergebundene Fibel aus der Hand und liest laut vor:

Lieber Amadeus,
ich wünsche Dir alles Liebe & Gute und hoffe, dass Du diesen Atlas sinnvoll nutzen kannst, wenn Du mit Deinem Auto demnächst die Gegend unsicher machst.
Den Führerschein hast Du ja schon. Allzeit gute Fahrt wünscht Dir
Dein Bruderherz Cedric.

Amadeus hat das Telefonat beendet, pafft eine schnelle Zigarette und blickt zufrieden in die Runde. Vom Rauch angezogen, vielleicht auch vom alkoholisierten Haarwasser, das er sich morgens überreichlich ins Haar geträufelt hat, nähert sich ein Zitronenfalter, beginnt ihn zu umkreisen.

„Der Falter schwankt, als hätte er an meinem Bier genippt", meint Amadeus. Er zieht die Luft ein, schnuppert. „Ich muss in die Küche. Da köchelt was. Riechst du das auch, Molli?"

Die Freunde nennen sie liebevoll Rolli. Götterspeise auf zwei Beinen. Sie hat dicht am Wasser gebaut, nimmt gern ein Augenbad. Das besonders Große an der kleinen Gestalt ist ihre enorme Oberweite. Ihr Busen hat kaum seinesgleichen in ganz Lübeck-Kücknitz. Wenn sie sich nach vorne beugt, wird ein Betrachter unruhig, muss er doch befürchten, dass sie das Gleichgewicht verlieren könnte.

„Ja, gnädiger Herr, Ihre Nase schnüffelt richtig", grinst Molli.

Amadeus bietet ihr den Arm. „Wollen Ihro Gnaden mich begleiten?"

Jetzt steht sie am Herd. Ihr Gaumen macht große Augen. „Was hat der Sternekoch angerichtet? Suppenhuhn? Ich dachte immer, dir brennt sogar das Wasser an." Ihre Nase schnuppert. Bedenklich weit beugt sie sich über den Topf.

Amadeus bekommt einen starren Blick. „Weg vom Topf, selber Suppenhuhn, du kleine Gans! Lass den deutschen Meister im Anrichten heimischer Tiefkühlkost nur machen!" Er stellt sich vor den brodelnden Pott und verblüfft die Schulfreundin mit dem Reim:

Ein Suppenhuhn? Ein Suppenhuhn, das muss man in die Suppe tun.
Es ist besonders opportun ein fettes Huhn hineinzutun.
Tust du ein Wasserhuhn hi nein, wird alles Wassersuppe sein.

„Wie originell", lispelt Molli. „Was für eine tolle Erkenntnis. Stammt dieses Pamphlet etwa von dir, Ama?"

„Nee, vom großen Bruder. Der reimt sich oft was zusammen. Der kann das. Der ist fähig. Der bringt die Poesie in deiner Seele zum Klingen. Und nun, liebe Molli, eile voraus und verkünde

74

unseren Gästen die Botschaft herannahender Verköstigung. Es gibt Hühnersuppe und Spaghetti!"

Amadeus greift sich den dampfenden Kessel, er kann ihn kaum halten. Gerade noch rechtzeitig erreicht er den rettenden Tisch. Der Pott landet unsanft. Spaghettis hüpfen heraus, landen auf Mollis Kleidung.

„Salve sprach das Sieb!" ruft sie.

In den langen Nudeln ist noch Leben drin. Einige schlängeln sich am Hosenrock abwärts, verenden am Boden. Unweiblich fluchend versucht Molli, ihre Beinkleider zu säubern und beugt sich bedenklich weit nach vorne.

Amadeus stützt sie. „Das hab ich nicht gewollt, ne wirklich."

Die beiden Peter schleppen einen neuen Bierkasten herbei. Erstaunlich, wie schnell sich so ein Kasten in Leergut verwandelt.

„Der Klügere kippt nach", röhrt Semmelpeter. „Liebe Leute, ihr müsst stets dran denken: *Die Liebe ist vergänglich, der Durst bleibt lebenslänglich!*" Schon sucht die Hand eine Flasche. Dabei spreizt er den kleinen Finger ab. Den hat er sich mal gebrochen in dem Bemühen, sich damit die Nase zu reinigen. Seitdem steht dieser Finger leicht schief, kommt aber, zum Beispiel beim Kaffeetrinken, vorteilhaft zur Geltung. Auch beim Biertrunk.

Schwungvoll entkorkt Semmelpeter, ein ausgewiesener Fachmann für das Produzieren von Leergut, die nächste Bierflasche. Sie schäumt erregt auf.

„Hey, du Yak! Du sollst den Inhalt auf mein Wohl leeren, nicht auf meine neue Hose", meldet sich Amadeus.

„Yak? Ein neues Kosewort?"

„Yak ist ein asiatischer Grunzochse!" Amadeus geht vorsichtig in Deckung.

Semmelpeter reagiert nicht. Sein Gesicht hat die Farbe eines unreifen Apfels angenommen. Eilig entfernt er sich in Richtung Toilette.

„Wenn der nur ein bisschen Alkohol intus hat", kommentiert Henning. „fängt er das Singen an, schon nach ein oder zwei Glas Bier. Nach dem dritten versucht er dann mit englischer Zunge zu reden. Später wirkt er dann regelrecht körperbehindert."

Er greift zur Fotokamera und will ein Stück Bierseligkeit einzufangen. Die Kamera blickt glasig, so auch der blonde Peter. Knabengesichtig meldet er sich vom Ort der Notdurft zurück.

„Mensch bin ich knille. Ich glaube, mir sind die Spaghetti nicht bekommen. Wenn du kotzt, merkst du erst, was der Arsch alles leistet."

Melanie wünscht gute Besserung.

Gibt es auch eine schlechte?

***

Die Menschen sollten bewusster leben, mehr für den Augenblick. Sie könnten sich den alten Sokrates zum Vorbild nehmen. Noch in der Gefängniszelle rief er einen Lehrer zu sich. Er wollte seine Fertigkeiten auf der Leier verbessern, bevor er aus dem Schierlingsbecher trank.

Auch Amadeus spielt ein Zupfinstrument, eine schlichte Wandergitarre. Das Instrument ruht in einem gepolsterten Kasten neben dem Bett. Unter der holzverkleideten Dachschräge genießt er sein aufblühendes Dasein. Hier kann er ungestört Bier trinken, *Mucke* hören und den Prokrastinierer geben.

Wolle ist vorbeigekommen, hockt mit trüben Augen auf dem großen Bett. Hier will sich Amadeus in kecker Erwartung nicht immer einsam hineinkuscheln. Abwarten! Da ist er ganz locker. König oder Prinz sein? Hauptsache eins von beiden.

„Du hast einen Blick wie `ne Fischsuppe", lästert Amadeus.

„Bin schließlich in Hamburg geboren, wie deine Mama. Aber wehe, du nennst mich mal Hamburgensie", droht Wolle.

Amadeus geht zum Herd und schiebt zwei Pizzen hinein. Leere Bierdosen und einzelne Salzstangen sind Zeugen einer munteren Geburtstagsparty. Lernen ist angesagt. Doch die richtige Stimmung will jedoch nicht aufkommen.

„Haste mal `ne Lulle?", fragt Wolle mit den Händen am Hosenbund. Er betastet ein Speckröllchen.

„Hier wird nicht geraucht", erklärt Amadeus mit spartanischer Attitüde. „Meine Hamburgensie riecht das sofort. Die hat `ne

Nase wie'n Trüffelschwein. Außerdem, wer raucht, der steckt auch Häuser an... behauptet Tante Martha."

Die Pizzen sind weggeputzt. Die Gitarre zwinkert aufmunternd. Amadeus zögert nur kurz, packt die Klampfe und beginnt herumzuklimpern.

„Bemüh dich nur und sei recht froh, der Ärger kommt schon sowieso", hört Wolle den Freund trällern.

„Das klingt nach Willi Busch. Richtig?"

„Richtig, lieber Wolle. Aber im Deutschen werde ich nicht geprüft", stellt er fest und legt seine Liebste beiseite.

„Gut, dann versuchen wir es mit Latein, oder?" schlägt Wolle vor. Gleich darauf schimpft er: „Verflucht und zugenäht!" Wolle wühlt in seinem Rucksack, findet nur Bierdosen. „Ich habe meine Lateinunterlagen vergessen."

„Das ist doch kein Grund wie ein alter Bierkutscher zu fluchen!" mokiert sich Amadeus. „Aber weißt du, Wolle, dass du eben einen bekannten Dichter zitiert hast? Nein? Dann kannst du mir auch nicht verraten, woher dieser unkeusche Fluch stammt...? Er weiß es nicht, er weiß es nicht." Grinsend greift Amadeus erneut zur Gitarre und zupft herum. „Pass auf, ich werde dich aufklären, schnalle dich an, lausche meinen Klängen."

Er würgt den Hals der Klampfe, stimmt einige Akkorde an und gibt den mittelalterlichen Bänkelsänger. Sänger und Gitarre geben her, was drin ist.

Im wunderschönen Monat Mai, als alle Knospen sprangen,
da ist in meinem Herzen auch die Liebe aufgegangen.
Doch als mir bald mein blonder Schatz die Folgen unsrer Lieb
gesteht,
da hab ich meinen Hosenlatz verflucht und zugenäht!

„Chapeau, Chapeau!" Wolle ist begeistert. „Ein geiler Liebesvers, von Rilke?"

„Knapp daneben ist auch vorbei. Heinrich Heine. Aber ich werde nicht in Deutsch, sondern in Latein und Mathe geprüft. Und falls ich Pech habe auch noch im Englischen."

„Gut, dann Latein. Da bin ich spitze", behauptet Wolle. „Aber zuvor habe ich noch eine besonders wichtige Frage, liebster Ama. Machst du beim Küssen die Augen zu?"

„Na logo, die fallen mir doch sonst raus. Aber was hat das mit dieser toten Sprache zu tun?"

„Nix. Nun also zum Latein. Übersetze das Wort *Zauberflöte*."

„Weiß nicht, sag schon!", fordert Amadeus.

„Ich löse auf: *Penis miraculus*. Da bin ich gewiss ein gutes Beispiel", strunzt er und blickt den Freund Beifall heischend an.

„Freilich", lästert er, „zu deinem Ding würde ein Franzose eher sagen: *Le petit chose*. Aber ich sehe, ich verfehle das Thema."

Wolle ist nicht bereit, seine besten Jahre in totaler Entsagung zu verbringen. Schließlich hat er sauberes Blut bis in die Hoden. Behauptet er. Auch das ist eine seiner Übertreibungen. Beim Pinkeln öffnet er den Hosenschlitz bis zum   Anschlag, obwohl... nun ja. Zu gerne würde er den Schlüpferstürmer geben.

„Also Ama, jetzt bist du dran, du Jüngling mit den bergseeblauen Augen. Dir fliegen die Frauenherzen doch nur so zu, musst dich dauernd wegducken. Welchen Typ findest du poppig?" will Wolle wissen.

Amadeus kippelt bedächtig mit dem Kopf. „Ich habe das Gefühl, mit dem Lernen klappt es heute nicht mehr. Also, auf einer Party habe ich kürzlich mit einer netten Brünetten rumgeknutscht. Der lief beim Küssen das Wasser im Munde zusammen. Das beschleunigte unsere Trennung. Ich denke, am meisten liebe ich meine Gitarre, die kann ich jederzeit in den Arm nehmen, mir nach Belieben damit die Zeit vertreiben und sie in die Ecke stellen. Weiber sind schwieriger, die können kompliziert sein, richtig anstrengend. Eben trällern sie noch fröhlich vor sich hin, dann sind sie sauer und du weißt nicht einmal warum. Plötzlich haben sie Kopfschmerzen, zehn Minuten später wollen sie mit dir auf die Piste oder in die Kiste."

„Ist schon irre. Schön, dass wir als Männer geboren wurden! Als Gott die Frau erschuf, hielt er kurz inne, betrachtete sein Werk und meinte, es müsse etwas Besseres geben als diese Eva."

„Und dann?"

„Dann schuf er uns Männer!"

„Bravo Wolle! Es war andersrum, aber egal. Es ist gut ein Mann zu sein! Wir quatschen nicht einfach drauflos. Unsere Telefonate sind kurz und bündig."

„Jawoll, für jeden von uns sind zwei oder drei Paar Schuhe mehr als genug. Und für dieselbe Arbeit bekommen wir mehr Geld."

„Sehr richtig. Und wenn wir mit über dreißig noch Single sind ", freut sich Amadeus, „interessiert das kein Aas! Aber noch mal zu deinem Lieblingsthema, du Frauenversteher. Konntest du in letzter Zeit dein Wissen vertiefen?"

„Durchaus, aber leider nur im Traum. Ich hatte es mit einer heißen Südländerin zu tun", erklärt Wolle, packt eine Bierdose und reißt gekonnt die Lasche ab. „Hopfen und Malz erleichtern die Balz. Stößchen, Amadeus!" Zwei Bierdosen ploppen dumpf aufeinander.

„Stößchen, lieber Wolle, lass hören."

„Also, ich lustwandelte über eine frühlinghafte Wiese. Zwischen meinen Zehen spürte ich angenehm prickelndes, junges Gras. Ich schaute an mir herab und stellte fest: Ich war nackt! Im morgendlichen Dunst schwebte ein Riesenbett auf mich zu. Ein schokoladiges Mädchen mit langen Rasterlocken saß auf dem Bettrand und winkte mir zu. Das war keine von diesen nachts herumhuschenden Bordsteinschwalben, oh nein. Sie war zwar schon in fortgeschrittenem Alter, aber ein dralles Ding, wie sie so dasaß, mit gewaltigem Busen und rollenden Augen, dunkel und groß wie Untertassen.

„Auf solche Weiber stehst du? Die schreckte dich nicht ab?"

„Na ja, ein alter Mensch hätte vielleicht befürchten müssen, in ihren Armen seinen Geist aufzugeben. Aber du weißt doch, reiten lernt man am besten auf einem eingerittenen Pferd."

„Whow, bist ein echter Kenner!"

„Weiter. Wir saßen also auf diesem Riesenbett, noch größer als deines hier. Zuerst fühlte ich mit zwei Fingern ihren Puls, dann schnupperte meine Nase an ihrem Herzen. Die Frau war echt süß, um nicht zu sagen Kandis!" Wolle wippt auf dem Bett herum. „Mein Körper brannte, lechzte nach Kühlung."

„Hey, meine Kehle lechzt nach was Anderem", krächzt Amadeus und setzt die Bierdose an den Hals. „Mach voran! Wie ich meinen Wolle kenne, war es am Ende eine schnöde Nullnummer."

Wolle verdreht die Augen. „Eine galaktische Liebesnacht zeichnete sich ab. Ein Frauenkörper lockte. Hastig wollte ich in mein Liebesmäntelchen schlüpfen, rein in die kleine Lümmeltüte, wie deine Mutter das kürzlich nannte."

„Und dann?"

„Beim Fronteinsatz hüpfte mir das Fummelgummi davon."

„Typisch, aber nicht ablenken!"

„Meine Glückshormone feierten Standing Ovation, mein Denken war eingeschränkt."

„Nix Neues. Ich ahne deinen reichen Trieb und deinen schwachen Muskel."

„Also, ich war echt cool, wollte behutsam zu Werke gehen wie eine Hummel, die auf der Suche nach Nektar ihren Rüssel in den Blumenkelch hineinschiebt."

„Und dann, was war dann, verflixt, wie endete das Ganze?"

„Was dann, was war dann?" Wolle ist genervt. „Ich war bereit, mich in ihrem Bermuda-Dreieck zu verlieren."

„Klingt abenteuerlich. Und dann?"

„Ich übersetzte ihr das Wort Zauberflöte ins Lateinische. Aber davon wollte diese afrikanische Blüte nichts wissen. Verstehe einer die Weiber. Mein Schoko-ladenmädchen hatte plötzlich ein Nudelholz in der Hand und begann auf mich einzuprügeln. Ich erwachte. Meine Mutter hat gegen die Tür gepocht. Ich hatte verschlafen."

„Armer Kerl, armer Wolle, so schrumpfen geile Träume zu entblößter Realität."

„Was dem einen seine Keule, ist dem andern seine Beule."

„Lieber Freund, nun Butter bei die Fische. Hattest du in der letzten Zeit gelegentlich mal Sex?"

„Was heißt gelegentlich, du armer Tropf. Fast jeden Tag!"

80

„Alter Strunzsack!"

„Wirklich, mein neugieriger Amadeus. Sex hatte ich fast am Montag, fast am Dienstag, fast am Mittwoch..."

„Genug vom Liebesfrust. Versuchen wir es doch noch einmal mit dem Lernen. Latein ist offensichtlich nicht dein Ding. Ist ja auch eine mausetote Sprache. Wie wäre es mit Englisch?" muffelt Wolle.

Für kurze Zeit versuchen sie, mit englischen Zungen zu schwätzen. Doch ihre Münder sind nicht geschaffen für ein sauberes *th*. Sie schweigen sich eine Weile an. Ist doch herrlich, wenn man sich nichts zu sagen hat und trotzdem den Mund hält. Wunderbare Stille. Nur das prickelnde Geräusch aus zwei geöffneten Bierdosen ist vernehmbar. Es scheint, als ob sie auf eine göttliche Eingebung warten. Doch darauf hoffen selbst klügere Leute vergebens. Schon Sokrates wusste, dass er nichts wusste.

„Wollen wir mal an die frische Luft? Oder Kiste gucken? Vielleicht läuft ein wissenschaftlicher Beitrag über das Liebesleben der Eintagsfliege."

Da erscheint das Flüstern aus geöffneten Bierdosen schon prickelnder. Selbst Wolle, sonst nie um einen Bibelspruch verlegen, gibt den großen Schweiger. Amadeus fühlt sich bald von der Ruhe gestört.

„Hör mal Wolle, lass uns was unternehmen, egal was."

„Mir fällt nichts ein." Der Freund rutscht nahe an Amadeus heran. „Ich lehne mich bei dir an und weiß, es geht mir gut."

„Bei mir ähnlich, Wolle. Ich werde dir immer den Steigbügel halten, auch wenn du mal Scheiße gebaut haben solltest. Doch sag, bist du ein glücklicher Mensch?"

"Was heißt Glück. Glück ist doch schon, wenn dein Mathelehrer die richtigen Fragen stellt. Oder wenn dein Gang zum Scheißhaus regelmäßig und flott von Erfolg gekrönt ist."

Pause. Vertrautem Schweigen kann Glückhaftes anhaften.

„Hör mal, Ama, falls du vor mir sterben solltest, frage doch bitte diesen Zerberus da oben, den am Himmelstor, ob du deinen Freund nachholen darfst. Würdest du das für mich tun?"

„Geht in Ordnung, Kumpel."

Freunde sind wie Sterne, man sieht sie nicht immer und doch sind sie da.

„Nun denn, mein herrlicher Freund." Wolle wühlt in seiner Tasche. „Ich habe einen ultimativen Vorschlag. Wie wär´s mit dieser Pille hier? No dope, no hope."

„Um Gottes willen!"

Amadeus bleibt standhaft wie weiland der Wittenberger Mönch. „Hab mal Koks probiert, habe davon die Nase voll."

***

Man findet sie eher am Wickeltisch als auf dem Sofa oder an ihrem Sekretär. Kaum wieder daheim besorgt Sabine Tilman den Hausputz und Einkäufe. Ich kümmere mich – ergo sum! Allzeit bereit für die Familie, immer in den Startlöchern. Liebevolles Zurückstehen, erst die anderen zufriedenstellen. Als Gegenleistung das Kinderlachen, die familiäre Harmonie, aber auch Angst um die Kinder, immer noch. Es kann so viel passieren. Bei der Geburt des Großvaters zum Beispiel ist die Hebamme mit dem Baby im Arm über ein herumliegendes Tuch gestolpert. Beide stürzten. Das Kind trug eine Rückenverletzung davon. Lebenslang war Großvaters Buckel für sie ein Mahnmal.

Das Abnabeln vom Ältesten scheint geglückt. Sabine Tilman hat nun ihren Amadeus. Der wohnt noch zu Hause, den kann sie weiter umsorgen. Sie inspiziert die Terrasse. Eine gewisse Unordnung ist nicht zu übersehen. Die goldene Rosenkugel am Teich erregt ihre Aufmerksamkeit. Sie wirkt kleiner als sonst. Und die goldene Farbe leuchtet kräftig. Kräftiger als zuvor.

Die Mutter wird von einem jungen Postboten abgelenkt. Sie nimmt einen Stapel Papier in Empfang. „Wieder alles Prospekte und ungebetene Werbemittel? Allmählich mutieren Sie vom Briefträger zum Prospektausträger."

„Aber bestens ausgebildet", grinst der nette Postler. „Und mies bezahlt." Sagt`s und besticht den heranspringenden Hund mit einem Leckerli.

Cedric und Amadeus durften den Hund im Welpenalter aussuchen. Ein helles Fell mit schwarzen Flecken. Da er schon immer vornehm aussah, tauften ihn die Tilmans auf den Namen *Sir Henry*. Im Laufe der Jahre ist sein Aussehen immer würdevoller, richtig aristokratisch geworden. Jetzt zieren graue Barthaare den schlanken Kopf. Wenn er sich still am Fenster positioniert oder auf der Terrasse auf den Hinterbeinen hockt, mit erhobenem Kopf und gestreckten Vorderpfoten, kann der oberflächliche Betrachter ihn für eine Porzellanfigur halten. Ein edler Dalmatiner, wie man ihn zuweilen zwischen Haushaltswaren antrifft.

Sabine Tilman steht in der Auffahrt und blättert die anspruchslose Post durch. Sie bemerkt einen am Boden liegenden Zigarettenstummel.

„Oh Amadeus", seufzt sie und bückt sich. „Warum muss der Bengel immer rauchen? Zudem könnte er seine Zigarettenreste ordentlich entsorgen. Wozu gibt es Aschenbecher und Mülltonnen."

Bei der Geburtstagsparty muss es heftig zugegangen sein. Das ist auch den Ausführungen der Nachbarin zu entnehmen, die sich mit ihrem Sonntagsgesicht am Gartenzaun aufgebaut hat. Doch dann bewölkt sich ihre Miene. Wortreich beklagt Erna Kummer den ungehörigen Lärm in der letzten Nacht. Vorsichtig äußert die Mutter Verständnis für den Sohn und seine Freunde. Das stößt auf Unverständnis. Die Nachbarin versenkt den Hals in den Schultern und kehrt grummelnd in ihr Haus zurück.

Durch das halb geöffnete Fenster im Dachgeschoss hat Amadeus den größten Teil der Unterhaltung mitbekommen. Er nuckelt an einer Zigarette und säuselt den Rauch behutsam zum Fenster hinaus. Mutter muss ja nichts merken, falls sie später sein Zimmer betreten sollte. Flink putzt er sich noch die Zähne und sprüht reichlich Duftwasser ins Gesicht. Dann schreitet pfeifend die Treppe hinunter, hinaus auf die Terrasse und begrüßt seine Mutter mit einem flüchtig hingehauchten Wangenkuss. Die feine Nase der Frau ist jedoch auch diesmal nicht zu überlisten.

„Du Bursche hast oben schon wieder geraucht, stimmt`s?"

Verlegen grinsend nickt der Sohn: „Du hast deine trüffelschweinische Nase heute wieder besonders gut geputzt!"

„Amadeus, Frau Kummer hat sich bitterlich beklagt. Ihr sollt euch am Geburtstag wie Radauknechte benommen haben. Bis weit nach Mitternacht hätte die Musik aus Lautsprechern gedudelt und ihr und ihrem Mann den Schlaf geraubt."

Amadeus zeigt sich unbeeindruckt. Man merkt sofort, dass er die Nachbarin nicht leiden kann. „Meine Weste ist so weiß wie Opas dritte Zähne am Morgen. Diese Erna Kummer, ob die was erzählt oder im Garten fällt ein Apfel vom Baum. Aber Gott sei Dank ist ihr Hintern dicker als ihr Kopf!"

„Was soll dieses unkeusche Gesabbel?"

„Ist doch klar, wäre es anders, würde diese neugierige Strumpfbandnatter beim Quatschen aus dem Fenster fallen."

„Amadeus, wie kannst du nur so über unsere Nachbarin reden!"

Die Augen des Sohnes funkeln verdächtig. „Na, weißt du, die Guteste hat doch einen Schatten, über den keiner springen kann, und der olle Balthasar Kummer ist auch nicht besser. Dem läuft die Intelligenz hinterher, aber einholen tut die ihn nie!"

„Ama, Schnute halten! Die Kummers sind ein glückliches und harmonisches Ehepaar."

„Weil der Alte immer den Schwanz einzieht, dieser Grabverweigerer!"

Feixend bewegt sich der Jüngling ins Haus zurück. Bevor er durch die Terrassentür verschwindet, bemerkt er noch rückwärtsgewandt: „Stelle dir doch mal vor, der Kümmerling da drüben würde als Einziger an einem Intelligenztest teilnehmen. Da wäre ihm der zweite Platz sicher."

VII

Ein Goldfisch

Verdammt, fast hätte er es vergessen! Amadeus muss für seine Mutter noch ein Geschenk besorgen! Umgehend greift er zum Telefon. „Wolle, kommst du mit, alter Schwammkopf? Ich muss kurz nach Hamburg rüber, ein qualifizierter Begleiter wie du würde mir gut zu Gesicht stehen." Wolle fühlt sich geschmeichelt, druckst aber herum.

„Wo drücken dich denn die Flip-Flops?"

„Ich fühle mich schlapp, weißt du, lass mich heute mal ungeschoren."

„Das ist der Wunsch von Schafen! Ich muss einen wichtigen Einkauf tätigen und spendiere dir auch ein Bierchen, wenn du mitkommst", lockt Amadeus.

„Na gut... einverstanden", erklärt der Freund nach kurzem Zögern. „Bin schon unterwegs, freue mich auf euch beide!"

Amadeus holt eine Leiter aus dem Keller und bringt den Gong in Gang, testet die Melodie. Mehrfach ertönt *Ein Freund, ein guter Freund*. Da steht Wolle auch schon vor der Tür und fordert sein Bier ein.

„Ich trinke lieber nichts", meint Amadeus.

Er ist kürzlich in eine Radarfalle geraten. Da wird man vorsichtig, zumindest vorübergehend. Trotzdem saust er wenig später mit seiner bejahrten Karosse so rasant davon, als wollte er Michael Schumacher die Poolposition abjagen. Aus der Ferne grüßt das Lübecker Burgkloster, die bedeutendste Burganlage des Nordens. Auf der Autobahn, bei Tempo 130, beginnt der Diesel eine höhere Geschwindigkeit zu verweigern. Nur als es abwärtsgeht, ruckelt der Tachozeiger ein ordentliches Stückchen voran.

„Die alte Karre will nicht so recht. Wolle, hörst du auch ein Klopfen?"

„Irgendwas tut sich im Motorraum. Könnte mir vorstellen, dass sich dein Schutzengel bemerkbar machen will", vermutet Wolle. „Du solltest nie schneller fahren als dein Schutzengel fliegen kann." Doch bald darauf ist das Geräusch wieder verschwunden.

Überraschend schnell finden die Freunde in der Hamburger City einen Parkplatz, direkt an der Binnenalster. Glück muss man haben. Es ist ein kühler Junitag. Das Wetter ist umgeschlagen, die beiden frösteln. So beschließen sie, in die nächste Eisdiele zu gehen. Dort nehmen sie eine heiße Schokolade zu sich. Aufgewärmt sind sie nun in der Lage, noch ein Eis zu verdrücken. Sie stopfen es so emsig in sich hinein, als wollten sie das unfreundliche Wetter weglöffeln.

„Die Dinge entspringen meist aus kleinem Anfang. So ist es auch mit der Alster", erklärt Amadeus. „Man kann die Quelle von hier aus nur erahnen. Ich war schon mal da, ist gar nicht so weit weg. Da kleckert das Wasser zunächst als schmales Rinnsal, verbreitert sich nur allmählich, aber stetig. Nach einigen Kilometern wird es dann zu einem munteren Wassersträßchen. Ich denke, das Leben verläuft so ähnlich. Peng, schon ist es da, zwischendurch wird es kurvig und unruhig, dann wieder scheint es auf der Stelle zu verharren. Wenn du weiter nach vorne schaust, ist plötzlich Schluss."

„Kann sein", murmelt der Freund.

Er verspürt wenig Lust, über den Lauf des Lebens zu philosophieren, ist mit seinen Gedanken woanders. Er beobachtet eine vorbeiflanierende junge Frau. Sie wirkt ein wenig doof, die Blondine. Sie hat nicht an Schminke gespart und wirkt eine Spur zu nuttig. Ist so eine Mädchenfrau, volle Lippen, Beine bis zur Brust. Ihre Bekleidung ist einem heißen Sommer weit vorausgeeilt. Beim knallroten Rock ist dem Schneider offensichtlich der Stoff ausgegangen. Die flüchtige Bluse lässt anatomische Freundlichkeiten erahnen.

„Hoffentlich verkühlt die sich nicht", befürchtet Wolle. Er forscht nach einem Ehering, kann aber keinen entdecken. „Welch eine saftige Weide für meine Augen."

86

„Rindvieh."

„Sollten wir uns nicht mal für eine Stunde trennen?", schlägt er vor. Er lässt das junge Mädchen nicht aus den Augen. „Kann gut verstehen, dass sich viele Männer immer auf den Sommer freuen."

„Wenn du weiter so glotzt, bekommst du Augengeschwüre", warnt Amadeus. „Lege einen Schritt zu, sonst latschen wir hier heute Abend noch rum. Ich muss endlich ein Geburtstagsgeschenk für meine Mutter finden."

„Net so hudle, wie der Wiener zu sagen pflegt. Schnelles Laufen ist noch keine Garantie, dass man auch sein Ziel erreicht. Hoppela!" Wolle bückt sich und klaubt eine Münze auf. „Stimmt, das Geld liegt auf der Straße."

Auf dem Jungfernstieg irren sie eine Weile herum. Amadeus betrachtet das Straßenschild und bezweifelt, dass hier wirklich Jungfern herumsteigen. Wolle deutet auf eine große Laterne neben dem Alsterpavillion. „Die Lampe soll abends anfangen zu flackern, wenn eine Jungfrau vorbeikommt. Meine aktuelle Bekanntschaft habe ich sofort hierher gelotst."

„Und, hat die Laterne gezuckt?"

„Nein, hat sie nicht."

„Das hätte ich dir gleich sagen können."

„Ach ja? Du Besserwisser, sie ist schlagartig ausgegangen!"

„Was? Armer Wolle, da hast du dir ja eine tolle Jungfer angelacht!

„Ne, war Stromausfall."

Vor der prachtvollen Auslage eines Juweliers bleibt Amadeus stehen. Das glitzernde Geschmeide in den samtenen Etuis fasziniert ihn. Blutende Rubine, milchweiß durchsichtige Opale, Brillantenarrangements, blitzend und raffiniert geschliffen. Erst Wolles Hinweis *Du bist doch nicht der Rockefeller!* lässt Amadeus von den Schaugenüssen Abstand nehmen.

„Falls ich mal im Lotto gewinne, werde ich meiner Hamburgensie etwas davon spendieren", nimmt er sich vor und beschließt, sich nebenan im Alsterhaus nach etwas Bezahlbarem umzusehen.

In heftigem Gedränge werden die beiden Freunde vorangeschoben, die eine Rolltreppe runter, die andere hinauf, hier Spielwaren und Stoffe, dort Porzellan, massenhaft Stehrummelkes: Dinge, die nur herumstehen. Dazwischen blickt sie unvermutet Sir Henry an, auf den Hinterbeinen sitzend, in Originalgröße, mit treuem Blick. Ein Porzellan-Dalmatiner.

„Komm weiter!" Wolle zerrt Amadeus weg in die Buchabteilung.

„Ein Buch haben wir schon", versucht Amadeus zu bremsen, aber Wolle ist in seinem Element.

„Wie wäre es mit einem Buch über Mahatma Ghandi? Da finden wir vielleicht was über die Lust zu töten. Oder von Buddha, über die Kunst des Abnehmens."

„Hast du weitere qualifizierte Vorschläge?" zischelt Amadeus.

„Ja, jetzt hab ich`s! Das passt, ein Buch über die britische Kochkunst."

„Schwammkopf!"

„Na gut, nun mal im Ernst, wie wär`s mit einer Flasche Schampus."

Wolle drängt hinüber in die Lebensmittelabteilung. Ein Rentner will ihn überholen, stößt Wolle zur Seite. Dann humpelt er eilig vorbei, als wäre der Leibhaftige hinter ihm her.

„Hey, Alter!", ruft ihm Wolle nach. „Ist Krieg?"

Sie befinden sich vor einem prall gefüllten Weinregal. „Schampus ist doch nicht schlecht", meint Wolle. „Da kann deine Olle endlich mal auf Samt süffeln."

„Nix da, meine Mutter meidet Alkohol. Der macht dick, behauptet sie. Ist aber Quatsch, dick machen die nutzlosen Diätversuche. Komm weiter, Wolle."

Amadeus dreht sich um, rempelt eine kunstvoll geblasene Weinflasche an, die wiederum eine Bouteille de Champagne ins Wanken bringt. Kippend will das edle Gebräu aus dem Regal entfliehen, kommt aber mit dem Schrecken davon, weil Amadeus Geistesgegenwart beweist und beherzt zupackt. Man kann erkennen, dass das feine Getränk in seinem gläsernen Gefängnis aufbraust.

„Entschuldigung", japst Amadeus. „Das habe ich nicht gewollt, ne wirklich. Da hätte ich ja fast einen schönen Kladderadatsch angerichtet." *Kladderadatsch*, ein Lieblingswort der Mutter.

Erneut geht es über Rolltreppen rauf und runter. Schließlich landen sie in der Zooabteilung. Mal sehen, was die haben.

„Ei gugge da, Ama, die hübschen Goldfische. Einer davon würde deiner Mutter doch prima zu Gesicht stehen. Oder bringt er Unruhe in euer Heim?"

Amadeus grinst. Ein goldiges Fischlein scheint ihm passend. So etwas schenkt nicht jeder. Und falls der sich einsam fühlen sollte, bekommt er einen Partner. Oder eine Partnerin? Wäre sozial gedacht.

Wolle drängelt, hofft, dass der Freund endlich zu Potte kommt. Doch Amadeus ist dabei, dem Mann hinter dem Tresen mit Mund, Händen und südländischer Suade das Leben schwer zu machen.

„Ist das hier nun ein Männchen oder ein Weibchen? Wäre doch wichtig, falls gelegentlich ein zweiter hinzukäme."

„Dieses besonders schöne Exemplar hier ist mit hoher Wahrscheinlichkeit ein Männchen. Weibliche Exemplare haben rundere und dickere Körper als ihre männlichen Artgenossen."

"Na, das will ich denn mal glauben. Und die goldene Farbe, färbt die nicht ab, blättert auch nicht?"

„Nein, gewiss nicht."

„Und zwei Jahre Garantie?"

„Nein, aber falls er daheim nicht gefällt, dürfen Sie das Tierchen innerhalb von vierundzwanzig zurückbringen. Diesen Glasbehälter gebe ich Ihnen dazu. Sie sollten noch ein wenig Wasser nachfüllen. Das können Sie auf der Herrentoilette im nächsten Stockwerk erledigen", grinst er.

„Na wenigstens etwas." Amadeus ist überzeugt und kauft.

„Good bye", schnauft Wolle. Soll heißen *guter Kauf.*

Sie machen sich auf den Weg in die nächste Etage. Aber das Chambre Séparée hat Ausgang: Reparaturarbeiten. So landen sie zum Wasserfassen in der Damentoilette. Als sie danach wieder auf den Gang hinaustreten, bekommt eine Frau mit Nickelbrille einen starren Blick und macht auf dem Absatz kehrt.

Endlich geht es heimwärts. Nachdem die beiden Freunde eine Weile in der falschen Parkhausebene herumgeirrt sind, werden sie fündig.

„So, nun schmeiß den Riemen auf die Orgel!", fordert Wolle. Folgsam wirft sich Amadeus in den Fahrersitz, dreht den Autoschlüssel herum.

Wolle durfte den Wagen schon einmal fahren, aber dieser Entschluss kostete Amadeus ungeheure Überwindung. Mit Argusaugen hat er jedes Schalten und Kuppeln verfolgt und alle anderen Fahrzeuge mit bangem Herzen beobachtet. Sein Auto sollte auf keinen Fall Teil der aktuellen Unfallstatistik werden.

Wolle ist in der Tat kein guter Fahrer. Das erste Auto, das seiner Eltern, demolierte er bereits zu einer Zeit, als er noch keinen Führerschein besaß. Auf dem elterlichen Grundstück rangierte er das Fahrzeug zu heftig durch die Aufwegung. Weder das Gartentor noch die kleine Laterne konnten ausweichen und so musste nicht nur der Kotflügel neu gerichtet werden. Die unschuldige Laterne wirkt heute noch geknickt. Sein eigenes Auto hielt später nur wenige Wochen unfallfrei durch. Dieses Mal war Wolle aber ohne Schuld. Es war Feierabendverkehr. Eine große Limousine, so ein Zuhälterschlitten, missachtete die Vorfahrt und machte Wolles Auto auf der Stelle kampfunfähig.

„Es krachte vorne, während es von hinten bumste", so Wolles allgemeine Beschreibung des Unfallherganges. Er teilte der Polizei mit, dass der andere Fahrer geflucht, ihn dann beschimpft und schließlich die Flucht ergriffen habe. Das Nummernschild sei verdreckt gewesen, beim besten Willen nicht zu entziffern.

Kaum wieder im Auto wird Amadeus in eine Seitenstraße abgeleitet.

„Wolle, greif dir mal den Stadtplan."

„Wer vom rechten Pfad abkommt", grinst der Freund, „lernt ihn erst richtig kennen, wie meine Oma immer sagt." Er breitet das vielfach gefaltete Nachschlagewerk aus und versucht, ihren Standort auszumachen. Das ist gar nicht einfach. Er blättert hin und her, muss einen Teil wieder zusammenfalten und dabei das Knicksystem beachten. Eine wahrhaft anspruchsvolle Aufgabe! „Saudumm und Gomorra! Für so was brauchst du das Abitur. Verdammte Knickscheiße! Wer dieses Faltpatent erfunden hat, sollte erschossen werden!" flucht Wolle. „Wird höchste Zeit, dass du dir ein Navi anschaffst." Doch dann wird er fündig, führt Amadeus auf die richtige Fährte.

Amadeus sprintet los, wedelt mit dem Auto zwischen den Fahrbahnen hin und her. „Alles Sonntagsfahrer um mich herum! Die haben vermutlich alle ihren Führerschein im Lotto gewonnen."

Einige Male muss er scharf bremsen. Wolle gerät jedes Mal mit dem goldigen Schwimmer in Schwulitäten. Die vorsorglich über dem Glasbehälter positionierte *Knickscheiße* verhindert Schlimmeres. So kann der edle Süßwasserfisch nicht heraushüpfen und in eine fragwürdige Freiheit entfliehen.

Die Stadtgrenze ist erreicht. Amadeus gibt Gas. Der Motor röhrt lustvoll, ohne Klopfen im Motorraum. In ungeschwächter Fahrt geht es voran.

„Wir schlafen nachts!" brüllt er plötzlich. Sein Mittelfinger schießt in die Höhe. Ein Fahrer vor ihm hat unvermutet gebremst. Aber wieder geht alles gut und schon sichten sie die ersten Häuser am Lübecker Stadtrand. In der Ferne zeigt sich die freundliche Silhouette der Lübecker Kirchtürme. Dann salutieren die mächtigen Türme des Holstentores. Die runden Dicken scheinen heute einander in besonderem Maße zugeneigt.

„Lass mich an der nächsten Kreuzung raus", fordert Wolle. „Hab noch ein Date mit Draculas Tochter."

„Hä? Kenne ich die?"

„Natürlich, ich rede von der knackigen Assistentin in der Arztpraxis. Die soll mir Blut abzapfen."

Folgsam hält Amadeus an der nächsten Ecke an. „Vielen Dank, dass du mich begleitet hast, alter Kumpel."

Amadeus chauffiert nun alleine weiter, stellt das Glas in einen Karton auf den Beifahrersitz und sichert das Ganze mit dem Sicherheitsgurt. Beim Fahren schwappt das Wasser immer wieder gefährlich hoch und die Algen schwanken. Lianen im Urwald. Zuweilen scheint es, als würde der Goldfisch an ihnen herumhangeln.

„Hey Fisch, ich werde dich Tarzan nennen", brummelt Amadeus. In ihm reift die Frage, ob einem Fisch übel werden kann, so richtig seekrank. Das hat bestimmt noch niemand erforscht. Oder doch? Der Staat gibt so viel Geld für unnütze Projekte aus. Nach einer quälenden halben Stunde im abendlichen Verkehr hat es Amadeus geschafft. Glas, Fisch und Auto erreichen unbeschadet die elterliche Wohnung.

Vater Tilman öffnet, und fast geht es noch schief. Sir Henry kommt mit wedelnder Rute angesprungen, tanzt an Amadeus hoch, kaum, dass dieser in der Tür aufgetaucht ist. Der Dalmatiner ist schon dreizehn Jahre alt. Irgendein kluger Mensch hat wissenschaftlich nachzuweisen versucht, dass ein Hundejahr sieben Menschenjahren entspricht. So gerechnet befindet sich Sir Henry bereits im hochverdienten Rentenalter. Manchmal entwickelt er einen Spürsinn, dass alle staunen. Zuweilen aber liegt er auch nur regungslos schlafend im Korb und scheint nichts von dem mitzubekommen, was um ihn herum geschieht.

„Notfalls, wenn mal Einbrecher kommen sollten, müssen wir ihn wecken und ihm den Befehl zum Bellen geben", hat der Vater kürzlich angemerkt.

Sir Henry gehorcht nur noch phlegmatisch. Dem Kommando *sitz!* kommt er oft so langsam nach, dass eine Bahnschranke schneller unten ist. Dann wird er energisch Bratbecker gerufen. Und wenn das noch nicht hilft *Herr* Bratbecker. Darauf hat er bis heute noch immer reagiert.

Amadeus steht in der Diele, den Goldfisch mit einer Hand jonglierend. Sir Henry wirft sich auf den Rücken, streckt alle Viere zum Himmel und demonstriert absolute Ergebenheit. Er lässt sich gern den Bauch streicheln. Da ist er richtig menschlich. Amadeus hört die Mutter kommen, verbirgt Tarzan schnell im Garderobenschrank und tut dem Hund den Gefallen. Sir Henry grunzt zufrieden und beide haben Spaß. Wie heißt es in der Drei-Goschen-Oper? Ja, da muss man sich doch einfach hinlegen...

Die Mutter kommt die Treppe hinab. „Ama, gehe bitte gleich noch mit Sir Henry Gassi. Am besten marschiert ihr vorne in den Wald, damit der Hund zumindest ein wenig Auslauf hat."

„Ach Mam, muss das sein? Ich muss doch lernen." Mit mürrischem Gesicht packt Amadeus Leine und Hund. Diskret tastet er die Brusttasche ab, fühlt die kleine Schachtel und zieht los. Zwei Straßenecken weiter lockt eine Parkbank, die mit seinem Gesäß seit einiger Zeit Freundschaft geschlossen hat. Er hockt sich hin, schaut auf sein Schuhwerk, sagt *gottverfluchter Mist, Hundescheiße* und versucht mit einem Papiertaschentuch den Schuh von Dreck zu befreien. Dann ist es Zeit für eine Zigarette. Unbeobachtet schleckt der Dalmatiner inzwischen an einem anderen Häufchen Hundescheiße.

Eine auf jugendlich getrimmte Blondine trippelt heran, beugt sich zum schwarz gefleckten Tier nieder und streichelt ihn.

„Man sollte immer erst fragen, ob man streicheln darf", meldet sich Amadeus von der Parkbank.

„Ist schon richtig, aber ich liebe Hunde."

„Und ich liebe Blondinen, aber ich streichle Sie doch nicht gleich."

„Vielleicht solltest du, mein Süßer."

„Werd`s mir überlegen, Blondie." Amadeus zieht genüsslich an der Zigarette. Feixend blickt er der davonstöckelnden Frau hinterher. Denkt er an Blondinen-witze? Eine Nachbarin ist inzwischen nähergekommen und reißt ihn aus schlüpfrigen Gedanken.

„Na, träumt Sir Henny wieder nur vom Wald, Ama?" spottet sie. „Was ich dir früher schon sagen wollte, es wäre nett, wenn du darauf achten würdest, dass euer Rassehund nicht auf unser Grundstück pinkelt oder dort größere Geschäfte abwickelt. Letztes Mal, als du ihn ausgeführt hast ... na ja."

„Entschuldigen Sie, das hab ich nicht gewollt, ne wirklich", grinst Amadeus und saugt genüsslich am Rest seiner Zigarette.

„Ein Ratschlag. Meide den Schäferhund in der Blumenstraße. Der hat sich kürzlich Zutritt zu unserem Grundstück verschafft und sich tierisch an meiner Hündin vergangen."

Amadeus bedankt sich, wiegelt aber ab. „Das ist bei dem alten Herrn hier wirklich nicht zu befürchten. Es sei denn, der Schäferhund ist schwul."

Als die Nachbarin um die Ecke entschwunden ist, gönnt sich Amadeus eine weitere Zigarette. Er darf ja nicht zu früh heimkommen. Zwei kleine Jungen trippeln heran und bestaunen das schwarz gepunktete Tier.

„Na, kennt ihr diese Hunderasse?" fragt Amadeus.

„Die ziehen auch Schlitten", meint der Größere.

„Ne, das ist kein Husky, das ist ein Dalmatiner, der zieht höchstens mich", klärt Amadeus die Buben auf und greift zur Leine. „Hierher an die Bank! Sir Henry, hiiiieerher!"

Der Hund gehorcht mal wieder aufs Wort, wenn auch nicht aufs erste. Einer der Jungen streckt die Hand nach ihm aus. Eine Frau mit einem prächtigen Pferdegebiss kommt hinzu. Schon wiehert sie los: „Hey Pascalle, lass sein, mach den Wau nicht ei!"

Amadeus drückt seine Zigarette aus, ist nun bereit, den Heimweg anzutreten. Da wird er erneut angesprochen, rücklings und rücksichtslos. Mit vorgeschobener Hüfte steht eine korpulente Frau vor ihm, eine Giftschlange mit Ersatzzähnen. Und mit einem langen Krückstock. Sie wirkt wie ein Ziegenbock in Angriffs-position, mit einem Blick, der Nüsse knacken könnte.

„Leinen sie sofort den Kampfhund an!", pfupfert sie wie eine Kettensäge.

„Aber gute Frau, der Hund ist friedlich, der tut nichts, der will nur spielen", verkündet Amadeus mit der Überzeugung eines sachkundigen Hundebesitzers.

„Das sagen alle", schnarrt die Kettensäge mit aufgeworfener Oberlippe. „Der Hund muss einen Maulkorb tragen, das ist Gesetz!" Drohend schwebt der Arm mit der Krücke über dem Dalmatiner. Sir Henry knurrt, entschlossen, sein Herrchen ohne Rücksicht auf die Rechtslage zu verteidigen.

Amadeus Augen verengen sich, glühen in unfreundlichem Licht. „Da beginnt doch glatt die Watte in meinen Schulterpolstern zu zittern, Verehrteste. Gehen Sie lieber nach Hause und gucken Sie in den Spiegel, dann wissen Sie, wer hier einen Maulkorb tragen sollte." Er ignoriert die keifende Frau, macht sich auf den Nachhauseweg und denkt: „Das Weib sollte sich auf Ihren Stock hocken und davonfliegen."

Die ungestüme Frau zetert immer noch vor sich hin, vollzieht eine plötzliche Kehrtwendung und eilt davon, als wäre ihr soeben eingefallen, dass daheim noch Milch auf dem Herd steht.

Amadeus strebt heimwärts. Sir Henry marschiert voran, zerrt an der Leine. Er vermutet zu Recht, dass hinter der Haustür sein Fressen wartet.

„Na, wie war die Runde?", fragt die Mutter.

„Ach, ganz gut. Ist schon erstaunlich, wie vielen Menschen man bei einem ausgedehnten Waldspaziergang begegnet. Heute war eine meckernde Presswurst darunter. Hätte dringend eine Diätkur nötig! Und danach machte Sir Henry Ärger. Er wollte unbedingt nach Hause."

„So was habe ich mir schon gedacht. Aber merke dir, lieber Ama, das Problem liegt nicht immer beim Hund. Sehr oft befindet es sich am anderen Ende der Leine."

Der Hund sitzt da wie ein Schluck Wasser, mit gebeugtem Kopf und stiert beleidigt vor sich hin. Wo bleibt nur sein Fressen!

„Ja, ja, gleich bekommst du Fressie, Fressie." Die Mutter beugt sich herunter, vergräbt ihre Nase im Hundenacken und kichert froh, als Sir Henrys Zunge über ihr Gesicht schlabbert.

„Übrigens, Mam, heute Abend will Wolle vorbeikommen, wollen Mathe üben. Kann er über Nacht bleiben, ist das in Ordnung?"

VIII

Eine Prüfung

Die Commedian Harmonists lassen grüßen.

„Ein Freund, ein guter Freund..." hallt es nach Drücken des Klingelknopfes durch die Diele.

Amadeus öffnet die Eingangstür. „Dachte schon, du hättest mich vergessen. Schön, dass du noch gekommen bist!"

„Hat mir meine Süße letzte Nacht auch zugestöhnt".

„Wolle, du verhindertes Testosteronmonster. Aber träumen ist erlaubt."

Sabine Tilman schaut um die Ecke. „Hey Wolle, ihr wollt ein wenig arbeiten, wie ich höre." Sie fixiert den kleinen Rucksack, den Wolle wie gewohnt mit sich führt. „Schleppst aber reichlich Schulbücher mit dir herum, was?"

„Aber klar." Wolles Grinsen wirkt unsicher. „Werden uns hinein vertiefen."

„Na dann. Carpe diem! Ihr habt doch bald das große Latinum?"

„Aber gewiss doch!"

Oben angekommen fängt Amadeus an zu jammern. „Die Zeiten sind hart, mein Wissen welkt dahin. Mein Kopf gleicht dem leeren Bierglas."

„Soll ich das Glas füllen? Scherz beiseite, lass uns grübeln, wie du den Mathelehrer überlisten kannst. Das kriegen wir schon hin. Aber ausgerechnet Mathematik. Ach Ama, da gleicht dein Wissen doch eher Quallenfett."

„Deine Vergleiche sind gehbehindert!" meckert Amadeus. „Aber ich gebe zu, unser Mathelehrer ist eine besonders harte Nuss."

„Eine Paranuss. Aber vielleicht entdeckt er bei dir Talente an Stellen, wo du es nicht erwartest. Außerdem ist das ein Mensch wie jeder andere", wiegelt Wolle ab. „Auch sein Arsch hat zwei

Backen. Der muss wie du und ich immer wieder auf den Porzellansitz."

Die Jungs verfallen in einen Dämmerzustand. Die Zeit dehnt sich. Dann meldet sich Wolle erneut zu Wort.

„Sag mal, kriegen Nachtwächter auch dann Rente, falls sie bei Tage den Löffel abgeben?"

„Klar", grunzt Amadeus.

„Quatsch", brummt Wolle, greift in den verschlissenen Rucksack und fingert eine der Bierdosen heraus. „Wenn er tot ist, kriegt der keine Rente mehr."

„Mir auch ein Bier", fordert Amadeus. „Her mit dem Döschen und flink dann ein Stößchen! Wir lernen fürs Leben, lieber Wolle.

„Recte! Vitae discimus, non scholae."

Eine angestrengte Stunde lang wühlen sie in diversen Büchern, ringen mit trockenem Schulwissen. Dann kommen sie zu der Erkenntnis, dass weniger mehr sein kann. Wie sagte schon Laotse: *Nichts tun ist besser als mit viel Mühe nichts zu schaffen.*

„Sogar ein Bier schmeckt nicht, wenn ein Arzt es verordnet", philosophiert Amadeus. Müde lümmelt er auf dem Sofa herum, quält sich schließlich eine Frage ab. „Hallo mein Freund, hab da mal `ne Frage. Wusstest du, dass Flusspferde schwul sind?"

„Nein, wie sollte ich", grinst Wolle. „war noch nie mit einem zusammen. Woher weist du?"

„Mein großer Bruder befasst sich mit solchen Sachen. Vor Jahren besuchten wir Kenia, da hat er sich gründlich auf Land, Leute und Tiere vorbereitet. Daher weiß ich auch, dass Flamingos den Gruppensex lieben."

Wolle macht runde Augen.

„Ist echt erwiesen", beteuert Amadeus. „Ein Flamingopärchen wird man selten als einzelnes Paar beim Liebemachen erwischen. Erst in der Gruppe fühlen sie sich wohl, werden angeregt, bekommen echten Spaß."

„Sympathische Tiere. Wir sollten uns mal ein Beispiel an der Natur nehmen!"

„Toller Vorschlag, Wolle. Du bist dann der erste, der kneift."

„Na ja, schmusen kann ja auch ganz schön sein."

„Was? Mein lieber Wolle, im Bett liegen und kein Sex? Du springst doch nicht unter die Dusche und drehst den Wasserhahn nicht auf!"

Wolle will ablenken. „Ist Kenia ein schönes Land?"

„Kenia ist Klasse, die Menschen da dunkelbraun bis schwarz. Dazu immer Sonne, Safari und sanfte Winde. Dort hab ich mir einen schweinischen Sonnen-brand eingehandelt." Er klopft sich auf die rechte Schulter. „Diese hier kann davon Zeugnis ablegen. Übrigens haben die in Kenia noch erstaunlich viele Löwen. Wir haben einige von ihnen aus nächster Nähe beobachten können. An einem kleinen See. Im Uferschlamm lag dort auch eine Gruppe von Krokodilen herum, regungslos, wie tot. Einige haben mir zugeblinzelt."

„Und du hast mutig zurückgeblinzelt, was?", grinst Wolle. „Konntet ihr denn den Löwen beim Liebesspiel zuschauen? Die sollen ja sehr aktiv sein."

„Ne, aber du hast schon recht. Mein Bruder behauptet, die können zwanzigmal und mehr. Am Tag!" Genüsslich schnalzt Amadeus mit der Zunge.

„Warum hören wir nicht mehr davon in der Biologiestunde. Das würde meine Aufmerksamkeit zumindest in diesem Fach erheblich steigern. Aber mir kommt da ein kosmischer Gedanke."

„Ich höre?"

„Vielleicht kannst du deine Prüfer mit ganz speziellem Wissen begeistern und dem Kollegium vorschlagen, dich in Biologie zu prüfen. Zum Beispiel zum Thema *Die Relevanz afrikanischer Wildkatzen hinsichtlich ihres sexuellen Verhaltens in Dichotomie zu menschlichen Verhaltensweisen.*"

„Allein die Formulierung dieses Themas würde mir schon einige Punkte einbringen", seufzt Amadeus. „Doch bleiben wir realistisch. Denken wir an meinen noch immer nicht ausgemusterten, sadistischen Mathelehrer."

„Stimmt. Lass mich denken. Es gibt diverse Arten von diesen Typen. Aber selbst bei Äpfeln gibt es nicht so viele ungenießbare Sorten. Also, da sind zum ersten fähige und gutwillige, also auch schülerfreundliche Lehrer. Davon gibt es nicht viele. Deiner zählt gewiss nicht dazu. Dann gibt es gutwillige, aber weniger fähige Lehrer. Auch hier Fehlanzeige. Dann bleiben noch die sadistischen Typen. Die sind kalt und gnadenlos. Besonders schlimm, wenn sie verbeamtet sind."

„Richtig, Wolle, wer kontrolliert diese Typen? Leistungsdruck habe ich bei denen kaum gespürt, obwohl sie dauernd klagen. Erst nach Verbüßung einer Haftstrafe werden wir sie los. Ist doch pervers. Manchen könnte ich auf den Eiern rumtrampeln. Ich denke, wir brauchen in Deutschland Privatschulen. Bringen die Lehrer keine Leistung, fliegen sie raus!"

„Korrekt. Also, kommen wir zur letzten Spezies, den zwar oft fähigen, aber sadistisch veranlagten Typen, Leute, die ihre Macht genießen. Dazu zählt mein Mathelehrer. Der will kühl und berechnend Macht ausüben. Würdest du dem eine Niere spenden? Ich nicht!"

„Da hast du Recht, Ama, ach, wie du Recht hast! Ich denke, der könnte im Reagenzglas gezeugt sein. Und wenn Gas im Raum wäre, würde ich gerne die Streichhölzer liefern."

„So, das reicht. Leider muss ich meine eigenen Fähigkeiten berücksichtigen! Ich muss doch froh sein, wenn ich die Ableitung einer einfachen e-Funktion ordentlich hinbekomme."

Nach einer schrägen Stunde ist der Diskussionsbedarf erschöpft. Es geht auf den Abend zu. Alkoholarmut droht. Das letzte Bier wird kumpelhaft geteilt.

Trösten wir uns. Nicht jeder Mensch wird als ein Einstein geboren, oder ist weitsichtig wie ein Leonardo da Vinci. Der erkannte zum Beispiel schon, dass es Wagen geben werde, von keinem Tier gezogen und doch mit unglaublicher Gewalt daherfahrend. Der Mann war klug, ausgestattet mit Verstand und Weitblick. Es brauchte kein hohes Amt, um geachtet und bewundert zu werden. Anders bei einigen Politikern. Im Strahlenkranz der Macht wirkt selbst ein Dummkopf oft gescheit.

Wolle meldet sich noch einmal zu Wort. „Was ich dich längst schon mal fragen wollte, Ama, weißt du schon, was du später werden willst? Hast du was in Planung?"

„Ne, nix mit Planung. Du planst und planst und das Schicksal zeigt dir plötzlich den Stinkefinger!" Das leuchtet ein.

„Und du?"

„Hey, wenn schon ein stressiger Job", da ist Wolle sicher, „dann Banker. Da habe ich schnell ausgesorgt."

„Na klar, bei deiner Qualifikation! Viel Ahnung von Nichts, bist abgebrüht und die Verlogenheit eignest du dir schnell an!"

„Werd`s mir ernsthaft überlegen."

„Gut, immer dran denken, Wolle, je höher, desto plumps!"

Nachtruhe ist angesagt. Amadeus lässt sich geräuschvoll auf sein Bett fallen. Wolle hockt derweil auf dem Klappsofa. Das war ihm in früheren Nächten schon mehrfach zu Diensten. Er schnauft vor sich hin und betastet seinen dank regelmäßiger Besuche bei McDonalds gerundeten Körper.

Amadeus peilt zum Freund hinüber. „Der Sportlichste bist du ja nicht und die ausgeprägte Zierleiste an den Hüften ist eine fragwürdige Dekoration. So hast du schlechte Karten bei den Weibern. Was meinst du, sollen wir morgen mal in den Sportpark auf die Bowlingbahn, da könnten wir `ne flotte Kugel schieben."

„Nix da mit flotter Kugel! Ich bin schon froh, wenn ich meinen Finger aus dem Loch kriege. Und im Fitness-Studio mit schweren Eisen pumpen ist auch nicht meine Sache."

„Schwimmen wäre auch nicht schlecht. Man belebt die Gelenke."

„Da musst du mir aber vorher erklären, was zum Beispiel die Blauwale falsch machen", protestiert Wolle. „Und außerdem… ich bin schon vor einem Jahr einem Fitness-Studio beigetreten."

„Ich weiß, ich weiß. Aber das hilft nur, Wolle, wenn man auch hingeht! Kannst es dir ja noch mal überlegen, das mit dem Schwimmen. Gute Nacht. Falls dir kalt sein sollte, kannste dir von dahinten die wollene Tagesdecke greifen, alter Schnarchsack."

„Danke, mein Freund. Darf man die Tagesdecke auch nachts benutzen?" grummelt Wolle.

∗∗∗

Polizeisirenen heulen. Mit einem lautem *Platsch* fällt ein korpulentes Weib, vom Alarm erschreckt, von der Ausstiegsleiter zurück ins Schwimmbecken. Sofort verstummt der Signalton.

Wolle hockt am Rand des Beckens, bekleidet mit einem knappen Badeslip, der von seinem Wabbelbauch fast verschluckt wird. Er lässt die Beine baumeln und grinst schadenfroh. Der Pool ist einem Sanatorium angegliedert, in dem der Chefarzt übergewichtige Kandidaten um sich versammelt, um sie nach einer eigenwilligen Methode um diverse Kilos zu erleichtern. Zur Therapie gehört regelmäßiges Schwimmen.

Wolle hat eingesehen, dass er fitnessmäßig etwas für sich tun muss, will nachhaltig abspecken. Nun befindet er sich im Kreis anderer Abnehmwilliger. Er ist früh aufgestanden und hat mitbekommen, dass der Chefarzt heute wieder die Sensoren an der Leiter zum Schwimmbassin aktivieren ließ. Bei jedem Tritt auf die kleinen Stufen werden Töne ausgelöst. Ab einem Gewicht von hundert Kilo jault eine Sirene auf. Die war eben in Aktion, gnadenlos. Wenn der Druck auf die Stufen neunzig bis hundert Kilo beträgt, erschallt ein alarmierender Trommelwirbel, ebenfalls recht nervend. Zwischen achtzig und neunzig Kilogramm bietet Franz von Suppè seine *Leichte Kavallerie* auf, von einem oberbayerischen Blas-orchester herausposaunt: *Dem dem dite dem, dite dem dem dem...* Bei geringerem Gewicht erklingt angenehme Sphärenmusik.

Die ins Wasser zurückgefallene Dicke ist ein Neuzugang – ein klarer Fall für eine Änderungsfleischerei. Heute hat sie erstmalig den entlarvenden Musikterror kennengelernt. Immer noch geschockt schwimmt sie an den Beckenrand, versucht sich dort empor zu hangeln, will dem Wasser entfliehen, ohne den Ausstieg über die fürchterliche musikalische Leiter benutzen zu müssen. Es gibt nur diese eine. Ihre Körpermasse zieht sie immer wieder herab. Um nicht zu ertrinken, bewegt sie sich schließlich doch zur Leiter, japsend und schluchzend wie ein Pelikan. Unter Sirenengeheul und den Blicken anderer Schwabbeltypen kann sie endlich den Ort ihrer übergewichtigen Enttarnung verlassen.

Wolle amüsiert sich aus sicherer Entfernung. Da wird er von

einer Frau, einem besonders dankbaren Studienobjekt ungesunder Ernährung, in den Pool geschubst. Er paddelt herum, will wieder hinaus. Um herauszukommen braucht ein junger Mann wie er, anders als diese anderen Typen, doch keine Leiter! Denkt er. Aber auch ihm es gelingt es nicht, sich am hohen Beckenrand hochzuhieven. Immer wieder rutscht er ins Wasser zurück. So bleibt nur der Ausweg über die sensiblen Stufen. Schließlich packt er das Leitergestell in der Erwartung, unter den klassischen Klängen Franz von Suppès das Bassin zu verlassen. Beim Tritt auf die Sprossen wird sofort das Sirenengeheul ausgelöst. Höchststrafe. Er macht den nächsten Schritt aufwärts. Raus aus dem Wasser! Beim Emporklettern blickt Wolle in das hämische Gesicht des Klinikchefs, der sich über ihm an der Ausstiegsleiter aufgebaut hat.

„Schwimmen!"

Brutal wird er ins Wasser zurückgestoßen.

***

Wolle saust vom Schlafsofa empor, als wäre ihm ein Vorschlaghammer auf den Fuß gefallen. Was war das eben für ein feuchter Traum! In seinem Schlafanzug steckt reichlich Angst. Er wischt sich mit der Hand über das pitschige Gesicht, zerrt an der verschwitzten Jacke und schwört im Stillen, ab sofort regelmäßig das Fitness-Studio zu besuchen.

Es ist ein sonniger Morgen. Lichtstrahlen sickern durch die Lamellenschlitze der Jalousetten. Mit schlappen Gesichtszügen und einer Haartracht, die sich andere allenfalls unter der Achselhöhle leisten, peilt Wolle zu seinem Freund hinüber. Auch Amadeus ist wach geworden, reibt sich die Augen. Zeit, das Badezimmer aufzusuchen. „Willst du?"

„Ne, Wolle, du zuerst. Siehst ja richtig Scheiße aus. Gestatte, dass ich rümpfe. Ab in die Maske!" Amadeus lässt sich ins Kissen zurückfallen und schaut zu, wie sich der Freund aus der verschwitzten Nachtjacke, dann aus der schlabberigen Pyjamahose herausarbeitet. Wolle lässt die Feuchtpluderige wirbelnd über dem Kopf kreisen und schleudert sie dann Amadeus entgegen.

„Sternchen, bist richtig zum Anbeißen!", krächzt Amadeus und hat Mühe, das duftende Textil abzuwehren.

„Aber bitte erst nach dem duschen", kokettiert der Entblößte.

„Bist wohl ein klein wenig schwul, wie?"

„Ist mir noch nicht aufgefallen", grinst Wolle. „Aber ich werde das Gefühl nicht los, dass ich im Leben was verpasse."

„Mir geht`s ähnlich", gesteht Amadeus. „Man sollte einiges ausprobieren."

„Gut, dann werde ich demnächst mal meine Toleranzschwelle austesten." Spricht`s und verschwindet im Bad, genießt eine kurze Dusche. Danach erschreckt ihn der Blick in den Spiegel. Wolle meint, Moby Dick gegenüber zu stehen, schüttelt ungläubig den Kopf und macht den Weg frei für seinen Freund.

Dann beginnt er mit Aufräumarbeiten - die leeren Bierdosen ins Säckchen, die vollen ins Eckchen. Von den Vollen findet sich nur noch eine.

Inzwischen hat sich auch Amadeus von seinem Nachtschweiß befreit, greift nach seinen Kleidungsstücken.

„Magst du Eier?" erkundigt er sich, während er versucht, die feuchten Beine in die schmalen Jeans hineinzubekommen.

Wolle nickt. „Eier sind gesund, fördern die Potenz."

„Behauptet meine Tante Martha auch. Aber ich habe meinen Eierkonsum bisher nicht erhöht. Wie möchtest du die Eier gleich zum Frühstück?"

„Am liebsten gestreichelt, du Arsch."

„Oh", erwidert Amadeus.

„Aber nicht von dir!"

„Oh."

„Das sagtest du bereits. Lass uns was picken gehen."

Sie brechen auf. Sir Henry springt ihnen bellend entgegen.

„Silicium!" brüllt Amadeus. Doch der Hund ist unbeeindruckt. Dann *Sicilium!* Dieser Befehl fruchtet. Der Dalmatiner scheint einen Hang zum Lateinischen zu haben. Beleidigt zieht er sich auf sein Hundekissen zurück.

„Euer Hund versteht ja Latein", staunt Wolle, „da muss es mit dir, lieber Ama, doch auch noch klappen."

Mutter Tilman empfängt sie an der Küchentür. „Wollte gerade raufkommen, um euch zu wecken. Dann kommt mal an den Frühstückstisch."

Auf dem Herd köchelt Wasser. In der Ecke hüpfen zwei Brotscheiben aus dem Toaster.

„Wolfgang, du magst Eier, ja? Wie hättest du sie am liebsten?"

„Also, am liebsten hätte ich sie ... äh, bitte nicht so hart, nur fünf Minuten."

„Kannst auch Rühreier bekommen."

„Ich bin gerührt, Frau Tilman aber gekochte sind prima.

„Gut, und dann dicke Butter auf's Rundstück, mit braunem Kuchen drauf oder lieber Schinken und Käse?"

„Ist mir ehrlich gesagt Wurscht, liebe Frau Tilman."

Sir Henry nähert sich, die Schnauze in Mutters Lederschuh versenkt – eine fragwürdige Sauerstoffmaske. Mit einem lauten *nein*! der Hausfrau wird ihm die Beute entrissen. Der Hund plumpst auf seine Decke und kreuzt die Pfoten übereinander. Jetzt schaut es aus, als ob er betet, auf dass etwas Fressbares vom Tisch fallen möge. Aber die Jungs tun ihm nicht den Gefallen.

Vater Tilman kommt trällernd herbei. Er hat den Schalk im leicht gebeugten Nacken. „Ob blond, ob grau, ich liebe meine Frau. Na Wolle, gut geschlafen unter diesem gastlichen Dach?"

„Ja, prima, in Amadeus` gemütlicher Bude muss man sich doch wohlfühlen. Und Sie, wie geht es Ihnen?"

„Diese Frage darfst du einem in die Jahre gekommenen Menschen niemals stellen. Es sei denn du hast sehr viel Zeit! Aber schön, dass du dich bei uns wohlfühlst, wirklich. Unser hübsches Häuschen hat ja auch einige Mühe und Arbeit gekostet. Alles geronnener Schweiß, nichts im Lotto gewonnen oder geerbt. Du musst wissen, Wolle, dass wir in diesem Haus zwar über unsere Verhältnisse leben, jedoch immer noch unter unserem Niveau", tönt Tomas Tilman. „Aber vielleicht sollten wir weniger an das denken, was uns fehlt, sondern uns an dem erfreuen, was wir haben."

Wolle nickt. „Das klingt gut."

„Dann sind wir gewiss zufriedener."

„Aber sind Sie auch ein glücklicher Mensch, Herr Tilman, wenn ich mal so indiskret fragen darf?"

„Ich bin nicht unglücklich..., also bin ich glücklich."

„Das hört man gerne. Bei Ihrem stressigen Beruf! Immer auf der Jagd nach neuen Aufträgen."

„Richtig! Ich muss ständig neue Projekte akquirieren, um das Familienboot leidlich über Wasser zu halten. Wenn es gelingt, gibt es uns eine zusätzliche Befriedigung. Doch man muss achtgeben, dass einem das Geld nicht aus den Fingern rinnt. Da gehe ich natürlich mit gutem Beispiel voran. Im Kleinen sparen sind wir groß."

„Tatsächlich?" fragt der Sohn.

„Aber sicher, ich mache seit Monaten viel größere Schritte. Außerdem vermeide ich hohe Strafen... zum Beispiel kein Schwarzfahren in der U-Bahn. Bin ein ehrlicher Mensch. Einen Porsche, Ferrari oder gar ein Stadtschlösschen an der Lübecker Bucht leiste ich mir auch nicht. Und dann bedenkt meinen geringen Schampooverbrauch."

Er fährt sich mit der Hand über den Kopf. Einsichtig spricht er von Striptease auf höchster Ebene und dass er inzwischen über sich hinausgewachsen sei. „Aber jetzt mal was anderes, wo steckt meine angegraute, äh ... will sagen meine mir anvertraute bessere Hälfte?"

„Ümmers blöde Schnacks, oller Quakbüddel", tönt es aus der Küche. „Ik kreeg allens mit!"

Nur kurz verharrt er in Duldungsstarre. „Ist ja gut, meine süße Kartoffel. Aber du musst zugestehen, dass meine Sparsamkeit nie in Geiz umgeschlagen ist. Auf unserer Toilette gibt es ordentliches Klopapier, saugfest und hautsympathisch. Niemals haben wir Zeitungspapier oder Papiertaschentücher benutzen müssen. Na ja, selten einmal im Urlaub, im Notfall, und dann in irgendwelchen Büschen."

„Spökeklopperei! Denk mol ans Plumpsklosetts von dien Ollen!"

„Ja, in der Nachkriegszeit! Da war Bescheidenheit angesagt. Das wirkt nach. Deshalb nutze ich heute noch das letzte Blatt auf der Klorolle, selbst wenn es festgeklebt und zerfleddert ist. Du weißt, ich habe geschickte Finger. Was ich aber sagen wollte, Biene: Die Menschen werden immer knauseriger. Demnächst bietet man uns gebrauchte Särge an, im Secondhandshop. Doch ernsthaft, in unserem feinen Golfclub verschwindet auf den Toiletten rollenweise Papier. Hat mir die Clubsekretärin kürzlich anvertraut. O tempora, o mores! Da verzichte ich lieber auf einen teuren Golfschläger und kaufe mir einen im Internet, wie vor einigen Wochen."

„Dummes Zeug, Tom. Der alte Schläger war noch voll funktionsfähig. Außerdem, mit dem neuen spielst du auch nicht besser. Du solltest zum Minigolf überwechseln. *Das* würde was bringen!"

Hui! Von der Lanze der Logik durchbohrt gibt Tomas Tilman nach. Wenn Frau Sabine vom Platt ins Hochdeutsche wechselt, das weiß er nicht erst seit heute, muss er auf der Hut sein!

„Na gut, wie Ihre Ladyschaft meinen. Er versucht abzulenken, wechselt das Thema. „Biene, höre mal, das Wetter ist so schön, da zieht es mich nachher auf den auf den Golfplatz. Ist dir doch recht, oder?"

„Klar, bin froh, wenn ich dich `ne Weile los bin."

„Prima. Und du, Wolfgang, hast du schon einmal versucht, mit einem Golfschläger den Kunststoffball, dieses kleine, tückische Ungeheuer, auf möglichst geradem Weg auf eine grüne Wiese zu schlagen? Da lernst du Demut."

„Nein, Herr Tilman, habe ich nicht, will ich nicht, brauche ich nicht." Er bläst die Backen auf. „Statt mit kleinen Kunststoffkugeln befasse ich mich lieber mit größeren Rundungen. Obwohl, da hat man es zuweilen … Silikon ist doch auch ein Kunststoff, oder?"

Der Tomas Tilman verzieht das Gesicht. „Lassen wir das. Aber ich muss dich unbedingt einmal in den Golfklub mitnehmen, auf die Driving Range - auch wenn du golferisch vermutlich nicht vom Talent angesabbert bist und sicherlich unfähig, beim Putten die kleine Kunststoffkugel aus einem knappen Meter ins Loch zu schieben."

Er packt seine Tasse und schüttet den Rest in sich hinein. „Habe keinen rechten Appetit. Lasst euch nicht stören. Sabine, ich fahre dann mal los. Auf dem Weg zum Golfplatz werde ich noch bei unserer Bankfiliale vorbeischauen und dem Geldautomaten guten Tag sagen."

„Wie Amadeus immer sagt, brauchst du Geld, geh zur Bank, die haben was."

„Ja, tu das", grinst der Sohn und zu Wolle gewandt: „Bei seiner Bank fühlt Vater sich so sicher wie die Passagiere auf der Titanic."

Auch Wolle erhebt sich, eilt die Treppe hoch, greift seinen Rucksack. Auf dem Rückweg trifft er auf Mutter Tilman.

„Du willst dich schon verabschieden, Wolle?"

„Leider muss ich weg. Auch ich habe Pflichten."

Er bedankt sich artig für das *exquisite Plaisier*, das er habe genießen dürfen. Beim Händeschütteln gleitet ihm der Rucksack von der Schulter. Den feinen Ohren der Hausfrau entgeht nicht das Scheppern der Bierdosen.

„Schleppst du in deinem Zampelbüddel etwa Bierdosen mit?"

„Aber nur leere", murmelt Wolle." Eilig öffnet er die Haustür, packt die Tragegurte des Rucksacks mit beiden Händen und entfernt er sich zügig.

***

Zwei Tage später. Amadeus hockt am Treppenaufgang und massiert die Ohren von Sir Henry. Der Hund verströmt schlechten Atem.

„Mundgeruch macht einsam, mein Alter."

Wolle taucht am Eingang auf. „Sprichst du mit mir?"

„Nein, ich rede mit diesem Aasfresser. Der hat wieder mal einen toten Vogel verspeist oder was ähnlich Leckeres."

Sir Henry blickt mit seinen braunen Hundeaugen schuldlos, reibt den schmalen Kopf an Amadeus` Oberschenkel.

„Du verstehst wieder nicht wovon ich rede, oder?"

Der Hund wedelt mit dem gefleckten Schwanz. Er freut sich, naiv und verständnislos, geschützt durch die selige Unwissenheit eines Hundehirns. Manchmal scheint sein Unverständnis Methode zu haben, da will er einfach nicht kapieren, blickt schuldlos und wirkt richtig menschlich.

„Ich werde ihn mal testen", meint Wolle. „Sir Henry, wie machen die Weiber auf St. Pauli?"

Der Hund wirft sich auf den Boden, dreht sich auf dem Rücken und streckt alle Viere von sich.

„Kluger Hund, kannst dem Amadeus bei der Prüfung die Daumen drücken. Oder die Pfoten, klar?"

„Wenn das man hilft, Wolle. Aber sag mal, wie geht es eurem Hund, wie heißt der noch… Whisky?"

„Whisky geht es gut, er hat sogar schon eine Freundin."

„Wie seid ihr auf den Namen gekommen?"

„Den hat er sich bei seiner Geburt ehrlich erworben. Er weigerte sich nämlich, auf diese Welt zu kommen. Der Züchter hat ihm einige Tropfen Whisky auf die schnuffelige Schnauze geträufelt, das hat den Kleinen schlagartig ins Leben katapultiert. Im Gegensatz zu meinem Vater macht er seitdem um Alkohol einen großen Bogen."

„Sir Henry frisst Schnapseier, auch solche mit Stanniolpapier, falls wir mal nicht aufpassen", grinst Amadeus. „Aber eine andere Frage. Kläre mich auf, ist euer Hund schon stubenrein?"

„Stubenrein? Klar, der darf in alle Stuben rein!"

Die Türglocke tönt. Henning und Semmelpeter stehen draußen. Sie führen einen kleinen Rucksack mit sich. Sabine Tilman gewinnt das Wettrennen zur Haustür. Henning hält ihr eine langstielige Rose entgegen.

„Der Rose eine Rose, liebe Frau Tilman."

„Charmeur! Für mich? Herzlichen Dank, aber warum?

„Ach nur so", sagt er eilig. „Wissen Sie, viele Menschen schenken etwas, nur, weil viele Menschen etwas schenken."

„Braver Philosoph, nochmals danke. Wo hast du denn die Rose her? Die Blumengeschäfte haben doch fast alle zu."

„Och, habe da so meine Beziehungen", antwortet er geschmeidig.

„Das will ich denn mal so hinnehmen. Ich vermute, ihr wollt mit Amadeus noch was arbeiten? Bringt das jetzt noch was? Man muss auch abschalten können."

„Wie Recht Sie haben, Frau Tilman." Eilig hinkt Henning hinter Semmelpeter und dessen Rucksack her. „Für das Leben lernen wir – vitae, non scholae discimus!" Er hatte offensichtlich im Lateinunterricht auch wache Momente.

„Also dann", ruft Sabine Tilman nach oben. „Ich verabschiede mich schon mal. Mein Mann holt mich gleich ab. Wir machen einen kleinen Ausflug."

„Gute Reise", murmelt Semmelpeter. Er bezwingt als letzter die oberste Treppenstufe. Sie scharen sich sogleich um Hennings Rucksack.

„Sag, Henne, wo hattest du die tolle Blume her?"

Der hebt den Zeigefinger an die Lippen: „Ama, ich komme doch immer an eurem schmucken Friedhof, diesem besonderen Garten Gottes, vorbei."

Schnell sind die Freunde vom Fieber des Dionysos befallen. Rumpelndes Gefuße lässt den hölzernen Dachboden vibrieren. Wenig später steht Rotweinpeter vor der Haustür. Sein Klingeln geht im Geräuschpegel unter. Er umschleicht das Haus, folgt den Geräuschen.

„Eine Stimmung wie in fernöstlichen Harems", denkt er. Durch das geöffnete Dachfenster fliegt ihm Fröhlichkeit in Form von Zigarettenduft und konkurrierendem Singsang entgegen.

„Hermann Löns, es brennt die Heide, Hermann Löns, die Heide brennt ...!"

Die Vorbereitung auf die morgige Abiturprüfung ist nicht mehr zu toppen. Die jungen Leute sind in guter Stimmung. So müssen sich wohl Ratten auf einer Müllhalde fühlen. Im Nachbarhaus beklagt sich Erna Kummer laut bei ihrem Mann über eine akustische Umweltverschmutzung.

Rotweinpeter rückt den mächtigen hölzernen Terrassentisch an die Häuserwand, stellt einen Stuhl drauf und packt den

Dachüberstand. Dann nur noch ein kleiner Schwung und schon hat er das Fenstersims gepackt. Er klimmt in dem Moment zum Fenster hinein, als Semmelpeter die Stimme zu einem erneuten Hermann-Löns-Gesang anstimmt.

„Hola, Señoritas y Señores!"

Johlend wird er von der munteren Gesellschaft begrüßt.

„Mensch Rotweinpit, seit wann sprichst du Spanisch?", staunt Semmelpeter.

„Naturalmente, si!"

„Das ist Italienisch, lieber Freund", stellt Wolle fest.

„Macht nix, ich bin vielsprachig. Bitte keine Heiligenverehrung!" Er lässt sich auf dem Fenstersims nieder. Das findet er sportlich. „Freunde, bei euch geht es ja zu wie in einer katholischen Männersauna."

„Verschone uns mit deinen fragwürdigen Vergleichen", raunzt Wolle. „Beantworte lieber die Kernfrage: *Was willst du trinken?*"

„Rotwein!" kommt es wie aus der Kanone geschossen. „Hier muss noch irgendwo eine angebrochene Buddel rumlungern."

„Wir haben aber keine Schnabeltasse", lästert Semmelpeter.

„Keine Bange, habe früh gelernt, aus der Flasche zu trinken."

Schnell hat er die angebrochene Flasche im Kleiderschrank aufgespürt und trägt sie wie eine Monstranz vor sich her. Einsetzende schluchzende Geräusche lassen ahnen, dass ihrem Inhalt kein langes Leben beschieden sein wird. Noch ein tiefer Schluck, dann stimmt Rotweinpeter in die munteren Gesänge ein. Er ist voll motiviert, singt dreistimmig: ausdauernd, laut und falsch. Schnell ist er ein vollwertiger Bestandteil der fünfköpfigen Runde, die in Summe nicht einmal hundert Lenze zusammenbringt.

Im Haus gegenüber wird ein Fenster aufgerissen. Eine kummervolle Stimme, nunmehr eine männliche, bietet an, die Polizei zu benachrichtigen. Ignorant, wie sich nicht nur junge Leute zuweilen gebären, gehen sie auf dieses Angebot nicht ein. Sie greifen lieber nach neuen Flaschen.

***

„Herr im Himmel, lass Hirn herabregnen!"

Amadeus steht im Treppenhaus, fixiert einen Punkt an der Decke. Er hat die halbe Nacht gepaukt, fühlt sich wie eine mit Daten angefüllte Urne. In nicht allzu ferner Zukunft wird sich das trockene Wissen wie bei einer Seebestattung in alle Winde verstreuen.

„Eine Wanderheuschrecke hat es gut, die kann ihr Gehirn vergrößern", murmelt er und greift zur Lederjacke. Das melodische Schellen der Türglocke reißt ihn aus trüben Gedanken. „Ach du, Wolle!"

„Wie, ach du? Ich meine es gut mit dir, will dich begleiten, dich stützen, falls du zur Schwäche neigen solltest. Ich bin nur im Deutschen dran. Da werde ich den Prüfer notfalls in Grund und Boden quatschen."

„Das schaffst du, bestimmt. Aber nun mal los, die Prüfer warten nicht. Stress kann ich heute gar nicht vertragen. In meinem Kopf sieht es aus wie in Vaters Papierkorb."

„Ich eile, kannste doch sehen. Auch ich will unnötigen Ärger."

Die Fahrt dauert nur eine Viertelstunde. Provozierend parkt Amadeus seinen frisch polierten Diesel zwischen zwei Bäumen, direkt vor dem Schulgebäude.

„Hier besteht Halteverbot, Ama."

„Halte mich nicht mit solchen Lappalien auf!" Amadeus atmet tief durch und ist bereit für seinen Einmarsch zu den Besserwissern. Noch bevor das behäbige Schulportal ins Schloss gefallen ist, hat der dunkle Gang die beiden Delinquenten verschluckt.

Einige Stunden sind verstrichen, seit Amadeus und Wolle in dem Gemäuer verschwunden sind, um sich in dessen Inneren von kritischen Besserwissern die geistige Reife bestätigen zu lassen. Auch Mutter Tilman trifft vor der Schule ein. Hinter einer Eiche geht sie in Deckung, tritt von einem Bein auf das andere und wartet darauf, dass ihr Jüngster endlich aus dem mächtigen Tor der staatlichen Lehranstalt heraustritt.

Wolle taucht auf dem Schulhof auf, grinsend. Er wurde nur in einem Fach geprüft und hat bestanden. Nach der Note fragt man besser nicht. Gemeinsam mit Semmelpeter und Molli wandern sie auf dem grauen Pflaster hin und her, bereit, spontan zu jubeln oder notfalls dem Prüfling ein Taschentuch entgegenzustrecken. Gut möglich, dass die liebe Molli dann nüchtern kommentieren würde: *Salve sprach das Sieb.*

Plötzlich fliegt das Schulportal auf. In der Tür steht Amadeus. In übertrieben aufrechter Haltung. Er kommt nicht daher, er erscheint! Kurz verharrt er auf der obersten Stufe, reißt beide Arme hoch, die Hände zu Fäusten geballt und brüllt „Yeah!" Er schreitet die Treppe hinab, hin zu den Freunden, mit breitem Gesicht, bereit, Glückwünsche entgegenzunehmen. Nun traut sich auch die Mutter aus ihrem Versteck.

„Du auch hier?" grinst der Sohn.

Die Mutter hat Tränen in den Augen. Amadeus strahlt. Seine Mundpartie hat die Mimik eines Breitmaulfrosches angenommen.

„Weißt du, Mam, ich habe während meiner Schulzeit nur zweimal heftig gepaukt. Einmal zu Beginn der schriftlichen Abiturprüfung und dann wieder zum Mündlichen, als es richtig eng zu werden drohte. Nicht auszudenken, wenn ich immer bienenfleißig gewesen wäre."

***

Verkürzter Schattenwurf. Erst am späten Mittag des Folgetages ist Amadeus ansprechbar. Er hockt im Wohnzimmer, nippt an einer Tasse Kaffee, die Dackelaugen auf Halbmast, reibt sich Schläfen und versucht, Kopfschmerzen wegzumassieren. Er ist trotzdem guter Laune. Kruzitürken, was war das für eine chaotische Nacht bei Rotweinpeter! Panik et circensis. Die Feier ging bis in die frühen Morgenstunden.

Sabine Tilman kommt aus der Küche.

„Mam, fährst du mich zum Peter rüber? Muss noch mein Auto krallen, habe ich vorsorglich stehengelassen."

„Das war richtig, Ama. Ich denke, man hat dir gestern zu recht eine gewisse Reife bescheinigt. Bist du wieder fahrtüchtig?"

„Na klar, und hoffentlich der Wolle auch. Als ich in der Morgendämmerung nach Hause wankte, war er immer noch mit dem Fassbier verbandelt. Seine Ausdrucksweise schien mir störanfällig. Heute Abend muss er eine Rede halten. Auf der Abifeier. Kann heiter werden. Hoffentlich blamiert er unsere Klasse nicht."

„Das wird dann eine wackelige Rede", vermutet die Mutter.

„Schon möglich, aber Rotweinpeter wollte vorsorglich Haltegriffe besorgen. Für das Rednerpult."

IX

Ein Chef

„**F**alls Sie nichts zu tun haben, tun Sie es an einem anderen Ort!"

Wahrlich wuchtige Worte. Wie in Felsen gehauen. Sobald sich jemand dem Großraumbüro nähert, springt ihn dieser kategorische Imperativ von einem zyklopischen Pappschild an. Der Firmenchef Clemens H. Mönckemeier, das *H* steht für Heinrich, hat es eigenhändig vor vielen Jahren angebracht. Wenn man dieses Büro betritt, läuft man direkt darauf zu. Keiner kann es und darf es übersehen.

Als Cedric Tilman vor einem guten Jahr hier seinen Posten antrat und er zum ersten Mal das Büro in Augenschein nahm, sprang ihn dieser Satz sofort an. Dem neuen Verkaufsleiter schwante bald, dass diese Worte mehr sein könnten als nur ein markiger Spruch.

Ebenso wenig wie das monströse Pappschild ist der Eckplatz zu übersehen. Dort thront der Verkaufsleiter an einem mächtigen Schreibtisch aus finsterer Eiche. Diesen Koloss, an dem schon der Großvater des Firmenchefs gearbeitet haben soll, hat Cedric vor einem Jahr von seinem Vorgänger übernommen, einem *Waldemar O. Breitschütz, Verkaufsleitung Heimtextilien.* So steht es auf einer Visitenkarte, die sein Nachfolger in der Schublade aufbewahrt. Einige Mitarbeiter behaupten, Herr Breitschütz habe diesen Posten vor vielen Jahren weniger aufgrund seines eigenen Könnens als durch das Nichtkönnen anderer ergattert.

Seit dem Sommerurlaub sind einige Wochen ins Land gegangen. Cedric hat sich ordnungsgemäß an den Arbeitsplatz zurückgemeldet und dem grantelnden Chef artig Dank gesagt für die großzügige Überlassung des Sportwagens. Das mehr als säuerliche *gern geschehen* machte aber deutlich, dass Clemens Mönckemeier seine ungewöhnliche Großzügigkeit längst bereut hat. Über den Charakter des Chefs zu reden macht wenig Sinn. Er hat keinen.

Im Augenblick wühlt Cedric, inzwischen blasser um die Nase, in einem Stapel Aktennotizen. Der Eckplatz in dem großen, spartanisch ausgerüsteten Arbeitsraum ist ein bevorzugter Platz. Man sitzt leicht abgeschirmt, hat zu zwei Seiten eine Fensterflucht und durch diese einen herrlichen Blick auf das Panorama des Stadtparks. Was auch wichtig ist: Von hier aus können die Knöpfe für die elektrische Bedienung der Jalousien betätigt werden. Bei Uneinigkeit unter den Kollegen ist in dieser Frage echte Führungs- und Entscheidungsstärke gefordert.

Zurzeit sind die Jalousetten halb heruntergelassen. Cedric hat am Morgen diese einsame Entscheidung getroffen und keiner hat gemurrt. Die Dinger sind aus Aluminium, haben wenig Wirkung. Man kennt das, im Sommer aufgeheizt und im Winter schön kühl. Im Augenblick verursacht ein Lichteinfall zwielichtige Schatten – stille Geister, die durch den großen Raum schleichen. Im Verlauf quälend verrinnender Arbeitszeit verdunkeln sie allmählich das Schild mit dem kategorischen Imperativ. Der Spruch charakterisiert präzise die Geisteshaltung des Firmenbosses. Der hat noch nie einen Mitarbeiter nach seinem Privatleben gefragt. Er ist der festen Meinung, seine Angestellten hätten keines zu haben.

Cedric Tilman hat seinen Vorgänger nie kennengelernt. In jungen Jahren soll er zur See gefahren sein. Wer später sein Verkaufstalent entdeckte, ist nicht überliefert. Dem jungen Verkaufsleiter sind weitere Informationen zugetragen worden. So erfuhr er, dass Waldemar Breitschütz diesen bevorzugten Platz lange fünfzehn Jahre im Wortsinne besessen hat, sofern er nicht auf Kundenbesuch war. Der abgewetzte Bürostuhl ist ein stiller Beweis. In dieser Zeit hat er die zahlreichen, mit unschöner Regelmäßigkeit wiederkehrenden Attacken seines Chefs ertragen, Aktenberge vor sich aufgetürmt und diese fleißig bearbeitet.

Dann war damals völlig überraschend etwas Bemerkenswertes geschehen. Dieses Ereignis trat an einem milden Frühlingstag ein. Waldemar O. Breitschütz hatte soeben die Jalousien herabgelassen. Einige der Mitarbeiter fühlten sich von der Frühjahrssonne geblendet. Er saß vor einem hohen Aktenstapel und arbeitete still vor sich hin. Um ungestört schaffen zu können, hatte sich der gelernte Seemann als Lärmschutzmaßnahme zwei Plastikkappen seiner Billigkugelschreiber in die Ohren gesteckt. Backbord eine rote, ins andere Ohr eine grüne.

Es war damals ungewöhnlich ruhig im Großraumbüro. Keine Gesprächs-fetzen schwirrten durch den Raum, kein Telefongebimmel störte die Ruhe. Nur das Rascheln der Akten war zu vernehmen, in denen Waldemar Breitschütz emsig wühlte. Plötzlich, so wurde berichtet, habe der altgediente Vertriebsmann mit abwehrend ausgestreckten Händen den Aktenstapel ergriffen, dann, immer noch mit vorgestreckten Händen, eine Wendung nach links vollzogen und mit den später oft zitierten Worten *Mir reicht es!* die Akten in den Papierkorb fallen lassen. Anschließend habe er die Schublade aus dem Schreibtisch gezerrt und auch deren Inhalt in den Papierkorb gekippt. Danach sei er aufrechten Ganges davongeschritten. Wortlos, würdevoll, weißwangig. Waldemar Breitschütz wurde nie wieder in der Firma gesichtet.

Zwei Mitarbeiter wollen ihn einige Monate später bei einem Besuch im städtischen Hospital erkannt haben. Da wurde er in Begleitung von zwei kräftigen, weiß gekleideten Herren durch die Eingangshalle geführt.

Der alternde Clemens Mönckemeier ist im Zeichen des Widders geboren, Aszendent Kampfhund. Wer ihm etwas Gutes nachsagt, tut ihm bitter Unrecht. Seinen Humor mag niemand – denn er hat keinen. Aus seinem Büro dringt lautes Stimmengewirr. Das Zimmer wird von den Mitarbeitern *Sterbezimmer* genannt. Immer wieder verkündet er, dass er in diesem einmal das Zeitliche segnen werde. Dazu trügen auch unfähige Mitarbeiter bei. Nur seine Sekretärin, Frau Clarissa Rose, eine Altbewährte und dabei Junggebliebene, nimmt er von dieser Kritik aus. Zuweilen nennt er sie Röschen. Nur an miesen Tagen nicht. Und die führen die Statistik eindeutig an.

Der Chef hat kürzlich einen Spezialkatalog angefordert. Der ist heute Bestandteil der Eingangspost. Clarissa Rose sortiert die

Briefe, legt den Katalog zu oberst auf den Papierstapel und platziert ihn in der Mitte des Schreibtisches. Von der hochglänzenden Titelseite springt dem Betrachter ein prachtvoll ausgestatteter Eichensarg entgegen.

Links auf dem Schreibtisch, neben der Eingangspost liegt ein schlichter Meterstab. Der liegt seit Jahren dort. Auf dem Stab ist eine flexible Markierung angebracht. Zurzeit befindet sie sich kurz vor der Achtzigzentimetermarke. Die Strecke von der Markierung bis zum Ende dieses *Lebensstabes*, so tut Clemens Mönckemeier es gelegentlich kund, zeige den ihm noch verbleibenden Lebensspielraum.

Die Stimmen werden lauter. Ein Schatten legt sich auf die Büroroutine. Der Chef praktiziert wieder seinen gefürchteten Wauwau-Führungsstil. Am Schreibtisch schnappt Cedric zunächst nur Wortfetzen auf, dann Sätze wie *Muss man denn hier alles selber machen? Man sollte Ihnen Sozialhilfe statt Gehalt gewähren. Sie wollen doch leistungsgerecht bezahlt werden!*

Alfons Kohlmeier, ein langjähriger Mitarbeiter, schlurft katzbuckelnd aus dem *Sterbezimmer*, den Kopf eingezogen zwischen den mageren Schultern. Er wird oft gehänselt, weil er kein Wunschkind ist. Seinem Erzeuger war seinerzeit auf einer Städtereise in einem billigen Hotel am Montmartre der Pariser geplatzt. Im Laufe der Jahre hat er sich zu einem Mann entwickelt, der nie an seiner Chancenlosigkeit gezweifelt hat. Er spricht langsam, wenn er denn spricht. Und bewegt sich noch langsamer.

Das ehrfürchtig hingehauchte *Jawohl, Sie haben ja so recht* kann die Laune von Clemens Mönckemeier nicht bessern. Er verfolgt Alfons Kohlmeier hautnah, treibt ihn vor sich her wie einen unerzogenen Hund. Die Mitarbeiter haben dem Chef den Spitznamen *Gletscherauge* verpasst. Denn er bekommt einen eiskalten Blick, wenn er sich ärgert. Im Augenblick ärgert er sich gewaltig. Er versteht es meisterhaft, kalte Gefühle warm zu halten. Der Steingutkopf mit dem in Zement gegossenen Scheitel vibriert.

An der Tür zum Großraumbüro ist der Sachbearbeiter Heino

Müller, ohne Zweifel kein Bannerträger stark entwickelter Geisteskraft, eingeschüchtert stehengeblieben. *Gletscherauge* nimmt ihn sofort ins Visier.

„Müller, Sie könnten von den Flamingos abstammen. Die können auch im Stehen schlafen!" Clemens Mönckemeier baut sich vor seinem Mitarbeiter auf. „Einige Leute bewegen sich in diesem Unternehmen so langsam, dass man ihnen beim Gehen die Schuhe besohlen könnte", faucht er gallig.

Diesen Spruch hat er vor einiger Zeit in einem befreundeten Unternehmen aufgeschnappt, für gut befunden und in seine sprachliche Hausapotheke aufgenommen. Seitdem macht er regelmäßig Gebrauch davon. Ein anderer Lieblingsspruch lautet: „Wir müssen voran, Tempo, Tempo! Stehenbleiben ist Rückschritt."

Jetzt nimmt er die die Verkaufsleiterecke ins Visier und knallt seinem Oberverkäufer ein Fax auf den Tisch. „Das ist in dieser Woche schon die dritte Reklamation von einem unserer wichtigsten Kunden. Und das bei unserem ertragsstärksten Produkt. Regeln sie das gefälligst, Tilman!"

„Sie wollten doch die Betreuung dieses Schlüsselkunden selbst übernehmen."

Das Gegenargument trifft auf missgestimmte Ohren. „Im Urlaub meinen Porsche unterm Hintern, das Firmenhandy am Ohr und meine Firma im Arsch, wenn ich nicht aufpasse!" Er entdeckt handgeschriebene Briefpapiere auf dem Schreibtisch. „Was soll das? Was ist das? Soll das hier der neue Konzeptentwurf für unsere vertriebliche Weiterentwicklung sein?"

Er überfliegt die Notizen und starrt seinen Verkaufsleiter an. Das Auge im Zentrum eines Hurrikans. „Das taugt nichts, Tilman, nein, das taugt wahrhaftig nichts!" Er packt die Papiere, hält sie mit spitzen Fingern von sich weg, als wären sie etwas Schmuddeliges und lässt sie vor die Füße seines Verkaufsleiters flattern.

„Aber ..."

„Aber! Mein Gott, was soll ich bloß tun!" *Gletscherauge* ist sauer. „Muss ich denn hier alles selber machen? Dann wird doch erst recht nichts gemacht. Wo kämen wir denn da wohl hin!" Wütend enteilt er, zurück in sein Büro.

Cedric fixiert seinen Mitarbeiter. „Ach du liebes Lieschen,, wo kämen wir denn da wohl hin, braver Kohlmeier, wobei es auch Sie brennend interessieren müsste, also mich interessiert es außerordentlich und andere in diesem Laden gewiss auch, zu erfahren, wohin wir denn da kämen, obwohl wir zunächst einmal herausfinden müssten, was dieses *da* überhaupt ist, sodass es erst dann lohnend erscheint, sich auf die Socken zu machen, um nachzuschauen, wohin wir denn *da* wohl kämen, und ich frage mich, ob nicht ein eifriger Kollege wie Sie, Alfred Kohlmeier, der Richtige wäre, um nach dem *da* zu forschen, damit wir endlich Klarheit bekommen, wohin wir denn *da* wohl kämen!"

Dieser vermutlich längste Satz, den Cedric je in seinem Leben formuliert hat, verendet im Raum. Mitgerissen von der eigenen Suada muss er Luft schöpfen. Er kramt Schriftstücke aus der Ablage, verstaut sie im abgewetzten Aktenkoffer, grantelt weiter vor sich hin. „Stehenbleiben ist Rückschritt, wir müssen voran, Tempo, Tempo! Gütiger Gott, wer sein Leben lang immer vorwärts marschiert, steht die Hälfte des Lebens auf einem Bein. Und schnelles Rennen bringt nichts, wenn man den falschen Weg eingeschlagen hat."

Die Vorbereitungen für eine Dienstreise sind abgeschlossen. Morgen geht es nach München. Er will auch Tina wieder treffen, die er seit seinem Sylturlaub nicht mehr gesehen hat. Das Magengrimmen zieht ab. Keine Gefahr, sich einen ulcus ventriculi einzuhandeln. Es reicht doch, wenn der Chef sich mit Geschwüren herumplagt.

„Dumm gelaufen mit dem Boss", brummelt Kollege Kohlmeier und fährt sich mit der behaarten Hand über den blanken Kopf.

Cedric starrt ihn an. In Sachen Intelligenz ist der Kollege ein Säugling, kein Zweifel. Insgeheim bedauert er, dass das deutsche Kündigungsrecht stringent gestaltet ist. Eine Schnarchnase wie ihn sollte man problemloser kündigen können. Cedric stopft eine letzte Akte in den kleinen Lederkoffer und erinnert sich, dass auch das Recht auf Dummheit von der Verfassung geschützt wird. Aber der Kohlmeier ist nun mal wie er ist. Aus einem Brauereipferd kann man kein Rennpferd machen.

***

Die langen Beine! Der Traum vom Fliegen endet mal wieder an der Rückenlehne des Vordermannes. Oder Vorderfrau? Solange Cedric die Beine nicht extrem anziehen muss, sich womöglich damit die Ohren zuhalten kann, erscheint alles erträglich.

Im Augenblick modelt eine Flugbegleiterin in einer Rettungsweste im Gang herum, zeigt, wie diese in einem nicht zu erwartenden Notfall anzulegen ist. Cedric realisiert es nicht, ist versunken in Umsatztabellen. Das Gekicher einiger Passagiere schreckt ihn von den Akten hoch.

„Bei Gefahr fallen Sauerstoffflaschen aus der Decke", hat sie soeben erklärt.

Irritiert fixiert er die granatapfelbäckige Stewardess.

„Entschuldigung, ich meine Sauerstoff*masken.*" Die Stewardess bemüht sich um freundliche Souveränität. „Und nun schließen Sie bitte ihre Sicherheitsgurte. Das zeige ich Ihnen jetzt."

Die mondäne Frau neben Cedric, eine wasserstoffblonde Person mittleren Alters ruckelt an ihrem Gurt herum, kann ihn nicht schließen. Cedric überlegt, ob er helfen soll. Aber die herumfummelnde Frau ist ihm unsympathisch. Außerdem kann er sich gut daran erinnern, dass bei seiner Tante Martha eine Rippe zu Schaden kam, als sie im Flugzeug einer Sitznachbarin beim Anschließen eines Kopfhörers helfen wollte. Doch dann klickt der Gurt ein.

Mit geröteten Wangen wendet sich die blonde Frau an ihren Sitznachbarn. „Fliegen sie auch nach München?" zwitschert sie.

Der junge Verkaufsleiter wendet sich ab, blickt aus dem Kabinenfenster. Dort zeigen sich zwar undurchdringliche Wolkenberge, aber die stellen keine dummen Fragen. Nun nimmt die Frau den Kampf mit einer Tageszeitung auf. Sie hat Probleme, die großformatigen Seiten umzublättern. Sie knicken an den falschen Stellen ein und in ihrem hektischen Kampf mit der Riesengazette schlägt die Frau bei einem weiteren Versuch des Umblätterns ihrem Sitznachbarn fast den parfümierten Handrücken ins Gesicht. Nur durch ein schnelles Zurückzucken kann dieser eine schmerzhafte Erfahrung vermeiden.

Die Reiseflughöhe ist erreicht. In der Ferne leuchtet die Abendsonne über einer aufgerissenen Wolkendecke und färbt die Umgebung in eindrucksvolles Rot. Dieses farbige Naturschauspiel hätte auch ein Emil Nolde nicht trefflicher darstellen können. Der junge Verkaufsleiter fühlt sich an Sylt erinnert, wo er sich am Stand mit Martina von Horwitz in die untergehende Sonne hineinträumte. Von hier oben scheint der Horizont entfernt und der Weltraum nahe.

„Wir werden Wurst- und Käsesnacks servieren", verkündet die Stewardess und baut sich mit ihrem Tablett vor der Zeitung lesenden Blondine auf.

„Was haben Sie für Snacks?" fragt die Dame und gibt den fruchtlosen Kampf mit der Zeitung auf.

„Wie ich soeben schon erwähnte, bieten wir Wurst und Käse an." Die Flugbegleiterin spricht mit sanfter Stimme. „Die kleinen Baguettes hier sind mit Wurst belegt und die dunklen Brote mit Käse."

„Dann nehme ich die da, die mit Käse." Der Fluggast weist auf die Baguettes.

„Die Baguettes", stellt die Stewardess klar, „diese hier, haben Wurst drauf."

„Ich möchte aber Käse…, denke ich." Ein knallrot lackierter Fingernagel kreist unsicher über dem Tablett. Nach quälenden Sekunden stürzt der alarmfarbene Zeigefinger in die Frischhaltefolie eines Käsebrotes. Die Frau wirkt jetzt äußerst entschlossen. „Das da! Ich glaube, ich nehme das Wurstbrot!"

„Das in der Folie ist mit Käse belegt. Wollen Sie nun doch das mit Käse?" Die Stimme der Stewardess verbleibt in einer erstaunlich ruhigen Tonart. Sie ist offensichtlich auch mit weniger kritischen Situationen gut vertraut. In den Reihen hinter ihr schleicht sich bei einigen Fluggästen Unruhe ein.

Ein kahlköpfiger Rentner mit hungrigen Augen flüstert: „Bald sind wir im Landeanflug. Wenn das so weitergeht, kriegen wir keine Brötchen mehr ab."

Weiter hinten wendet sich eine blasswangige Frau an eine andere Stewardess. „Mit ist nicht gut. Sie hatten doch immer diese Papiertüten."

Die unentschlossene Blondine in den Reihen davor fängt an zu stottern. „Nein, ja, Wurst. Ich habe mich für ein Wurstbrot entschieden."

„Also, Sie möchten das kleine Baguette?" Der Tonfall der Frau vom Flugpersonal beginnt sich zu verändern. Das zähe Gespräch zeigt Wirkung. Außerdem drängt die Zeit. „Dann doch das Baguette mit der Wurst drauf, ja?" Der Blick der Flugbetreuerin hat einen hypnotischen Ausdruck angenommen und drückt der Blondine das Wurstbrot in die Hand.

Cedric greift hinüber zum Tablett und entscheidet sich für ein Käsebrot. Nachdenklich beginnt er zu kauen. Wie wird es weitergehen bei Mönckemeier und Co.? Arbeit soll zwar das Leben süß machen, aber der unberechenbare Chef bereitet ihm Kopfschmerzen. Die Geschäfte gehen nicht gut. Doch seine Stimmung bessert sich. Er ist auf dem Weg zu Martina.

Eine weibliche Stimme bittet die Passagiere, sich nun wieder anzuschnallen. „Wir werden in einigen Minuten landen."

Die Worte schweben an Cedric ungehört vorbei. Erst als die Lichter über den Sitzen verlöschen, registriert er, dass der Landeanflug längst begonnen hat. Nur wenig später rollt das Flugzeug über die nasse Piste. In München herrscht Hamburger Schmuddelwetter. Es erweckt den Eindruck einer Werbesendung für Grippemittel.

In der Flugkabine ist das Licht bis auf die Notbeleuchtung ausgeschaltet. Cedric blättert in seinen Unterlagen und versucht mit zusammengekniffenen Augen, die Schrift zu entziffern.

„Die könnten doch endlich wieder das Licht einschalten..., mehr Licht!"

Er stockt. Gab diese Worte nicht Johann Wolfgang von Goethe in seiner Todesstunde von sich? Oder war es dieser Schiller? Cedric denkt nach. Johann Wolfgang oder Christoph Friederich – im Grunde ist er sicher, dass es Goethe war, kaut aber weiter auf diesem Gedanken herum. War`s womöglich doch der Schiller? Bei Zitaten ist es ja meist einer von den beiden.

Cedric rafft sich zu einer Entscheidung auf und nickt entschlossen: *Es war Goethe! Kurz vor seinem Herzinfarkt!*

Aber vielleicht war`s ja doch der andere. Hat denn da beim Goethe überhaupt jemand zugehört? Und wenn wer? Es wurde doch kolportiert, dass der Arzt kurz vor Goethes Tod das Zimmer verlassen hat.

***

Der Flug ist pünktlich. Tina von Horwitz entdeckt die hoch gewachsene Gestalt des Freundes sofort in der Menschentraube. Schnell haben auch Cedrics Augen die Freundin ausgemacht. Ein kleines Kopfnicken als Bestätigung.

„Hallo Tina, der Hosenanzug steht dir prima. Schaust süß aus. Was machen wir beiden Hübschen jetzt? Gleich ins Hotel?"

„Ja, sonst ist dein Zimmer weg und du musst in einer Baustelle übernachten."

„Wie das?"

„Na, ich habe Handwerker in der Wohnung. Die nerven mich seit Tagen und haben mein Heim in einen unübersichtlichen Bauplatz verwandelt."

Die Abendsonne hat sich hinter dem Horizont versteckt. Es ist kühl geworden. An der Aufwegung vor dem Hotel kauert ein Bittsteller, ein recht junger. Ohne Wohnung. Diese Behauptung kann man dem schmucklosen Pappschild entnehmen, das er neben sich positioniert hat. Der Bursche sieht aus wie einer, der Sachen findet, die andere noch gar nicht verloren haben. Er dreht die Augen ins Weiße. Will er eine Erblindung vortäuschen? Tina klaubt ein Geldstück aus dem Hosenrock und lässt es in eine Zigarrenkiste fallen.

„Jeden Tag `ne gute Tat, Tina?" frozzelt Cedric. „Mancher Bettler ist auf diese Weise schon reich geworden."

Der Portier in der Schwingtür, ein mächtiger Mann mit vollen, silbergrauen Haaren und ebensolchem Vollbart, hat Cedrics Bemerkung aufgeschnappt.

„Reich ist, wer sich über das Glück anderer freuen kann, mein Herr", philosophiert der Zerberus. „Geld macht kalte Herzen auch nicht wärmer." Dienstbeflissen öffnet er die Tür.

„Und Hauptsache gesund, wie meine Tante Martha immer sagt. Wer gesund ist, weiß gar nicht, wie reich er ist."

Die gescheiten Augen des Mannes am Hoteleingang mustern Cedric. „Dann einen schönen Abend noch, die Herrschaften, ich bin sicher, dass sie ein angenehmer Aufenthalt erwartet."

Die sonore Stimme klingt beruhigend, vertrauensbildend. Tina fröstelt ein wenig und fixiert den Portier.

„Ihr Restaurant soll ja gemütlich und die Hotelküche exzellent sein. Haben Sie einen Tipp, wie wir die nächsten zwei Stunden sinnvoll überbrücken können?"

„Unsere gemütliche Bar ist bereits geöffnet, aber Sie können auch unseren Wellnessbereich nutzen, mit Sauna und allem Drum und Dran. Ist eine richtige Wohlfühloase und äußerst beliebt bei unseren Gästen, gnädige Frau."

„Ich habe aber nichts dabei."

„Bademäntel und Handtücher liegen für unsere Gäste stets bereit, wir sind schließlich keine Jugendherberge."

Der freundliche Mann greift tief in seine Manteltasche. „Wissen Sie was? Für Unentschlossene halte ich immer zwei Würfel bereit, einen weißen und einen schwarzen; den Weißen taufen wir *Wellness*, den Schwarzen *Hotelbar*. Knobeln Sie. Die höhere Zahl möge entscheiden."

„Gut. Lassen wir das Schicksal in einer so bedeutsamen Frage entscheiden, was Cedric?" Und zum Portier gewandt: „Nun denn, schreiten Sie bitte zur Tat."

Der Türhüter nimmt seine Mütze, wirft die gepunkteten Holzklötzchen hinein, rührt mit dem Zeigefinger darin herum. Die Leuchtreklame des Hotels spendet nur unzureichend Licht.

„Man sieht ja fast nichts", meint Tina.

„Dieses Streulicht hat etwas Mystisches", behauptet der Zerberus. „Ich habe gute Augen. Vier zu drei für weiß! Das ist knapp, aber eindeutig."

Tinas gute Laune steigt, verleitet zum Reimen. „Frisch gesaunt und auch gewhirlpoolt schmeckt der Softdrink auch gequirlt gut."

Die Ankömmlinge bedanken sich und nehmen den Weg zur Rezeption. Ein Hotelboy greift sich das Gepäck.

Tina dreht sich noch einmal um und lächelt den Türsteher an. „Wissen Sie, in der Adventszeit könnten Sie sich doch einträglich als Nikolaus verdingen."

„Woher wollen Sie wissen, junge Frau, dass ich diese Aufgabe nicht gelegentlich wahrnehme?" schmunzelt der Portier.

Dann stehen die beiden im Tiefgeschoss des Hotels. Vor dem Wellness-bereich sticht Cedric ein kleines Schild ins Auge. Er liest: „Bitte verlassen Sie diese Räume wieder so, wie Sie es von zu Hause gewohnt sind."

Tina schaut auf den Freund. „Was grienst du so?"

„Ich musste an deine häusliche Baustelle denken."

Sie schlüpfen in die bereitstehenden Pantoletten und betreten den Sauna-bereich. Hinter einer gläsernen Tür schwitzen zwei ältere Männer vor sich hin. Bei den beiden zeigen sich verheerende Auswirkungen gesundheitswidriger Ernährung. Der eine kauert regungslos auf der obersten Holzbank, den Kopf zwischen den Knien, die Füße zusammengekrallt wie ein Vogel auf der Stange: ein zu einem übergroßen Medizinball gerundeter Mensch, meditativ in sich versunken. Der andere ruht rücklings auf der unteren Bank. Dicke Schweißperlen kriechen am schwammigen Leib herab, der Leib, ein schlapp aufgeblasener Ballon. Offensichtlich harrt der Mann schon eine Weile auf den hölzernen Latten aus. Jetzt wälzt er sich herum, bemerkt die Neuankömmlinge, will Platz machen, rutscht mit der Hand ab und landet krachend mit dem Ellenbogen auf der Holzkante.

„Scheiße!" Schnaufend raspelt der Dicke an seinem Arm herum, kauert breitbeinig vor Tina und erspart ihr nicht, zwar nur kurz, den peinlichen Blick auf sein feistes Gemächte.

„Kann passieren", murmelt Tina erschrocken. Kaum hat sie Platz genommen, wird erneut die Saunatür geöffnet.

„Opa, ich komme rein", flüstert ein etwa sechsjähriges Mädchen.

„Ja, mach schnell die Tür zu", nuschelt der Mann auf der oberen Sitzbank.

Wenige Minuten später meldet sich das Mädchen erneut zu Wort. „Opa, ich gehe wieder raus, ich bin jetzt trocken."

„Warte, Schätzchen, ich komme mit." Polternd kommt der Schwabbelopa von der Bank herab und stampft mit seinem Enkelkind davon. Da entschließt sich auch der andere Saunagast zum Gehen.

Die jungen Leute sind nun unter sich, hocken in dem mit hellem Holz verkleideten Schwitzkasten. Cedric streckt die Beine weit von sich und nutzt die Länge der Bank aus. „Schön, dass die beiden Schwabbelbäuche weg sind."

Im schummrigen Licht der Saunaleuchte registriert Tina erste Schweißperlen auf der Stirn des Freundes. Sie lässt den Blick abwärts wandern. „Hey, lieber Freund, sieht aus, als lebtest du auf großem Fuß!" Sie stellt ihren zierlichen Fuß gegen seinen und kann ihn problemlos dahinter verbergen.

Sie schweigen sich an. Ein vertrautes Schweigen. Tinas Augen verfolgen einige winzige Perlen, die von Cedrics Hals auf die glatte Brust kleckern, sich zeitlupenhaft über das Brustbein abwärts schlängeln, sich mit Gleichgesinnten zu einem Gerinnsel vereinen, um dann der Bauchregion entgegenzukriechen. Die Tröpfchen nehmen Kurs auf den Nabel und finden Asyl im Nabelrund. Schleichender Nachschub bringt den Miniaturtümpel behutsam zum Überquellen und gebiert ein neues Rinnsal. Endlich versickert das Überflüsschen zögernd in kräuseligem Dickicht.

Tina begleitet das Naturschauspiel mit unartigem Interesse. „Man muss ihn lieb haben", denkt sie und stupst ihren großen Zeh gegen den Männerfuß.

Cedrics Blick verhakt sich mit dem der Freundin. Er beugt sich vor, zieht ihren Fuß zu sich heran und haucht einen Kuss auf den Spann. „Ach liebe Tina, du bist süß... um nicht zu sagen Kandis."

„Wenn du es sagst." Tina presst ihren Fuß liebelnd gegen die Brust des Freundes, streichelt eine Brustwarze. „Hast du schon davon gehört, dass im Fuß alle wichtigen Körperfunktionen vereinigt sind? Mit einer Fußreflexmassage kann man das Wohlbefinden nachhaltig fördern."

Cedric knetet an ihrem Fuß herum. „Ja, in China soll es Leute geben, die aus den Fußsohlen lesen und auf diese Weise Krankheiten diagnostizieren."

„Ist richtig. In meiner Ausbildung habe ich gelernt, dass du bei Kopf- oder Gliederschmerzen durch Fußmassage Besserung herbeiführen kannst."

Cedric hat sichtlich Spaß, die kleinen Zehen zu bearbeiten. Nach kurzer Zeit unterbricht er die Massage. „Sag mal, du schwitzende Maus, hast du inzwischen Appetit bekommen?"

In Tinas Augen lodert ein Feuerchen. „Nur auf dich, mein feuchter Adonis."

In diesem Augenblick stampft einer der Schwabbelbäuche in die Sauna zurück und erklimmt die obere Holzbank. Die Latten krachen. Nun kauert er über ihnen wie eine feiste Rotbauchunke. Der andere Saunagast bleibt verschwunden. Vermutlich hockt er inzwischen mit verschränkten Beinen und aufgestützten Armen neben seinem Enkelkind im Hotelzimmer und meditiert vor sich hin.

Die Blicke der beiden jungen Leute werden zu Komplizen. Sie verdrehen die Augen und verfallen in vertraute Schweigsamkeit. Herzenswärme entwickelt sich zu einer ansteckenden Krankheit.

„Mir reicht es." Cedric stemmt sich hoch, packt das große Saunatuch und schaut Tina an. Die folgt ihm sofort. „Lassen wir *Schwabbelbauch* allein", flüstert er ihr draußen zu. Mutig springen sie unter die kalte Schwalldusche, hüllen sich in großformatige Badetücher und begeben sich in die Ruhezone. Im Hintergrund plätschert das Wasser eines Whirlpools. Nun verlässt auch der andere Gast die Sauna und schnauft davon.

Cedric stupst die Freundin aus ihren Gedanken. „Whirlpool?"

127

Schon hocken sie im sprudelnden Wasser der Riesenwanne. Cedric lehnt rücklings mit aufgelehnten Armen am Wannenrand. Gegenüber kauert Tina. Am Boden treffen sich ihre Füße. Tina hascht nach Cedrics Fuß, zieht ihn zu sich, hält den großen Fuß in ihren kleinen Händen. Vorsichtig beginnt sie mit einer Massage, knetet mit beiden Daumen an den Zehen herum.

„Merke auf, Ceddy, an dieser Stelle kann ich deinem Herzen Erleichterung verschaffen." Nach einer kurzen Pause: „Und hier kann ich sexuelle Reize stimulieren!" Tinas Daumen kreist um einen Punkt im Zentrum der Fußsohle. Cedric spürt Aufruhr, merkt, dass er der Begierde des Blutes nicht widerstehen kann und lässt sich treiben.

Drang und Sturm, Hosenwurm! So hätte vermutlich ein Kurt Tucholski diese Situation kommentiert.

X

Eine Einberufung

Dienstantritt in der Kaserne.

Amadeus hat sich mit Wolle abgesprochen. Die Kaserne liegt nicht weit weg von Lübeck und bietet den Vorteil kurzer Wege. Nur eine Stunde Fahrzeit, wenn am Freitagnachmittag für die frisch ernannten Rekruten der Feierabend eingeläutet wird.

Nun ist er da, der Starttermin. Seit vielen Wochen ein magisches Datum. Antrittsbesuch bei der Bundeswehr. Amadeus und Wolle wirken blass, als sie sich bei der Begrüßung kurz umarmen. Der sonst so redselige Wolfgang gibt den großen Schweiger. Mutter Engel fällt das auf.

Bei der obligatorischen Musterung vor einem knappen Jahr hatten sie den Hustentest samt Eiergriff und andere, nicht immer angenehme Ausforschungen mannhaft ertragen. Beide waren mit einem *voll verwendungsfähig* nach Hause geschickt worden. Sich vor dem Dienst an der Waffe drücken? Nein. Doch am liebsten hätten sie Blumen in die Gewehrkolben gesteckt.

Wolle verstaut eine pralle Reisetasche im Kofferraum. Die Mutter steht an der Tür, läuft zurück ins Haus. Mit einer Tüte Obst kommt sie zurück.

„Die Äpfel hätte ich beinahe vergessen. Hoffentlich bekommt ihr ordentlich zu essen. Man hört ja unterirdische Geschichten."

„Aber Mama, wir sind doch einigermaßen erwachsen, sollen fähig sein, unser Vaterland zu verteidigen… falls es sein muss. Wir kommen klar!"

„Meine Hamburgensie hat mir heute Morgen auch einiges in die Taschen gestopft. Wie Mütter so sind", grinst Amadeus. Er steht am Auto, tätschelt liebevoll das lackierte Blech. Das Kaminrot der Kühlerhaube wirkt an diesem trüben Tag wie abgestandene Tomatensuppe.

„Lass` uns endlich losfahren. Wir sollten keine Verspätung

riskieren, sonst werden wir garantiert schon am allerersten Tag zum Latrinenreinigen abkommandiert." Wolle ist beunruhigt.

Seine Mutter kommt zu ihm und drückt ihn fest. Mühsam befreit er sich aus den mütterlichen Fangarmen. Er hat es eilig, zum wartenden Auto zu gelangen.

„Befindest du dich auf der Flucht?", grinst Amadeus.

„Quatsch nicht, fahr los!"

Tuckernd schüttelt sich der alte Diesel und springt an.

Wolle dreht die Fensterscheibe herunter und hat plötzlich die ausgeleierte Kurbel in der Hand.

„Mensch Wolle, nimm mein Auto nicht auseinander, sonst kommen wir nie zu unserem ungeliebten Arbeitgeber", befürchtet Amadeus.

Wolle winkt seiner Mutter zu. Die zerrt ein Taschentuch aus der Rocktasche. Die Freunde schauen sich an, rufen sich etwas zu, nur ein einziges Wort. Trotz des Motorgeräusches bekommt Frau Engel es mit.

Das Wort heißt *Scheiße*.

***

„Bitte möglichst kurz und das Haupthaar nicht vergessen."

Tomas Tilman lässt sich grinsend in den abgewetzten Sessel sinken und greift nach einer Zeitung. Er weiß, dass er sich mit dem Lesen beeilen muss. Bei diesem Figaro geht es immer erstaunlich flott zu. Falls es einen Weltmeistertitel für schnelles Haareschneiden gäbe, wäre der Mann siegfähig. Mit Kamm und Schere schafft er es, einen gleichmäßigen, präzisen Schnitt in etwa fünf Minuten hinzubringen. Bei dem extrem gelichteten Haupthaar seines Kunden heute geht es noch flinker. Man sieht es seiner massigen Figur an, dass er früher Rugby gespielt hat. Oder war es Eishockey? Auch heute noch hilft er gerne bei der einzigen Seniorenmannschaft der Region aus. Unter seinem linken Auge schimmert es lila.

„Ich trage meine Haare gerne offen", scherzt der Kunde im verschlissenen Frisörsitz. Ihm springt das Foto eines verunfallten

Fahrzeugs in die Augen. Die Automarke ist nicht mehr zu erahnen, so stark ist das Auto zertrümmert, zu einem kompakten Bündel zusammengedrückt. Ein neunzehnjähriger Fahrer ist mit zwei seiner Freunde ums Leben gekommen, als diese nachts mit einem LKW zusammenstießen.

„Haben Sie das schon gelesen? Ich meine das mit den jungen Leuten, die mit einem Lastwagen kollidiert sind? fragt Tomas Tilman.

„Ja, habe ich. Schlimm, gleich drei junge Leute, die das ganze Leben noch vor sich hatten."

Das freundliche Gesicht des Mannes mit der Schere zeigt Betroffenheit. „Das kann Gott doch nicht gewollt haben! Aber oft schlägt das Schicksal unerbittlich zu. Gelegentlich habe ich den Eindruck, als ob eine geheimnisvolle Hand über jeden von uns einen Lebenslauf geschrieben hat. Mit magischer Tinte."

„Tja, mal wird ein weißer, mal ein schwarzer Würfel ins Rollen gebracht und bewirkt eine schicksalhafte Wendung. Haben Sie gelesen? Der LKW-Fahrer soll zehn Stunden ohne Unterbrechung hinter dem Steuer gesessen haben."

„Mitschuldig sind aber auch die Leiter in den Speditionen", behauptet der Friseur. „Ein Insider hat mir erzählt, dass sie oft einem unzumutbaren Zeitdruck ausgesetzt werden. Aber mal was anderes, dient ihr Sohn nicht zurzeit bei der Bundeswehr?"

Tomas Tilman nickt heftig. Fast erwischt die Schere sein Ohr. Er vertieft sich wieder in die Zeitung. „Hier steht, dass zu schnelles Fahren und Übermüdung die häufigsten Unfallursachen sind. Lastkraftwagen sind oft an Unfällen beteiligt."

Er erinnert sich an eine aktuelle Studie, nach der eine zunehmende Unfallursache auch darin liegen soll, dass immer mehr Autofahrer im Drogenrausch unterwegs sind. Die Studie geht davon aus, dass der Unfalltod weltweit in den nächsten zwanzig Jahren zu einer der häufigsten Todesursachen werden wird. Er will sich den Schlagzeilen auf der Sportseite zuwenden, aber zu spät. Der frisierende Rugbyspieler ist fertig.

„Wo haben Sie mir den Scheitel gezogen? Ich kann ihn gar nicht erkennen."

„Stimmt, Herr Tilman, mit ihrem Scheitel habe ich jedes Mal Probleme", flachst der Friseur und schaut auf die halbe Glatze. Er fegt noch einige Haarreste aus dem Nacken und entfernt den Umhang.

„Da bin ich ja wieder zeitig fertig geworden. Mann, haben Sie einen Stundenlohn." Tomas Tilman setzt seine Schiebermütze auf, windschief wie meistens und macht sich auf den Heimweg. Dass er beim Friseur war, kann man allenfalls erahnen. Am Gartentor, zu Hause angekommen, rappelt ihm ein Rasenmäher entgegen. Erna Kummer steht am Zaun und gibt seiner Frau Ratschläge zur richtigen Pflege. Die sind so überflüssig wie Tomatenflecken auf einem Sonntagskleid. Sabine Tilman quält sich und den Rasen mit einem alten Mähgerät. Man hat den Eindruck, sie wolle sie den Vorgarten in ein Puttinggrün verwandeln.

„Hoffentlich ist kein neuer Rasenmäher fällig", ruft der Mann. Eilig strebt er in Richtung Haustür. „Ich gehe schon mal, du weißt, meine Pollenallergie."

„Ja, ja." Sie wendet sich zur Nachbarin: „Ich brauche nur den Mäher aus der Garage zu holen, dann fängt mein Mann schon an zu niesen. Seine Allergie ist ebenso hinderlich wie praktisch."

Die Frau nimmt mit Schwung Anlauf zur nächsten Runde. Auch ein Rasen braucht regelmäßig eine Rasur. Und bei dem hier wurde es, im Gegensatz zur Haarpracht ihres Mannes, höchste Zeit.

***

Dunkle Wolken jagen am Himmel entlang. Sturmgebeugte Bäume bilden eine düstere Silhouette. Der orkanartige Wind bläst die wenigen verbliebenen Blätter von den Ästen eines knorrigen Baumes. Die Verschnürung eines Müllsacks hat sich gelöst. Teile von Hausmüll wirbeln durch die Luft. Einige Müllfetzen fliegen drei männlichen Gestalten entgegen. Schutzsuchend kämpfen sie sich zu dem großen Baum hin, stemmen sich mit aller Kraft den Urgewalten entgegen. Aus schwarzer Wolkenwand hat sich eine

Windsäule gelöst und bewegt sich auf die Menschen zu. Ein dünner Mann versucht, sich mit einem Regenschirm zu schützen. Der Sturm presst den Schirm zusammen. Trotzdem spaltet er die Windsäule, lenkt Naturgewalten an sich vorbei. Ein zweiter Mann reckt seine Hände abwehrend den Sturmböen entgegen, versucht den Sturmgewalten zu trotzen. Ein Dritter wird von der Windsäule erfasst und davongerissen. Mit dem Kopf voran fliegt die lange Gestalt davon, saust heraus aus einer großformatigen Zeichnung, die Sabine Tilman in den Händen hält.

Sie hockt im Zimmer ihres Sohnes und betrachtet eine Skizze. *Menschen im Sturm* steht auf dem Papierrand. Die Signatur in der rechten unteren Ecke weist Amadeus als Urheber aus. Offensichtlich hat er diese Zeichnung vor längerer Zeit erstellt.

Cedric kommt die Treppe hinauf und hockt sich zur Mutter. „Oh je, was ist das für eine böse Darstellung!"

„Ach Cedric, das muss eine ältere Zeichnung von Ama sein. Sie wirkt ungeheuer beeindruckend und bedrückend zugleich. Findest du nicht auch?"

„Du hast Recht, Mam, eindrucksvoll und mystisch. Ich habe diese Skizze noch nie gesehen."

„Ich auch nicht."

Die Kohlezeichnung ist der Mutter vorhin beim Saubermachen in die Hände gefallen. Sie bearbeitete mit dem Staubtuch einen Stapel von Amadeus` alten Schulheften. Die unheilvolle Stimmung hat sie erschreckt.

Cedric greift noch einmal nach der Zeichnung und betrachtet sie aufmerksam. „All das Düstere steht in krassem Gegensatz zum sonnigen Wetter heute."

***

Kein Tag ist wie der andere.

Es gibt schöne Tage und schlechte, kurzweilige und langweilige, eilig wirkende und solche, die sich anfühlen, als wollten sie niemals enden. Heute ist ein so ein Tag. Die Sonne kocht. Seit vielen Stunden.

„Warum haben wir Idioten uns nicht zum Zivildienst gemeldet?" schnauft Amadeus Tilman. „Oder uns zurückstellen lassen!" Mit staubigen Kampfstiefeln schlurft er in sommerlicher Hitze durch eine öde Heidelandschaft.

Es ist ein heißer Augusttag, einer der besonders anstrengenden Tage während der Grundausbildung. Für Amadeus und seine Kameraden steht seit Stunden ein Gepäckmarsch auf dem Programm.

„Du Idiot wolltest dich ja nicht drücken. Hast gemeint, dass wir Helden die Bundeswehrzeit auf einer Arschbacke abreißen!" ächzt Wolle.

Er ist wahrlich kein sportlicher Typ. Beim Strümpfe anziehen hat er es mal fertiggebracht, sich eine schwere Zerrung in der Schulter einzufangen. Wolfgang Engel hat nichts Engelhaftes an sich. Bis auf die geröteten Gesichtsballons. Sie wirken heute besonders aufgeblasen und sind sonnenbrandgefährdet.

„Unsere Kumpels sitzen jetzt bestimmt im Schwimmbad und genießen Tante Klaras Liebe", ächzt er. „Ich sehe Semmelpit und Rotweinpeter vor mir. Sie hocken am Pool, die entblößten Körper vollgesaugt mit Sonnenschein, kippen ein kühles Blondes nach dem anderen in sich rein, hängen die gebeizten Füße ins Schwimmbecken und lassen alle paar Minuten ihre Leiber ins kühle Nass plumpsen. Drumherum halbnackte Weiber, die danach lechzen, den jungen Burschen den Rücken einzucremen."

„Soldat Engel, unterlassen Sie das Halluzinieren, aber zack, zack! Jedes Ihrer Wehrkraft zersetzenden Worte lässt meinen Hals noch stärker ausdörren", krächzt Amadeus.

„Koobanie maasch!" grölt es aus dem Hals des Kompaniefeldwebels, den man gemeinhin Spieß nennt.

„Oh du schöööner Wäääästerwald", johlt es bald darauf aus heiseren Kehlen.

Die Kolonne wankt durch die Lüneburger Heide, mittendrin Amadeus und Wolle, keuchend, vor sich hin fluchend, mit ledernem Hals, Schwüle in Klamotten und Kampfstiefeln. Amadeus blickt zu Wolle, versucht, seine Strapazen wegzugrinsen. Während ihm Unmengen an Schweiß vom

Gesicht rinnen, stellt er trocken fest: „Panzerschütze Engel, du schwitzt ja wie Sau!"

Der Sonnenlauf hat die Schatten verlängert. Die Sonne streift die Baumwipfel. Der Kompaniefeldwebel, mickrig von Statur, aber mächtig an Stimme, baut sich vor ihnen auf. „Am Waldesrand werden wir unser Nachtlager aufschlagen", tut er kund. Ein Befehl, den die Jungs gerne hören.

Wolle nimmt einen letzten Schluck aus der Feldflasche. „Nu isse leer. Hast du noch was?" fragt er den Freund.

„Nee, schon lange nicht mehr. Aber da vorne lockt was Erfrischendes."

Die Schritte werden länger. Der Fluss am Waldesrand entpuppt sich als ein kümmerliches Rinnsal. Geringe Wassertiefe, aber immerhin. Es verspricht den Marschierern einen köstlichen Genuss! Schnell haben sich Wolle und andere Kameraden von Stiefeln und siffigen Socken befreit und stecken die strapazierten Füße ins Wasser. Lustvoll verdreht Wolle die Augen.

„Das kommt ja einem Orgasmus nahe. Zapperlot, wie schnell wird man anspruchslos!"

Amadeus kommt herangeschlichen, die verschwitzte Jacke im Arm. Er sinkt neben Wolle nieder, zerrt die Stiefel von den angeschwollenen Füßen. Wolle steckt seinen hummerfarbenen Kopf ins flache Wasser und prustet vor sich hin. Doch nur, bis Amadeus seine Füße hineintaucht.

Das Lager ist aufgeschlagen. Die Kameraden haben sich in Grüppchen niedergehockt. Die meisten verfuttern die Reste ihrer Marschration.

„Koobanie, herhöööören!" brüllt der Spieß.

Ein Spieß muss brüllen. Seine Botschaft lautet, dass Morgen um vier Uhr in der Frühe der Geländemarsch fortgesetzt wird: „Ist doch ein Klacks für Männer aus echtem Schrot und Korn!"

Männer aus echtem Schrot und Korn? So einer soll auch Tante Marthas Mann gewesen sein, bevor er später auf See verlorenging. Hat der jedenfalls von sich behauptet. Er hat davon erzählt, dass er damals in Berlin, im dutzendjährigen Reich, als Fünfzehnjähriger mit anderen viel zu jungen Luftwaffenhelfern dem Führer ins trübe Auge geschaut und dessen zittrige Hand aufmunternd auf seiner Schulter gespürt hat. *Gut Jungs, weiter so!*

Es dunkelt. Wolle ist zu Kräften gekommen und spürt Unternehmungsgeist. Er stupst den dösenden Freund an.

„Was hältst du davon, wenn wir uns in der Gegend umsehen?"

„Ist das nicht unerlaubtes Entfernen von der Truppe?"

„Man darf sich doch noch umschauen dürfen. Wir müssen feststellen, wo wir uns befinden. Kann von strategischer Bedeutung sein. Also, lifte deinen Arsch!"

Das Komplott ist komplett. Die beiden schlendern diskret davon. Wolle drängt vorne weg. Er hat einen irren Instinkt, wo es Trinkbares gibt. Bald schon lungern sie vor einem großen Gehöft herum. Über dem Gebäude hängt ein milchiger Mond. Musik quillt aus dem rustikalen Wirtshaus. Zwei Senioren kommen heraus, um mit dicken Zigarren die frische Landluft zu verpesten. Amadeus und Wolle gesellen sich dazu und werden angesprochen. Spontan entwickeln die Älteren Mitgefühl.

„Jungs, kommt doch mit rein. Drinnen gibt`s Freibier."

Das klingt verlockend. Die beiden zögern. „Wenn uns eine Streife erwischt, sind wir dran", wiegelt Amadeus ab. „Doch besten Dank für das verlockende Angebot."

„Ich bringe euch was Trinkbares raus", meint einer. Schnell ist er mit vollen Bierkrügen zurück. Die Vaterlandsverteidiger bedanken sich artig, hocken sich auf die Bank neben der Eingangstür und schlürfen den frischen Gerstensaft. So lässt sich das Soldatendasein ertragen.

Von der Hauptstraße naht ein Fahrzeug. Die typische Form der Scheinwerfer lässt auf einen Militärjeep schließen. Zu Recht, wie sich schnell herausstellt.

„Verdammte Kacke, eine Streife!" flucht Amadeus.

Wohin so schnell? Ein klappriger Heuwagen neben dem Bauernhaus könnte Schutz bieten. Dort stinkt es nach Gülle.

„In der Not frisst der Teufel Kot", krächzt Wolle. Die beiden springen hinter das alte Gefährt. „Mich düngt, das hier ist Mist!" Zwei halb volle Bierkrüge verwaisen auf der Sitzbank.

Der Militärjeep rollt heran und stoppt. Zwei Insassen diskutieren. Ein Bier greifen oder weiterfahren? Am hinteren Teil des Heuwagens stapft eine Heidschnucke heran und macht sich meckernd an den güllebehafteten Kampfstiefeln von Amadeus zu schaffen.

„Weg du Satanslamm!" flucht Amadeus leise und tritt nach dem Meckerpott.

„Nicht doch", flüstert Wolle, „so ein Schaf hat auch was Menschliches."

„Meckern kann es schon", zischt Amadeus und rammt seinen Stiefel erneut in Richtung Heidschnucke.

Die Männer im Militärjeep nehmen den Heuwagen ins Visier. Dahinter ist doch Bewegung! Lugen da nicht Militärstiefel hervor? Schon werden die beiden Rekruten aus ihrem Versteck herausgebrüllt. Zwei angegüllte Gestalten nehmen Haltung an und melden sich gehorsamst zur Stelle.

„So eine Scheiße!" flüstert Wolle, „die optimalste Lösung wäre, wenn wir mit einer Verwarnung davonkämen."

„Es heißt optimal", flüstert Amadeus, „optimal kann man nicht steigern".

„Ich schon!"

***

„Hi, Dad."

Grinsend steht Amadeus im Büro des Vaters. Es ist Freitag. Wie immer ist er auch heute am Nachmittag heimgekommen. Er trägt noch *Grünzeug*. Die eigenmächtige Entfernung von der Truppe vor zwei Tagen ist noch einmal glimpflich ausgegangen, denn auch die beiden Kameraden von der Streife waren unerlaubterweise mit dem Jeep unterwegs gewesen. *Das Glück ist mit die Doofen*, pflegt Tante Martha in ähnlichen Situationen von sich zu geben.

Zur Begrüßung streicht Amadeus dem Vater mit der Handfläche über den Kopf, über die unfreundlich dünn gewordenen Haare. „Da bin ich wieder. Alles paletti bei dir?"

„Grüß dich, Ama. Bei mir schon, aber für dich habe ich eine unangenehme Nachricht. Anfang der Woche ist ein Bußgeldbescheid eingetrudelt, man hat deine Blechkarosse mit deutlich erhöhter Geschwindigkeit in der City gemessen."

„Das macht mich stutzig. Kann ich mir gar nicht erklären, bin doch ein defensiver Fahrer", grinst der Sohn.

„Das habe ich nun davon, dass ich den Wagen auf meinen Namen angemeldet habe. Aber was soll's, ich lasse mir Fotos schicken. Da müsste ja ein junger, blond gelockter Bursche drauf abgelichtet sein und kein altes, ausgedientes Gesicht. Falls die Wahrheit unumgänglich werden sollte, könnte ich immer noch behaupten, mein Sohn hätte so schnell fahren müssen, um einen lästigen Stein aus dem Reifenprofil zu beseitigen."

„Nicht schlecht, nicht schlecht. Du bist wieder richtig kreativ, Daddy. Ich könnte aber auch aussagen, dass eine gefährliche Wespe durch stärkeren Luftzug aus dem Auto herausbefördert werden musste. Ist dann doch Notwehr, oder? Na, mach mal, du wirst es schon richten."

Amadeus begibt sich auf sein Zimmer. Und der Vater hat das Problem wieder einmal an der Backe. Warum setzten die Alten auch Kinder in die Welt. Die Rente ist ohnehin nicht sicher.

Amadeus ist ins väterliche Büro zurückgekehrt und reibt sich die Hände. „Darf ich an deinen Computer? Ich möchte ein Bewerbungsschreiben loslassen, wird höchste Zeit."

„Na klar, Sohnemann, komm her." Der Sohn hat in den letzten Monaten einen großen Schritt in Richtung Erwachsenwerden gemacht. Sogar sein Grinsen wirkt souveräner. Nun sitzt er am Computer und ringt mit Formulierungen. Nachdem Sohn und Vater das Bewerbungsschreiben für gut befunden haben, wird es eingetütet. Ab geht es in den Postkorb.

„Ich werfe den Umschlag noch heute ein", erklärt Amadeus.

„Aber verwechsle den Briefkasten nicht mit dem Papierkorb. Der öffentliche Abfalleimer an der Ecke wurde kürzlich gelb angestrichen. Und was ich noch sagen wollte, Ama, du solltest mal wieder das Chaos in deinem Zimmer beseitigen."

„Nur das Genie beherrscht das Chaos", grient Amadeus.

138

„Aber du rennst Drehtüren ein. Meine Gemächer sind voll in Ordnung, kannst nachschauen!"

„Unglaublich! Bist doch sonst zukunftsorientiert, verschiebst alles auf Morgen. Muss ich mir wirklich ansehen."

Amadeus geht voran, nimmt zwei Stufen auf einmal. Meistens fühlt er sich wohl in seiner Unordnung. Er praktiziert zwei Aufbewahrungssysteme: einen Kleiderschrank für seine Klamotten und einen Platz für alles was rumliegt. Wenn Besuch kommt, alles fix unters Sofa. Wie bei Hempels.

Aber heute! Der Vater muss erstaunt feststellen, dass keine einzige leere Bierflasche herumsteht, auch kein schmutziger Aschenbecher. Die gewöhnlich volle Kiste mit Leergut ist ebenso verschwunden wie zahlreiche Kleidungstücke, die sich sonst in hingeworfener Stapelablage präsentieren. Auf dem blank geputzten Glastischchen liegt eine CD.

„Ist die neu? Hm, *Tod an der Ecke* und andere sonderbare Lieder. Ama, befasst du dich neuerdings mit okkulten Dingen? Oder ist in deinem Bekanntenkreis jemand schwer krank?"

„Ne, nicht, dass ich wüsste."

„Na gut, hab ja nur gefragt. Was dein Zimmer betrifft, so muss ich dir in der Tat attestieren, dass himmlische Ordnung herrscht! Das überrascht mich, ist mir ein großes Bier wert."

„Prima, das trinke ich später. Ich fahre schnell zu Oma Ahrensburg rüber. Die habe ich lange nicht mehr besucht. Vielleicht hat sie ja Bohnen und Speck auf dem Herd, weißt du, und dazu diese kleinen Birnen. Die esse ich doch so gerne."

„Tu das. Oma freut sich. Kannst mein Auto nehmen."

„Jo, danke, ich bin schnell wieder da. Im Vergleich zu dir benötige ich höchstens 'ne dreiviertel Stunde.

„Ja, ja, ich weiß. Und Oma anderthalb!"

XI

Ein Unstern

Der goldene Oktober hat Patina angesetzt.

Vielleicht ist es einer der letzten sonnigen Tage in diesem Jahr. Noch hat sich der Oktober den Titel *golden* redlich verdient. Auf dem roten Sandplatz hinter der Tennishalle hetzen zwei ältere Herren in schlabberigen Shorts einem weißen Ball hinterher. Tomas Tilman kennt die Männer. Der eine ist Direktor bei der örtlichen Sparkasse, der andere ein mittelständischer Unternehmer. Die beiden veranstalten wieder ein Tennismatch der besonderen Art. Sollte der Kunde gewinnen, wird sein frisch beantragter Kredit um einen Viertelprozentpunkt günstiger. Der Körpersprache des Bankers nach zu urteilen scheint ein solcher Nachlass Schlag um Schlag näher zu rücken.

Neben Tomas Tilman knallt ein Geschoss in Form eines Tennisballes gegen die hintere Platzbegrenzung. Normalerweise flucht Amadeus nach missratenen Schlägen wie ein alter Bierkutscher, aber heute quittiert er Fehlschläge mit freundlichem Grinsen. Er hat Spaß am Draufhauen, fühlt dann so etwas wie einen winzigen Orgasmus. Er weiß um seine Stärken. Trotz aller Routine ist der Vater gegen das aggressive Spiel von Amadeus chancenlos.

Seit über einem Jahr haben die beiden nicht mehr gegeneinander gespielt. Amadeus hatte immer Besseres vor, als mit seinem Alten Bälle zu schlagen. Der leistet heute nach besten Kräften Widerstand, doch er kann nur zeitweise und mit Altersweisheit angeschnittenen Returns die Partie ausgeglichen gestalten.

Ein einsamer Zaungast hat sich eingefunden und schaut mit großen Augen zu. Als sich das Match dem Ende zuneigt, verlässt er die Tennisanlage.

„Wahrscheinlich denkt der, dass hier alle so gut spielen",

140

lästert Amadeus. Er fingert einen Zettel aus der Tasche. Das Stückchen Papier entpuppt sich als ein Gutschein für eine Trainerstunde. Amadeus hat ihn vorhin aus Vaters Schreibtischschublade genommen. Vor zwei Jahren musste der Gutschein als Geburtstagsgeschenk herhalten. Sein Gesicht trieft vor Verbindlichkeit. „Darf ich um eine Quittung bitten?"

Der Vater identifiziert den Gutschein sofort. „Hast du Angst, dass ich eine weitere Tennisstunde einfordere, Ama? Ich kann dich beruhigen, diese Verpflichtung ist bereits verjährt." Er tritt dicht an Amadeus heran. „Außerdem, mein Lieber, Spielschulden sind Ehrenschulden und nicht einklagbar." Er streicht dem Sohn über den feuchten Haarschopf und stupst ihn an.

„Weißt du, Ama, ich bin gerne dein Vater."

Amadeus schubst zurück. „Weißt du, Dad? Ich bin gerne dein Sohn."

**

Einige Tage später.

„Hallo, hier ist Amadeus. Bin gleich für Sie da, aber momentan zu beschäftigt. Meine Blechsekretärin wird sich sofort um Sie kümmern."

Zweimal hat sich die Mutter diesen Spruch auf der Mailbox schon anhören müssen. Ihr Anruf hat keinen besonderen Grund. Sie möchte nur Stimme des Sohnes hören. Dann erwischt sie Amadeus doch noch am Handy.

„Hallo Ama, endlich erreiche ich dich. Was treibst du, wie geht`s? Gibt es irgendetwas Neues?"

„Wie soll es schon gehen, Mam, wie immer. Bin im Auto. Ich fahre noch zu Melanie hinüber."

„Du gurkst dir ja wieder massig Kilometer zusammen, mein Liebling."

„Die Anne hat mich angerufen und erzählt, dass es Melli nicht gut geht."

„Grüße sie von mir und passe auf dich auf!" Die Mutter verschweigt ihm die Absage zu einem Bewerbungsschreiben, das er am letzten Wochenende abgeschickt hat. Die Absage ist heute postwendend im Tilmanschen Briefkasten gelandet. Morgen will er ja wieder in Lübeck sein.

„Brauchst du noch den einen oder anderen Heiermann? Kommst du klar oder herrscht Ebbe im Geldbeutel?"

„War ausgaberesistent. Darfst du getrost glauben. Kann trotzdem sein, dass ich demnächst einen Sponsor angraben muss", verkündet Amadeus. „Gut, dass ich einen kenne."

Die Mutter nervt wieder mit dem Hinweis, er solle vorsichtig fahren. Dann fährt Amadeus los. Als er bei der Freundin eintrifft, geht es ihr schon viel besser.

„Möchtest du ein Bier?"

Amadeus lehnt ab. „Weißt du, Melanie, ich will noch in die Kaserne zurück. Morgen ist eine anspruchsvolle Fahrprüfung, mit diesen schweren Transportern."

Sie werfen sich in das bequeme Plüschsofa und quatschen bei einer Tasse Kaffee mit flinken Zungen. Amadeus schlägt vor, einen Spaziergang zu machen.

„Ist doch sonst nicht dein Ding", wundert sich Melanie. Wenig später schlendern sie Arm in Arm durch den dämmerigen Stadtpark.

„Weißt du, dass ich in der Woche keine einzige Zigarette geraucht habe? Hab meiner Mutter versprochen, das Rauchen einzuschränken. Soll ja auch krebsfördernd sein. Ich will ja noch was vom Leben haben."

Eine Parkbank animiert zum Verweilen. Es ist kühl. Amadeus trägt nur eine leichte Bundeswehrjacke, schmiegt sich an Melanie. Minutenlang betrachten sie den Himmel und bedauern, dass kein einziger Stern sichtbar ist.

Früher ist es Amadeus nicht in den Sinn gekommen, die Augen in die Tiefe des Universums zu bohren. Heute ist es anders. Er spricht über Freunde und berufliche Ziele, auch über sein gemütliches Zuhause. In den Wochen der Bundeswehrzeit hat er die Vorzüge eines familiären Umfeldes schätzen gelernt.

Eben haben sie noch bedauert, dass die Sterne ihr ungetrübtes Gesicht hinter Wolkenbergen versteckt haben. Nun reißt unversehens die schwarze Wand auf. Eine Sternenflut breitet sich über ihren Köpfen aus. Aneinandergeschmiegt sitzen sie auf der Parkbank und genießen das Lächeln der Sterne.

„Ama, das Sternenlicht vermittelt dir eine längst verglühte Vergangenheit."

„Stimmt, kluges Mädchen! Die Sterne sind längst weitergewandert. Ich frage mich, was die Zukunft noch an Überraschungen für uns bereithält."

„Manche nennen es Schicksal."

Ein Komet zieht am Himmel eine heitere Bahn. Sternschnuppen kleben blinkend am Schweif. Vereinzelt fallen sie herab.

„Oh schau mal, Melli. Du darfst dir etwas wünschen."

„Mir fällt nichts ein, Ama. Du bist ja bei mir."

Die Nacht ist ungemütlicher geworden. Fröstelnd schlendern sie zurück, machen es sich noch einmal auf dem Sofa bequem, setzen bei Kerzenschein ihre Plauderei fort und greifen noch einmal zur Kaffeekanne.

„Ach, bevor ich es vergesse, Ama. Ich habe vorhin den Film von unserer Fete am letzten Wochenende abgeholt."

Melanie kramt einen großen Umschlag hervor, entnimmt Fotos. Eines zeigt einen strahlenden Amadeus, der schick gekleidet bei Kerzenschein und Bier sitzt und sich offensichtlich köstlich amüsiert.

„Guck mal, erkennst du dich wieder? So strahlend lachst du nicht oft."

„Ja, das war am Sonntag. Eine geile Party."

„Du warst richtig locker, Ama."

„Stimmt, du aber auch. Hast mir lange aufgelauert, um diesen Schnappschuss machen zu können." Das Foto gefällt ihm.

„Ich mache Abzüge. Die kannst du dann ja nächstes Mal mitnehmen."

„Prima, Melli, da habe ich was, auf das ich mich freuen kann. Ich muss dann wohl." Er steht auf, zögert. „Weißt du was? Habe gar keine Lust, mich jetzt schon auf den Bock zu setzen. Ist schon bald Mitternacht."

Melanie grinst. „Dann bleib, fahre in aller Herrgottsfrühe."

„Vielleicht sollte ich bleiben." Er zögert erneut, greift in die Jackentasche. „Siehst du diese Würfel? Mein Vater hat sie mir vor Jahren geschenkt. Sollen diese beiden doch entscheiden. Weist der weiße Würfel die höhere Augenzahl auf, heißt das *helle Freude*, beim Schwarzen bedeutet es *ab in die dunkle Nacht*."

Amadeus geht in die Knie und lässt die bepunkteten Holzklötzchen auf dem Boden herumkullern. „Rien ne va plus!"

Die beiden stecken die Köpfe zusammen und verfolgen den geheimnisvollen Weg der Würfel.

„Nun, klarer geht es nicht, Melli. Eine Eins für den Weißen und eine Sechs für diesen Schwarzen! Ist auch besser so. Ich hätte verdammt früh aufstehen müssen. Will besonders pünktlich sein zur Prüfung. Also bis zur nächsten Woche", seufzt er und macht sich auf den Weg.

Die Autotür klemmt, er muss kräftig dran rütteln. Er rutscht in den Sitz und startet den Motor. Der springt erst beim zweiten Versuch an. Also dann. Amadeus dreht die Seitenscheibe herunter und tuckert gemächlich los, winkt der Freundin zu und kurbelt die Scheibe wieder hoch.

Mit unklaren Gefühlen winkt Melanie hinterher. Kurz darauf ist der Freund um die Ecke verschwunden, verschluckt von tiefer Dunkelheit.

∗∗∗

Lübecker Hauptbahnhof. Mit lautem bremsen kommt der Intercity zum Stillstand. Tomas Tilman entsteigt dem Schnellzug und strebt der aufwärts führenden Betontreppe zu.

Sabine Tilman steht oben. Sie ist zeitig zum Hauptbahnhof gefahren, um ihren Mann nach einer Geschäftsreise abzuholen. Eine angenehme Abwechslung im Hausfrauendasein. Am Treppenabgang stehend hat sie schnell im schmerzenden Neonlicht die große Gestalt zwischen den herumeilenden Menschen ausgemacht und geht ihm einige Stufen entgegen. Im aufwärtsströmenden Gedränge stößt sie einem Mann zusammen.

„Oh, entschuldigen Sie, ich wollte schnell zu meinem Mann, ihn begrüßen, war übereifrig", lächelt sie.

Zwei klare Augen in einem silberbärtigen Gesicht lächeln. „Macht nichts, gnädige Frau. Bin auch in Eile, muss mich sputen. Habe einen wichtigen Termin. Den darf ich nicht verpassen."

„Eine sonore, friedliche Stimme, ein echter Herr", denkt Sabine Tilman und schaut zum Ehemann, der ihr auf der Treppe entgegenkommt.

„Hallo, Tomas! Schön, dass du so pünktlich bist. Ich war mal wieder viel zu zeitig hier, warte schon eine Weile. Auf der Anzeigetafel war eben noch eine Verspätung angezeigt."

„Grüß dich, Sabine, ja, es sah lange Zeit nach Unpünktlichkeit aus, aber dann hatte es der Zug plötzlich eilig. Lass uns noch eine Kleinigkeit picken gehen", schlägt er vor. „Hast du Lust?"

Es ist ein liebgewonnenes Ritual, dieses kleine, nach Machorka riechende Lokal am Lübecker Stadtrand aufzusuchen. Hier werden russische Spezialitäten zu deutschen Weinen gereicht. Die Tilmans lassen manchen Abend gerne in diesem als Geheimtipp gehandelten Restaurant bei einem Glas Wein ausklingen. Wenig später sitzen sie an einem der rustikalen Holztische. Ein Bursche mit östlich klingendem Akzent, rabenschwarzen Augen und einer störrischen Haartracht reicht ihnen die Speisekarte.

„Sabine, was denkst du, wollen wir uns Sakuski bestellen? Das zaubert uns der Koch bestimmt lecker auf den Teller."

„Vielleicht kann ich den Fisch weglassen."

„Danach könnten wir noch diese köstlichen Pelmeni genießen. Die Teigtaschen schmecken so ähnlich wie Pierogi, müsstest du noch kennen, Sabine. Die haben wir gemeinsam gegessen, als wir vor einigen Jahren Posen besucht haben. Die Füllung ist besonders lecker. Sie verwenden hier Rinderfleisch. Jedenfalls beim letzten Mal."

„Ich erinnere mich schwach. Ach nein, ich denke das wird mir zu viel. „Ich nehme wieder den Borschtsch. Das reicht."

„Und was trinkst du?"

„Du darfst mir einen Schoppen Wein bestellen. Tom. Was empfiehlt mir denn der selbsternannte Weinexperte? Den frischen Beaujolais Primeur oder soll ich mal einen Weißen ausprobieren?"

„Tja, da muss ich kurz in die Karte schauen..., würde vorschlagen, hier... mal was anderes, die Rieslingsauslese von der Mosel. Dieser Wein schmeichelt dem Gaumen, ist vollmundig, weich und dennoch körperreich." Er mustert den Kellner mit verkniffenen Augen. Die aus dem Oberhemd herausquellenden Brusthaare und die wilde Frisur irritieren ihn. „Sagen Sie, kommen Sie direkt aus dem Windkanal?"

Er bestellt zwei Schoppen Mosel Auslese. Dann lehnt er sich behäbig zurück. „So lässt es sich leben, Sabine, nicht wahr? Man gönnt sich ja sonst nichts. Erzähl mal, gibt es was Neues? Hat sich Cedric in der Woche gemeldet?"

„Nein, vom ihm hört man ja immer seltener etwas. Der sture Mönckemeier fordert ihn so, dass er sich sogar am Telefon kaum noch meldet."

„Tja, der Ceddy, wenn man Karriere machen will, muss man sich schon ordentlich reinhängen. Von einem jungen Verkaufsleiter wird zu Recht einiges erwartet. Hat sich denn unser Amadeus gemeldet?"

„Nein, in dieser Woche noch nicht. Ich habe ihn vorhin kurz am Telefon erreicht. Morgen Nachmittag ist er wieder bei uns, dann ist ja Freitag."

Der Ober bringt den Wein. Tomas Tilman nimmt die gemütlich gerundeten Gefäße entgegen und blickt dem enteilenden Kellner hinterher.

„Der hat eine Frisur, die leiste ich mir nicht einmal unter der Achselhöhle", spöttelt er. „Stößchen, Sabine!"

Die Frau nippt vorsichtig. „Prosit, Tomas, lassen wir es uns schmecken."

„Du musst mich beim Zuprosten anschauen, Sabine. Eine mehrfach verheiratete Frau hat mir mal erzählt, es gibt sonst viele Jahre schlechten Sex."

„Ist besser als gar keiner, mein Lieber. Aber nun Butter bei die Fische, wie lautet dein fachkundiges Urteil? Ich bin unsicher."

Der Mann kaut schmatzend auf dem Getränk herum. „Liebe

Sabine, dieser Tropfen ist ganz gewiss ein Gaumenschmeichler, er hat die notwendige fruchtige Restsüße und ist im Abgang wunderbar langlebig. Man spürt sofort die unbehandelte Traube, zudem großzügig, aber nicht überladen. Für wahr nicht schlecht, gar nicht schlecht, leicht erdig zwar, leicht erdig, aber zweifelsohne ein edles Gewächs. Der Wein küsst den Pokal."

„Strunze nicht so rum, Tomas!"

„Wie Ihre Ladyschaft meinen. Doch glaube mir, man muss genießen, sonst wird man ungenießbar." Er setzt das Glas ab, blickt hin zu dem windgezausten Kellner, der rotgesichtig heraneilt. Schnaufend meldet er sich zu Wort, mit schnarrendem R auf der platten Zunge.

„Herrrrschaften wollen bitte entschuldigen, muss Weingläser austauschen, habe verrrsehentlich serrrviert Apfelschorrrrle."

***

Ein Stern blitzt in der Ferne auf.

Kurzzeitig durchdringt er den schwarzen Mantel der Dunkelheit, lässt den Himmel erahnen. Eine ungewöhnliche Ruhe herrscht auf der Autobahn. Nur vereinzelt tastet sich kaltes Scheinwerferlicht über den Helligkeit fressenden Asphalt und versucht, die Nacht zu durchschneiden.

Es ist die Nacht vom Donnerstag auf Karfreitag.

Ein schwarzer Würfel rotiert. Der junge Mann im kaminroten PKW ist auf der Stelle tot. Ein Schlag, eine kleine Sekunde zwischen Nacht und Morgen, verschlingt ein blühendes Leben. Sein Fahrzeug ist abrupt und erbarmungslos zum Stillstand gebracht worden. Einige Pulsschläge lang herrscht tödliche Stille. Der Chronometer am Handgelenk des jugendlichen Fahrers ist stehengeblieben. Hinter dem zersplitterten Uhrenglas sind die beiden Zeiger nur mühsam erkennbar. Es ist kurz nach Mitternacht.

Scheinwerfer eines nachfolgenden Fahrzeugs werden in der Ferne sichtbar. Es kommt schnell näher. Der Fahrer hat etwas aufblitzen sehen, ist gewarnt, verzögert sein Tempo. Es gelingt ihm, auf die Standspur auszuweichen und sein Auto unbeschädigt zum Stehen zu bringen. Im Scheinwerferlicht zeichnet sich vor ihm das verbeulte Blech eines Personenwagens ab. Dahinter ist schemenhaft ein unbeleuchteter Lastzug zu erkennen. Er hat sich samt Hänger quergestellt und blockiert als unüberwindliches Hindernis die volle Breite der Autobahn.

Der Fahrer benachrichtigt die Polizei. Die ist mit einem Notarzt bald zur Stelle. Ein junger Polizist hilft dem Arzt, die eingeklemmte Autotür des Unfallwagens zu öffnen. Der junge Mann auf dem Fahrersitz trägt eine leichte Bundeswehrjacke. Wie schlafend hängt er im Sicherheitsgurt. Vorsichtig zerschneidet der Arzt den Gurt, der trügerische Sicherheit gebracht hat. Der erfahrene Mediziner fühlt den Puls, erkennt sofort, dass jede Hilfe zu spät kommt. Der Kreislauf des Verunglückten hat offensichtlich durch den gewaltigen Stoß hinein in den Sicherheitsgurt einen solchen Schlag erhalten, brutal und völlig überraschend, dass der Herzschlag jäh zum Stillstand gekommen ist.

Der Arzt wendet sich an den Polizeibeamten. „Ein derart friedliches Gesicht habe ich selten nach einem so fürchterlichen Unfall gesehen. Vielleicht hat er Gevatter Tod heiteren Sinnes in die Augen geschaut. Aber vermutlich hat er nicht einmal *hoppla* sagen können."

Der CD-Player ist aus der Verankerung gerissen, pendelt leise unter dem Armaturenbrett. Eine Hülle liegt auf der Fußmatte.

Der Beamte bückt sich. „Tod an der Ecke", liest er. „So viele Tränen" und „Wenn ich heute Nacht sterbe."

Die zweite Stunde eines neuen Tages ist angebrochen. Der Polizist hält den Personalausweis in den Händen und blättert darin.

„Der Fahrer ist neunzehn Jahre alt... erst neunzehn", murmelt er. „Ein netter junger Mann... heißt Amadeus. Ein schöner Name. Ich denke, der Tod hat einen Fehler gemacht."

XII

Ein dämmriger Morgen

Kurz nach Mitternacht.

Das verraten die grünen Leuchtziffern der Musiclock, die auf der weißlackierten Anrichte am Ehebett steht. Die Frau schreckt aus unruhigen Träumen hoch. Irgendetwas ist in ihren Traum eingedrungen. Sie richtet sich auf und horcht in die Dunkelheit hinein. Wurde da nicht eben nicht eine Tür zugeschlagen? Doch sie vernimmt nur die kräftigen Atemzüge ihres Mannes, sinkt in das große Federkissen zurück und fällt in einen nachhaltigen Schlaf.

Der Morgen graut. Es ist ein grauer Morgen. Ein trockenes Gebell ist zu hören. Einmal, zweimal. Die Musiclock zeigt die fünfte Stunde an. Das Hundebellen nimmt zu, dazwischen der Ton der Türglocke. Tomas Tilman hat es nicht sofort wahrgenommen. Jetzt aber dringt die Anfangsmelodie des Schlagers der Commedian Harmonists aus den dreißiger Jahren zu ihm. Aber *ein Freund, ein guter Freund* wird um diese Zeit kaum um Einlass bitten. Verschlafen tappt der Mann auf nackten Füßen zur Haustür, nähert sich misstrauisch und vorsichtig dem Eingang. Durch eine der gewölbten Butzenscheiben blickt er in die schwach beleuchtete Auffahrt, entdeckt zwei dunkle Gestalten - wartende Männer, uniform gekleidet.

„Ja?" Fragend steckt er den Kopf hinaus.

„Sind Sie Herr Tilman?"

Der Fragende, ein älterer Mann und sein jüngerer Begleiter, das kann Tomas Tilman nun deutlich erkennen, tragen eine grüne Uniform. Schlagartig ist er wach. Diese Frage kann nichts Gutes bedeuten, das spürt er sofort. Ist etwas mit Cedric? Nein, wenig wahrscheinlich. Um Cedric haben sich die Tilmans nie richtig Sorgen gemacht. Beim Abitur haben sie mitgezittert, auch bei der Fahrschulprüfung, aber sonst? Nein, Cedric nicht, aber Amadeus!

149

Der ist bei aller Unbekümmertheit ein ausgeglichener junger Mann und chauffiert seit einigen Monaten mit großer Freude ein älteres Auto durch Lübecks Straßen. Dennoch. Was ist geschehen? Ein Unfall?

„Ist Amadeus etwas zugestoßen?"

Die uniformierten Beamten zögern, wirken unsicher. „Dürfen wir hereinkommen?"

Der barfüßige Mann in der halb geöffneten Tür ist verunsichert. Die Situation lässt Schlimmes befürchten. Eine Wand bewegt sich auf ihn zu, eine losgetretene Lawine, der er nicht ausweichen kann.

„Ist was mit Amadeus?"

Einer der grün Uniformierten nickt. Die beiden Beamten bleiben schweigend in der Diele stehen. Nur zögernd betreten sie das Wohnzimmer. Ihr betretenes Schweigen ist ein Schrei.

In der halb geöffneten Wohnzimmertür erscheint eine blasse Ehefrau. Wenn Amadeus ausging und zu später Stunde noch nicht heimgekehrt war, lag sie oft wach, bis endlich seine Schritte zu hören waren. In dieser Nacht aber war der Schlaf zuletzt ruhig und tief gewesen. Nicht einmal das Hundegebell hat sie aufwecken können. Nun schaut sie irritiert, dann angstvoll auf die grün uniformierten Männer.

„Nein!" schreit sie. „Amadeus?!"

Die Beamten drehen verlegen ihre Dienstmützen in den Händen, nicken.

Anhaltendes Pochen in den Schläfen, helles Rauschen im Kopf, ein dahinsausender Schnellzug, dem die Schienen abhandengekommen sind. Unvermutet ist etwas geschehen, das doch nur anderen passiert. Die Mutter im freien Fall, weiß nicht, wo sie aufkommen wird. Die Hand zerrt an der Perlenkette, die sie am Vorabend vergessen hat abzulegen. Schluchzend findet sie sich in den Armen ihres Mannes wieder. Der Vater gestattet sich keine Tränen, weint nach innen, bewegt sich im Treibsand. Er versteht, ohne wirklich zu verstehen.

***

150

Die Party ist fröhlich gewesen.

Endlich hat Martina Zeit gefunden, um Cedric in Hamburg zu besuchen. Die beiden haben an einer Fete teilgenommen und bis in die Morgenstunden ausgelassen und beschwingt gefeiert. „Tanzen. Immer wieder, bis sich die Hüftprothese lockert!", hat der Freund gefordert. Martina hat sich in diesen Stunden vom Alkohol ferngehalten. Ihr ist die Aufgabe zugefallen, Cedrics bescheidenen Sportwagen heimwärts zu steuern.

Die Nacht hat ihren dunklen Mantel abgelegt. Morgendliche Dämmerblässe. Ein starker Regenschauer hat ein schnelles Ende gefunden. In einer grauen Pfütze schwimmt verloren eine orangefarbene Rose. Das diffuse Licht der Straßenlaternen bewirkt nur noch wenig Aufhellung. Am Horizont versucht die aufgehende Sonne eine dichte Wolkendecke zu durchdringen. Fünf Schläge schweben von der nahen Kirchturmuhr zum jungen Paar herüber, dumpf dröhnend und vibrierend.

Die Freundin löst ihren Sicherheitsgurt aus der Verankerung und dehnt die steifen Glieder. „Ceddy, habe gar nicht gewusst, dass du ein toller Tänzer bist."

Aus dem Autoradio klingt die ruhige Stimme eines Nachrichtensprechers. Er verliest die Frühmeldungen.

„Warte bitte. Lass` uns hören, was in dieser Nacht so alles passiert ist", schlägt Cedric vor.

Tina gähnt wenig vornehm. Die Nachrichten plätschern nüchtern und gehaltlos aus dem Lautsprecher. Dann meldet der Verkehrsfunk, dass ein Autobahneilstück in Norddeutschland wegen eines schweren Autounfalles immer noch gesperrt ist. Kurz nach Mitternacht sei dort ein junger Mann tödlich verunglückt.

„Sicherlich kam der Bursche aus einer Disco, war betrunken und ist trotzdem noch gefahren", meint Cedric. „Immer dasselbe. Jetzt hat sich bestimmt wieder ein Riesenstau aufgebaut." Er hilft Tina aus dem Auto. Die Bewegungen der beiden wirken schleppend, sind ein Beleg für eine durchtanzte Nacht. Sie steigen die Treppe zur Junggesellenwohnung hoch. Flüchtig werden die Zähne geputzt. Schnell schlafen sie ein.

Das Klingeln des Telefons stört die Partygänger im ersten Schlaf. Cedric drückt den Kopf ins Kissen. „Lass es klingeln, Tina, wir sind nicht zu Hause!"

Tina wälzt sich im Bett herum und versucht, im frühmorgendlichen Dämmerlicht den Telefonhörer zu finden. „Wir haben noch nicht mal eine halbe Stunde geschlafen. Wer ist so dreist und ruft jetzt an?"

Tina hat den Hörer ertastet und horcht hinein. Verschlafen vernimmt sie eine dumpfe Stimme.

„Cedric, es ist dein Vater."

***

Das Polizeiprotokoll gibt Auskunft.

Ein übermüdeter und am Steuer eingeschlafener LKW-Fahrer ist auf einen anderen Lastkraftwagen aufgefahren. Der hat sich daraufhin mitsamt seinem Anhänger quergestellt und wurde so zum tödlichen Hindernis für den nachfolgenden PKW. Durch den Zusammenprall der schweren Fahrzeuge war bei beiden die elektrische Beleuchtung ausgefallen. Es herrschte in dieser Nacht kein Gegenverkehr. Für nahende Autos waren die Konturen der Autohindernisse kaum schwer erkennbar.

Tomas Tilman sitzt vor dem unaufgeräumten Schreibtisch des diensthabenden Polizisten. Cedric hat auf einem Holzschemel Platz genommen und wickelt gemeinsam mit dem Vater Formalitäten ab, nimmt persönliche Gegenstände in Empfang. Ein gestresster Polizist drückt dem Vater eine abgenutzte Geldbörse in die Hand. Dem ist kaum bewusst, dass er den abgewetzten Geldbeutel des Sohnes in Händen hält. Apathisch quittiert er auf einem amtlichen Formular den Erhalt von Kleingeld.

Durch das schlierige Bürofenster wandert sein Blick zur dreispurigen Autobahn. Dort steht seine Ehefrau. Sie steht an der Fahrbahn. Regungslos. Ganz nahe. Apathisch realisiert er die Konturen der Frau.

Sabine Tilman stiert auf den vorbeidonnernden Verkehr. Die

Fahrzeuge lassen, nur einige Meter entfernt vom flachen Gebäude der Autobahnpolizei, Asphalt und Gelände vibrieren.

„Diese Ungeheuer", ruft Sabine Tilman. Tränen kleckern an der schwarzen Jacke herab, hinterlassen darauf dunkle Spuren. Schon wieder dröhnt ein riesiger Lastzug an ihr vorbei.

„Ihr habt mir den Sohn genommen." Ihr lautes Schluchzen versickert im ohrenbetäubenden Lärm des Verkehrs. Und wieder poltert ein Lastzug vorbei, kurz darauf noch einer. Alles schiere Masse. Der von den Fahrzeugen erzeugte Luftdruck lässt die Mutter schwanken.

„Amadeus, warum musste das geschehen?" schreit sie in den Verkehrslärm. „Warum ist das geschehen? Wo magst du jetzt sein?"

Sie möchte Amadeus ganz nahe sein, steht im Rausch der vorbeidonnernden Fahrzeuge. In Gedankenschnelle könnte sie bei ihm sein. Aber würde sie ihn dann auch treffen? Würde er wirklich da sein, wenn sie käme?

Sabine Tilman macht einen kleinen Schritt vorwärts. Da spürt sie den Arm ihres Mannes. Tomas Tilman blickt seine Frau an und findet in ihren Augen schlimme Gedanken bestätigt, führt sie zurück auf den kleinen Parkplatz.

„Ich will Amadeus sehen, jetzt gleich!" flüstert sie.

Wenn ein Kind stirbt, dann geht ein Stück von deinem Herzen.

Der Tod des Großvaters vor zwei Jahren hat Traurigkeit ausgelöst. Aber bei einem neunzehnjährigen Sohn, der sein Leben noch vor sich hat, der gut gelungen scheint und der vor offenen Türen steht? Neunzehn Jahre, ist das nicht zu jung zum Sterben? Warum hat Gott nicht die Reihenfolge eingehalten?

Sie fahren los. Schnell erreichen sie das Bestattungsinstitut. Eine ältere Mitarbeiterin steht in der Tür. Sie hat Tränen in den Augen.

„Der Chef hat ihren Amadeus bereits geholt und in die Kapelle am Waldfriedhof gebracht."

Ein Auto mit Kasseler Kennzeichen biegt um die Ecke: die Brüder Haller. Traurige Blicke. Eine kurze Umarmung der

Schwester. Ein schneller Händedruck für Vater und Sohn. Dann stehen sie vor der kleinen Kapelle.

Der Bestatter drückt jedem die Hand und begleitet sie zum Eingangstor. „Bitte fassen Sie nichts an." Er öffnet das schwere Portal.

Da liegt er, der Amadeus. Der große Junge. Ein friedliches Gesicht im Streulicht des sakralen Raumes. Ein lilienweißes Tuch bedeckt ihn bis zum Kinn. So lag er oft zu Hause in seinem Bett, schlafend, die Decke hochgerafft. So hat ihn die Mutter in Erinnerung, wenn sie ihn morgens weckte, weil er mal wieder den Wecker überhört hatte. So kuschelte er sich in seine Schlafdecke. Das war für ihn Gemütlichkeit, Muße, Entspannung, auch ein Stück ordentliches Leben.

Über der Nase ist eine kleine Schwellung erkennbar, aber sein Gesicht mit den kräftigen Locken ist unversehrt. Ja, das ist ihr Amadeus, auch wenn der Körper mit diesem kalkfarbenen Tuch bedeckt ist. Nur Kopf und Hände schauen heraus. Es scheint, als würde er gleich aus flüchtigem Schlaf erwachen. Doch die leeren Gesichter um ihn herum machen deutlich, dass Amadeus einen besonders tiefen Schlaf schläft. Und dass er nie wieder *hi, Mam* oder *hi, Leute* sagen wird.

Die Mutter spürt den Drang, die Hand des Sohnes zu ergreifen, ihm mit der Hand durch sein kräftiges Haar zu fahren. Aber sie sollen ja nichts berühren. Eine Rose in einem lebendigen Orangeton zittert in der Hand der Mutter. Vorsichtig legt sie die frische Blume auf das bleiche Tuch.

Ach Amadeus! Warum nur? *Warum? Warum?* Das fragt sich die Mutter unaufhörlich, das fragen sich alle. Das Begreifen hat noch nicht begonnen. Und das Fragen, wird es jemals enden?

Apathisch wenden sie sich dem Ausgang zu. Zurück zu den Fahrzeugen. Tomas Tilman setzt sich hinter das Lenkrad und fährt los. Das Auto scheint seinen Weg von alleine zu finden.

„Kannst du fahren?", fragt die Sabine Tilman. Sie hockt auf dem Beifahrersitz und weiß nicht, welchen Gedanken sie zuerst denken soll.

„Ja, geht schon."

„Lass mich fahren. Du hast schon auf der Hinfahrt hinter dem Steuer gesessen", meldet sich Cedric im Fond des Wagens und wischt sich eine Träne aus dem Auge. Er glaubt, dass es der Vater im Rückspiegel nicht sieht. Die labile Verfassung seines Ältesten ist aber unübersehbar.

„Cedric soll nicht ans Steuer und Sabine darf auf keinen Fall fahren… und dann muss ich noch mein Tennismatch am Abend absagen." Der letzte Gedanke erschreckt den Vater.

Sie verlassen die Autobahn, erreichen die Einfallstraße nach Lübeck. Schnell nähern sie sich der heimatlichen Hansestadt. Die freundlichen Türme am Holstentor stehen da wie düstere Wächter.

Zu Hause angekommen eilt Sabine Tilman in die Küche und betätigt den Kaffeeautomaten. Das Telefon klingelt. Cedric greift sich den Hörer. Johannes Semmling, ein befreundeter Arzt, meldet sich. Ahnungslos erkundigt er sich mit der gewohnten Fröhlichkeit nach dem Befinden der Familie.

„Hey Cedric, schön, dich zu erwischen, was gibt`s Neues?"

Das Gespräch zerplatzt, der Anrufer kämpft mit den Worten, weint, ist unfähig weiterzusprechen, beendet abrupt das Telefonat.

***

Drei Tage später.

Vor der heimischen Kapelle stehen dunkle Männer. Einer öffnet das hölzerne Tor und gibt den Blick auf einen offenen Eichensarg frei. Der große Junge scheint kaum hineinzupassen. Sein Gesicht wirkt gegenüber dem letzten Besuch blass und flach. Cedric mag nicht hinschauen. Das ist nicht mehr sein Amadeus. Die blassen, unverletzten Hände wirken kleiner als er sie in Erinnerung hat. Die gefalteten Hände halten eine Rose. Der kürzlich noch so lebendige Orangeton ist verblasst. Auch bei Amadeus ist die jugendliche Frische abhandengekommen. Da liegt nur noch eine Hülle, sein irdisches Gewand.

Cedrics Finger streichen Amadeus behutsam über das Haar.

155

Es fühlt sich an wie immer. Auch die Hand der Mutter betastet die kräftigen Locken, wischt sich eine Träne weg. Doch schon rinnt eine neue. Weinen ist gut. Jede ungeweinte Träne ist ein Tropfen unbewältigter Trauer. Die Liebe zum Sohn – erst in der Trennung wird die ganze Tiefe sichtbar.

An der schweren Eingangstür wartet einer der Mitarbeiter des Bestattungsinstitutes, ein großer Mann mit silbergrauem Haar. Auch ihm läuft eine Träne über das Gesicht. Wie viele Tote muss dieser Mann in seinem Leben schon gesehen und zur letzten Ruhe geleitet haben. Und nun…

***

Ein Schreck überfällt die Frau. Es ist finster im Schlafzimmer, die Rollläden sind dicht geschlossen. Die Musiclock auf dem Beistelltisch zeigt auf kurz nach zwölf am Mittag. Die Trauerfeier sollte doch um elf Uhr beginnen!

„Tomas!" schreit sie.

Ihr Mann meldet sich nicht. Die Frau stürzt sich in ihre Kleider, rennt aus dem Haus zum Auto. Mühsam bringt sie den Zündschlüssel ins Schloss. Hektisch rollt sie der Kapelle entgegen, hastet aus dem Auto. Niemand ist zu sehen, nichts rührt sich; nur zahlreiche Schmetterlinge flattern herum oder kleben an den Kirchenfenstern.

Da steht er. Neben dem Rednerpult. Der hellbraune Sarg. Der Deckel ist hochgeklappt. Vorsichtig nähert sich die Mutter. Ihre Tritte hinterlassen verschmierte, blutähnliche Spuren auf dem Boden. Sie steht vor dem Sarg, schaut auf ihren Sohn. Ihre Gesichtszüge werden weich.

Plötzlich schlägt Amadeus die Augen auf, lächelt. „Hi Mam. Warum so aufgeregt?" Fröhlich schwingt er sich heraus aus dem hölzernen Behältnis und kommt ihrer Frage zuvor. „Es geht mir gut, wirklich. Ich habe keine Schmerzen, nur diese kleine Schramme hier am Kopf. Von dem Unfall habe ich nichts mitbekommen. Es ging alles so schnell."

Aus dem dunklen Hintergrund der Kapelle tauchen kleine

Sonnenblumen auf, nähern sich schwankend und werden größer. Die schwefelfarbigen Blumen befinden sich auf einer schwarzgrundigen Krawatte. Langsam lösen sie sich aus dem Halbdunkel. Bernhard Haller kommt heran.

„Hallo Berni, Lieblingsonkel, grüß dich. Die finde ich gut", meint Amadeus und betastet den Schlips.

„Ich habe zwei davon. Kannst einen abhaben."

Die Mutter bemerkt, dass Bernhard Haller zwei Exemplare dieser blumigen Krawatte um den Hals trägt. Eine nimmt er ab. Amadeus strahlt und schlingt sich die Sonnenblumige um den Hals. Er tut dies schwungvoll, stößt dabei gegen den Sargdeckel. Der klappt mit lautem Krachen herunter.

Sabine Tilman schreckt aus quälendem Schlaf hoch. Einen Moment hockt sie benommen, mit aufgestützten Armen im Bett. Es ist kurz nach Mitternacht.

Neben ihr wälzt sich der Ehemann auf die andere Seite.

***

Der Anfang nach dem Ende? „Du bist nicht tot, sondern nur untergegangen wie die Sonne. Wir trauern nicht über einen, der gestorben ist, sondern wie über einen, der sich vor uns verborgen hält. Worte des Theodoret von Kyros."

Ruhig schwebt die Stimme des Pfarrers in der Kapelle über einen Tümpel blasser Gesichter. Stimme und Statur erinnern an Martin Luther. An seiner Seite der junge Mann, eingesperrt in einem hölzernen Kasten, den Augen verborgen, doch allen gegenwärtig. Zwielicht dringt durch die Fenster der Kapelle. Schmetterlinge taumeln daran herum. Einige haften wie tot an den Scheiben.

„Liebe Eltern, lieber Cedric, liebe Trauergemeinde." Der Pastor, lässt seinen Blick über die Trauergäste schweifen. Einige haben keinen Platz mehr auf den hölzernen, unbequemen Kirchenbänken gefunden. Sie stehen oder lehnen an den Seitenwänden. Einige haben sich im Eingangsportal aufgestellt.

„Wen Gott liebt, den ruft er früh zu sich. Amadeus war wie ein Apfel, frisch herangereift, und Gott hat es gefallen, ihn zu pflücken. Wir fragen warum? Warum musste dieser tödliche Unfall geschehen? Wir suchen nach Gründen, wir suchen nach Schuld und wir finden nichts. Auch ich bin voller Fragen. So frage ich mich, warum musste es dieser junge Mann sein und nicht ich? Ich fahre gern im Auto, auch des Nachts, bin wie er hin und wieder auf der Autobahn unterwegs, zum Beispiel, wenn wir in den Urlaub reisen. Die Familie döst fast schlafend vor sich hin, ich fahre. Das Licht der Scheinwerfer reicht einige zehn Meter weit. Ein plötzliches dunkles Hindernis, ich könnte nicht ausweichen. Es hätte mich genauso treffen können, jeden von uns. Und so bleibt die Erkenntnis, dass Leben und Tod eng verwoben sind. Mitten im Leben ist der Tod gegenwärtig, ist immer ganz nah. Ob jung oder alt, keiner darf sagen: Mich betrifft das nicht. Jeder muss für sich Wege finden, mit der Tatsache des Todes zu leben.

Amadeus war einer meiner Konfirmanden. Ich weiß es noch genau. Er hat sich zu seiner Konfirmation folgenden Spruch ausgewählt: *Fürchte dich nicht, glaube nur, Lukas 8, Vers 50.* Dieser kurze Satz sagt doch alles. Man braucht Gott zum Leben, er nimmt Ängste und Furcht, er beschützt uns. Gott passt immer auf einen Menschen auf. Und wenn er einmal nicht aufpasst? Ja, doch, dann ist Gott immer noch da. Es gibt Hoffnung, die weiterreicht und dieser Glaube kann uns eine Stütze sein.

Der Glaube ist keine Antwort auf die Frage, warum Amadeus sterben musste, aber wenn es eine Auferstehung gibt, wenn es das folgende Leben gibt, von dem Amadeus einmal in der Konfirmandenstunde gesprochen hat, dann ist da auch ein Gott, der ihm und uns die Frage nach dem *Warum* beantwortet. Wenn wir Amadeus in guten Händen wissen, wird das vielleicht hilfreich sein, um ihn loslassen zu können. Auch, wenn wir uns dagegen sträuben. Wenn wir es nicht wollen. Wenn es unendlich weh tut.

AMEN.“

Der Organist stimmt ein Lied an. Das Dach vibriert unter den dröhnenden Klängen der Orgel. *Lobet den Herrn.* Doch ist Lob angebracht?

***

„Beerdigung ist *Auf Wiedersehen sagen.*"

Das meinte am Morgen die Nachbarstochter Pauline Nevermann. Sie hat sich mit ihren Eltern in den Trauerzug eingereiht. Viele Gesichter wirken blass, marionettenhaft, das Gesicht der Mutter leergeweint. Auch Bernhard und Anneliese Haller haben sich eingefunden. Auf Bernhards schwarzer Krawatte, gestern noch schnell gekauft, leuchten in kraftvollem Gelb große Sonnenblumen.

Kameraden von der Bundeswehr schieben den Sarg auf einem alten Karren den abschüssigen Weg zum Grab, hin zu einem rechteckigen Loch, das ein kleiner Bagger am Vortag zuvor ausgehoben hat. Sie heben den Sarg herunter. Die altersschwache Karre zeigt Starrsinn, will den Sandweg hinab zu den Urnengräbern. Ein weißbärtiger Mann springt hinzu, stoppt das Gefährt. Am Grab dann ein kurzes Gebet und der Griff zur kleinen Schaufel.

„Erde zu Erde …"

Ein Trauergast nach dem anderen tritt heran. Auch Tante Martha. Seit langem redet sie davon, dass sie die Nächste sein werde. Aber sie erfreut zurzeit sich bester Gesundheit.

Aufrecht steht die trauernde Tante am Grab, mit angemessen ernster Miene, in wallendes Schwarz gehüllt. Mit ihrer tiefen Trauer erweckt sie den Eindruck, als sei es ihr eigenes Kind, das beerdigt wird. Über der Schulter hängt eine Handtasche aus Leder, Jungkrokodil, darauf legt sie Wert. Sie packt die Schaufel, befördert sie kräftig in den kleinen Sandhaufen. Dabei rutscht der Riemen von der Schulter und sekundenlang pendelt die Jungkrokodillederhandtasche über dem Sarg und droht hinabzufallen.

„Tante Marchtha!" flüstert Sabine Tilman erschrocken.

Die Handtasche findet Halt an Tantes Handgelenk. Der ihr zur Seite stehende Pfarrer müht sich, mit beiden Händen zupackend, Tante Martha sowie Schaufel, Riemen und die daran hängende Tasche festzuhalten. Sie gehen, vom unerwarteten Missgeschick überrumpelt, ausgesprochen überhastet zu Werke, schwanken am offenen Grab. Gebannt schauen die Trauergäste dem aufgeregten Treiben zu, teils in Erwartungsangst, teils mit einem Anflug von unsicherer Schadenfreude. Aber alles geht gut!

Cedric kann ein Schmunzeln nicht unterdrücken. Er blickt aufwärts, hinauf in die Wolken. „Ach Ama! Falls du uns zuschauen solltest, kann ich deine Gedanken gut nachvollziehen... und dein unverschämtes Grinsen."

Hatte Amadeus seine Hand im Spiel? Tante *Marchtha* konnte er nie gut leiden, schon als Kind nicht. Sie hatte immer so nasse Küsse.

***

Tomas Tilman nimmt Worte wahr, die seine Frau nicht ausspricht, und sie sagt Worte, die er nicht wahrnimmt.

Der Grabstein ist fertig geworden. Am Morgen wurde er aufgestellt. Die Eltern wandern den langen Weg an der Friedhofskapelle vorbei, um den Stein zu begutachten.

In einem Seitenweg, gleich vorne, flackert in einer bronzefarbenen Grab-leuchte eine Kerze. Hier liegt ein junger Mann begraben. *Poldi* wurde siebzehn Jahre alt. Seine Ruhestätte fällt sofort auf. Es ist mit besonderer Liebe gepflegt und stets mit frischem Blumenschmuck versehen. Eine fremde Mutter wird Sabine Tilman in Kürze erzählen, dass die kleine Kerze immer brennt, noch sieben Jahre nach dem Tod des Siebzehnjährigen. Er war Jugendmeister im Weitsprung. Beim Befestigen einer Deckenlampe ist er vom Hocker gefallen und so unglücklich gestürzt, dass auch der sofort herbeigerufene Notarzt nicht mehr helfen konnte. Darf so etwas geschehen? Ein sportlicher junger Bursche stürzt von einem kleinen Hocker und bricht sich das Genick! Der Tod macht immer wieder Fehler.

160

Der sonnige Tag bewegt sich fühlbar auf die Nacht zu. Flammenfarbig leuchten Bäume und Büsche. Der Herbst bemäntelt die Vergänglichkeit des Seins mit freundlichen Farben. Eine alte Nonne sitzt auf einer Bank, nickt den Eltern freundlich zu, als sie Hand in Hand an ihr vorbeigehen. Nun sind sie an einer Weggabelung angekommen. Gleich hinter der Abzweigung liegt ein Mädchen beerdigt. *Anna* ist nur sieben Jahre alt geworden. Wie Sabine Tilman später erfährt, hatte sie Leukämie. Einige Schritte weiter wurde ein Zwanzigjähriger zur letzten Ruhe gebettet. *Rolf* hat Selbstmord begangen. Die Familie wurde davon völlig überrascht. Niemand hat Notsignale wahrgenommen, auch keine leisen. Der Vater ist in kurzer Zeit ergraut. Noch nach Jahren müssen die Eltern mit Schuldzuweisungen aus dem sogenannten Freundeskreis leben. Einige Gräber weiter wurde erst im letzten Jahr ein anderer Jugendlicher bestattet. *Sven-Erik* starb knapp achtzehnjährig bei einem Autounfall, auf dem Beifahrersitz. Sein gleichaltriger Freund hatte sich heimlich Vaters Wagen entliehen, besaß keinen Führerschein.

Die Eltern haben den kleinen Rundgang beendet und nähern sich dem Grab von Amadeus. In der Abenddämmerung schimmert der Grabstein in einem nachhaltigen Schwarz, hat die Farbe einer venezianischen Gondel angenommen, ist aus dunklem, schwedischem Granit gehauen und in einem sanften Rund geschliffen. Er wirkt dunkel und dennoch tröstlich. Grab und Stein sind zum Süden, zur Sonne hin, ausgerichtet.

„Wenn die Sonne scheint, bei hellem Licht, wird uns die goldfarbige Inschrift schon von Weitem entgegenleuchten", meint die Mutter. „Da bin ich sicher. Und du bestimmt auch, Tomas?"

Auch am Nebengrab liegen Blumenkränze. Hier ist eine alte Frau neben ihrem Mann zur letzten Ruhe gebettet worden. Ein Pappschild steckt in der jungen Erde, versehen mit einer krickeligen Kinderschrift. *Opa hat gerufen und Oma ist gekommen.*

Es ist ein früher Nachmittag. Die Eltern hocken auf einer kleinen Holzbank, die am Rande des Sandweges zum besinnlichen Ausruhen aufgestellt wurde. Hier, in einem der Gärten Gottes, finden sie die gesuchte Ruhe. Ein prächtiger Eichelhäher kommt herangeflogen, umkreist einige Gräber und lässt sich schließlich auf der glatten Rundung des schwedischen Granits nieder. Will der bunte Vogel Amadeus einen Besuch abstatten? Nach einigen Sekunden rutscht er vom polierten Stein ab, plumpst herunter in die Blumen, flattert verdattert auf, als wolle er sagen: Entschuldigung, das hab ich nicht gewollt, nee wirklich. Rätschend fliegt der Rabenvogel davon.

„Vielleicht ist das ja wieder ein Zeichen von ihm", murmelt Sabine Tilman, beugt sich nieder, um Blumen zu ordnen. Als sie aufblickt, bemerkt sie einen jungen Mann. „Ach wie schön, dass du deinen Bruder besuchst. Wir wollten gerade aufbrechen."

„Ist gut, tut das. Ich bleibe noch." Er mustert die Grabstelle. „Der Stein ist schön geworden." Cedric schaut die Eltern an. „Geht ruhig schon mal vor, ich komme später vorbei."

„Gibt es irgendwas Neues? Wie läuft`s in der Firma, alles klar dort?"

„Das erzähle ich euch später." Nach einer kleinen Pause: „Ich habe Amadeus versprochen, mit ihm eine Zigarette zu rauchen."

***

Die Natur fegt die letzten Äpfel vom Baum. Es riecht nach Winter an diesem pitschigen Tag, ein Tag, an dem man besser daheimbleibt. Auf der Straße trifft man allenfalls eine bepelzte Frau mit Einkaufstüte oder einem angeleinten Hund mit eingezogenem Schwanz. Vielleicht auch einen durchgefrorenen, durchnässten Briefträger. Man sollte in den Süden fliehen, wie die Störche. Die haben sich schon vor einiger Zeit auf den Weg nach Afrika gemacht, in eine zuverlässige Wärme. Die Zeit der Vogelbeeren ist auch vorbei und die Feldmäuse sind damit beschäftigt, ihr Winterquartier herzurichten.

Bei den Tilmans ist der Feierabend eingeläutet, der Kamin zum Leben erweckt. Auf dem Tisch liegen vereinzelte Lutschtabletten herum. Sabine Tilman steht in der Küche. Der

Teekessel pfeift. Sir Henry trottet zum Flur, transportiert seine Decke herbei, schleift sie im Maul quer durchs Zimmer und platziert sie mit scheelem Blick dicht am Sofa. Noch bevor die Decke zurechtgerückt ist, hat sich der Hund bereits auf seinen Lieblingsplatz fallenlassen. Für ihn gibt es nichts Schöneres, als am Sofa ruhen zu dürfen. Nur das Fressen ist wichtiger. Er rollt sich zu einer dicken, in sich verschlungenen Wurst zusammen, die Schnauze begraben unter der rechten Vorderpfote. Klein und unscheinbar wirkt er, sieht aus, als wolle er sich verstecken, damit man ihn nicht beachtet und er möglichst lange an diesem himmlischen Ort verweilen darf. Das Feuer im Kamin fällt allmählich in sich zusammen. Sir Henry stiert apathisch in die immer wieder aufblitzend verendende Glut.

Tomas Tilman hält einen Briefumschlag in der Hand, den der Postbote am Morgen abgeliefert Er kennt den Absender nicht. Nach Werbung sieht der Brief nicht aus. Er reißt das Kuvert auf und stellt fest, dass die Nachricht von einem unbekannten Lübecker Bürger stammt. Er liest:

„Als ich kürzlich die Todesanzeige von Amadeus in der Zeitung sah, war ich betroffen und ergriffen! Ich habe, obwohl ich weder Sie noch Ihren Sohn kenne, die Anzeige verwahrt und für Sie gebetet! Ich denke oft an Sie."

Dem Brief liegt ein Buch bei. Syrische Märchen.

Der Vater blättert darin. Seine Gedanken sind wieder in jener Unglücksnacht. Warum musste Amadeus dieses Schicksal ereilen? Warum hatte er keine Chance, das drohende Unheil abzuwenden, dem Lastwagen auszuweichen? War er zur falschen Zeit am falschen Platz? War es Zufall oder war es seine Stunde? Warum hat er in seinen letzten Tagen noch so viele Dinge geregelt. Und unmittelbar vor seinem Unfall diese schöne, unwirkliche Stunde im Park mit Melanie. Danach steigt er ins Auto, hört sonderbare Lieder. Wenig später kracht es, ohne dass er es richtig mitbekommt.

Tomas Tilman fragt *warum* und weiß doch, dass es keine Antwort gibt. Aber dieses Wort geht ihm nicht aus dem Sinn. Wenn er jedoch erkannt hat, dass es keine Antwort gibt, sollte er dann nicht versuchen, dieses *warum* zu vergessen, es hinter sich zu lassen? Ja gewiss, aber es wird ihm nicht gelingen.

Er hält das Buch mit den syrischen Märchen in den Händen. Seine Augen saugen die Druckerschwärze auf. „Sabine, kannst du bitte kommen. Ich möchte dir einige Sätze vorlesen."

Die Frau kommt mit einer Kaffeekanne aus der Küche.

„Diese kleine Geschichte wird dich interessieren. Ich lese mal vor. Ein schöner Jüngling, Sohn des Sultans, kam in Damaskus in die Residenz des Vaters gestürzt und rief, er müsse sofort nach Bagdad reisen. Er habe im Garten des Palastes den Tod gesehen sehen und dieser habe die Arme nach ihm ausgestreckt. Der Sultan stimmte zu und gab dem Knaben sein schnellstes Pferd. Nachdem dieser fortgeritten war, begab sich der Sultan in den Garten. Voller Unmut stellte er den Tod zur Rede und fragte, wie er es wagen könne, den Sohn des Sultans in Angst und Schrecken zu versetzen! Der Tod hörte ihn ruhig an und sagte dann: Glaube mir, ich habe deinem Sohn nicht gedroht. Ich habe nur vor Erstaunen meine Arme erhoben, als ich ihn erblickte. Denn meine Verabredung mit ihm ist erst für heute Abend geplant, in Bagdad!"

XIII

Eine Frau Wolter

Der blau gepunktete Porzellandeckel klappert.
Der Luftbefeuchter in der Zimmerecke summt einschläfernd.
Die Eltern sitzen in Gedanken vertieft und sind gemeinsam allein.

„Es wird einen frühen Winter geben, Tom."

„Ich denke wir sind schon mittendrin." Der Mann führt mit beiden Händen eine gepunktete Teetasse an die Lippen. Der Fernsehbildschirm in der Ecke glotzt stumm und blass vor sich hin. „Werde Kiste gucken. Mit Glück ist ja bei den vielen Programmen etwas Vernünftiges dabei."

Auf dem Bildschirm des Fernsehgerätes, dem man ansieht, dass es schon mehr als einen Videorecorder überlebt hat, entsteht lautes Leben.

„Du immer mit deinen Fernsehkrimis, ist doch stinklangweilig. Können wir nicht irgendwas anderes machen?"

„Ich weiß nicht. Wir können ja die Plätze tauschen."

„Tomas, sei nicht albern!" Die Frau greift sich die Tageszeitung, vertieft sich hinein. „Hier steht, dass Infektionskrankheiten munter auf dem Vormarsch sind. Die Leute, geprägt durch fragwürdige Selbstzufriedenheit, sind zu einfach zu gleichgültig."

Sie blättert weiter. „Hier, das habe ich beinahe überlesen. Wieder so ein schlimmer Unfall. Ein Zwanzigjähriger aus Lübeck ist gestern beim Paddeln ertrunken. Er war mit einer Freundin im Kajak auf einem kleinen Fluss unterwegs. Plötzlich wurde Abwasser durch eine große Röhre in den Fluss eingeleitet. Ein riesiger Wasserschwall schoss auf das Boot zu und brachte es zum Kentern. Beide wurden von der Strömung davongerissen. Die Freundin konnte sich noch ans Ufer retten. Eine sofort eingeleitete Suchaktion nach dem Freund blieb zunächst erfolglos, erst am nächsten Tag konnte ein Florian W. flussabwärts tot geborgen werden."

„Die armen Eltern, Biene. Wieder ein junger Mensch, der völlig unerwartet und auch ohne eigenes Verschulden aus dem Leben gerissen wurde."

Das Gesicht des Mannes hat sich in letzter Zeit verändert, ist hagerer geworden. Auch seine Seele ist ins Straucheln geraten. Nicht nur die seiner Frau. Das Gemüt beider hat Schaden genommen. Tomas Tilman schiebt einen Salatteller zu sich heran, stochert lustlos darauf herum. Viel welkes Blattwerk. Selbst der Kopfsalat vermittelt einen traurigen Eindruck. Er bringt den Teller in die Küche und schaut hinaus in den Garten. Die nackten Bäume lassen ihn frösteln.

∗∗∗

Mit Glück hat Sabine Tilman einen Parkplatz erwischt. Fast alle Lübecker Rentner und Hausfrauen scheinen auf den Beinen zu sein. Sie strömen hin zum Supermarkt an der Hauptstraße. Es scheint, als ob Geschenke unter die Leute gebracht würden.

Der Markt wirbt mit preiswerten Zusatzartikeln wie Billigfernsehern und Gartengeräten. Zahlreiche, nicht immer nützliche Dinge, sind im Sonderangebot. Heute zum Beispiel ein riesiger, fünfzig Zentimeter breiter Besen mit knallroten Borsten, dazu giftiggrün lackierte Harken, inklusive Holzstil.

Sabine Tilman hat einen Riesenbesen und eine Harke ergattern können. Sehr gefragt sind auch die Farbfernseher. Schöne Großgeräte. Sie passen mit ihren voluminösen Transportverpackungen aber nicht in die Einkaufswagen, die Gartenutensilien auch nicht. Aus dem Lautsprecher rieselt ein Wiener Walzer: An der schönen blauen Donau. In den engen Gängen wogen weniger harmonisch knallrote und giftgrüne Gartengeräte der Kasse entgegen.

Auch Frau Tilman quält sich der Kasse entgegen. Kurz vor dem Laufband wird eine Frau von einem tölpelhaften Rentner behindert, der fahrig mit Stil und roten Borsten in der Luft

166

herumfuchtelt. Der Besenstil hat sich unter der Kleidung einer Frau verfangen und den dünnen Rock aufgeschlitzt. Eine Kundin, die Nachbarin Erna Kummer, eilt ihr und dem erhitzten Rentner zu Hilfe. Nebenan wird die Hornbrille eines Mittfünfzigers von einer daherschwebenden Harke erfasst.

Von hinten drängelt sich ein Herr im Sportsakko zur Kasse. „Ich habe es eilig, bin BMW-Fahrer, habe immer Vorfahrt." Einige Leute fangen an zu murren, andere blicken ungläubig. Niemand protestiert.

„Das Einkaufen ist ja heute lebensgefährlich. In Amerika würde man den Supermarkt verklagen", keucht Frau Kummer, die ebenfalls einen dieser rotborstigen Besen erobert hat.

Endlich werden die beiden abgefertigt und hecheln hinaus zum Parkplatz. Neben einem Kleinwagen steht eine hilflos wirkende Frau vor einem geöffneten Kofferraum. Ihr ratloses Gesicht hat die Farbe der Besenborsten angenommen. Vor ihr wartet ein monströser Karton auf Abtransport, Aufschrift *Super-TV inside*. Auch unter Einsatz aller ihrer offensichtlich beschränkten geistigen Fähigkeiten gelingt es nicht, das Ungetüm von Karton in den Kofferraum zu schaffen. Es passt nicht! Die überforderte Frau beginnt das Gerät auszupacken. Ein älteres Ehepaar geht kopfschüttelnd an ihr vorbei.

„Haben Sie von dem schrecklichen Unglück des Florian Wolters gehört?" fragt Erna Kummer. „Der ist kürzlich beim Paddeln ertrunken."

„Ach, das war Frau Wolters Sohn. Florian W., das war der Flo!" Sabine Tilman kennt die Mutter gut. Sie ist eine langjährige Mitarbeiterin in der Massagepraxis, in der sie sich wegen ihrer Rückenschmerzen behandeln lässt. „Wahrscheinlich treffe ich sie in den nächsten Tagen. Ich denke, ich kann ihren Schmerz gut nachempfinden."

Auf dem Weg zum Auto watet sie durch herumfliegende Styroporbrocken und steigt über einen zerfledderten Pappkarton.

***

Tomas Tilman überquert eilig die Hauptstraße. Agathe Wolters kreuzt seinen Weg. Die in endlos scheinendes Schwarz gekleidete Frau ist in ihrer Trauer unübersehbar. Ein Schauer weht auf ihn zu, fast körperlich spürbar. Er möchte der Frau ausweichen, aber es ist zu spät. Er begrüßt sie mit einem kleinlichen Kopfnicken.

„Ich denke, es bedarf keiner besonderen Worte, mein herzliches Beileid." Die Worte kommen zögerlich über seine Lippen. „Meine Frau hat Ihnen ja einige Zeilen geschrieben?"

„Ja, Herr Tilman." Ihre düstere Aura lässt den Mann in seiner Winterjacke frösteln. Agathe Wolters vermittelt den Eindruck eines Besuchers aus einer anderen Welt. Tief atmend steht sie vor ihm. Dann quillt es heraus.

„Als ich von dem Schicksal ihres Amadeus hörte, Herr Tilman, war ich erschrocken und dachte, wie kann man einen solchen Schlag verwinden. Und jetzt ist es an mir zu fragen, wozu ich noch lebe, was ich mit meinem Leben anfangen soll, was ich alles noch aushalten muss."

Ein Schluchzen ergreift die Frau. Der Mann daneben wirkt hilflos.

„Er hat eine prächtige Urne erhalten, der Flori, schwarz mit einem vergoldeten Deckel", berichtet sie mit verstecktem Stolz. „Die Urne ist witterungsbeständig. Wenn wir einmal wegziehen sollten, hat der Mann im Beerdigungsinstitut gesagt, kann man sie wieder ausgraben und mitnehmen. Das ist doch ein schöner Gedanke."

Der Mitteilungsdrang von Frau Wolters will nicht versiegen. „Eine   Erdbestattung wollte ich nicht. Der Flori auch nicht. Wir haben nie darüber geredet. Und wenn ich daran denke, dass sein Körper in der Erde liegt und nach kurzer Zeit vermodert oder die Würmer..."

Es drängt die Mutter, weitere Einzelheiten mitzuteilen. Aus einer Seitenstraße nährt sich Frau Wolters Nichte. Tomas Tilman kennt sie recht gut. Sie ist stark genug, das Unglück anderer zu ertragen.

Noch ein flüchtiger Schauder, dann nutzt Tomas Tilman die willkommene Störung für eine knappe Verabschiedung und entfernt sich in dem Bemühen, ungute Gedanken aus Kopf und Kleidung zu schütteln.

Wer sollte die tiefe Trauer dieser verwaisten Mutter nachempfinden können, wenn nicht er. Aber diese übermächtige Seelennot! Frau Wolters ist ihm nicht unsympathisch, aber er will zukünftig den Umgang mit ihr nach Möglichkeit meiden.

***

An den Bäumen kleben Nebelschwaden. Der Tag scheint Schwermut magnetisch anzuziehen. Laubbäume flirren in verblassendem Gold. Vom alten Apfelbaum im Garten fallen vereinzelt Blätter. Die herabhängenden Zweige der Trauerweide machen ihrem Namen Ehre.

Sabine Tilman sitzt in der Sofaecke vor einem Stapel von Fotos. Ihr Mann studiert ein Wirtschaftsmagazin. Manche Passagen muss er mehrfach lesen. Es fällt ihm schwer, sich zu konzentrieren. Er greift nach einem Blatt Papier, studiert es mit kritischer Miene und greift zu einem Stift.

„Hast du Post bekommen, Tom?"

„Nein, ich bastle einen kleinen Text, einen Weihnachtsgruß für ausgewählte Kunden. Führungskräfte, wie jedes Jahr. Du weißt, ich hasse diese Grußkarten mit Weihnachtsbäumen im Schnee oder eine kaminrote, brennende Kerze auf einem einsamen Tannenzweig. Dazu simple Kurztexte, vorgedruckt. Man muss nur noch unterschreiben."

„Na, lieber Tom, dann bastle etwas Besonderes für deine Führungskräfte. Mach dir einen weißen Fuß. Denn bei deren Mitarbeitern bist du ja wohl kaum beliebt, bist da eher eine *persona non grata*", lästert Sabine Tilman.

„Dafür bin ich beim Auftraggeber eine *persona non gratis*", grinst der Mann. „So, ich denke, mein Textentwurf ist einigermaßen gelungen. Er geht an ausgewählte Manager. Frauen sind mal wieder nicht dabei. Auf den hohen Posten hocken in diesem unseren Lande, übrigens oft zu Recht, liebste Biene, in der Regel immer noch die Männer."

„Autsch, du Macho! Ich dachte, du bist ein aufgeklärter Mensch! Aber bei deinen Klienten, diesen überbezahlten Managern, kommst du mit dieser Geisteshaltung gewiss gut an. Da bezahlt man ein Dutzend dieser Leute für etwas, das auch ein halbes Dutzend dieser Eierköpfe managen könnte, wenn zwei oder drei von ihnen sind."

„Wie Ihre Ladyschaft meinen! Aber es könnte tatsächlich ein paar mehr Frauen in den Führungspositionen geben. Viele Proporzpolitiker würden ja am liebsten alles per Gesetz regeln. Am Ende passiert es dann, dass unversehens eine eingefleischte Vegetarierin der Metzgerinnung vorsteht, weil eine Emanze sonst *Diskriminierung* schreit."

„Whow, soweit wird es wohl kaum kommen. Warten wir mal ab. Aber nun lies endlich vor."

„Also…sehr geehrter Herr von und zu! Um ein tadelloses Mitglied einer Schafherde sein zu können, muss man vor allem ein Schaf sein. Diese Erkenntnis hatte Albert Einstein schon in jüngeren Jahren. Als Berater würde er heute vermutlich empfehlen, sich auf die Kernkompetenzen zu besinnen. Jetzt ist aber nicht der Moment, um Empfehlungen auszusprechen, sondern um Ihnen und Ihrer Familie ein gesundes und friedliches Weihnachtsfest zu wünschen, friedlich, wie es auch einem Schaf nachgesagt wird. Alles Gute für das kommende Jahr, das aber nicht lammfromm werden möge, sondern dynamisch und erfolgreich …, nicht schlecht, was?"

„Ungewöhnlich, finde ich."

„Das Gewöhnliche ist uninteressant."

„Wie du meinst, Tom. Der Text ist sicherlich gut." Sie wendet sich einem kleinen silbernen Bilderrahmen zu. Aufmerksam betrachtet sie ein Foto. Es zeigt Amadeus, der sein Patenkind auf dem Arm hält. Es ist eines ihrer Lieblingsfotos. Die Falten um den Mund wandeln sich zu einem Lächeln: das Patenkind und Amadeus. Ihre innere Welt verändert sich vorübergehend. Doch nie wird er ihr Enkelkinder schenken können. Die Augen werden feucht. Nur der Cedric ist noch da, wenigstens der. Aber das ist nur ein kleiner Trost.

Ihr Atem kommt gepresst. „Der Wagen steht noch draußen, ich muss noch mal zum Friedhof, kommst du mit?"

Der Mann weiß, dass er seiner Frau eine Freude macht, wenn er sie begleitet. Aber er ist zu sehr mit sich beschäftigt. Außerdem waren sie doch erst am Morgen am Grab des Sohnes.

„Es ist schon dunkel. Muss das jetzt sein? Ist der Friedhof noch geöffnet?"

Sabine Tilman lässt die Frage nicht an sich heran, kriecht in ihre dunkle Jacke, eilt zum Auto. Der Wagen scheint den Weg zu kennen, findet ihn automatisch. Sie biegt in die Friedhofseinfahrt ein und stellt fest, dass die Frage ihres Mannes durchaus berechtigt war. Das große Tor ist verschlossen. Wütend rüttelt sie an den Gitterstäben. Aber das Tor lässt sich nicht öffnen. Sie tritt auf die Eisenstreben, quält sich empor, lässt sich auf der Gegenseite hinabrutschen. Ein Jackenknopf reißt ab. Sie bemerkt es nicht. Sie verschwendet auch keinen Gedanken daran, wie der Rückweg zu schaffen ist.

Das kleine, rötliche Licht auf Amadeus Grab leuchtet, ist von Weitem schon sichtbar. Die Mutter tappt durch die Dunkelheit. Die Angst, die sie im Dunkeln immer befällt, will jetzt nicht aufkommen. Der Grabstein trauert ihr tiefschwarz entgegen. Sie kniet vor der kleinen, bronzefarbenen Lampe nieder. Die Leuchte verbreitet einen beruhigenden Lichtschimmer. Die Gefühle der Frau sind aufgewühlt. Warum musste das alles geschehen, warum ihrem Amadeus? Wut erfüllt sie, Wut auf Spediteure, die ihre Fahrer ohne die vorgeschriebenen Ruhezeiten über die Autostraßen treiben, Wut auf den LKW-Fahrer, der das defekte Fahrzeug gesteuert und so das Unglück provoziert hat. Sie weiß, dass der unverletzt gebliebene Mann inzwischen wieder seiner unfallträchtigen Arbeit nachgeht.

Sabine Tilman muss an ihren Großvater denken. Auch er hat im zweiten Weltkrieg seinen einzigen Sohn verloren. Als das amtliche Schreiben der Wehrmacht ins Haus flatterte, griff er vor Schmerz und Wut zu einem Beil und stürzte sich auf sein Klavier, entschlossen, es zu zertrümmern. Die kleine Sabine und ihre Mutter konnten ihn nur mühsam von diesem Vorhaben abbringen. Noch viele Monate später hatten beide große Sorge, wenn sich der Großvater auf die Straße begab und sich hartnäckig weigerte, die Hand zum Führergruß zu erheben.

„Ach Ama, wenn ich wüsste, dass es dir gut geht! Kannst du mir nicht ein Zeichen geben?" Laut gellen ihre Rufe über den Friedhof.

„Amadeus!"

Noch vor wenigen Monaten war dieses Wort gleichbedeutend mit Freude und Glück. Jetzt steht es für Trauer und Schmerz.

***

Tomas Tilman hebt den Kopf aus den Akten. Seine Frau hat ihm soeben mitgeteilt, dass sie morgen Nachmittag zum Kaffeetrinken bei Frau Wolters eingeladen ist.

„Ach, habt Ihr euch zum gemeinsamen Weinen verabredet?"

„Soll deine Frage witzig sein? Willst du dich über mich lustig machen? Dein Verständnis für meine Probleme hat in letzter Zeit stark nachgelassen!"

„Ich versuche nur klarzumachen, dass dir diese Frau nicht guttut. Sie zieht dich runter, zusätzlich. Und mich gleich mit. Aber gut, nachdem du mich bei der Arbeit unterbrochen hast, kann ich dich auch zu einem Spaziergang begleiten." Er weiß, dass er seiner Frau damit eine Freude macht.

Frauchen greift zu Regenjacke und Hundeleine. Sir Henry wedelt freudig. Kaum auf der Straße treffen sie auf Frau Sauter. Die Sauters haben eines der Nachbargrundstücke. Sie kennen sich, wie man sich eben kennt, verkehren aber wenig miteinander. Die Frau steht vor ihrem Gartenzaun, eine knallgrün lackierte Harke in der Hand und reinigt den Fußweg. Auch sie hat vor einiger Zeit ihren einzigen Sohn verloren. Erst über eine Todesanzeige haben die Tilmans damals davon erfahren. Erst jetzt, viele Wochen nach dem eigenen Unglück, haben die Tilmans die Beherztheit, mit der Nachbarin über den Tod des Sohnes zu reden. Sie sind aufmerksame Zuhörer, voll Interesse am Schicksal der Nachbarin und voller Wissen um die Trauer, die nur jemand richtig nachempfinden kann, dem Ähnliches widerfahren ist.

Frau Sauter, eine sehr zurückhaltende Frau, entwickelt plötzlich einen ausgeprägten Mitteilungsdrang. Sie berichtet ausführlich über ihren Nils. Der ist vor drei Jahren in die Toscana gezogen und wollte bei einem Weinbauer zum Winzer ausgebildet werden. Dann ist er eines Tages beim Hinaufeilen zur Wohnung auf der Marmortreppe ausgeglitten und derart unglücklich gestürzt, dass er mit dem Kopf auf die Steinstufen prallte. Aus dem Koma ist er nicht mehr aufgewacht.

Warum geschehen solche Dinge? Warum trifft ein derart schlimmes Schicksal häufig junge Leute, die noch gar nicht richtig im Leben stehen oder erst begonnen haben, ihr Leben zu leben? Kann Gott das alles wollen? Holt er sich die zuerst, die er am meisten liebt?

Nachdenklich setzen die Tilmans ihren kleinen Spaziergang fort. Sir Henry springt in die Büsche. Er hat Fressbares gewittert. Nur mit energischen Kommandos ist er aus der Hecke herauszubringen. Auf dem Rückweg werden sie von Frau Bergefeld gegrüßt. Sie steigt mit einer großen Einkaufstüte aus dem Auto. Die Bergefelds wohnen im Haus schräg gegenüber. Da erschreckt Frau Bergefeld das Ehepaar Tilman mit der Frage: „Wissen Sie, dass auch unser Sohn vor einem Jahr zu Tode gekommen ist?"

Sabine Tilman ist schockiert. „Davon hören wir heute zum ersten Mal. Wir haben uns gewundert, dass wir ihn lange nicht mehr gesehen haben. Der Jockel war doch auch ein so netter junger Mann. Und recht sportlich. Wie konnte das nur geschehen?"

Frau Bergefelds Gesicht wechselt ins Pergamenthafte. „Es ist schon einige Monate vor Amadeus` Unfall passiert. Joachim befand sich bei Verwandten in der Ausbildung. Nach der Arbeit hat er an einem heißen Nachmittag einen Waldlauf gemacht. Danach ist er unter die Dusche gegangen und dort nach einer Herzattacke tödlich zusammengebrochen."

„Unglaublich, er machte doch einen ausgesprochen gesunden,

ja sportlichen Eindruck. Er war noch so jung, erst Anfang zwanzig, oder? Vor einigen Monaten hat er auf einem Platz neben mir noch Tennis gespielt!"

Frau Bergefeld klemmt sich die Einkaufstüte unter den Arm. „Um nicht laufend darauf angesprochen zu werden, wollten wir Jockels Tod nicht publik machen. Er wurde in aller Stille beigesetzt." Mit wässerigen Augen eilt sie davon.

„Was wissen wir schon von unseren Nachbarn, Tomas. Wer weiß, ob wir jemals von diesem Unglücksfall erfahren hätten, wenn uns nicht Ähnliches widerfahren wäre."

Ihr Mann blickt sich um. „Neben uns bei den Sauters der Nils, da drüben jetzt der Jockel und hier unser Amadeus. Unglaublich! Kann das Zufall sein?"

Er wendet sich zur anderen Seite, hin zum Grundstück der Kummers. „Die haben keine Kinder, nicht wahr? Ich kann mir nicht helfen, irgendwie bin ich froh darüber."

***

Agathe Wolters hat sich längst ihren eigenen Gott gemacht. Ihr Leben verblasst schon vor dem Tod. Sie hat sich eingekapselt, hockt zu Hause, hat sich in einen Kokon der Trauer gehüllt. Aus einem Kokon schlüpft jedoch bald ein bunter Schmetterling und flattert ins Leben hinein, bezaubernd und lebensfroh. Frau Wolters aber spinnt eine immer dicker werdende Hülle um sich, schirmt sich zusehends ab. Sie will keinen Trost, lässt keine Freude an sich heran, sucht keinerlei Ablenkung. Ein Lachen bewirkt Schuldgefühle. Diese Frau kann nicht mehr lächeln, hat das Lachen verlernt. Nur noch in tiefer Trauer scheint sie Erfüllung zu finden. Weinen ist erlaubt. Aber lachen ist doch nicht verboten! Gehört nicht das Lachen zum Leben wie der Frühling zum Monat Mai? Das Leben geht weiter. Geburt und Tod, lachen und weinen, alles feste Teile unseres Lebens.

Frau Wolters versorgt ihren Haushalt, isst und atmet. Aber kann man das *Leben* nennen? Beruhigungstabletten müssen die Schlafstörungen lindern. Ihre Art zu trauern zerrt täglich stärker an der Gesundheit. Ein spezielles Krebsgeschwür. Gutgemeinte Hilfen lehnt sie ab, hat erneut den Arzt gewechselt hat. Der Vorgänger hatte es abgelehnt, weiterhin schlaffördernde Mittel zu verschreiben. Der Ehemann weiß nicht mehr wie er seiner Frau helfen kann. Das Paar steht kurz vor der Scheidung.

Tomas Tilman hofft, dass seine Frau nicht mehr so häufig mit Frau Wolters zusammentrifft. Auch sie ist in der Gefahr sich abzukapseln. Aufgrund der täglichen Besuche am Grab treffen die beiden Mütter zwangsläufig zusammen. Aber in letzter Zeit empfindet auch Sabine Tilman die Trauer der anderen als besonders niederdrückend. Auch wenn sie es nicht zugeben will, sie merkt, dass ihr Mann Recht hat, behauptet er doch schon seit Wochen, dass ihr der Umgang mit dieser Frau nicht guttut.

Frau Wolters ist in ihrer Trauer kompromisslos, leidet ohne Lichtblick, lebt ausschließlich mit den Gedanken an ihren Florian, möchte bald dorthin gehen, wo wir alle enden. Nun auch ihr Sohn. Heute dekoriert sie Blumen am Grabstein in Herzform, morgen will sie das Grab abdecken, dort, wo die schwarze Urne mit dem goldenen Deckel eingegraben liegt.

Auch Sabine Tilman kümmert sehr regelmäßig sich um die Grabpflege, zueilen täglich. Aber sie hockt dort nicht auf einem mitgebrachten Klappstuhl und verweilt stundenlang.

Wenn eine der anderen verwaisten Mütter, von denen Frau Wolter inzwischen alle kennengelernt hat, verreist ist, pflegt sie auch deren Gräber. Auch bei Amadeus hält sie sich oft auf, entfernt eine welke Blume, obwohl sie weiß, dass Sabine Tilman regelmäßig nachschaut. Neuerdings hat Agathe Wolters damit begonnen, ungefragt an fremden Gräbern verwelkte Blumen oder wucherndes Wildkraut zu entfernen.

Jede höfliche Frage nach dem *Wie geht es?* regt sie auf. Mit ihrer Erwiderung *Wie soll es denn schon gehen? Ich habe meinen Sohn verloren!* verprellt sie auch Wohlmeinende. Was ist, wenn die verheiratete Tochter ein Kind bekommt? Ein Enkelkind von der Tochter? *Das ist kein Trost, das kann doch niemals ein Ersatz für meinen Florian sein!*

Die Wände ihres Schneckenhauses wachsen zunehmend.

Freunde und Bekannte ziehen sich zurück. Nicht selten liegt Frau Wolter bis mittags im Bett. Die Vorhänge in dem rot geklinkerten Haus am Stadtrand sind oft bis in den hellen Tag hinein zugezogen.

Heute meldet sie sich wieder telefonisch. „Frau Tilman, wir haben uns eine Weile nicht gesehen. Gehen Sie nicht mehr zum Friedhof?"

Die Frage hat etwas Anklagendes, ist unberechtigt. An den immer frischen Blumen auf dem Grab von Amadeus ist die Antwort doch ablesbar!

Dennoch verteidigt sich Sabine Tilman. „Nein, ich bin regelmäßig da. Im Übrigen erwischen Sie mich in einem Augenblick, wo ich das Haus verlassen will, um in die Stadt zu fahren. Wie geht es denn so?"

„Ich mag wieder einmal nicht aufstehen. Ich liege noch mit Florian im Bett, halte sein Plüschtier im Arm. Wir kuscheln miteinander. Ich habe Ihnen doch erzählt, wie lieb der Flori seinen rosa Elefanten hatte. Als Kind konnte er sich nie davon trennen und auch zuletzt stand das Stofftier immer auf dem Nachttisch am Bett oder es lag neben seinem Kopfkissen."

Frau Wolters fällt ein, dass sie einen Arzttermin wahrnehmen muss, und so findet das Gespräch ein schnelles Ende. Noch einmal bestätigen sich die beiden Mütter in ihrer anhaltenden Trauer. Beide stehen vor einem schwarzen Loch. Das verbindet.

„Dann also bis morgen auf dem Friedhof."

XIV

Ein Rückblick

Alles erinnert an Amadeus.

In diesem Raum fühlte er sich wohl. Mit Freizeit und Freunden. Mit Bier und Beat. Wenn es zu laut wurde und die Mutter von unten mit einem Besenstil gegen die Decke klopfte, wurde das Fröhlichsein vorübergehend in Watte gepackt.

Im Zimmer ist vieles unverändert. Neben dem Kleiderständer steht ein Baseballschläger, darüber baumelt eine Baseballmütze. Elterliche Mitbringsel einer Amerikareise. Am hölzernen Garderobenständer hängt eine zerschlissene Lederjacke, daneben Sportkappen. Amadeus konnte nicht genug davon haben. Auf dem Fenstersims liegt ein kleiner Notizblock, daneben ein stumpfer Bleistift. Auf dem Blättchen ist eine Telefonnummer vermerkt, hingekritzelt in der so typischen Handschrift. Reste einer Zigarette, unansehnlich, verweilen immer noch dort, wo sie abgelegt wurden. Auf dem Tisch steht ein Foto in einem mattierten Silberrahmen.

Sabine Tilman putzt den Rahmen. Sie putzt ihn häufig. Das Foto darin zeigt Amadeus in reger Unterhaltung mit einem jungen Mann bei Kerzenschein. Amadeus strahlt mit den Tischkerzen um die Wette.

"Du, Tomas, die Melli hat mir kürzlich erzählt, dass sie dieses Foto an seinem letzten Wochenende geschossen hat."

Neben dem Foto liegt ein gefaltetes Stück Papier. Der kurze Text: *Und immer sind da Spuren deines Lebens. Gedanken, Bilder, dein Lachen; Augenblicke, die mich an dich erinnern und mich glauben lassen, dass du da bist.*

„Unsere Glückfrist war kurz", meint die Mutter mit leeren Augen. „Aber Amadeus leuchtet. Er leuchtet solange wir leben."

***

Wenn ein Mensch stirbt, so sagt man, zeigt sich am Himmel ein neuer Stern. Sabine und Tomas Tilman haben immer schon gerne den Sternenhimmel betrachtet, haben zu den Planeten aufgeschaut und waren dabei besonders fasziniert von der Strahlkraft der Venus.

„Ach Tom! Für die ganze Welt ist unser Ama nur einer von Milliarden Menschen. Ein Staubkorn im All. Für uns bedeutet er die ganze Welt."

Gemeinsam suchen sie den Stern, von dem sie meinen, dass er sie anlacht. Nach Amadeus` Tod haben sie die Venus adoptiert, in Besitz genommen. Für einige Sekunden taucht sie in einem kleinen Wolkenloch auf, funkelt herab. In solchen Momenten ist ihnen Amadeus besonders nahe.

„Weißt du, Sabine, ich muss an Antoine de Saint-Exupéry denken. Er lässt seinen kleinen Prinzen sagen: *Wenn du bei Nacht den Himmel anschaust, wird es dir sein als lachten alle Sterne, weil ich auf einem von ihnen wohne, weil ich auf einem von ihnen lache.* "

„Aber nicht nur der kleine Prinz hat einen Stern, wir haben auch einen!"

„Klar! Da hinten am Horizont lugt er schon wieder durch eine Wolkenlücke. Trotz starker Bewölkung schafft er es uns zuzulächeln. Er strahlt so wunderbar hell. Andere Sterne verblassen neben ihm."

„So ist es. Lass uns reingehen, Tom. Es ist kühl."

Im Haus kramt Tomas Tilman ein Stück Papier aus der Tasche, faltet es auf und platziert es neben der Kerze auf dem Sekretär. Sofort greift sich die Frau den kleinen Zettel und liest:

Du, Amadeus, leuchtest.
In unserer Erinnerung leuchtest Du besonders hell.
Wie der Abendstern, den man am Morgen Morgenstern nennt und
dessen strahlendes Licht selbst bei klarem Himmel sofort auffällt.
Wenn wir den Sternenhimmel anschauen,
schauen wir auf Dich.

Jetzt leuchten auch die Augen der Mutter. Vorsichtig nimmt sie den kleinen Zettel, legt ihn neben das Foto auf den

Nachttisch an ihrem Bett. Danach schläft sie schnell ein. Das Gehirn kennt manchen Weg, um Unerträgliches erträglicher zu machen.

***

Aus dem Faxgerät kriecht ein Blatt Papier. Dann ein kurzes Piepen. Der Übertragungsvorgang hat sein Ende gefunden. Neben dem Faxgerät röchelt ein Kaffeeautomat vor sich hin. Er vermittelt den Eindruck, als habe er schon unendlich viele Liter ausgespuckt. Aus einem kleinen Radio dringt Musik. Peter Alexander erklärt mit fröhlich lautem Singsang, dass er täglich seine Sorgen zählt.

Tomas Tilman greift in ein Ablagefach mit der Aufschrift *später.* Hier schlummern Vorgänge, die darauf warten, von der Zeit überholt zu werden. Viele Probleme lösen sich schließlich von selbst. Man darf sie nur nicht dabei stören. Obendrauf ein Schriftstück: der von Amadeus während seiner Bundeswehrzeit verfasste Lebensabriss. Seit Monaten hat es dort einen Stammplatz. Der Vater reibt sich die linke Brustseite. In der eigenen Vita stellt der Lebensabschnitt *Jugend* einen grauen Flecken dar. Die Kriegszeit mit seinen Auswirkungen! Ein weitgehend verdrängter Lebensabschnitt.

Vor dem Bürofenster drängt sich ein das prächtige Rotbraun einer Blutbuche in die grüne Vielfalt von Eichen und Kiefern. Alles kraftvolles Leben. Die Buche ist über hundert Jahre alt. Das schaffen gewiss nur wenige Menschen. Einige Bäume haben zahlreiche Anwohner überlebt, auch Amadeus Tilman. Sie werden vermutlich auch den Vater überleben, doch vielleicht schafft es ein finanzstarker Investor, dass dieses Stück Natur demnächst als Bauland ausgewiesen wird.

Tomas Tilman begibt sich zu der hohen Anrichte. Auf ihr blinken Tennispokale, von seiner Frau regelmäßig geputzt. Er greift sich eines der blanken Gefäße und fährt mit dem Finger über eine deutliche Delle. Bei der Siegerehrung war dem Laudator der Pokal aus der Hand gefallen. Dem Spieler war`s egal. Der nicht sonderlich hübsche Kelch hat für ihn eine besondere Bedeutung: Sein erster Sieg in einem Tennisturnier! Vorsichtig behaucht er das silberglänzende Metall, poliert es mit dem Jackenärmel.

Erinnerungen kommen auf an die Zeit, als er zum ersten Mal einen Schläger in die Hand genommen und sich am Tennisspiel versucht hat. Um einen Sommerurlaub finanzieren zu können, war er mit Ravi, einem Kommilitonen indischer Herkunft, in ein Arbeitscamp gefahren, wo sich die beiden Studenten mit schlampig ausgeführten Malerarbeiten Kost und Logis verdienten. Auf dem Gelände entdeckten sie einen Tennisplatz – einen hutzeligen, rechteckigen Betonboden, auf dem verblichene Farbmarkierungen das Feld eingrenzten. Aus dem rissigen Beton lugten vereinzelt vor sich hin gilbende Grasbüschel hervor. Hier war vermutlich wochenlang, nicht mehr um Punkt, Satz und Sieg gekämpft worden. In der Mitte des Platzes hing, von zwei rostigen Pfosten gehalten, ein poröses Netz. Neben einer kleinen Bank lagen zwei herrenlose Tennisschläger. Bei dem einem fehlten zwei Saiten, der andere hatte einen arg verzogenen Rahmen. Verständlich, dass diese Sondermodelle unbeaufsichtigt herumlagen. Die beiden Anfänger entwickelten bei dreißig Grad im Schatten eine erstaunliche Spielfreude. Eine lebhafte Stunde lang löffelten sie, beide oberhalb des Nabels nackt, einen abgedroschenen Tennisball über das schlaff gespannte Netz, der Inder barfüßig, in abgewetzten Kakishorts, der Deutsche in offenen Sandalen.

Um die Straßenecke tuckert ein Dieselfahrzeug. Tomas Tilman zuckt am Schreibtisch zusammen. Nähert sich Amadeus? Es ist derselbe Fahrzeugtyp, das vertraute Motorengeräusch. Wenn Amadeus freitags am Nachmittag von der Bundeswehr heimkam, war sein Herannahen schon frühzeitig an dem dieseligen Brummen zu erkennen. Dann schlich sich ein Lächeln in Vaters Gesicht. Dieses Lächeln will sich schon lange nicht mehr zeigen. Stattdessen spürt er einen dumpfen Druck in der Herzgegend. Dort hat sich ein löschungsresistentes Trauervirus eingenistet.

180

Zur Kinderzeit des Vaters gab es wenige Autos, geschweige Sicherheitsgurte oder Airbags. In der frühen Nachkriegszeit hatten viele noch Säcke vor den Fenstern, weil keine Fensterscheiben zu bekommen waren. Auf dem Motorrad, welch ein Luxus, fuhr man ohne Helm. Auch später noch. Damals kehrten die Jugendlichen zu einer Zeit von einer Fete heim, zu der sie heute erst aufbrechen. Kaum eine Frau besaß einen Führerschein. Und bis zum Ende der sechziger Jahre bestimmte noch der Ehemann, ob seine Frau den Führerschein machen durfte. Es waren andere Zeiten, nicht besser als heute. Eben andere.

Tomas sollte ursprünglich den Vornamen *Björn* erhalten. Mit drei Tagen Sonderurlaub ausgestattet war der zum Kriegsdienst eingezogene Vater herbeigeeilt. Der Standesbeamte mit dem kleinen, dicklichen Parteiabzeichen am Revers hatte gründlich, aber erfolglos im Register nach dem nordischen Vornamen *Björn* geforscht. Kurz entschlossen hatte sich der Vater für *Tomas* entschieden. Der Name stammt aus dem Hebräischen, bedeutet Zwilling. Zwillinge hatte sich der Vater immer gewünscht. Zwillinge erblicken laut Statistik aber nur bei jeder vierzigsten Geburt das Licht der Welt. *Adolf-Nazi*, wie sich ein Bundeskanzler gerne ausdrückte, hätte das gerne häufiger gehabt.

Vom Standesamt ans Wochenbett zurückgekehrt hörte er seine Frau fragen: „Na, alles klar mit dem Björn?"

„Jo, aber nu isses Tomas!"

Klein-Tomas wuchs in einer bäuerlichen Gegend auf. Es war dieZeit kurz nach dem zweiten Weltkrieg. Hunger war ein täglicher Begleiter. Da ging er oft in den Garten, nicht in den eigenen, und besorgte sich mal einen knackigen Apfel, mal eine Birne, gelegentlich auch Pflaumen – wenn der Besitzer nicht hinschaute.

Ein besonderer kulinarischer Höhepunkt war das Geschenk eines Nachbarn: ein Lolli. Jeder kennt auch heute noch dieses ovale, abgeflachte Bonbon aus Zuckermasse an einem kleinen Holzstiel. Der kinderlose Mann von nebenan hatte den Lolli mit anderen Süßigkeiten aus Amerika zugeschickt bekommen.

Damals war ein Lutscher eine echte Rarität. Der Kleine leckte so sparsam daran herum, dass die Zunge viele Tage etwas davon hatte. So gesehen war es ein echter Dauerlutscher.

Im Sommer lief er, wie andere Kinder auch, barfüßig herum. Auf diese Weiseschonte er das einzige Paar Schuhe, das er besaß; und weil barfuß laufen doch so gesund war, wie die Eltern versicherten. Das stimmte nicht immer. Zum Beispiel, als er im Garten auf eine herumliegende Harke trat und damit eine frühe Form des Piercings praktizierte. Aber er wurde nicht gleich zum Arzt geschleppt. Allergien kannte man nicht. Heute benötigen wir schon für das Wohl unserer Hunde Ernährungsberater und Physiotherapeuten. Das nennt man Fortschritt.

Einen anderen Höhepunkt bot an heißen Tagen eine kleine Tüte mit fruchtig süßem Inhalt. Brausepulver. Klein-Tomas tat es in ein Trinkglas, kippte Leitungswasser drüber und teilte oft das quirlige Getränk mit Hinnerk. Das war ein Spielkamerad, kein echter Freund. Der ging ihm echt ab. Hinnerk kam von einem nahegelegenen Bauernhof und war geringfügig älter. Mit schmuddeligen Fingern pappten sie sich Salmis auf den verschwitzten Handrücken und leckten emsig an der schwarzen Köstlichkeit, auch mal beim anderen. Schon zu Zeiten, als Jesus Christus auf Erden wandelte, haben die Menschen aus einem Topf gegessen. Geschadet hat das nicht.

Eines Tages hatte Hinnerk, der mit Mist an den Stiefeln aufgewachsen war, eine Idee. Er schlug vor, die verbogenen Räder eines rostigen Kinderwagens durch Vollgummireifen zu ersetzen, die er auf der Müllkippe gefunden hatte. Mit diesem Konstrukt kindlicher Ingenieurskunst wollten die Buben den rumpeligen Abhang am Ortsrand hinuntersausen. Bei der Jungfernfahrt bestand Hinnerk als der Ältere darauf, den Testpiloten abzugeben. Dabei machte er die schmerzliche Erfahrung, dass der Einbau einer Bremsvorrichtung von gesundem Nutzen gewesen wäre. Prompt brach er sich einen kleinen Finger. Der blieb später krumm. Doch jede Schallplatte hat zwei Seiten. Der leicht abgespreizte Finger sollte fortan beim Trinken für rege Aufmerksamkeit sorgen.

Hinnerk hatte im Ort einen gewissen Bekanntheitsgraderlangt. Denn sein Vater transportierte ihn bei schlechtem Wetter mit dem Traktor zur Schule. Missgünstig nahmen Schulkameraden das schwerfällige Gefährt in Augenschein, wenn es scheppernd auf den Schulhof tuckerte. Oft genug geriet dabei der Familiendackel des Hausmeisters in Gefahr, ein Opfer grobstolliger Räder zu werden. Herumstreunenden Katzen soll es stets gelungen sein, sich miauend aus dem hochgewirbelten Staub zu machen. Ein Unfall ist jedenfalls nicht überliefert.

Und dann die Freizeitgestaltung. Sie fand regelmäßig im Freien statt. Es gab keine elektronischen Spiele, keine Playstation oder internetfähige Computer, mit denen sich die Kids heute suchtgefährdet in muffigen Stuben die Zeit verkürzen. Nein, Klein-Tomas und Hinnerk übten Bocksprünge, bevorzugt über den Rücken von Anneliese, dem einzigen Mädchen weit und breit. Oder sie spielten Hinkebock, eine Aktivität, mit der man sich durchaus eine Weile beschäftigten konnte. Mit Kreide wurden Felder auf Gehwegplatten gemalt, in denen sie herumhinkten, bestrebt, keine der Grenzlinien zu berühren. War keine Kreide vorhanden, wurden die Linien mit einem Stock in die Erde geritzt.

Ein von Hinnerk bevorzugter Zeitvertreib war Kibbelkabbel. Dazu wurde ein etwa zehn Zentimeter langes Stöckchen, der Kibbel, an den Enden mit einem Taschenmesser angespitzt. Dann nahmen sie einen Kabbel, einen einfachen Stock, mit dem sie auf den Kibbel schlugen. Es war nicht einfach, den Kibbel mehrfach in der Luft zu treffen. Dafür gab es Punkte. Meistens für Hinnerk.

Auf einem entfernten Bolzplatz dienten krumme Latten oder Äste als Torpfosten. Notfalls mussten Kleidungsstücke als Begrenzung herhalten. So konnte man sich bei knappen Schüssen in die Ecken trefflich über einen Torerfolg streiten. Und manchmal prügeln.

Später wäre er auch gerne Indianer geworden. Um zu den Großen in das   Apatschenzelt zu dürfen, musste er ein Glas Honig, Marmelade oder Ähnliches heranschaffen. Die Mutter hatte den suchenden Drang des Sohns nach delikater Nahrung mitbekommen und Tomas nicht aus den Augen gelassen, sobald er sich der Speisekammer näherte. Kurz, er wurde nie zum Indianer.

Und noch später? Mal ins Kino? Ging meist nicht – Taschengeldprobleme.

Ein leises Zucken in den Mundwinkeln verrät, dass sich Tomas Tilman ein Schmunzeln nicht verkneifen kann. Doch schon wird er wieder ernst. War es nicht erst gestern, dass Amadeus voller Tatendrang an diesem Schreibtisch seinen Lebenslauf für die Bewerbungsunterlagen formulierte? Der Sohn sitzt am Computer und der Vater schaut zu, wie er versucht, mit dem *System Adler* die mühsam zusammengesuchten Daten einzutippen. Er bekommt Probleme mit den Formatierungen, löscht versehentlich eine Seite, muss neu beginnen. Mit Vaters Hilfe wird das Werk schließlich zum Abschluss gebracht.

Tomas Tilman greift sich das Stück dokumentierten Lebens. Vorsichtig   streichen die Finger darüber. Er beseitigt ein Eselsohr und studiert noch einmal die tabellarisch aufgeführten Positionen. Er liest Namen, Geburtsdatum und -ort. Bei *momentane Tätigkeit* ist *Grundwehrdienst* aufgeführt. Am Schluss dann der Hinweis auf Hobbys wie Tennis und andere Sportaktivitäten. Der Vollständigkeit halber hätte er noch *Bierchen trinken mit Kumpeln* aufführen können. Auch die Freundin hat er mit einem Glas in der Hand kennengelernt, in einer Disco. Das war so etwas wie Liebe auf den ersten Drink.

Der Vater schnauft durch, legt das Blatt Papier beiseite. Ein knapper Lebenslauf. Ein viel zu kurzes Leben. Schlimm! Aber ist das ein lang hingequältes Leben nicht auch?

XV

Ein Theaterbesuch

Die Trauer hat sich häuslich eingerichtet.

Die Wanduhr pendelt einen sturen Takt. Aus dem betagten Fernsehgerät poltern Lacher.

„Aber hoppla, Tomas, ist das witzig? Da lese ich doch lieber ein Buch. Wo hast du bloß wieder hingezappt!"

„Ist ja gut, meine süße Kartoffel, ich schalte ja schon ab." Zuweilen wirkt der Mann wie ein trauriger Clown, der mit Paperschlangen wirft. „Was hältst du von einer guten Theateraufführung oder einem Musical. So was haben wir lange nicht mehr gemacht. Der Nevermann hat mir kürzlich von einem neuen Stück erzählt, *Die Glocken von Rotterdam* oder so ähnlich. Eine bekannte Romanvorlage, behauptet der Nevermann, der geht viel ins Theater, kennt sich bestens aus."

„Die Glocken von Rotterdam? Kenne ich nicht."

„Vor einigen Tagen war Premiere im Stadttheater. Sagt der Nevermann."

„Ach Herr je, jetzt klingelt es! Dein Theaterexperte meint den *Glöckner von Notre Dâme!*"

In diesem Moment klingelt es tatsächlich. Der Mann kommt seiner Frau zuvor, schnappt sich das Telefon. „Ach du bist es, hast dich ja lange nicht mehr gemeldet."

„Tante *Marchta?*", flüstert Sabine Tilman leise.

„Und wie!"

Dieses Hinweises hätte es nicht bedurft. Die von Tante Marthas Stimme ausgelösten Schallwellen bewegen sich auf einer Frequenz, die selbst dickere Wände durchdringen. Sie gehört noch einer Generation an, in der krumme Nägel gradegeklopft wurden. Wie schon erwähnt, knausert sie mit allem, nur nicht mit Worten. In ihrem Redefluss ist sie auch heute nicht zu bremsen. Verbale Inkontinenz.

„Wie geht es euch, Tomas? Ach ja, ich weiß, eine dumme Frage. Wisst Ihr, wen ich vor einigen Tagen getroffen habe?" Die entfernte Blutsverwandte erwartet keine Antwort. Unaufhaltsam rieseln Worte aus dem Hörer. Man muss es neidlos anerkennen: Tantes Zunge ist spitze. Im Sommer muss sie auf der Hut sein, damit sie sich darauf keinen Sonnenbrand einfängt.

Sie berichtet von einem Jugendfreund, an den sich die Tilmans nicht erinnern können. Ja, ja, die Jugend. Und dann die Kindererziehung, heutzutage, viel zu lasch. Kinder müssen spuren, brauchen eine harte Hand. Ohne eine Tracht Prügel, gelegentlich, klappt das nicht.

Der Mann hält den Hörer weit weg vom Ohr. Das ist praktisch. So erübrigt sich die Funktion eines Raumlautsprechers. Die gespitzten Ohren der Ehefrau bekommen vieles mit. Wenn Tante Martha redet, haben alle anderen Funkstille. Zunächst ist Tomas Tilman geduldig, aber nach einer Weile versucht er erfolglos, mit einem schnellen Satz dazwischenzukommen. Er legt den Telefonhörer beiseite, greift sich eine Flasche Bier, entfernt mit ploppendem Geräusch den Kronkorken und gießt sich in aller Ruhe das Glas voll. Hat Tante Martha nicht soeben eine Frage gestellt?

„Was hast du gesagt, Tante Martha? Konnte dich eben nicht verstehen... es fuhr soeben ein Auto vorbei... ja, sicherlich hast du recht."

Er legt den Hörer wieder weg. „Ich bringe die leere Flasche in die Küche", flüstert er leise. Provokativ schaut er zu seiner Frau hinüber. Die winkt entsetzt ab. Dann eben nicht. Erneut führt er den Telefonhörer ans Ohr, horcht hinein und äußert ein lautes *Nein! Was du nicht sagst!* Dann hält er die Hand über die Sprechmuschel. „Dieses Weib war doch früher Sekretärin, sie spricht jetzt noch locker über zweihundert Silben pro Minute." Dann röhrt er laut in den Hörer: „Nein, wirklich?"

Er packt das Bierglas, nimmt einen tüchtigen Schluck und prostet dem Goldfisch zu. *Tarzan* schwimmt zwischen hängenden Grünpflanzen herum und lächelt goldig. Da verabschiedet sich die Tante mit der Drohung, sich ganz gewiss und in Kürze, wieder zu melden. Einer muss sich ja schließlich um die trauernden Verwandten kümmern.

„Ein Mann, ein Wort", seufzt Tomas Tilman. „Aber diese dahinwelkende Witwe – was für ein aufgeblähtes Vokabularium! Ich bin sicher, falls sie mal zehn Sekunden schweigen sollte, ist sie ohnmächtig geworden."

„Was würde die Gute nur anstellen, wenn es diesen Klönkasten nicht gäbe. Irgendwann wird uns ihre Wortgewalt erschlagen. Aber Tom, was hat sie nun alles erzählt? Manches habe ich ja mitbekommen. Sie hat über unser Grab gesprochen, nicht wahr?"

„Das auch. Vor einigen Tagen war sie auf dem Friedhof und hat Amadeus besucht. Tante Hanne war auch dabei, im Rollstuhl. Die Hannelore muss ja auch mal hinaus ins Leben, meint *Marchtha*. Sonst war nichts Wichtiges."

„Wirklich nicht?"

„Na, wir sollen gelegentlich auf eine Tasse Kaffee vorbeikommen. Aber du weißt ja, beim unserem letzten Besuch entpuppte sich der Kaffee als eine bohnenlose Gemeinheit."

Er verschwindet in der Küche. Ein Bierkasten scheppert. „Nächstes Mal gebe ich den Hörer gleich an dich weiter", ruft er.

„Bringe mir bitte auch `ne Buddel mit, Tomas."

Die Sonne ist dabei, im Dunst zu versinken. Sabine Tilman betrachtet vom Terrassenfenster aus die alten Baumbestände. Konturenschwache Wolkenberge bedrängen einen dämmrigen Himmel. Neben der Sichel des Mondes leuchtet aus verblassendem Himmelsgrau plötzlich ein großer Stern. Der einzig sichtbare zu dieser frühen Abendstunde.

Der Mann durchbricht die Stille. „Weißt du was, Sabine, demnächst gehen wir mal wieder ins Theater. Das lenkt ab."

„Ich weiß nicht. Ich mag nicht. Dieses Menschengewimmel."

„Wir werden unsere Traurigkeit nie los, wenn wir uns ständig den Puls fühlen, Biene. Das hat schon der erste Lutheraner gewusst. Aber gut, wir können auch wieder unser russisches Restaurant aufsuchen, Palmeni essen und dazu einen guten Roten trinken."

„Ist ja ziemlich das Einzige, das wir noch haben."

Der Mann versteckt den Kopf zwischen den Schultern, als müsse er sich vor einem Regenschauer schützen. „Sabine, das ist doch Unsinn. Wirtschaftlich geht es uns ordentlich. Oder möchtest du auf dein Auto verzichten. Oder unser gemütliches Heim aufgeben und in eine winzige Mietwohnung ziehen? Oder aus dem Golfclub austreten, wo wir uns wunderbar in freier Natur bewegen und beim Spielen den Kopf frei bekommen können? Oder, oder?"

Sein Gesicht gleicht einer Gewitterwolke. Mit gerunzelter Stirn horcht er in sich hinein. Was er spürt, gefällt ihm nicht. Erneut diese kriechende Resignation, die schwelende Schwermut. Man sieht ihm die Kraftanstrengung an, mit der er gegen eine schleichende Niedergeschlagenheit ankämpft. Gegen die seiner Frau und gegen die eigene.

„Was bleibt uns denn noch, Tom?"

„Man muss positiv denken. Da ist zum Beispiel unser Cedric. Der braucht uns noch und wenn er einmal Kinder hat, wirst du als Großmutter gerne Pflichten übernehmen."

„Ja, der Cedric, hoffentlich heiratet er bald. Über lütte Enkelkinder würde ich mich freuen. Schade, dass Amadeus uns keine mehr geben kann."

„Na siehst du. Es gibt Freunde, Verwandte, Patenkinder. Auch wenn der Bekanntenkreis in letzter Zeit geschrumpft ist."

Die Ablenkung misslingt. Die Frau kriecht in ihre Höhle.

„Mit jedem Tag tröste ich mich, dass ich dem Ende meines Lebens näherkomme. Da wartet Amadeus auf mich. Ich werde ihn wiedersehen."

„Das mag ja sein, Sabine, aber man darf doch ein wenig fröhlich sein. Wissenschaftler behaupten, dass es auch ein psychologisches Immunsystem gibt. Der Mensch neigt dazu, es zu ignorieren und die Härte von Schicksalsschlägen zu überschätzen."

„So ein Blödsinn. Hört sich an wie Sauermilch. Wenn der Schreiberling den eigenen Sohn verloren hätte, würde er anders reden ... oder schreiben."

Er unternimmt einen letzten Versuch. „Sabine, wollen wir einen kleinen Spaziergang machen?"

Die Frau nimmt das Friedensangebot nicht an. Es ist nicht die Zeit zum Glücklichsein. Schlecht gelaunt zieht sich der Mann ins Arbeitszimmer zurück. Dort liegen keine Tretminen. Er greift sich ein Buch, schaltet dann aber den kleinen Fernseher ein. Es läuft ein alter Seefahrerfilm. Da wird mit gebrülltem Singsang Rum in raue Seemannskehlen geschüttet, hier ein Schiff geentert, dort einige Matrosen hingemeuchelt. Nicht sehr anspruchsvoll das Ganze. Aber es lenkt so wunderbar ab.

„Ich gehe ins Bett", meldet sich seine Frau in der Tür. „Was ist das für ein fürchterlicher Lärm. Ich verstehe nicht, wie du dir jetzt noch einen solchen Krawallfilm reinziehen kannst."

„Wie Ihre Ladyschaft meinen! Lass mich machen. Bleib du nur bei deinen Fernsehschmonzetten."

Sie hat ihm einen Strich durch einen erträglichen Abend gemacht. Auch er ist empfindsamer geworden, fühlt sich oft wie eine Weinbergschnecke ohne Haus. Und so sitzen die Ehepartner wie Kröten in einem dunklen Loch, unfähig, sich gegenseitig herauszuhelfen.

∗∗∗

„Ist ein Arzt im Haus?"

Die Stimme des Mannes schnarrt laut und erschrocken. Hochgeschreckt aus himmlischem Sekundenschlaf gibt er diesen Hilferuf von sich. Brüllendes Gelächter ist die Antwort.

Nur allmählich erfasst sein erwachender Blick eine durchaus ansehnliche Schauspielerin, die dicht vor ihm auf den Brettern, die die Welt bedeuten sollen, einer Ohnmacht nahe scheint. Vom Falschlicht der Scheinwerfer angestrahlt hockt die vollbusige Mimin laut röchelnd in einem Holzzuber. Großzügig stellt sie dem erheiterten Publikum eine reichhaltige Anatomie zur Schau. Über die, soweit man sehen kann hüllenlose Akteurin gebeugt, fuchtelt eine finstere Gestalt mit einem machetenähnlichen Schlachtermesser herum.

„Tomas, du benimmst dich heute wieder einmal völlig unmöglich!" zischelt eine Flüsterstimme auf dem Polstersitz an seiner Seite.

Die Tilmans haben sich heute Abend, nach vielen Monaten, zu einem Theaterbesuch aufgerafft. Und nun diese Peinlichkeit. Ablenkung in Form eines modernen Kriminalstücks war angesagt. Der entfernte Bekannte eines entfernten Freundes hat das Stück angepriesen. Eine miese Empfehlung, wie sich nun herausstellt. Das Wort *Scheiße*, um ein Lieblingswort des Protagonisten zu zitieren, ist schon mehrfach Effekt heischend über das Publikum hinweggeschwappt. Dieses Unwort hat erstaunlicherweise noch keine Buhrufe beim geduldigen Publikum provoziert.

Tomas Tilman ist inzwischen hellwach. Aufrecht hockt er im unbequemen Gestühl.

„Tom", flüstert seine Frau, und rutscht unruhig hin und her, „ich hoffe, es kommt bald eine größere Pause. Ich kriege Panik, laufe gleich raus."

„Das will ich doch hoffen, äh, nicht, dass du in Panik rausläufst, nein, ja, eine Pause muss bald kommen, da bin ich sicher, meine süße Kartoffel."

Das Programmheft raschelt. Ohne Brille und im Halbdunkel versucht er mit zusammengekniffenen Augen den Ablauf des Theaterstückes abzulesen. „In der Tat, nach diesem Akt, was für ein treffendes Wort, folgt es eine längere Unterbrechung!"

Endlich große Pause. Große Erleichterung bei der Frau. Der magere Halbzeitapplaus ist noch nicht verklungen, und der schwere Vorhang wallt noch mächtig hin und her, da steht sie schon vor ihrem plüschigen Theatersessel und zerrt ihren Mann in Richtung Ausgang. An der Tür zum Foyer drängelt sich ein älterer Theaterbesucher in einem unmodernen Frack an ihnen vorbei.

„Schau Tomas, auch der Langschwanzpinguin sucht offensichtlich das Weite! Lass` uns nach Hause gehen. Nix wie weg. Die Theateraufführung empfinde ich als Frontalangriff auf meine Nerven!"

190

„Ich denke, wir wären besser in die *Glocken von Rotterdam* gegangen", grinst er. „Aber gut, entschuldige, dass ich dich zu diesem Theaterabend gedrängt habe. Ich hätte wissen müssen, dass ich dir damit einiges zumute."

„Es istz in der Tat eine Zumutung", grantelt die Frau. „Mit diesen zu Worten geronnenen Fäkalien sollen sich andere bewerfen lassen."

XVI

Eine andere Welt

„**M**it Ihnen ist ein junger Mann ins Zimmer getreten."

„Mit dem eingetretenen jungen Mann kann nur Amadeus gemeint sein", flüstert Sabine Tilman.

Die Eltern nehmen in weichen Sesseln Platz und blicken auf das englische Medium. Die füllige Dame im diffusen Halbdunkel des plüschig eingerichteten Raumes spricht ein sauberes Englisch. Oxfortakzent. Neben ihr, auf einem Hocker, sitzt eine Frau im grauen Rollkragenpullover. Eine Übersetzerin.

Tomas Tilman runzelt die Stirn. Er ist seiner Frau zu Liebe in dieses ländliche Privathaus nahe der dänischen Grenze gefahren. Dem Verstandesmenschen fällt es schwer, an übersinnliche Fähigkeiten zu glauben, die es ermöglichen sollen, Kontakt zu einem Toten herzustellen. „Das kann die nicht wissen", denkt er. „Aber vielleicht leitet sie das aus vorangegangenen Kontakten ab. Wer weiß, was ihr diese Frau Wolters alles erzählt hat."

Mehrfach hat Frau Wolters von einem Medium berichtet, das in der Lage sei, Verbindung zu Verstorbenen aufzunehmen. *Englische Medien sind die besten,* hat sie mit dem Brustton der Überzeugung erklärt. *Die haben begnadete Fähigkeiten, können Kontakt zur anderen Welt herzustellen.*

Drei Sitzungen hat Frau Wolters schon durchlebt, Sitzungen, die sie hinterher als äußerst aufschlussreich bezeichnete. Bei jeder Sitzung war es Mary Brown gelungen, Kontakt zum toten Sohn aufzunehmen und erstaunliche Dinge in Erfahrung zu bringen, Hinweise, die doch nur Familienmitglieder wissen konnten. Noch einmal Kontakt zum Sohn haben, seine Nähe spüren, welche Mutter möchte das nicht. Gerne hat Frau Wolters den Tilmans das Treffen mit dem englischen Medium vermittelt.

Die Vorhänge sind halb zugezogen. Gedämpftes Licht im Wohnzimmer. Helles Licht stört.

„Der junge Mann lächelt. Er sagt es geht ihm gut. Sie brauchen sich keine Sorgen zu machen", teilt Mrs. Braun mit. Sie hockt zurückgelehnt in einem abgesessenen Ledersofa, die Augen halb geschlossen, die Augenbrauen gewölbt, ähnlich einem Bearded Collie. „Sie haben einen Sohn verloren!"

Die Eltern nicken.

„Der Sohn ist verunglückt." Der Hauch einer Frage schwingt in dieser Behauptung mit.

„Ja, er ist durch einen Unfall ums Leben gekommen." Sabine Tilman ist sicher. Das Medium hat schon jetzt die Verbindung zu Amadeus!

Tastet sie die Frau an die Fakten heran? Wenn ein junger Mensch stirbt, geschieht es ja oft durch einen Unfall, seltener wegen einer Krankheit.

„Er zeigt ein kleines Rad, ein Autolenkrad. Er fuhr gerne Auto."

„Ja, er fuhr gerne Auto, auch in jener Nacht", bestätigt die Mutter. „Wir hatten ihm ein solides Fahrzeug besorgt."

Der Vater runzelt die Stirn. Eine tolle Erkenntnis. Welcher junge Mensch fährt nicht gerne Auto? Man sollte auch nicht zu viel verraten.

„Er zeigt wieder das Lenkrad, er kann es nicht bewegen." Die Engländerin versucht sich zu konzentrieren. „Warten Sie, ja jetzt, ich muss Ihnen leider sagen, dass Ihr Sohn bei dem Unfall Angst hatte. Er konnte nicht mehr richtig lenken."

„Nicht sehr überzeugend", denkt Tomas Tilman. Er kennt das Gutachten aus dem Polizeibericht. Dem war zu entnehmen, dass in dunkelster Nacht alles so schnell ging, dass Amadeus kaum noch Angst entwickeln konnte. Allenfalls hat er in letzter Sekunde instinktiv noch das Lenkrad herumgerissen und vielleicht noch hoppla gesagt.

„Aber jetzt geht es ihm gut", übersetzt die Dolmetscherin. „Er denkt an Sie und ist oft bei Ihnen. Da ist ein Paul! Wer ist das?" Die Frage kommt plötzlich und inquisitorisch.

Die Eltern denken nach, aber sie können beim besten Willen keinen Paul im nähren Bekanntenkreis ausfindig machen.

„Er spricht aber von einem Paul! Ja, und da steht eine weitere Person neben ihm, die ist in seinem Alter."

„Männlich oder weiblich?", fragt der Vater.

„Ein Mädchen, keine zwanzig Jahre alt. Haben sie ein junges Mädchen in der geistigen Welt?"

Passt nicht. „Sie will darauf hinaus, dass Amadeus bei seinem Unfall nicht alleine im Auto saß", vermutet der Vater. Junge Männer haben meist eine Freundin oder Bekannte, die im Auto mitfahren.

„Nein, das ist nicht der Fall."

„Oder einen jungen Mann?"

„Auch nicht."

„Da ist aber dieses junge Mädchen, mit kurzem Haar. Eine Freundin?", quält sich Mary Brown. Sie hat plötzlich einen pekinesenhaften Gesichtsausdruck.

Melanie, die Freundin von Amadeus, hat lange Haare. Und sie ist nicht in der anderen Welt. Nein, beim besten Willen, das passt nun wirklich nicht.

„Ich weiß auch nicht warum. Aber es ist so, da ist ein junges Mädchen neben ihm", beharrt Mary Brown. Aber an diesem Punkt kommt sie nicht weiter. Es tritt eine längere Pause ein.

„Er spricht jetzt von einem Micha oder Michael."

Die Eltern grübeln. Der Vorname ist nicht gerade selten. Sie kennen einige Michaels, aber im engsten Bekannten- und Freundeskreis fällt ihnen keine wesentliche Verbindung ein.

„Passt wieder nicht", denkt der Vater, der in vielen Berufsjahren gelernt hat, sich an Fakten zu halten.

„Jetzt zeigt er ein Racket, einen Schläger", wird ihnen übersetzt.

„Amadeus spielte Tennis." Die Mutter ist erfreut, dass ihr Vertrautes übermittelt wird. Der Mann verharrt in Skepsis, betrachtet das Medium. Junge Menschen treiben meistens irgendeinen Sport. Tennis oder Fußball sind gängige Sportarten.

„Amadeus zeigt auf das Racket und auf Blumen. Haben Sie ihm einen Tennisschläger mit ins Grab gegeben?"

Nein, das ist nicht der Fall.

„Oder hängt ein Tennisschläger an der Wand, so was in der Art?"

Nein, mit *so was in der Art* ist keine konkrete Verbindung herzustellen. Mary Brown windet sich, versucht erfolglos, Zusammenhänge mit dem Racket herbeizuführen.

Dann scheint sie zu resignieren und stöhnt: „Elisabeth. Er spricht von Elisabeth. Was ist mit ihr?"

Voll daneben! Tomas Tilman lächelt süffisant. *Die englische Königin wird der Amadeus ja nicht meinen.* Er erschrickt über seinen Gedanken, aber es gelingt ihm nicht, sein Misstrauen zu überwinden. Als er in unruhiger Erwartung mit seiner Frau dieses Haus betrat, war er entschlossen, sich vorurteilsfrei zu verhalten. Telepathische, übersinnliche Kräfte mag es geben. Auch hat seine Nahtoderfahrung ihn in der Meinung bestärkt, dass es ein Leben nach dem Tode, eine andere, eine geistige Welt geben könnte. Er war deshalb durchaus aufgeschlossen, bereit für neue Einsichten.

„Ja, Elisabeth, da gibt es eine Tante", ruft seine Frau.

„Aber die hat Amadeus kaum gekannt", wendet der Mann ein.

„Doch, Tante Elisabeth war immer fürsorglich und passt jetzt auf ihn auf."

„Das wird es sein", seufzt die Übersetzerin.

Das Medium nickt zustimmend und müht sich weiterhin um Kontakt zu dem Verstorbenen. Sie tut dies mit halb geöffneten Augen, die hinter ihrer dick getönten Hornbrille kaum auszumachen sind. „Jetzt zeigt er eine zwölf. Was könnte er damit meinen?"

„Mein Gott, die Zahl zwölf. Er ist an einem zwölften verunglückt", entfährt es der Mutter.

„Das kann die Engländerin nicht wissen", denkt der Vater.

Das Medium scheint erleichtert. Ein Volltreffer. „Es geht ihm jetzt gut. Er sitzt auf einer himmelblauen Wolke und teilt Ihnen mit, dass er viel bei Ihnen ist. Und wenn ihre Tatkraft am Boden schleift, schickt er Ihnen positive Energie."

Tomas Tilman betrachtet die schweren goldenen Ketten am Handgelenk von Mrs. Brown und sucht die Augen hinter der dicken Brille. Die sind jetzt weit geöffnet, blicken liebenswürdig. Ihre Worte aber können seine Zweifel nicht beseitigen. Was der schon von Berufs wegen kritisch eingestellte Mann bisher erfahren hat, klingt nicht überzeugend. Natürlich schleift die Energie der Eltern oft am Boden. Und in fortgeschrittenem Alter gehen einem die Dinge ohnehin nicht mehr so leicht von der Hand.

Die Sitzung ist beendet. Das Honorar für die halbe Stunde hat die Mutter schon vor Gesprächsbeginn bei der Dame im Rollkragenpullover abgeliefert. Mit einem Gesicht für das tägliche Leben hatte sie es sofort in ihrer Jackentasche verschwinden lassen.

Die Eltern verlassen den Raum und stoßen in der Diele auf zwei Frauen unterschiedlichen Alters, die erwartungsvoll dem Treffen mit Mary Brown entgegensehen.

„Mutter und Tochter", flüstert Tomas Tilman. Das ist stark zu vermuten. Und wahrscheinlich haben sie den Ehemann und Vater verloren, durch Krankheit oder Unfall. „Ein forschender Blick", denkt der ungläubige Tomas, „dann zwei gezielte Vermutungen und das Medium wird es wissen."

Er nimmt seine Frau an die Hand. Draußen, am Wohnzimmerfenster, bleibt er stehen, peilt kurz ins Innere. Die Dame im grauen Rollkragenpullover holt gerade eine Flasche Whiskey aus einem kleinen Rucksack hervor, entkorkt sie gekonnt und reicht sie dem Medium.

Tomas Tilman kann die Marke identifizieren. „Johnny Walker kommt. Wir aber gehen". Er legt den Arm fürsorglich um seine Frau und führt zum Auto.

Die Frau ist überzeugt, ein so sehr ersehntes Lebenszeichen vom Sohn erhalten zu haben. Dem Amadeus geht es gut und sie soll sich keine Sorgen machen. Das glaubt sie gerne. Ihr Glaube an Gott jedoch ist in letzter Zeit geschwunden: Ein Schiff, das dem Auge am Horizont verloren geht. Aber dennoch ist es da.

Der Ehemann startet den Wagen, steuert ihn in schwerfälliger Fahrt vom Hof. „Hat Frau Wolters vorher mit diesen Leuten über unseren Amadeus gesprochen, Sabine?"

„Nein, gewiss nicht. Du musst zugeben, das Medium hat vieles über Amadeus herausgefunden, sie konnte manches nicht wissen."

„Aber sie hat doch oft nur gefragt. Nach meinem Gefühl hat sie viel zu viel mit der Stange im Nebel herumgestochert."

„Woher wusste sie zum Beispiel, dass Amadeus Tennis spielte und dass er am Zwölften verunglückt ist", insistiert sie.

„Das wusste sie ja gar nicht. Sie hat nach einem Sportgerät gefragt. Und die Zahl zwölf hat sie in den Raum gestellt. Das ist richtig. Im Gegensatz zu anderen Hinweisen, mit denen ich wenig anfangen konnte, hat mich das überrascht. Das gebe ich zu. Vielleicht hat sie ja doch mit Frau Wolters über uns gesprochen." Er will noch weitere Beispiele anführen, aber die Frau wird grantig.

„Nimm mir nicht meinen Glauben. Wir hatten Kontakt zu Amadeus! Das hast du doch mitbekommen. Nach meinem Tod werde ich ihn wiedersehen", sagt sie trotzig. „Das hoffe ich zumindest."

Ist so. Am Ende nehmen wir, was uns die Hoffnung übriglässt.

***

Ein Auto stoppt vor dem Haus der Tilmans.

„Wollen wir nachher noch ins *Café Schnucki* oder lieber in die Disse?" erkundigt sich Rotweinpeter. Er stößt die klemmende Autotür auf. Wolle schlägt die Hoppelhütte vor.

Hoppelhütte? Dafür ist besonders der Semmelpeter zu haben. „Gute Idee, da können wir Häschen jagen."

„Klar, der Wind steht günstig", behauptet Wolle.

„Da sind nur Kids", wendet Rotweinpeter ein, „und alte Leute über dreißig."

Wahre Worte. Wie wunderbar die Jugendzeit, wie fürchterlich das Alter!

Rotweinpeter überlegt. „Wenn uns nichts Besseres einfällt, könnten wir auch bei Sandaletto vorbeischauen."

„Das ist doch der Erfinder des leichten Schuhwerks", blödelt Semmelpeter. „Oder meinst du den Italiener an der Ecke. Da bekommst du eine Pizza, ich sag dir`s, durch den dünnen Teig könntest du eine darunterliegende Zeitung lesen!"

„Ich will keine Zeitung lesen. Wirf eine Paperschlange nach mir, ich will Party machen", motzt Wolle. "Holla, wen sehen meine entzündeten Augen. Cedric?"

Ein Fahrzeug rollt heran.

„Hey, ihr da!" Cedric kurbelt die Seitenscheibe herunter, ist erfreut über die Anwesenheit der drei Freunde. „Wir haben uns ja lange nicht mehr gesehen. Nehmt ihr mich mit rein?"

Schon stehen sie mit vier Mann vor der Eingangstür und peilen durch die Butzenscheiben. Wolle betätigt die Klingel. *Ein Freund, ein guter Freund…* Wahrlich freundliche Töne.

Sie werden ebenso begrüßt. Mutter Tilman freut sich stets aufs Neue, wenn einige von Amadeus` alten Freunden vorbeischauen. Und nun ist überraschend auch noch Cedric aufgetaucht.

„Ist Papa da?"

„Nein, der ist wieder mal auf einer Geschäftsreise. Das kenne ich nicht anders. Ist schon vor unserer Hochzeit so gewesen."

„Und das findest du gut?"

„Hab mich dran gewöhnt, Ceddy. Wenn du wissentlich eine mängelbehaftete Sache kaufst, kannst du sie später nicht reklamieren."

„Na gut, ich konstatiere: Du hast seit Jahrzehnten einen Beduinen zum Mann. Wenn ihr mal eure goldene Hochzeit feiert, wird es allenfalls eine Silberne sein", grinst der Sohn. „Wie viele Jahre bist du doch gleich jünger als Paps?"

„Bei unserer Heirat waren es ziemlich genau vier Jahre. Die hole ich kaum mehr ein. Aber nun möchte ich eine Tasse Kaffee trinken, hab eine nötig."

„Ich schließe mich an", schaltet sich Rotweinpeter ein und eilt mit langen Schritten voran in die Küche. Er beherrscht den Tilmanschen Kaffeeautomaten.

„Erzählt mal von euch. Ich habe gehört, Wolle, du hast einen tollen Job in einem feinen Restaurant ergattert."

„Hatte, Frau Tilman, hatte. Ist Vergangenheit. Habe gekellnert, munter drauflos gebutlert und ordentlich Trinkgeld kassiert."

„Und dann gibst du den guten Job auf? War das nicht unklug?"

„War ja nicht ganz freiwillig, hatte Pech beim Servieren. Ich tischte eine Schweinshaxe auf, ein fettes Ding, bei so was wäre ein Vegetarier verhungert. Dabei rutschte mir einer der Fleischknödel vom Tablett und fand einen Parkplatz zwischen zwei schnuckeligen Klöpsen."

„Die Lady war da Stammgast!", posaunt Semmelpeter triumphierend. „Die hätte auf jeder Kirmes auftreten können. Als *die Frau mit den drei Brüsten*! Wolle konnte ein Kichern nicht unterdrücken und schon war sein Edeljob im Eimer!"

„Wenn unserem Ama ähnliches passiert wäre, hätte er bestimmt gesagt: *Entschuldigung, das hab' ich nicht gewollt, ne wirklich*. Ach ja, der Amadeus, ich muss immer wieder an ihn denken."

„Wie schön, Wolle. Ich muss mal kurz in die Küche." Schnell ist sie aus der Tilman zurück und reicht eine Platte mit gebratenen Würsten herum. Sofort fallen die Jungs darüber her. Indische Dschungeltiger.

„Habe ich schon erwähnt, dass Amadeus mir oft im Traum begegnet?" fragt Rotweinpeter, auf beiden Backen kauend.

„Nein, erzähle."

„Wissen Sie, Frau Tilman, es ist sonderbar. Früher habe ich immer Probleme mit dem Einschlafen gehabt. Heute schlafe ich schnell ein. Wenn ich früher träumte, konnte ich mich am nächsten Morgen nicht mehr daran erinnern. Das ist anders geworden."

„Und dabei träumst du auch vom Amadeus?"

„Ja, und gar nicht so selten. Stellen Sie sich vor, kürzlich habe ich ihn bei uns im Park getroffen, in der Nähe vom Gymnasium. Er fuhr wieder diesen roten Diesel, blitzblank wie immer, fast noch glänzender als sonst. Er meinte, dass wir doch an unserer alten Penne vorbeischauen könnten, wo wir das Abitur gemacht haben. Also kutschierten wir hin. Plötzlich tappten wir in eine blöde Radarfalle. Ich sagte: *Das gibt wieder Punkte in der Verkehrssünderkartei.* Amadeus grinste nur und stellte trocken fest, dass er ja als Geist auf dem Foto gar nicht zu sehen sein wird. Die Folgen müsste ich ganz alleine ausbaden. Aber kollegial wie er war, bot er mir an, die Hälfte des Bußgeldes zu übernehmen. Den eingesparten Betrag könnten wir ja in Bier investieren."

Sabine Tilman schmunzelt. Ja, so war er.

Cedric meldet sich. „Mit solchen Träumen bist du nicht alleine. Ich besuchte ihn mal, um mit ihm ein gemeinsames Bier zu zischen. Da wir im Kühlschrank nicht fündig wurden, bat ich ihn, einen Kasten aus dem Keller zu holen. Das musste ich nicht zweimal sagen. Er kam die Treppe hoch und stieß sich dabei den Kopf. Amadeus sagte laut *Aua.* Ich wunderte mich und fragte ihn verblüfft: *Wieso kann es wehtun, wenn du dir den Kopf stößt? Du darfst doch nichts spüren.* Aber Amadeus widersprach: *Nein, nein, Kopfstoßen tut immer noch weh!"*

Jetzt huscht Sabine Tilman eine Träne über die Backe.

Rotweinpeter meldet sich erneut zu Wort. „Ich begegne ihm häufig. Wenn ich mich irgendwo hinsetze, auf eine Bank oder an einem Tisch und neben mir ist ein Platz frei, dann glaube ich ihn zu spüren, dann habe ich das Gefühl, dass Amadeus neben mir sitzt, dass er ganz in meiner Nähe ist."

„Auch mir erscheint er gelegentlich im Traum", berichtet Semmelpeter. „Ich saß kürzlich in der Aula unseres Gymnasiums auf einem Bühnenpodest. Vor mir leeres Parkett. Das abgewetzte Holzgestühl reflektierte kaum merklich das diffuse Tageslicht. Da näherte sich aus der Dämmerung Amadeus und reichte mir die Hand zur Begrüßung. Ich habe dabei einen Händedruck verspürt, der war wie in alten Zeiten. Das hat mich richtig verwirrt. Auch, weil Amadeus plötzlich wieder da war. *Du bist doch tot, du kannst doch gar nicht hier sein*, habe ich gestottert. *Siehste doch*, hat er grinsend geantwortet und erklärt, dass er sehr wohl da sein darf. Um sicherzugehen, habe ich ihn gebeten, mir noch einmal die Hand zu geben. Da habe ich den Händedruck genauso gespürt, wie vorher, wie immer, wenn wir uns begrüßten."

„Ja, er war einer", stellt Wolle fest.

„Auch ich träume oft von Amadeus", berichtet die Mutter mit glänzenden Augen. „Habe ihn kürzlich angerufen und lange telefoniert. Mein Mann hat später auf dem Gebührenzähler über fünftausend Einheiten abgelesen, mich missmutig angesehen und gemeckert mit dem Hinweis, er sei doch nicht der Rockefeller. Ich habe auf das Gespräch mit Amadeus verwiesen und erklärt: *Es war doch ein Ferngespräch. Und der Ama ist ja so weit weg.*"

Tante Martha platzt mit einem Telefonat in die besinnliche Runde. Aber der Mutter gelingt es diesmal schnell, die Quasselstrippe auf später zu vertrösten und vorerst auf den Austausch von Artigkeiten zu verzichten.

„Glücklicherweise hat sie akzeptiert, dass Besuch im Haus ist. Ich hätte sie gewiss eine halbe Stunde an der Strippe gehabt."

„Und das bei Ihrem drahtlosen Telefon", witzelt Wolle.

„Dennoch! Reden bringt Leute zusammen, schweigen bringt sie auseinander."

„Kluge Worte, Wolle. Doch du wirst in deinem Leben noch erkennen, dass es nicht darauf ankommt, was du sagst. Du bist, was du tust."

„Das sind wahrlich noch klügere Worte, Herr Tilman. Aber was anderes. Das am Telefon eben, das war doch die Alte, die bei der Beerdigung fast ins Loch gefallen wäre - die mit der Jungkrokodillederhandtasche."

„Ja, und mit den nassen Küssen", ergänzt Rotweinpeter und streicht sich über den Ansatz eines schüchternen Bartes. „Eine ziemlich knickrige Person."

„Nicht ganz falsch." Sabine Tilman werkelt mit Messer und Gabel. „In der Bahn fährt sie immer zweiter Klasse – weil es keine dritte gibt. Mein Mann würde behaupten, dass sie sich am vierten Advent mit zwei Kerzen vor den Spiegel stellt. Aber Scherz beiseite, Tante Marthas verstorbener Mann war eine ideale Ergänzung, ein hochkarätiges Muster an Sparsamkeit, ein lupenreiner Vertreter der Nachkriegsgeneration. Als mal die Waschmaschine kaputtging, war kein Monteur zu bekommen. Da hat er von seinem alten Fahrrad die Tretvorrichtung abgebaut und mit Muskelkraft die Maschine betrieben. Ihr braucht gar nicht zu lachen! Er war bis zu seinem Tod davon überzeugt, einen herausragenden Beitrag für Fitness und Umwelt geleistet zu haben."

„Doch im Grunde war er ein Geizhals", stellt Wolle fest.

„Kann man so sagen. Geizhälse sind eine Plage ihrer Zeit, aber das Entzücken ihrer Erben", ergänzt Cedric.

„Schöner Spruch. Stammt der auch von der merkwürdigen Tante Martha?"

„Ne, ausnahmsweise nicht. Theodor Fontane."

Inzwischen ist die Wurstplatte leergeputzt. Sabine Tilman lächelt das Lächeln der Mona Lisa: „Na, alles reine Gaumenfreude? Auch die Wurst?"

Das Lob der Jungs ist einstimmig.

„Alles lecker. Sie sind auch in der Küche Spitze."

„Wolle, du Schleimer, aber stimmt schon. Freundlichkeit und Wohlwollen sind gute Zutaten für alle Speisen. Wisst ihr, was ihr eben verkasematuckelt habt? Das Fleisch war nicht vom Rind, auch nicht vom Schwein!"

„Waaas? Was war es dann? Huhn, Katze, Hund?"

„Nichts davon. Einer der Fernsehköche hat es kürzlich telegen empfohlen, es war Pferdebratwurst!"

„Nicht möglich! Statt Rostbratwurst Rossbratwurst?"

„Richtig, ich wusste, dass es euch mundet. Nun noch ein Nachtisch?"

„Nur, wenn der vom Pferd ist", fordert Cedric.

„Aber klar, ich habe noch Apfelkompott in der Küche!" grinst die Mutter. „Und dazu ein büschen Schlackermaschü?"

Rotweinpeter schleppt aus dem Keller einen Kasten Bier herbei. „Ama hat diese Marke immer bevorzugt." Seine Augen funkeln schelmisch. „Selbst, wenn es im Himmel so unübersichtlich wie in einem Labyrinth zugehen sollte, wir würden uns immer wiederfinden… in der vielleicht einzigen Kneipe, in der es dieses leckere Bier gibt."

XVII

Eine Flasche Glühwein

Heute ist Lebkuchenwetter.

Ein eifriger Winter zeigt sich seit Tagen sehr eisig. Weihnachtswahnsinn lauert hinter jeder Tür, zeigt überall sein lauerndes Gesicht. Morgen ist Nikolaustag.

Sabine Tilman kommt aus dem Garten. Kürzlich hat sie dort Reste aus Amadeus' Aschenbecher und eine seiner Bierdosen eingegraben. Dicht an der Häuserwand, dicht am Rosenbusch.

„Ich fahre schnell zum Friedhof", ruft sie nach hinten ins Büro. Und schon ist sie weg. Die goldenen Buchstaben auf dem Grabstein kommen ihr, von der tief stehenden Nachmittagssonne freundlich angestrahlt, leuchtend entgegen. Am Grab nimmt sie drei Männer wahr. Sie erkennt die jungen Leute sofort. Rotweinpeter, Arne und Wolle. Mit einer Bierflasche in der Hand stehen sie dicht beieinander, in lebhaftem Gespräch.

„Hallo Frau Tilman, wir wollten Amadeus schon früher besuchen. Heute haben wir's geschafft. Wollten mal wieder ein Bier mit ihm trinken", erklärt Rotweinpeter und schwenkt eine leere Bierflasche. „Verdunstet viel zu schnell."

Die Jungs wollen nicht stören und verabschieden sich artig. „Also dann bis auf bald." Drei Kronkorken bleiben an der Grableuchte zurück, liebevoll auf dem Lampensockel deponiert. Beim nächsten Besuch werden sie erneuert.

Wenig später verlässt auch Sabine Tilman den kleinen Friedhof, einen Ort, an dem so viel oftmals kurz gelebtes Leben Ruhe gefunden hat. Vor dem Ausgang bemerkt sie einen neuen Grabstein. Ein Kindergrab. Geburt und Tod. Dasselbe Datum. Geboren um zu sterben.

Der Tod macht immer wieder Fehler.

***

In der letzten Nacht hat es geschneit und starken Frost gegeben. Üppiger Schnee wohin man schaut. Ein Rotkehlchen ist im Vorgarten tot von einer Kiefer gefallen. Rücklings liegt es im weißen Bett, die dürren Beinchen zum Himmel gereckt. Eine Elster und eine Krähe befinden sich konkurrierend im Anflug.

Sabine Tilman steht an der geöffneten Terrassentür. Schabende Geräusche erregen ihre Aufmerksamkeit. Sie vermutet, dass Nachbarn mit Schneeschiebern gegen den Neuschnee ankämpfen. Die kratzenden Laute wandeln sich in ein unangenehmes Krachen. Es klingt nach einem heftigen Aufeinanderprallen von Latten oder Schlagstöcken, dazu keifende Männerstimmen. Die Frau hält Ausschau. Sie nimmt am Ende der Straße zwei vermummte Gestalten wahr, die mit ihren hölzernen Schaufeln aufeinander einprügeln und offensichtlich ein hitziges Duell ausfechten. Sie sind auf Blitz und Donner aus! Vermutlich hat der eine dem anderen seinen Schnee in den Eingang geschoben. Es kann der Frömmste nicht in Frieden leben…

Eilig zieht sich die Frau ins mollige Heim zurück, hockt sich in ihren Lieblingssessel und schaut Briefe durch. Einer ist in Kassel abgestempelt. Die kindliche Schrift auf dem Umschlag verrät den Absender. Ihr Patenkind Jakob. Sie entfaltet ein mit Buntstiften bemaltes Stück Papier. Ein farbenprächtiger Fisch blickt sie an, darüber der knappe Text: *Liebe Tante Biene. Bleib munter wie ein Fisch und geh nicht unter. Dein Jakob.*

Die Mutter greift sich einen Ordner. Er ist prall gefüllt mit Briefen und Karten, viele schwarz umrandet. Beim Blättern stößt sie auf eine Nachricht, die Jakob ihr kurz nach Amadeus` Tod zugeschickt hat. Mit schwarzem Stift ist dort ein großes Auto abgebildet, ein LKW. Darunter steht mit krakeliger Kinderschrift zu lesen: *Das Auto ist jetzt mein feint. Das Auto ist doof. Schade das Amadeus tot ist, ich haße jetzt das Auto. Tante Biene, du wirst dich bestimt fragen, wieso mußte das mein Sohn sein. Hofentlich wirst du bald wieder lachen können. Dein Jakob.*

Der kindliche Trost spendet Kraft. Die Frau greift zum Telefon und aktiviert eine Vorwahl. „Hallo Bernhard, ich wollte mich mal wieder melden. Jakob hat mir einen lieben Gruß übermittelt. Da muss ich mich doch bedanken."

„Grüß dich, Sabine. Wie geht es dir? Ach, eine blöde Frage, ich weiß. Der Jakob spielt draußen, macht eine Schneeballschlacht. Mit seiner kleinen Freundin. Hier hat es geschneit. Und bei euch?"

„Bei uns ist es kalt geworden. Geschneit hat`s auch. Wie geht es Anneliese?"

„Danke, die Erkältung ist wieder weg, aber warte, der Jakob kommt herein. Jakob, Tante Biene!"

„Hallo Tante Biene, wir haben gerade Schneeball geschlachtet, meine Verliebte und ich. Wir mussten den Schnee ganz schön zusammenkratzen. Hast du mein Bild bekommen?"

„Ja, vielen Dank Jakob. Deshalb rufe ich an. Ich möchte mich bedanken. Aber höre mal. Du musst beim Schneeaufsammeln vorsichtig sein. Man hat schnell einen Stein dazwischen. Und wenn du den an den Kopf bekommst!"

„Ach, mir passiert schon nichts. Der Amadeus passt ja auf mich auf."

„Schön, dass du an Amadeus denkst. Freust du dich schon auf den Nikolaus?"

„Klar freue ich mich. Danach ist bald diese Feier, diese ... wie heißt noch das Fest, wo wir mit der ganzen Familie zusammenhocken und singen müssen?"

„Du meinst den Heiligen Abend. Aber vorher kommt ja nun erst einmal der Nikolaus."

„Der kommt bestimmt heute Nacht, direkt vom Himmel. Du, Tante Biene, Mami hat gesagt, dass Amadeus auch im Himmel ist. Sag mal, kann in diesem Jahr nicht der Amadeus als Nikolaus zu uns kommen?"

***

Ist doch wirklich toll! Alle wissen es, haben wochenlang daraufhingearbeitet. Und doch, ganz plötzlich hat er sich in den Wohnstuben eingenistet: der Weihnachts-wahnsinn. Auch die

Tilmans werden überrumpelt von dem *klingelingeling, klingelingeling, hier kommt der Weihnachtsmann!* Und auch sie hetzen von einer Besinnlichkeit in die nächste.

Es ist das erste Weihnachtsfest ohne Amadeus. Am liebsten hätte die Mutter auf das Herausputzen eines Christbaumes verzichtet. Doch ihr Ältester hat für den Heiligen Abend seinen Besuch angekündigt und Unverständnis für ein baumloses Fest bekundet.

„Amadeus würde, wenn er uns zuschauen sollte, einen Weihnachtsbaum vermissen, ganz gewiss."

Dieses Argument hat bei der Mutter die Zweifel beseitigt und sich zu einer Baumschau mit Frau Nevermann eingelassen. Fröstelnd marschieren die Frauen in Richtung Bahnhof. Die Trauerweiden am Straßenrand stehen da mit hängenden Schultern. Auf der Wiese hinter dem Bahnhof sind in militärischer Ordnung reichlich Fichten und Nordmanntannen aufgestellt und halten nach Käufern Ausschau. Die schneenassen Weihnachtsbäume lehnen an dicken Seilen. Vereinzelt sind sie umgefallen, von Kaufinteressenten lieblos umgestoßen. Der Boden ist vom anhaltenden Schneeregen aufgeweicht. Vorsichtig stapfen die beiden durch das matschige Gelände.

„Schauen Sie, Frau Nevermann, der Kleinere da. Wie wär`s mit dem? Er schaut mich fragend an, es ist doch recht hübsch."

„Finden Sie? Ich denke, der Halleluja-Baum blickt trist in den Abendhimmel. Und unten rum hat er wenig zu bieten, da ist er recht nackt. Und kerzengrade gewachsen ist er auch nicht", krittelt die Nachbarin.

„Ach was, warum sollen wir lange herumsuchen. Ich habe Mitleid mit dem Baum, er passt zu uns."

„Richtig, schöne Frau, auch dieses Exemplar verdient ein gemütliches Zuhause", freut sich der in einem Nikolauskostüm steckende Verkäufer. „Jeder Baum hat eine schwache Stelle. Das ist beim Menschen doch nicht anders, oder? Man muss das weihnachtliche Bäumchen nur richtig positionieren, ins rechte Licht rücken."

Lautere Nikolausaugen mustern die Mutter, prüfend, aber

vertrauenerweckend. Plötzlich dampfen Worte unter dem Vollbart hervor:

„Zu dem Christbaum hier in spe,
sagt so mancher Kunde *nee!*
Unumwunden: Dieser Baum
ist jetzt wahrlich kaum ein Traum.
Doch von lieber Hand geschmückt,
sind Sie später sehr entzückt.
Wenn Sie unterm Baum sich küssen,
schmeckt der Kuss nach Pfeffernüssen.

„Heiliger Nikolaus! Kann man diesen weihnachtlichen Reimen widerstehen?"

„Zu Recht, gnädige Frau, zu Recht. Um Ihrem Herzchen einen letzten Schubs zu geben, locke ich Sie mit dieser Flasche edelsten Glühweines. Ein Geschenk, echt klasse. Sobald Sie den Baum mit Schmuck geadelt haben, nehmen Sie einen kräftigen Schluck und spätestens dann wird Ihnen diese christliche Tanne gefallen, spätestens dann!"

Der Nikolaus ist ein Verkaufsprofi. Die freundliche Art und die baritonale Stimme überzeugen. Sabine Tilman adoptiert den Baum.

Am Tag vor dem Heiligen Abend steht er in der Wohnzimmerecke. Die Mutter befestigt eine letzte rote Kugel und betrachtet ihr Werk. Der wie immer mit Liebe geschmückte Weihnachtsbaum präsentiert sich prächtig.

„Allens scheun, Tomas?"

„Ja, Sabine, putzig, aber schön und niedlich. Haste wie immer klasse hinbekommen."

Die Mutter denkt Jahre zurück. Die Familie ist gerade nach Lübeck gezogen und begeht das erste Weihnachtsfest. Dem kleinen Amadeus wird zuvor mit sanfter Gewalt bedeutet, dass er ein Gedicht aufzusagen hat. Auch Cedric soll etwas vortragen. Nur allzu gern verzichtet Cedric auf einen jammervollen Violinenvortrag. Einige Wochen Geigenunterricht auf Großvaters archaischer Geige lassen diese Entscheidung sinnvoll erscheinen. Notgedrungen hat er eine alte Blockflöte reaktiviert und legt los: *Es ist ein Ros entsprungen.* Artig loben die Eltern sein verspeicheltes Blockflötentuten. Dann ist Amadeus dran. Brav hat er, der Mutter zu Liebe, ein plattdeutsches Gedicht gelernt. Schön kurz. Das ist praktisch. Er baut sich vor dem geschmückten Baum auf und fordert mit kräftiger Stimme:

Winachtsmann, kiek mi an,
en lütten Knebel bün ick man.
Veel to seggen heb ick nich,
Winachtsmann vergeet mi nich!

Ja damals. Sabine Tilman zieht einen in zarten Farben gestrickten Pullover aus der Schublade und streicht mit der Hand darüber. „Weißt du noch, Tomas, den hat er erst im letzten Jahr zu Weihnachten bekommen. Ich sehe noch seine glänzenden Augen. Genauso einen hatte er sich gewünscht."

Der Abend ist jung, friedliche Stimmung im Wohnzimmer. Die Mutter kauert abgekämpft in Großmutters Ohrensessel.

„Was hältst du vom Zubettgehen?"

Der Mann zögert. „So früh? Nachher können wir wieder nicht einschlafen. Lass uns die Spielbox holen und ein Glas Wein trinken. Dein wohlwollender Nikolaus hat dir doch eine Flasche *edelsten* Glühweins mitgegeben. Wäre doch eine prima Gelegenheit, ihm den Garaus machen, dem Glühwein."

„Gute Idee. Ich mache das Zeug eben heiß. Ist bestimmt nicht die beste Qualität. Werde noch ordentlich Rum reinkippen."

Bald sitzen sie mit dampfenden, weihnachtlich bemalten Porzellanbechern vor dem Weihnachtsbaum. Rote Kerzen auf blauem Grund, leicht abgestoßen. Der Gewürzduft und der geschmückte Wohnraum zaubern Besinnlichkeit herbei. Sie hocken da, wärmen sich die Hände an den rituellen Trinkgefäßen und kneten auf ihren Gedanken herum.

Plötzlich schrecken sie hoch. Ein krachendes Geräusch hat die weihnachtliche Ruhe gestört. Die Frau verschüttet einen Teil ihres Glühweins. Hat da nicht eben jemand gegen die geschlossenen Rollläden geballert?

„Da ist was im Schlafzimmer", ängstigt sich Sabine Tilman.

Sie eilen in den Schlaftrakt, erkennen sofort die Ursache. Der wuchtige Kristallspiegel über dem Ehebett ist von der Wand gefallen, aufs Bett gestürzt und hat ein großes Kopfkissen aufgeschlitzt. Der Holzrahmen hängt noch an der Wand. Der gealterte Klebstoff hat das schwere Kristallglas nicht mehr im Rahmen gehalten.

„Den Spiegel haben wir mal aus Berlin mitgebracht, aus dem Möbelgeschäft am Sachsendamm, weißt du noch, Tomas? Ich war hochschwanger."

Der Mann nickt. Nachdenklich betrachtet er den Rahmen. „Material-ermüdung nennt man das", stellt er trocken fest.

Seine Frau lehnt sich eng an ihn. Nach einer Weile: „Komm, lass uns das vermaledeite Ding entsorgen."

Selbst zu Zweit haben sie Mühe, den schweren Spiegel hochzustemmen. Sie tragen ihn in den Flur und betrachten noch einmal den scharfen Kantenschliff.

„Der hat uns bald zwanzig Jahre gute Dienste geleistet, hat das Alter von Amadeus erreicht!"

„Ja, sonderbar, Sabine... ich denke, dass vorhin ein Schutzengel durch unser Haus geschwebt ist. Meinst du nicht auch? Schon wieder eine kritische Situation, die ich in meinem Leben glücklich überstanden habe. Und du in deinem natürlich auch, Sabine. Darauf sollten wir uns einen kräftigen Schluck genehmigen."

„Wo du vom Trinken sprichst, Tomas, hätten wir vorhin nicht dem Glühwein zugesprochen ..., wären wir zeitiger ins Bett gegangen ..."

„Dann hätte uns der schwere Spiegel mit einiger Sicherheit guillotiniert", vollendet ihr Mann diesen Gedanken. „Klingt makaber, klingt nach französischer Revolution." Er versucht abzulenken: „Vielleicht war der Nikolaus mit den Tannenbäumen ja echt. Der Glühwein ist es jedenfalls."

„Ja, Tomas, wärest du beim Kauf des Weihnachtsbaumes

dabei gewesen, hättest du den bärtigen Verkäufer bestimmt an den Haaren gezogen, um deine Manie nach analytischer Wahrheit zu befriedigen!"

„Du sagst es, meine süße Kartoffel."

Ging vorhin ein Schutzengel durchs Haus? Aber warum hat er nicht auch Amadeus beschützt? Wo war Amadeus` Schutzengel in jener grauen Nacht? Was ist denn die Aufgabe von Schutzengeln? Sind sie nur Begleiter in unserem Leben? Oder vielleicht auch Helfer?

***

Erster Weihnachtstag. Es ist um die Mittagszeit. Bernhard Haller wählt eine Telefonnummer. Sabine Tilman legt das Tranchiermesser aus der Hand und nimmt den Hörer ab.

„Ach du bist es, Berni. Will soeben einen Puter ins Rohr schieben. Ein riesiges Ding. Mal sehen, ob er hineinpasst."

„Hau mit der Pfanne drauf, Sabine, mach das Ding platt! Ich will nicht groß stören, wollte nur ein frohes Fest wünschen. Auch im Namen von Anneliese. Die putzt in der Küche irgendwelches Grünfutter. Bei uns gibt`s heute Forellen."

„Wir hatten gestern Gänsebraten, wie meistens am Heiligen Abend."

„Weiß ich, Sabine. Ich hoffe, ihr habt den gestrigen Abend gut verbracht. Wärmt euch das Fest ein wenig?"

Die Frau stockt: „Na ja, der Cedric ist da. Und dass uns einer fehlt…"

„Natürlich, Sabine. Ich melde mich Sylvester noch mal", verspricht Bernhard Haller. „Und nicht vergessen, hau ordentlich drauf auf den Puter." Er legt auf, wendet sich seiner Frau zu, die mit Kartoffeln und einem Schälmesser aus der Küche kommt. „Man weiß ja nicht so richtig, was man sagen soll."

Er schlurft in seinen neuen Pommernpantoffeln in den Vorraum, wühlt dort eine Weile herum und kommt mit einem Schraubenzieher zurück. Seine Frau legt den Zeigefinger an die Lippen und weist auf die Tochter. Die Dreijährige schlummert

210

unter dem Weihnachtsbaum, eingebettet in eine Geschenklawine. Ihr Wuschelkopf ruht zwischen Plastikschachteln, glänzendem Geschenkpapier und dem Holzesel vor der Krippe. Beide Ärmchen umklammern eine neue Puppe. Die hat sie spontan Sabine getauft. Ajax, der strubbelige Familiendackel, Vater unbekannt, wandert durch eine Anhäufung von bunten Schleifen und apportiert einen Weihnachtskringel. Christliche Idylle. Bescheidenheit, wo bist du?

Bernhard Haller hockt sich vor ein längliches Paket und reißt die Verpackung auf, bemüht, wenig Lärm zu verursachen. Er will die Tochter nicht in ihrem Schlaf stören. Nachdenklich hantiert er mit Holzregalteilen eines schwedischen Möbelhauses. Die Mutter werkelt mit dem Kartoffelschälmesser. Eine Weile hört man nur das Schaben des Messers und das leise Poltern, welches bearbeitete Kartoffeln verursachen, wenn sie in die Schüssel zurückplumpsen. Gelegentlich ist ein männlicher Fluch zu hören.

„Passt wieder nicht!"

Anneliese Hallers müde Augen schweifen über die weihnachtliche Idylle. Sie flüstert: „Sieht ganz so aus, Bernhard, als ob wir das Projekt *Weihnachten* wieder einmal erfolgreich bewältigt haben. In einigen Tagen räuchern wir dann noch mit unseren Böllern das neue Jahr herbei. Ajax!"

Der Familiendackel hat sich das Christkind geschnappt, versucht es aus der Krippe zu entführen. Der Ruf der Mutter reißt die kleine Pia aus ihrem Nickerchen. Der Hund wendet sich beleidigt ab. Tochter Pia reibt sich die Augen. Bernhard Haller legt den Schraubenzieher aus der Hand. Mutter Haller wirft das Kartoffelschälmesser in die Schüssel und greift zur Fernbedienung. Eine CD startet. *Morgen Kinder wird`s was geben...*

Morgen? Bitte nicht schon wieder! Dann entquillt der Lautsprecherbox ein munteres *Oh du fröhliche.*

Söhnchen Jakob blickt von seinem Kleincomputer auf. "Schalt aus, ich kann`s nicht mehr hören!"

XVIII

Eine Kündigung

Der Februar gibt sich erfolgreich Mühe, winterlich zu wirken. Vereinzelt fallen glitzernde Schmuckstückchen vom Himmel und versuchen, auf Bäumen und Sträuchern Halt zu finden. Im Vogelhäuschen vor dem Bürofenster holen sich einige Kohlmeisen ihr Frühstück ab. Der angefrorene Rasen flimmert wie ein silbriges Tuch.

Tomas Tilman ist von einer Dienstreise zurückgekehrt, sitzt im Büro. Der Winter hat sein Gesicht zusätzlich gebleicht. Gedanken schweifen ab. Der Unfall von Amadeus. Ohne ihn wäre der Schnee weißer, der Himmel blauer, das Lachen lauter. Und die Arbeit ginge gewiss leichter von der Hand. Im Kopf geht es zu wie auf der überlasteten Festplatte eines Computers. Speicherkapazität ist blockiert, Viren haben sich eingeschlichen, haben das Denken in Unordnung gebracht. Dem großen Sohn geht es nicht anders.

Dieses ständige *Warum* geht ihm nicht aus dem Sinn, begleitet ihn Tag um Tag. Das Atmen fällt heute wieder schwer. Niemand hat Amadeus bei seiner Geburt gefragt, ob er auf diese Welt kommen wollte. Aber das Leben ist ein Geschenk, das er nicht ablehnen konnte. Als er da war und alle sich darüber freuten, wie er heranwuchs und er neunzehnjährig zu einem hoffnungsvollen jungen Mann herangereift war, auch da wurde er nicht gefragt, ob er diese Welt wieder verlassen wollte.

Warum musste dieser Unfall geschehen? Warum hat Amadeus nicht bei der Freundin übernachtet? Warum hat er nicht Minuten früher die Unfallstelle auf der Autobahn passiert? Warum ist die komplette Lichtanlage bei dem LKW ausgefallen? Warum hat kein Gegenverkehr die tödlichen Schatten als Konturen sichtbar werden lassen? Warum hat auch noch eine breite Ölspur die Autobahn zu einer tödlichen Rutschbahn werden lassen? Warum?

Es klingelt. Cedric kommt zu Besuch. Im Gespräch mit dem Vater deutet er Probleme an, beklagt seinen stressigen Job. Der Beruf fordert ihn. Deshalb hat sich der Kontakt zu Martina in letzter Zeit auf Telefonate beschränkt.

Die Mutter blättert in der abonnierten Tageszeitung. Todesanzeigen, früher oft überschlagen, studiert sie nun mit intensivem Interesse.

„Männer, hört mal, was hier steht." Sabine Tilman zitiert aus einem Bericht, in dem vom Tod eines Jugendlichen berichtet wird. Die Ursache ist auch jetzt wieder ein schrecklicher Verkehrsunfall.

Anfangs haben Vater und Sohn solche Hinweise mit Interesse zur Kenntnis genommen. Inzwischen wirken sie ermüdend, zuweilen lästig. Immer frische Stiche, ein erneutes Bohren in der Wunde. Jeder kämpft sich auf eigenem Weg voran, ist bemüht, sich aus den Maschen der Trauer zu befreien.

Die Mutter schreckt häufig in der Nacht hoch, meist kurz nach Mitternacht, horcht und schläft bald wieder ein. Dann überlagert die schwarze Decke des Schlafes für kurze Zeit bedrückende Gedanken. Läuft im Fernsehen ein Tennismatch, kommentiert sie, dass auch der Sohn erfolgreich Tennis gespielt habe. Erscheint ein bestimmter Tennisspieler auf dem Bildschirm, weist sie darauf hin, dass Amadeus diesen besonders mochte und dass er ihm, wenn er spielte, immer die Daumen gedrückt habe. Wird von einer politischen Partei berichtet, merkt sie an, dass Amadeus nur einmal in seinem Leben zur Wahl gehen konnte, diese Partei aber nie gewählt hätte. Oder eine andere ganz gewiss. Erblickt sie auf der Straße eine Mutter mit ihrem Sohn, zuckt sie zusammen. Nimmt der Sohn die Mutter in den Arm oder zeigt eine fürsorgliche Reaktion, verspürt sie einen besonders heftigen Stich. Ihr Mann befürchtet an manchen Tagen sogar beim Guten-Tag-Wünschen eine negative Reaktion.

„Was soll an diesem Tag gut sein? Wie kann man Freude zulassen bei dem, was wir durchleben?"

„Nun lass doch die Kirche im Dorf und Tante Hanne im Wohnheim", pflegt er dann zu sagen, nimmt seine Frau in den

Arm und drückt sie behutsam an sich. „Man muss das Leben leben, auch wenn es wehtut." Doch oft windet sie sich aus seiner Umarmung. Zu selten gelingt es ihm, ihr ein seelisches Geländer zu sein. Bei der Liebe reicht es nicht einmal zum Erhalt der Rasse. Die zwischenmenschlichen Beziehungen wandern schleichend in Richtung Kühltruhe. Aber ob sie dort frisch gehalten werden?

***

Cedric kennt die wirtschaftliche Situation der Firma Mönckemeier. Er weiß nur zu gut um die rapide Verschlechterung in den letzten Monaten. Die schwachen Umsätze haben Wurzeln geschlagen. Bei Großkunden ist der Abverkauf regelrecht eingebrochen, andere Kunden ordern ängstlich. Fast alle Einkäufer führen, von den harten Vorgaben ihrer Chefs terrorisiert, hartnäckigste Preisgespräche. Gegenwind an allen Ecken. Wenn man einen Drachen zum Fliegen bringen will, muss man sich gegen den Wind stemmen.

Auch das heutige Kundengespräch verläuft zäh und unerfreulich. Nervös spielen die Finger des jungen Verkaufsleiters mit zwei Würfeln, die er in der Jackentasche mit sich führt. Er hat die beiden gerundeten Holzklötzchen nach dem tödlichen Unfall des Bruders im Unfallauto gefunden. Seitdem hat er sie ständig bei sich. Meist überkommt ihn eine sonderbare Ruhe, wenn er die Würfel in den Fingern spürt. Dieses Gefühl will sich heute nicht einstellen. Die Hartleibigkeit des Gesprächspartners auf der Gegenseite des Schreibtisches nervt. Er lockt mit weiteren Preiszugeständnissen. Doch kein vertretbares Entgegenkommen kann den Auftrag retten. Der Einkaufschef einer umsatzstarken Handelskette ist nicht bereit, den bereits mündlich zugesagten Großauftrag schriftlich zu bestätigen.

Auf dem Rückweg zur Firmenzentrale biegt Cedric in eine Nebenstraße ein. Dabei übersieht er heranstrampelnde Radlerinnen. Vorne keucht eine Dünne, gleich dahinter, in ihrem Windschatten, schnauft eine Korpulente: eine weibliche Ausgabe von Dick und Doof. Durch panisches Bremsen versuchen die beiden Frauen eine Kollision mit dem Fahrzeug vermeiden. Der vorausfahrenden Dünnen gelingt ein rechtzeitiges Abbremsen. Auch die Dicke dahinter betätigt heftig ihren Rücktritt, aber das Fahrrad samt wallender Masse ist nicht so schnell zum Stillstand zu bringen, prallt auf das abgebremste Hindernis vor sich, wird aus dem Sattel gehoben, zwei Zweiräder vereinigen sich, zwei Frauen stürzen aufeinander, eine schreit, beide liegen am Boden, die Dicke oben drauf. Gefühlte zweihundert Pfund lasten auf der Dünnen, das Gewicht der Fahrräder nicht mitgerechnet. Ein dickes Knie scheint lädiert, ein magerer Ellenbogen aufgeschürft.

Cedric stürzt aus dem Auto. Er muss erhebliche Kraft aufwenden, um der dicken Radlerin auf die Säulenbeine zu helfen. Offensichtlich ist ihr aber nichts Schlimmes passiert. Doch was ist mit der anderen Frau?

Die Dünne kauert am Boden, flüstert unentwegt *ochottochott* und weist weinerlich auf eine winzige Schürfwunde am Kopf. Die Frau zeigt sich erschüttert, doch schnell ist klar, dass auch sie keinen größeren Schaden davongetragen hat. Cedric richtet die beiden Fahrräder auf und versucht mit einigem Erfolg, einen Sattel, einen Gepäckträger und zwei Fahrradlenker in die ursprüngliche Position zu biegen. Widerwillig nehmen die beiden Frauen seine Entschuldigung an, zwei Geldscheine schon bereitwilliger. Das Ganze hätte schlimm ausgehen können.

Am Ende der Straße präsentiert sich das graue Verwaltungsgebäude von Mönckemeier & Consorten. Ein ausdrucksloser Zweckbau. Die Parkplätze sind besetzt. Auch das noch! Vor dem Firmengelände gibt es weitere, doch nur die Behindertenparkplätze sind verwaist. Cedric holt Großmutters Behindertenpass aus dem Handschuhfach, steckt ihn hinter die Windschutzscheibe und eilt mit schweren Schritten die Stufen zum Eingang hoch. Der Chef will immer zügig informiert sein.

Clemens Mönckemeier ist Choleriker von Geblüt. An guten Tagen lächelt er morgens in die Kaffeetasse. Dann hat er das hinter sich. Es gibt Momente, da offenbart er den Mitarbeitern das Herz eines Henkers. Man sagt, die einzige Freude, die er sich erlaube, sei die Schadenfreude. Echte Freunde hat er nicht. Im Unternehmen schon gar nicht. Da kann es geschehen, dass ein Mitarbeiter grundlos mit einer fristlosen Kündigung konfrontiert wird. Nach dem Tod seiner Frau vor einigen Jahren hat er sich immer stärker isoliert. Jack Daniel`s aus Tennessee bildet eine Ausnahme. Der hat sich zu einem treuen Freund und Begleiter entwickelt.

Der Chef hat sich den in einem Hochglanzprospekt angepriesenen Eichensarg zusenden lassen. Seit gestern wurzelt dieser edle Holzkasten unter dem Fenster des Arbeitszimmers und vermittelt dem Besucher sofort einen erhöhten Pulsschlag. Das gute Stück will erprobt sein. Clemens Mönckemeier hat sich deshalb heute darin eine Auszeit genommen. Soeben stemmt er sich mit vorgeschobenem Wohlstandsbauch aus der Totenkiste und entsteigt ächzend der makabren Ruhestätte. Mit mildem Blick betrachtet er die in hellem Samt gehaltene Innenausstattung und streicht liebevoll über die in flämischer Kanzleischrift ins Kopfkissen eingestickten Worte *Nur ein Viertelstündchen*. Dann begibt er sich hinüber an seinen Arbeitstisch und fingert aus dem Chaos, dessen geheimnisvolle Ordnung nur er beherrscht, eine Verkaufsstatistik. Bald schon trommeln die Finger ein Stakkato auf die zerkratzte Schreibunterlage. Er stiert den *Lebensstab* an, der auf dem Schreibtisch einen festen Platz gefunden hat und schiebt die rote Markierung ein winziges Stückchen voran.

Der Verkaufsleiter öffnet die Tür zum Sekretariat. Clarissa Rose sitzt an ihrem Schreibtisch und ist damit beschäftigt, der Lesebrille ihres kurzsichtigen Chefs einen klaren Durchblick zu verschaffen.

„Bitte warten Sie, Herr Tilman, ich muss erst nachsehen, ob der Chef ansprechbar ist."

„Was hat er denn?"

Am Ende des grauen Ganges hinter dem Sekretariat befindet sich das Großraumbüro. Zurzeit herrscht dort dumpfe Stille. Ein Telefon klingelt. Es klingelt endlos. Alfons Kohlmeier und Kumpel Heino Müller vergraben ihre Nasen in Akten, geben sich der kindlichen Erwartung hin, dass sich der andere gleich aufrichten und das Telefonat entgegennehmen werde. Nach einer Weile dreht sich Alfons Kohlmeier zu seinem Kollegen um. Er tut dies bedächtig wie ein Handwerker, der sich im neuen Wirkungsbereich erst einmal gründlich umschaut, bevor er den ersten Handschlag vollzieht.

„Ich bin doch kein Octopus. Unglaublich, wie viel Zeit manche Leute verschwenden", murmelt Alfons Kohlmeier. Er ist der Ansicht, dass nichts zu tun besser ist als mit viel Mühe nichts zu schaffen. Das wiederum zeugt von einem Mindestmaß an Intelligenz. Seine wahre Größe wird jedoch erst bei seinen Ansprüchen sichtbar. Schon in seiner Jugend litt er darunter, dass die Ausgaben den Inhalt seines Geldbeutels übertrafen. Mit dieser Fähigkeit hätte er auch in die Politik gehen können. Auf diese Idee ist er freilich nie gekommen.

Kumpel Müller lümmelt sich auf seinem Bürostuhl herum. Noch einige Minuten die Augen schließen und nur nicht einschlafen. Dann ab nach Hause zu Frau und Kind. Er unterdrückt ein Gähnen und reckt sich ausgiebig.

Eine heisere Stimme meldet sich. „Heino?"

Widerwillig öffnet Kollege Müller die Augen. „Alfons, du hast meinen Gedankengang unterbrochen. Was ist?"

„Hörst du auch, was ich höre?"

Aus dem Arbeitszimmer des Chefs quillt Aufgeregtheit. Die Stimmung ist offensichtlich aufgeheizt. Nur Wortfetzen dringen hinüber zu den Mitarbeitern, vermischt mit einem pfeifenden Geräusch. Clemens Mönckemeier hat sich vor einigen Wochen nach einem Luftröhrenkrampf einer Tracheotomie unterziehen müssen und lebt seitdem mit einer Kanüle in den Weichteilen des Halses.

„Ich habe da gern mal eine Frage", meldet sich erneut die heisere Stimme. „Ist der Tilman drin?"

„Ja, schon eine ganze Weile".

„Oh je, der Ärmste! Mir reichen schon zwei Minuten – oder oft nur eine. Mich würde es nicht wundern, wenn der Chef bei Vollmond zum Werwolf mutiert. Wenn ich in diesem Laden Boss wäre", wispert Kohlmeier, „dann wäre ich doch lieber ich!

„Ach", nuschelt Heino Müller. „du kennst doch die bittere Wahrheit: Der Arbeiter arbeitet, der Student studiert und der Chef scheffelt."

Clarissa Rose, die jung gebliebene Altsekretärin, öffnet die Bürotür. Clemens Mönckemeier und Cedric hasten in aufgeregter Diskussion an ihr vorbei.

„Die Arbeit im Vertrieb ist eine einzige Katastrophe! Die Deckungsbeiträge sind seit Monaten auf Talfahrt!" Die Stimme des Chefs klingt, begleitet von rasselnden Pfeifgeräuschen erbost, ja bösartig. Seine Augen blicken kalt wie Kiesel. „Tilman, Sie haben die Kunden nicht im Griff!"

Der junge Verkaufsleiter versucht zu erklären, dass er sich die missliche Situation durchaus erklären kann. „Aber ..., bedenken Sie doch ..., wir liegen planmäßig hinter der Planung zurück."

Clemens Mönckemeier unterbricht ihn. „Aber, aber! Rede ich in Watte oder was?" Rasselnd ringt er um Atem. „Tilman, Sie entwickeln sich zu meinem Sargdeckel!"

Die Unterhaltung eskaliert. „Chef, können wir uns, bitte, an die Fakten halten?" Verzweifelt versucht Cedric, das Gespräch in geordnete Bahnen zu lenken. „Das menschliche Auge kann massenhaft Farben unterscheiden. Sie aber sehen gleich schwarz oder rot oder ich weiß nicht was. Ich versichere Ihnen, dass meine Mitarbeiter engagiert arbeiten und keine Überstunden scheuen."

Clemens Mönckemeier tritt an seinen Verkaufsleiter heran. Einige Sekunden lang stehen sie Nase an Nase. Dabei hechelt er wie ein betagter Bernhardiner, der kaum noch den Napf schafft. „Ha, die Mitarbeiter werkeln engagiert, ha! Hören Sie, junger Mann, meine Mitarbeiter sind mir lieb und teuer. Das kann *ich* Ihnen sagen. Aber weniger teuer wären sie mir lieber!" Seine Rede holpert, er muss erneut Luft schöpfen. Reden kann er dann nicht, es geht nur eins von beiden. „Tilman, ich verlange allerhöchsten Einsatz!"

„Ich tue wirklich, was ich kann."

„Genau das ist das Problem", giftet Clemens Mönckemeier.

„Streite nicht mit dem Wind, sondern schlüpfe in deinen

Mantel", pflegt Vater Tilman in solchen Situationen dozierend von sich zu geben. Aber das Gemüt des Sohnes ist aufgewühlt, die Vorwürfe beißend. Die Nerven, seit dem Tod des Bruders arg strapaziert, versagen. Der Attackierte geht zum Angriff über. „Wer hält uns davon ab, das zu tun, was wir von anderen verlangen?"

„Wollen Sie damit andeuten ...", keucht der Chef. „Muss ich wieder alles alleine machen?" Jetzt hat er Eissplitter in den Augen, packt vom Schreibtisch eine Hand voll Faxe. „Ein Haufen Absagen, habe ich Recht?", hechelt er. „Alles Reklamationen wichtiger Kunden..." Hechelnde Pause. Dann schnauft er die Worte *ungerechtfertigte Rabatte, was?* und *Sie, Sie Bündel an Unff... Unfähigkeit!*. Er zerknüllt die Papiere und feuert sie in Richtung seines Chefverkäufers.

Ein geschmeichelter Hund schwänzelt, ein angeknurrter Hund knurrt zurück, und so schleudert der Attackierte seinem Chef ein *ich kündige* entgegen.

Der Chefhypochonder steht einen Augenblick regungslos inmitten verstörter Mitarbeiter. Aber er ist einer, der aus Sturheit sogar seinen Piloten aus der Privatmaschine springen lassen würde, obwohl er selbst das Flugzeug nicht steuern kann. „Akzeptiert!" faucht er in die Schwüle des Großraumbüros: „Rose, sofort zu mir!" Keuchend, als hätte er soeben ein Fünfzigmeterbecken durchschwommen ohne aufzutauchen, bewegt er sich aus der Kampfzone.

Als die Sekretärin sein Zimmer betritt, sitzt er hinter dem Arbeitstisch, die Unterarme auf die hölzerne Leiste, seinen *Lebensstab,* gestützt. Der Kopf ruht auf angewinkelten Armen. Die erfahrene Mitarbeiterin greift zu einer Kristallkaraffe, die neben einem Strauß orangefarbener, dahinwelkender Rosen bereitsteht. Eilig füllt sie Wasser in ein Glas und fingert eine Tablette aus einer Pappschachtel.

Die rote Markierung auf dem Holzstab hat sich ein weiteres Stück zum Ende hin verschoben.

***

Zerbrechlichkeit des Lebens.

Der tödliche Unfall des Bruders hat sie Cedric brutal vor Augen geführt. Gekommen, geworden, gegangen. Viel zu früh gegangen.

Aufgewachsen in einem behüteten Elternhaus hat Cedric eine sorgenfreie Jugend gelebt. Die Sonnenseite war ihm und seinem Bruder immer sehr gewogen. Zuletzt ein erfolgreiches Studium, ein erster Job mit hervorragenden finanziellen Möglichkeiten. Und nun?

„Cedric, wie kannst du einen guten Job aufgeben, bevor du einen neuen hast? Und das in einer Zeit, wo viele Menschen mit der Arbeitslosigkeit kämpfen."

Die Vorhaltungen des Vaters waren kurz gewesen. „Dieser Fehler, und es ist ein großer Fehler, mein Junge, ist aber nun mal passiert. Blicken wir nach vorn. In deinem Alter und mit deiner Ausbildung sollte es möglich sein, bald eine angemessene, ordentlich bezahlte Arbeit zu bekommen."

Cedric ahnt nicht, wie schwer es werden wird, eine annehmbare Aufgabe zu finden. Schon der erste Besuch beim Arbeitsamt ist frustrierend. Schnell spürt er das entwürdigende Gefühl, in der Menge einer von vielen zu sein. Einer, an dem man vorbeischaut. Der lange graue Gang ist voll von Arbeitsuchenden: Deutsche und Ausländer, mit verhärmten und mit glatten Gesichtern, gepflegt und schmuddelig, alt und jung, rasiert und unrasiert. Und doch ähneln sie sich, sind irgendwie eine Einheit. Auch, wenn Cedric sich mit seiner gepflegten Kleidung und angenehmen Erscheinung abhebt: Er muss sich einreihen.

„Du musst `ne Nummer ziehen", nuschelt ein unrasierter Jugendlicher. „Dahinten, aus dem kleinen Apparat."

Aus dem an der Wand angebrachten grauen Metallkasten zieht Cedric eine *Essensmarke* und hockt sich zu einem der Wartenden auf die abgenutzte Bank. Unausgeruhte Augen eines unrasierten Twens mustern den Neuen.

„In diesem Laden muss man Geduld haben", brummt er und grinst freundlich. „Sie bieten dir hier einen Job an, wo du in einer

Stunde leisten sollst, wofür du zwei Stunden benötigst, damit du dann wenigsten eine halbe Stunde bezahlt bekommst.

Cedric stiert auf das kleine Stück Papier. Der Fetzen deprimiert ihn. Alles läuft hier *von Amts wegen*. Auf dem Flur bewegen sich grau wirkende Amtsträger mit dicken Akten an ihm vorbei und verschwinden hinter behördlichen Türen. Alle wirken wichtig.

Vor dem Portal am Haupteingang eilt ein Mann im karierten Freizeithemd, offensichtlich einer aus der Gilde der beamteten und weniger beamteten Arbeitsverwalter, die Stufen empor, so hurtig, dass man befürchten könnte, er befinde sich auf der Flucht. Drinnen drängt er zwei Besucher zur Seite, die sich vor einem an der Wand angebrachten kastenähnlichen Apparat aufhalten. Gekonnt fingert er eine Plastikkarte in den kleinen Schlitz. Ein leiser Klingelton bestätigt die Aktion und der Mann schnauft aus. Schlagartig fällt jegliche Hektik vom ihm ab. Umständlich kramt er ein Schnupftuch aus der Hosentasche und posaunt hinein. Dann putzt er umständlich seine Hornbrille und studiert diverse Hinweise am schwarzen Brett. Danach verschwindet er im Schleichgang in einem der hinteren anonymen Büroräume. Der Mann scheint sich seiner Pension sicher zu sein. Und die ist in Deutschland so gewiss wie die Wiederkehr der Jahreszeiten.

Cedrics Nummer wird aufgerufen. Die Sachbearbeiterin stellt sich als eine hagere, hektische Person heraus. Sie konzentriert sich auf Formalitäten.

„Die Formulare alle richtig ausgefüllt, ja? Sie haben selber gekündigt? Dann müssen Sie noch ein weiteres Formular ausfüllen." Die nervige Frau hakt ab, knallt einen Stempel auf die Unterlagen und vermerkt das Tagesdatum.

„Todesstempel", grinst Cedric.

Die Sachbearbeiterin runzelt die Stirn. „Wieso das?"

„Da steht doch *Eingegangen am* ..." versucht er zu witzeln.

Der hageren Frau ist kein Lächeln abzuringen.

„Wie stehen denn die Chancen für einen angemessenen Job?"

„Darüber können wir reden, sobald Sie alle Formulare korrekt ausgefüllt haben. Aber Sie sind ja noch jung. Prüfen wir erst einmal, ab wann Sie Arbeitslosengeld bekommen können."

„Ab wann? Ich dachte ab sofort", wundert sich der Arbeitsuchende. Er lernt, dass jemand, der seinem Job selbst gekündigt hat, eine Wartezeit absitzen muss. Das ist sicher. Sicher erscheint auch eine ausgiebige Prüfung. Einige Formulare später begibt sich der frisch registrierte Arbeitslose zum Ausgang.

Nachdenklich verlässt er die ungeliebten Räumlichkeiten. „Hoffentlich bleibt mir eine lange Jobsuche erspart". Langsam dämmert es Cedric, was er immer schon wusste, dass das Leben nicht aus einer Aneinanderreihung von Sonntagen besteht. So sagt Tante Martha immer. Erfreulicherweise wird es nicht mehr als Schande angesehen, wenn jemand seinen Arbeitsplatz verliert.

Cedric schaut zurück, betrachtet das Gebäude. Die klotzigen, in Beton gehauenen Buchstaben über dem Eingang wirken erdrückend. *Arbeitsamt.* Ein Mann im Overall nähert sich mit einer Leiter, klettert mit Hammer und Meißel die Metallstufen hoch und beginnt mit vorsichtigen Schlägen den Buchstaben *A* zu entfernen. Die Politiker, die alles routiniert schönreden, haben beschlossen, die Bezeichnung zu ändern. Ist ja auch ein entlarvender Begriff, *Arbeitsamt.* Klingt nach Verwaltung der Arbeit.

Cedric beschließt, umgehend nach Hause zu gehen und eine Liste mit allen Kontaktpersonen anzufertigen, die ihm auf dem Weg zu einer neuen Position hilfreich sein können. Und sei es auch nur, dass jemand eine geeignete Person kennt, die eine geeignete Person kennt.

Wenig später sitzt er an seinem Arbeitstisch. Lange Zeit bleibt das vor ihm liegende Blatt in jungfräulichem Zustand. Spontan fällt ihm keine Person ein, die er sich anzusprechen traut. Gedanken huschen durch seinen Kopf, werden lauter, verirren sich, landen wieder beim toten Bruder. Er geht auf die Toilette. Dort konnte er schon immer erfolgreich grübeln. Die Sitzung bringt Ordnung in seine Gedanken. Wieder am Schreibtisch notiert er Stichworte, merkt, dass sich einiges reimt, arbeitet motiviert weiter. Dann unterbricht er seine Gedankenspiele, überprüft Worte und Sätze, die er auf sonderbare Weise flüssig und schnell in Reime verwandelt hat.

Mag den Morgen nicht begrüßen,
spüre Kummer kellertief.
Flugsand unter meinen Füssen.
Wirkte so... als ob er schlief.

Böses Schicksal, nicht zu fassen!
Schön war unsre Zeit zu Viert.
Gott, was hast du zugelassen!
Reihenfolge ignoriert.

Lebensfreude ist ertrunken.
Christen loben Gottes Licht.
Gott hat ihm zu früh gewunken.
Loben? Preisen? Kann ich nicht!

***

Auf dem Wandregal steht ein kleiner Spielzeugpanzer. Die Kanone, spielend zu bedienen, ist auf den Schreibtisch gerichtet. Ein Übrigbleibsel aus frühen Kindertagen. Ganz nach dem Geschmack der braunen Politiker, damals. Angetrieben durch eine Feder lässt sich das unfriedliche Fahrzeug mit einem kleinen Schlüssel aufziehen und schon rattert es in den Krieg. Auf dem Panzer kauern zwei Plastikfiguren hinter Maschinengewehren: Soldaten für den Führer. So sahen Erziehungsmaßnahmen im zarten Kindesalter aus. Da holperte der Panzer munter und oft durch Klein-Tomas` Kinderzimmer, über einen Feuerstein Funken versprühend und unaufhörlich ballernd. Er kann sich gut erinnern, wie er mit seinem Vater unter dem geschmückten Weihnachtsbaum ein Panzergefecht veranstaltete. Er war stolz auf sein *schönstes Weihnachtsgeschenk!*

Tomas Tilman hockt am Schreibtisch, ist schlecht rasiert. Einige Barthaare sind im Halsbereich stehengeblieben. Dürre Gräser nach einem Steppenbrand. Er sollte endlich loslassen, um die Zukunft besser packen zu können. Er weiß es, aber es gelingt nicht. Sein Blick fällt auf das kriegerische Blechfahrzeug auf dem Wandregal. Der Schlüssel steckt noch. Der Mann steht auf und dreht am Schlüssel. Schon rotieren die Gummiketten, das Gefährt rollt los, ratternd und Funken sprühend. Der Feuerstein tut immer noch seinen Dienst.

„Ist bei dir alles in Ordnung, Tomas? Was sind das für Geräusche?" Sabine Tilman steht in der Tür. „Ach, frönst du deinem Spieltrieb? Schmeiß das Ding endlich weg! Ich hole dir mal einen Kaffee."

Im Wohnzimmer klingelt es auf der privaten Leitung. Sabine eilt hinüber.

Eine übertrieben freundliche Stimme meldet sich: „Hier ist die Generalvertretung der Pfefferminzia Krankenversicherung! Sie werden es nicht glauben, aber ich habe eine wunderbare Nachricht für Sie. Wir bieten Ihnen in diesem Monat sensationelle Sonderkonditionen."

„Haben Sie nicht erst letzte Woche angerufen? Das waren nicht Sie? Ich denke doch!", raunzt sie und wimmelt den Anrufer mit dem Hinweis ab, dass sie soeben in Rente gegangen und zudem schwer erkrankt sei. „Tomas! Ich gehe heute nicht mehr ans Telefon! Schon wieder einer dieser aufdringlichen Anrufe."

„Ist gut, Sabine, kann ich verstehen."

Der Mann wühlt in einem Aktenstapel, sucht einen Vorgang. Im Hintergrund raschelt es. Einige Blätter Papier kriechen aus dem Faxgerät. Jetzt klingelt es auf der Dienstleitung. Vom Band ertönt eine neutrale Männerstimme und erklärt, dass Tomas Tilman per Zufallsgenerator als glücklicher Gewinner ausgewählt wurde und... Er kennt solche Anrufe und legt sofort wieder auf. Kaum hat er sich in einen Vorgang eingelesen, schnarrt das Telefon erneut. Dieses Mal ist es eine an Freundlichkeit kaum zu überbietende Frauenstimme.

„Sie wollen doch bestimmt im Alter ausgesorgt haben, oder?" säuselt die Stimme. „Ich helfe Ihnen dabei liebend gerne."

„Das glaube ich, aber Sie wollen mir doch gewiss etwas verkaufen!"

„Oh nein", protestiert die freundliche Anruferin. „Ich will Ihnen helfen, möchte Sie beraten, alles kostenlos."

„Das ist ja auch nett von Ihnen."

„Nicht war? Ja, ich bin sehr hilfsbereit. Sie haben eine so reizende Stimme. Ich erarbeite für Sie ein auf den Leib geschneidertes Konzept. Schließlich möchte ich nicht, dass es reizenden Menschen wie Ihnen im Alter schlecht ergeht."

Das findet Tomas Tilman durchaus fürsorglich. „Aber…"

Die Frau am Telefon stoppt ihn. „Ich unterbreche Sie ungern. Sie sind richtig sympathisch, das spüre ich. Wenn Sie mich näher kennen würden, wüssten Sie, dass ich es ehrlich meine. Sie haben es gewiss nicht verdient, zum Sozialfall zu werden. Ich berate Sie auch gerne vor Ort."

Seine Behauptung, er sei bereits ein Sozialfall und außerdem noch hochverschuldet, lässt die Frau endlich verstummen. „Was für ein Tag!", flucht er. „Das grenzte ja schon an Telefonsex. Sabine, wenn es noch mal klingeln sollte, gehe auch ich nicht mehr ran! Auch wenn es ein Klient sein sollte! Wie viele ungeborene Kinder mag es in Deutschland geben, weil wir auf jeden Klingelton reagieren."

Amadeus` Handy fällt ihm in die Finger, es ist eins der frühen Generation, robust und gewichtig. Den Autounfall hat es heil überstanden. Seitdem liegt es unbenutzt in der Ablage. Hin und wieder steckt es sich der Vater ein.

„Ich muss das Ding mal abmelden", denkt er. „Aber…, ich will es nachher Sabine zeigen. Seine Stimme ist noch drauf."

Sir Henry kommt ins Büro getrottet, blickt wie immer treuherzig und lässt sich zu Herrchens Füßen nieder. Das Arbeitszimmer bietet vieles, was dem Spieltrieb des Hundes förderlich ist. So birgt der Papierkorb Köstlichkeiten. Zum Beispiel benutzte Papiertaschentücher. Auch unvorsichtigerweise am Boden verstreute Akten wecken Interesse.

In den ersten Tagen nach Amadeus` Tod lag Sir Henry oft im Flur vor Amadeus` Jacke und jaulte. Wenn er zum Friedhof mitgenommen wurde, hockte er sich vor dem Grab hin und gab leise Geräusche von sich. Es wirkte so, als ob er weinte.

Neuerdings schmiegt er sich an einen der jungen Freunde, wenn sie zu Besuch kommen. Kürzlich hat sich der Hund an einer Rolle Toilettenpapier vergangen und sie in meterlangen Bahnen durch die Wohnung gezerrt. Jetzt schnappt sich Sir Henry ein am Boden liegendes Stück Papier.

Tomas Tilman schaut vom Schreibtisch hoch, identifiziert das Objekt der Fresssucht als ein aufdringliches Finanzamtsschreiben, das vom Schreibtisch gefallen ist. Der Dalmatiner ist nicht bereit, die Beute herzugeben, zieht sich mit Papierresten in die Zimmerecke zurück, kaut mit schräg gestelltem Kopf. Kann man bei diesem Hundeblick böse sein? Herrchen macht ein Gesicht wie ein Steuerbescheid. Richtig zornig ist er nicht. Er untersucht den Papierrest, den er dem Hund mühsam entreißen konnte. Aktenzeichen und Betreff sind noch lesbar. Der Vorgang wandert auf einen Aktenstapel, Kategorie „Noch zu bearbeiten." Ob der Vorgang demnächst zur Zufriedenheit des Finanzbeamten erledigt wird? Soll doch erstmal eine Mahnung ins Haus flattern.

Der Mann hat erneut das alte Handy in der Hand, überlegt, greift dann zum Diensttelefon, wählt eine Nummer, lauscht in den Hörer und registriert das abgehende Rufzeichen. Neben sich vernimmt er einen vertrauten Klingelton. Die Mailbox des Handys meldet sich.

„Hallo, hier ist Amadeus. Bin gleich für Sie da, aber momentan zu beschäftigt. Meine Blechsekretärin wird sich sofort um Sie kümmern."

Der Vater aktiviert sein Diktiergerät, hält es ans Handy, wiederholt den Wählvorgang. Dann betätigt er die Aufnahmetaste. Schön zu wissen, dass seine Stimme noch da ist. Amadeus scheint sehr beschäftigt.

***

Eben noch Weihnachtstanne, nun schon Osterglocken.

Die grün erwachenden Felder verheißen neues Leben. Absagen haben Cedric innerlich ein Stück kleiner werden lassen.

Heute sind erneut zwei Absagen in der Post. Es gibt aber auch Lichtblicke. Gestern war er von einem kleineren Industrieunternehmen zu einem Vorstellungsgespräch eingeladen worden.

„Vielleicht können wir demnächst einen Produktmanager gebrauchen", hat ihm der alte Firmeninhaber Mut gemacht. „Aber beim Gehalt müssten wir auf jeden Fall Abstriche machen. Auch beim Weihnachtsgeld!"

Dazu ist der Bewerber nicht bereit, noch nicht. Er ist doch jung, qualifiziert und leistungsfähig. Verdammt, einer seiner Kontakte sollte doch bald zum Erfolg führen. Nur nicht ungeduldig werden, man muss auf seine Chance warten können. Angenüchtert beginnt er zu begreifen, dass er die Möglichkeiten auf dem Arbeitsmarkt überschätzt hat, dass seine Gehaltsvorstellungen nicht einfach durchzusetzen sind. Er muss zurückstecken. Arbeitslos waren bisher doch immer nur die anderen, die Arbeitsunwilligen. Oder die schlecht Qualifizierten.

***

Cedric steht nur mit einem Slip bekleidet im Schlafzimmer und hält dem Spiegel ein weißes T-Shirt entgegen. Schwungvoll schleudert er seine Badepantoffeln in Richtung Ebenbild.

„Schau her, Amadeus, dein altes Hemd. Damals in Afrika, da war es dir noch zu groß", ruft er in den Spiegel. „Hakuna matatta! Weißt du noch?" Er reckt sich, findet Gefallen am ästhetischen Muskelspiel. Hey, was für ein toller Typ lächelt ihn an! Dem Narziss gefällt, was sich ihm darbietet. Ein netter junger Mann, Schwiegermutters Liebling.

Er denkt zurück an den Familienurlaub in Kenia. Vor Jahren haben sie dieses schwer begreifliche und so herrliche Land besucht. Es gehört zu jenen Regionen Afrikas, in denen sich die Gattung *Homo* entwickelt haben soll. Sie wollten Land und Leute kennenlernen, waren in die altgediente *Kenia Railway* gestiegen und nach Nairobi gefahren. Holzklasse! Wegen der mangelhaften Sauberkeit ein zweifelhaftes Vergnügen. Anschließend waren sie zu einer Autosafari in die Masai Mara aufgebrochen. An einer Wellblechbude hatte der schwarze Fahrer einen Stopp eingelegt. Neben Cola und Specksteinschnitzereien entdeckte Amadeus ein Hemd mit der Aufschrift *hakuna matatta*. Amadeus bettelte solange, bis der Vater dieses Textil für einige kenianische Schillinge erstand.

Am Souvenirstand lungerten zerlumpte Schwarze herum, einige vom Schatten der Bude unsichtbar gemacht. Schäbige Kleidung, ins Auge springende Armut. Die Männer mit den dunklen, blanken Augen wirkten wenig vertrauenerweckend. Einige vertrieben sich die Zeit, indem sie Pfeile auf eine verwitterte Dartsscheibe warfen. Unversehens stand Amadeus mitten unter den finsteren Kenianern, packte einige Pfeile und beteiligte sich am Wurfspiel. Er traf ordentlich. Die verblüfften Schwarzen starrten ihn mit ihren Lilienaugen an, zeigten blitzende Zähne und ließen den kleinen Weißen gewähren. Nach kurzer Zeit schien es so, als wäre er einer von ihnen.

Cedric steht immer noch vor dem Spiegel. Soll er heute mal das T-Shirt anziehen? Er streift es über, betrachtet sein Spiegelbild. Tief atmet er ein. Das Hemd spannt auf der Brust. Die schwarz gedruckten Buchstaben dehnen sich. Zwei Worte Suaheli. *Keine Probleme.*

„Verdammt Ceddy!" Mit klarer Stimme schleudert er diese Worte seinem sportlichen Abbild entgegen. „Du Cedric, du Hakuna-Matatta-Mann!" Mit geballten Fäusten trommelt er gegen seine Brust. „Bist doch ein toller Typ!"

Es müsste doch mit dem Teufel zugehen, wenn einer wie er nicht bald wieder ganz oben mitschwimmt. Wie lautet doch gleich der Spruch, den Tante Martha in solchen Situationen gerne von sich gibt? *Wenn einem das Wasser bis zum Halse steht, darf man keinesfalls den Kopf hängen lassen.*

Cedric ist entschlossen, lästige Gedanken abzuschütteln, bereit, sein Gesicht verstärkt der Sonne zuzuwenden. Die Schatten sollen hinter ihn fallen. Er greift sich eine Musik-CD und betätigt den Player. *Wein, Weib und Gesang.* So rinnt es im Dreivierteltakt aus dem Lautsprecher. Walzerkönig Johann

Strauss lässt grüßen. Tänzerische Musik als Lebensgefühl. Jetzt seine Martina im Arm halten!

Das Taktmaß der Straußschen Klänge wirkt beruhigend. Eine Weile atmet er Gelassenheit. Als der Radetzki-Marsch erklingt, springt er hoch, betätigt die Austaste, entschließt sich zu einem Stadtbummel, steckt sich einen Hunderter ein und ist sicher, dass der Schein nicht wieder den Weg nach Hause findet.

In einer Fußgängerzone malträtiert ein Mann in abgerissener Kleidung ein Pianino, die Fingernägel Ton in Ton mit den schwarzen Tasten des abgenutzten Instruments.

„Der haut drauf, als hätte er nicht alle Tasten im Schrank", denkt Cedric, wirft ihm jedoch eine Geldmünze in die bereitgestellte Pappschachtel. Daraufhin hämmert der verhinderte Künstler noch heftiger auf die schmutzigen Tasten ein. In einer Nebenstraße lockt ein großes Schaufenster. Hier riecht alles nach Buch. Das Aktfoto auf dem Hochglanzumschlag sticht Cedric sofort ins Auge. Der abgebildete Jugendliche, einfühlsam fotografiert, erinnert ihn an Amadeus. Licht und Schatten in ansprechendem Wechsel. Künstlerische Darbietung eines anziehenden Körpers.

„Kauf mich", fordert das Buch. „Kauf mich!"

Cedric betritt das Geschäft, entdeckt schnell das Fotobuch auf einem mit Druckerzeugnissen überladenen Tisch gleich hinter dem Eingangsbereich. Er beginnt darin zu blättern. Aktfotos von Männern und Frauen, in Schwarzweiß fotografiert, gekonnt ins Bild gesetzt.

„Kauf mich", fordert das Fotobuch erneut. Entschlossen kauft es der neugierig Interessierte.

„Kauf mich auch", flüstert der kleine Bruder nebenan.

Mit zwei Bildwerken unter den Arm begibt sich Cedric an die Kasse.

XIX

Eine Runde Golf

„**F**rau Holle war Hölle!"

Der aus dem Schlaf hochschreckende Mann stammelt Worte.

„Tomas, welche Frau Holle? Und wieso war sie *Hölle?*" Die Frau neben ihm sitzt sofort senkrecht im Bett, mit aufgerissenen Augen und schmalen Lippen.

„Eine gute Frage, Sabine", gähnt er. „Weißt du, als ich eben hochdöste, hatte ich diese Worte im Kopf. Sonderbar."

„Wirklich sonderbar!"

„In der Tat. Ich weiß wirklich nicht, welchen abstrusen Traum ich träumte."

„Ich kenne Frau Holle nur aus dem Märchen."

„Ich auch, Biene."

„Das glaube ich dir nicht, Tomas! Du kennst noch eine andere Frau Holle! Warum hättest du sonst von ihr geträumt!"

„Das habe ich ja gar nicht", verteidigt er sich. „Ich hatte nur plötzlich diesen Namen im Kopf".

„Unsinn", beharrt die Ehefrau, „du kennst bestimmt eine Frau Holle und vermutlich hattest du was mit ihr!"

„Nein, mit Frau Holle hatte ich nichts".

„Aha, du kennst sie also. Und was heißt *mit Frau Holle hatte ich nichts*. Mit wem hattest du dann was, wenn nicht mit der? Sei ehrlich!"

„Liebes", sagt Tomas Tilman und meint gar nicht *Liebes*, „ich hatte weder was mit einer Frau Holle, noch mit meiner Sekretärin, auch nicht mit irgendeiner anderen Frau!"

„Hach, deine Sekretärin! Da denke ich sofort an das Foto von der Weihnachtsfeier im vorletzten Jahr!"

„Ich habe dir damals schon gesagt, dass da nichts war. Und jetzt ist auch nichts mit dieser Frau Holle".

„Aber du kennst sie, du hast dich vorhin verplappert!"

230

„Liebes", sagt er erneut und ärgert sich, dass er sie schon wieder *Liebes* nennt, „da ist nichts und da war nichts, basta!"

„Von wegen basta, ich kenne dich doch. Fehlt nur noch, dass du behauptest, dass da auch nie etwas sein wird."

„Bin ich Jesus?" fragt er angesäuert. Kaum gesagt bereut er diese Bemerkung.

„Eieiei! Du schließt also nicht aus, dass du mit dieser Frau Holle demnächst etwas anfangen wirst, nicht wahr? Und dann vermutlich erneut? Natürlich, du hast ja schon was mit ihr gehabt!"

„Nein, nein!" ruft er erregt und springt aus dem Bett. Als er sich später vor dem Spiegel eine Krawatte bindet, kommt er zu der Erkenntnis, dass so ein Binder eine erstaunliche Ähnlichkeit mit einer Frau aufweist. Erst sucht man sie sorgfältig aus, dann hat man sie am Hals. Der Mann ist sicher, dass er sich noch oft den Satz *So, so, die Frau Holle* anhören muss – vermutlich ergänzt um ein aalglatt dahingeflüstertes *ja, ja*....

Er hat die Erfahrung gemacht, dass das Gedächtnis einer Frau dem eines Elefanten gleichkommt. Verdammt noch mal! Diese Frau Holle war in seinem Leben nie existent, allenfalls beim Bettenausschütteln. Aber wann schüttelt er schon mal Betten aus. In der Tat, diese Frau ist jetzt irgendwie *Hölle*.

„Wenn man mich dereinst in die Urne rieseln lässt", flüstert er, „wird der Pfarrer mit kräftiger Stimme verkünden, was für ein guter Mensch ich war. Und die Welt nebst Ehefrau wird artig dazu applaudieren."

***

Väterchen Frost hat seinen Würgegriff gelockert. Ein milder Wind streicht über die Häuser.

Sabine Tilman stellt ihren Wagen auf dem großen Parkplatz am Supermarkt ab und watet durch Reste von Schneematsch hinüber zu einem Ärztehaus. Wochenlang musste sie auf diesen Termin warten. Erstaunlich pünktlich wird sie vorgelassen. „Sie müssen sich aufraffen, auf den Knopf drücken."

Die Stimme des Mannes im Besprechungszimmer klingt unduldsam. „Legen Sie den Hebel um. Knipsen Sie den Lichtschalter aus!"

Ein kahlköpfiger Mann im weißen Kittel hockt auf einem ausgefransten Wandbehang, der den Sitz eines altersschwachen Arbeitssessels ziert. Der Boden des Sprechzimmers ist mit ähnlich geschmackloser, flatteriger Knüpfware ausgelegt. Unruhig befingert der Mann seine Halbbrille.

„Der Kerl spinnt", denkt Sabine Tilman. „Hebel umlegen und weg mit den Gedanken an Amadeus. Wenn das so einfach wäre!"

Der Dialog zwischen Arzt und Patientin dauert kaum eine Viertelstunde. Tiefschürfende Fragen hat der Mann nicht gestellt. Er hat sich darauf beschränkt, das familiäre Umfeld abzuklopfen. Dabei tat er der Mutter kund, dass auch er vor Jahren einen schweren Verlust erlitten habe. Sein Bruder sei durch Krankheit früh verstorben. Auch seine Mutter habe nicht loslassen können.

Der Psychiater beatmet eine Halbbrille und betrachtet die trüben Gläser. „Ich sehe glasklar, dass für Sie noch keine aufwendige Therapie notwendig ist, jedenfalls noch nicht. Sie denken ausschließlich an Ihren Sohn, laufen jeden Tag zum Grab. Das geht so nicht! Sie müssen sich wieder dem Leben öffnen, sonst werden sie meschugge." Er putzt an den Brillengläsern herum. „Kappen Sie endlich die Nabelschnur. Die Nabelschnur ist kein Lasso!"

Die Mutter ist sauer. Die Nabelschnur kappen. Wie kann dieser Mensch nach wenigen Minuten ein derartiges Urteil abgeben? Den Amadeus wegschalten, einfach so. Das wird niemals geschehen!

Der Seelenklempner kramt Holzfiguren aus der Schublade. „Schauen Sie her, dies hier sind Vater und Mutter, das hier Ihre beiden Kinder." Eines der Kinder legt er rücklings auf die Tischplatte. „Das ist Amadeus, der ist tot. Mir tut ihr toter Sohn leid. Aber auch der Ältere. Möchte nicht in dessen Haut stecken. Wie heißt der doch noch gleich?"

„Was spielt das für eine Rolle. Ich wollte über meinen Mann und unsere Beziehung sprechen!

„Ihr Mann tut mir auch leid! Lösen Sie sich von Amadeus. Kommen Sie in etwa vier Wochen wieder. Dann sagen Sie mir, ob es Ihnen gelungen ist, den Lichtschalter umzulegen."

Die attackierte Mutter kann ihre Misslaunigkeit nicht verbergen. Leidet der Seelendoktor etwa unter einer problematischen Sohn-Mutter-Beziehung?

Die Sitzung ist schnell beendet. Sabine Tilman stampft die Treppe hinab, dem Ausgang entgegen und ist froh, als sie wieder frische Luft einatmen kann. „Dieser Blödmann sieht mich nicht wieder. Den Lichtschalter ausknipsen, da brennt mir glatt eine Sicherung durch!"

Im Auto sitzend quält sie den Anlasser, aber der Wagen will an diesem frostigen Tag nicht anspringen. „Verdammt, die Batterie wollte Tomas doch schon vor Monaten austauschen!", flucht sie. Werkstatt anrufen? Sie fingert nach ihrem Plapperkästchen. Keine Reaktion - Akku leer. Murphys Law.

Ein Taxi rollt gemächlich um die Ecke. Ein gemütlich wirkender Fahrer mit Halbglatze und Schnauzbart stoppt beim Anblick der Frau. Er grinst sie an, so freundlich, als hätten sie schon gemeinsam in einem Zelt geschlafen. Einladend öffnet er die Beifahrertür.

„Na, wohin?"

„Nach Hause", knurrt Sabine Tilman und steigt ein.

„Zu mir oder zu Ihnen?"

Sie giftet den Taxifahrer an: „Fahren Sie los!"

***

Es ist nicht einfach, einen Kaktus zu streicheln. Der aufmunternd gemeinte Hinweis, dass nicht nur die Krokusse in der ersten Frühlingssonne aufblühen, fällt auf ausgedörrten Boden.

„Wieso blühen wir auf? Ich nicht", grantelt Sabine Tilman. „Ich habe ein schlechtes Gewissen, weil ich hier auf der Terrasse sitze."

„Du hast ein schlechtes Gewissen, weil du dich hier in der wärmenden Sonne aufhältst?"

„Jawoll, Tomas, weil ich hier in der Sonne sitzen und mich wärmen kann. Und unser Amadeus nicht."

„Also Sabine, das kann ich nun wirklich nicht nachvollziehen. Der Ama sitzt vielleicht oben auf einer Wolke und streicht einem vorbeischwebenden Engel frohlockend über die Flügel. Kann auch sein, dass er sich an der Bude vor der Himmelspforte ein Bier besorgt hat und den lieben Gott einen guten Mann sein lässt! Scherz beiseite, bist du wirklich der Meinung, Amadeus würde es dir übelnehmen, wenn ein wenig Freude aufkäme? Dem geht es da oben wahrscheinlich besser als uns hier unten."

Der Mann ist bemüht, sich gegen das familiäre Unglück zu stemmen, es zumindest zeitweise zu verdrängen, um glücklichen Momenten näher zu sein. Ihm gelingt es auch heute nicht ihr Herz zu wenden. Vergeblich seine Versuche, die Trauer der Frau einzudämmen, sie abzulenken, sie vielleicht zu einer kleinen Reise zu überreden. Immer öfter flüchtet sich seine Frau in belastende Gedanken. Die Liebe, einst Teil der ehelichen Abmachung, bröckelt, ist geschrumpft. Auch das pragmatische Fundament. Er begibt sich in sein Büro, beginnt in Papieren zu wühlen. Unbewusst streicht er mit der Hand über die linke Brustseite. In letzter Zeit verspürt er öfter einen unangenehmen Druck. Unsichtbare Narben.

Ein Golfmagazin fällt ihm in die Hände. Golfspielen ist im Laufe der letzten Jahre zu einem bevorzugten Hobby geworden. *Golf spielen macht süchtig* ist einer seiner Sprüche. Er stemmt sich vom Schreibtisch hoch und horcht zur Küche hinüber. „Na, Sabine, was kochst du Schönes?"

„Es gibt nichts Schönes. Hab keine Lust zum Kochen."

„Gut, dann gehen wir zum Italiener an der Ecke und essen eine Kleinigkeit. Die Restauration ist seit zwei Wochen wieder in Betrieb und die Pizzen sind gewiss immer noch Extraklasse. Danach können wir ja rüber zum Golfclub, ein paar Bälle schlagen und einige Löcher gehen."

„Hab keine Lust. Ich muss außerdem noch einkaufen und am Friedhof will ich auch noch vorbei. Amadeus braucht eine neue Kerze."

„Das ist doch alles eine Frage der Einteilung, Biene. Das Wetter ist so schön, das sollten wir ausnutzen."

„Dann nutze es doch aus. Du gehst ja sowieso am liebsten allein. Und lieben tust du mich auch nicht mehr."

„Quatsch, du bist mir lieb und teuer."

„Aber weniger teuer wäre ich dir lieber!"

„Den Spruch hast du von Cedric, oder? Warum bist du wieder so gereizt? Natürlich liebe ich dich noch."

„Noch? Aha, wie lange noch? Also doch nicht mehr richtig!"

Der Mann widerspricht ein wenig zu heftig. Eine kleine Lüge in einer undankbaren Situation. Er steht bereits mit beiden Füßen auf Seife. Unruhig wandert er im Flur auf und ab. Vor seinem Arbeitszimmer lächelt ihn ein Piano an. Mit diesem Instrument hat Amadeus das Klavierspiel erlernt. Der Vater streicht mit der Hand über den blitzenden Deckel. Poliertes Mahagoni. Ein Genuss für Augen und Finger. Er setzt sich auf den Drehstuhl und betätigt einige Tasten. Das Klavier ist leicht verstimmt, der Mann noch stärker. Er nimmt einen letzten Anlauf.

„Sabine, ich möchte gleich zum Golfplatz raus, kommst du mit oder willst du nachkommen? Ich richte mich ganz nach dir."

„Du bedrängst mich ja schon wieder. Außerdem habe ich bereits nein gesagt. Und du gehst ja sowieso!"

Seine Laune zerbröselt wie trockener Keks. „Gut, dann gehe ich jetzt." Er greift zum Autoschlüssel und hat ein schlechtes Gewissen.

Trotz der frühen Jahreszeit herrscht bestes Golfwetter. Die Winterabdeckung auf den Gräbern ist längst entfernt. Die Milde des Frühlings war schon wochenlang spürbar. Unerwartet auftretende Nachtfröste haben die Natur nur kurz einbremsen können. Inzwischen tragen die Bäume frische Kleidung. Warum also daheim herumhocken? Wenn der Mann erst einen Golfschläger in der Hand spürt, werden belastende Gedanken von ihm abfallen. So ist es jedenfalls meistens. Tomas Tilman steigt ins Auto, quält das Gaspedal und denkt an eine spitze Bemerkung von Tante Marthas verschollenen Mann. Der hat es oft und gerne herausposaunt:

„Leute, ihr wollt wissen, was einen Mann nach langen Ehejahren noch an seiner Frau reizt? Nur ihr ständiger Widerspruch!"

***

Saisonbeginn für die Golfer.

Ein Blick zum Himmel: Wattewolken durchwandern herrliches Blau. Es ist ein später Apriltag, ein herbeigewehter Frühsommer, der den Juni vorwegnimmt. Da sollte man nicht zu Hause herumhocken. Dazu ein Sonnabend, der seinem Namen alle Ehre macht. Viele Autos auf dem Parkplatz des Golfclubs lassen auf regen Betrieb schließen. Dieser Club ist ein feiner Club, ist über hundert Jahre alt. Er hat auch feine Mitglieder, meist mit entsprechend ausgeprägter Etikette. Bei einigen hat man den Eindruck, sie hätten noch das Gründungsjahr des Clubs miterlebt. Das Wort *Etikette* stammt ursprünglich von angehefteten Zetteln am französischen Königshof, auf denen die Rangfolge der zugelassenen Personen notiert war. Auch in einem Golfclub ist nicht Jedermann wohlgelitten.

Tomas Tilman greift sich den Caddiewagen, bedeckt sein dünnes Haar mit der karierten Mütze. Sie thront wieder schief auf dem Kopf. Eine ungewollte Anleihe beim Turm von Pisa. Nun also hin zum ersten Abschlag. Doch oh je! Dort drängeln sich diverse Flights. Längeres Warten ist angesagt.

„Du, Kille, halte mal die Stellung, ich muss kurz weg, bin aber gleich zurück", hört er einen älteren Spieler seinem Partner zurufen.

Kille? Der Spitzname ist äußerst selten, lässt Tomas Tilman stutzig werden. So nannten sie doch auf dem Gymnasium den Kilian Keller, einen flotten sportlichen Jungen. Die meisten Mädchen schwärmten für diesen Burschen. Er schaut genauer hin. Sollte der mit der Glatze und dem faltigen Witwergesicht ein ehemaliger Schulkamerad sein? Er will es genau wissen.

„Entschuldigen Sie die Störung. Ich wollte fragen, ob Sie einst auf dem Runghold-Gymnasium waren."

Der Glatzköpfige schaut kritisch, kneift die Augen hinter seiner Hornbrille zusammen und bejaht.

„Dann waren Sie vermutlich in meiner Parallelklasse."

„Ach wirklich?" Kille runzelt die Stirn. „Welche Fächer haben Sie denn unterrichtet?"

„Oh, nichts für ungut, dann eher nicht!" Tomas Tilman wendet sich fluchtartig ab und beschließt, sich nicht in die Reihe der Wartenden einzuordnen. Er bewegt sich hinüber zum Abschlag zehn, kaum hundert Meter entfernt. Hier befindet sich der Start für die zweiten neun Löcher. Dort herrscht himmlische Ruhe. Auf dem Weg dorthin streift sein Blick ein verwittertes Schild, welches darauf hinweist, dass vom Abschlag zehn an Wochenenden und Feiertagen erst ab 16,00 Uhr gestartet werden darf. Heute ist zwar Wochenende, aber warum soll man nicht von hier abschlagen, wenn kein Turnier ansteht. Und wenn man niemanden stört? Außerdem fehlen nur noch wenige Minuten. Also warum warten?

Was soll`s! Er lässt Regel Regel sein, da ist er völlig undeutsch, rammt sein Tee in den Boden, setzt einen nagelneuen Ball darauf, blickt nach vorne, wo er sich einbildet, dass sein Ball landen wird und wo zwei Golfspieler soeben an einer Stelle verschwinden, wo das Fairway einen Linksbogen beschreibt. Dahinter befindet sich ein schönes frontales Wasser. Besonders schön ist es jedoch nur, wenn es gelingt, darüber hinwegzuspielen.

Auf geht`s! Tomas Tilman wedelt einige Male mit dem Driver, verbiegt sich, steht da wie eine Krüppelkiefer und holt weit aus - der Schwung ein wahres Wunder, ein Wunder an schlechter Technik. Und dennoch, obwohl er nach dem Aufschwung nicht sofort den Abschwung einleitet, sondern kurz im Zenit des Schlages zu überlegen scheint, ob er abends pünktlich zu Hause sein wird, knallt der Kopf des Drivers mit fehlgeleiteter Energie so mächtig gegen die kleine Kugel, dass diese über den trockenen Rasen in weiten Sätzen davon holpert und, ein weiteres Wunder, auf erstaunlich gerader *Flugbahn* bis hin zur Ecke enteilt.

Ein Spieler im Flight vor ihm peilt durch die Büsche zurück. Es ist Michael Meier, ein Vorstandsmitglied, bei dem es zum Y im Namen nicht gereicht hat und den die Freunde Micki nennen. Fühlt sich Vorstand Meier in seinem Spiel gestört? Das ist in der Tat zu befürchten. Auf dem nächsten Fairway eilt der rüstige Micki Meier, den der Golfsport jung gehalten hat und den man im Club als wandelndes Regelbuch bezeichnet, mit elastischen Schritten auf ihn zu. Einige Mitglieder lästern, er sei auf dem Golfplatz geboren worden. Er lebt voll und ganz und ganz einseitig für den Golfsport. Als ihm einmal zu Ohren kam, dass eine Ehefrau ihren Mann mit dem Golfschläger zu Tode gebracht habe, soll seine erste Frage gewesen sein: „Wie viele Schläge hat sie denn benötigt?"

Man sagt ihm auch Wutausbrüche nach. Schläger zertrümmern. Das habe ihm sein Vater schon frühzeitig beigebracht. Wegen schmerzender Handgelenke, so die Gerüchteküche, musste der Vater mehr als einmal ein Golfturnier ausfallen lassen. Wie der Vater, so der Sohn. Vor einigen Jahren, in einem Freundschaftsturnier, misslangen Micki Meier viele Abschläge. Da sei er wie Rumpelstilzchen auf seinem teuren Driver herumgetrampelt. Daheim habe er dann mit einer Eisensäge den Kopf des Schlägers vom Schaft getrennt und später den enthaupteten Schläger in den Gartenzaun geschleudert, wo dieser aufrecht steckenblieb. Noch heute soll der Schaft des Drivers dort sein Dasein fristen, von Efeu wild umrankt.

Nun steht Micki Meier hoch aufgerichtet vor dem Sünder, stocksteif, als hätte er einen Driver verschluckt und macht ein Gesicht, als habe ihm jemand eine Dornenkrone aufs graue Haupt gedrückt. „Sie, Herr!" Aus basedowschen Augen zucken Blitze. „Sie haben uns vorhin behindert. Aber noch schlimmer, Sie sind zu früh von der *Zehn* gestartet. Das ist am Wochenende nicht gestattet. Ich spreche Ihnen hiermit eine Verwarnung aus!"

Der Ertappte blickt geknickt. Unverzüglich gesteht er seinen Fehler ein. Wer gibt schon gern einen Fehler zu! Aber das erregte Mitglied des Vorstands ist noch nicht zufrieden, kartet nach. „Herr Tilman, Sie können mit einer *schriftlichen* Verwarnung rechnen."

Der Geknickte nimmt die Anschuldigungen entgegen wie ein kleines, von der Mutter gescholtenes Kind. Hinter ihnen ist inzwischen ein weiterer Spieler gestartet. Micki Meier registriert das mit kritischem Blick aus wettergegerbtem Gesicht. Aufrechten Ganges schreitet er davon und setzt sein Spiel fort.

Von nun an hält Tomas Tilman respektvollen Abstand. Der ihm nachgefolgte Golfspieler läuft schnell zu ihm auf und entpuppt sich als eine nette alte Dame. Der eben schwer Beschuldigte bietet ihr an, die weiteren Löcher gemeinsam zu gehen, nicht ohne sie vor dem zornigen Vorstandsmitglied zu warnen. Im weiteren Verlauf, sobald der Vorflight in Sichtweise ist, wirft Micki Meier immer wieder strafende Blicke zurück. Später verzögert er sein Spiel. Ein erneutes Aufeinandertreffen bahnt sich an, wird unausweichlich. Schon stürzt Micki Meier wie ein Hirtenhund aus der Hütte auf die Begleiterin zu. Seine basedowschen Augen, zwei kleine Golfbälle, quellen hervor, scheinen jeden Augenblick aus dem Gesicht zu springen.

„Herrje Hermine, wie konntest du mir das nur antun! Seit vielen Jahrzehnten spielst du Golf und nun das!"

Hermine ist die Mutter des Clubpräsidenten! Nachdem auch die alte Dame ihren Fehler eingestanden hat, lässt er von ihr ab. Und die beiden Gedemütigten spielen ihre Bälle in angemessenem Abstand hinterher. Der kleine Kunststoffball schwächelt aber zunehmend und verweigert häufig den direkten Weg zur Fahne. Endlich nähern sie sich dem achtzehnten Abschlag. Vor ihnen tut sich ein schmaler Fairway auf. Links und rechts lauern Büsche und Bäume. Viele Golfbälle haben sich dort schon zur Ruhe begeben: Alles enttäuschte Hoffnungen. Die Gehölze stehen wie immer empfangsbereit. Sie werden auch dieses Mal nicht enttäuscht.

Die Runde ist beendet, man verabschiedet sich artig. Die alte Dame benötigt dringend einen Drink und begibt sich ins Clubhaus. Tomas Tilman zieht frustriert seinen Trolley über Naturwandwege und schleppt zusätzlich an seiner schweren Verfehlung, die sich immer tiefer ins Bewusstsein eingräbt. Doch Potz Blitz! Hinter der Rosenhecke auf dem Weg zum Caddiehaus lauert schon wieder das erboste Vorstandsmitglied. Hat Herr Meier gewartet, um ihm noch einmal die gekannten Anschuldigungen entgegenzuschleudern? So ist es.

Doch der Angeschuldigte muckt nun auf. „Ich habe mich doch bereits entschuldigt. Soll ich mich noch vor Ihnen zu Boden werfen?"

Der greise Vorstand zögert. Für einen Augenblick scheint es, als wolle er diese Unterwerfung einfordern. Er ist immer noch nicht zu besänftigen und wiederholt seine Absicht nach schriftlicher Abmahnung. Dann gehr er, endlich. Auch der Abgemahnte geht, stellt sein Golfbag im Caddiehaus ab. Es wurmt ihn, dass er sich an diesem wunderschönen Tag so ärgern muss und denkt: „Golfspielen hat etwas mit Masochismus zu tun."

In den nächsten Tagen nimmt er die Briefe im Postkasten mit einer gewissen Unruhe in Augenschein. Vom Golfclub ist keiner dabei. Und auch später nicht. Das bringt ihn zu der Überzeugung, dass er keine schriftliche Abmahnung erhielt, weil er zufällig bei seinem schändlichen Tun von Hermine, der ehrenwerten Mutter des Clubpräsidenten, begleitet wurde.

XX

Ein Kandidat

Es schneit Holunder.

Wie pflegt Tante Martha zu sagen? „Wenn du an einem Holunderbaum vorbeigehst, ziehe deinen Hut. Von diesem Baum können wir mehrfach profitieren. Im späten Frühling oder im Frühsommer erfreuen wir uns am weißen Leuchten der Blüten und im Herbst pflücken wir die Beeren. Eine ganz besondere Naturarznei."

Sabine Tilman führt Sir Henry Gassi. Der Sohn ist zu Besuch und begleitet sie. „Schön, dass du mal wieder vorbeischaust, Cedric. Ein Spaziergang tut gut und wird uns beide etwas ablenken."

„Du hast recht, Mam. Zudem will ich demnächst mal wieder nach München, Martina besuchen. Langsam verlieren wir uns aus den Augen. Ich mag nicht jeden Morgen am Spiegel vorbeischleichen, neue Bewerbungen produzieren und später im Fenstersims liegend auf den Postboten warten in der Hoffnung, dass Hermes eine positive Nachricht und nicht nur Prospekte dabeihat", klagt er. „In den letzten Wochen habe ich meine Bewerbung sicherlich an zwei Dutzend Firmen geschickt. Die meisten haben bis heute nicht reagiert. Und die übrigen Bewerbungen sind mit hochachtungsvollem Bedauern zurückgekommen."

Mutter und Sohn hören Geräusche. Sie verharren einen Moment vor dem Grundstück der Nevermanns. Hinter dem grün gestrichenen Lattenzaun hebt der Vater mit kräftigen Spatenstichen Erde aus dem harten Boden. Die kleine Pauline steht daneben und schaut zu.

„Pauline hat ja Tränen in den Augen", flüstert Cedric kaum hörbar. „Siehst du das auch?"

Die beiden hören die Kleine mit gefalteten Händen neben

dem Vater beten. „Lieber Gott, ich hab dich lieb, aber meinen Jonny auch."

„Kater Jonathan ist tot. Er ist auf der Straße überfahren worden", keucht Herr Nevermann und rammt den Spaten in die Erde. „Erfreulicherweise ist kein später Frost im Boden. Jetzt beerdigen wir Jonny hier im Garten, damit Pauline ihn immer besuchen kann."

„Ich habe ihn doch so lieb", schluchzt Pauline und schwenkt eine kleine Grableuchte.

Frau Nevermann kommt hinzu. „Es ist schlimm. Jonathan war ihr bester Freund. Der hat sich abends zu ihr ins Zimmer geschlichen und dort einen heimlichen Schlafplatz gefunden", bestätigt sie. „Sein Tod geht ihr genauso zu Herzen wie der vom Großvater im letzten Jahr."

Die Zaungäste drücken ihr Bedauern aus und verabschieden sich eilig. Cedric hakt sich bei seiner Mutter unter. „Diese Zeremonie scheint mir dann doch ein wenig übertrieben. Was denkst du, Mam? Wahrscheinlich beten die gleich noch das *Kater unser!*"

„Ceddy, sabbel nicht so unsensibel. Ein Haustier ist irgendwie auch ein Familienmitglied. Denk nur an unseren Sir Henry." Sie lässt den Hund von der Leine. Der schießt im Galopp davon, nach Hause, in Richtung Fressnapf. Er vermutet zu Recht, dass sein Abendmahl bereitsteht. Aber warum lässt sich das Frauchen auf dem Rückweg immer so viel Zeit?

„Ich bring dem Ama noch eine Kerze ans Grab. Dann musst du nicht mehr hin", verabschiedet sich der Sohn, als sie wieder daheim ankommen.

Cedric muss sich sputen. Es dunkelt bereits, als der den Friedhof erreicht. Von einem Nebenweg nähert sich eine graue Gestalt. Bei genauerem Hinsehen erkennt er die Person: Agathe Wolters. Wie immer kommt sie in dunkler Kleidung daher. Ein schwarzer Vogel, der nicht mehr fliegen will. Cedric erreicht das Grab von Amadeus, entzündet eine neue Kerze und ist bemüht, schnell wieder den Rückweg anzutreten. Sein Weg führt an Frau Wolter vorbei. Er ist entschlossen, ein Gespräch mit ihr zu

242

vermeiden. Die Frau kauert bewegungslos auf einem mitgebrachten Schemel. Geballte Seelennot. Die Erde zu ihren Füßen ist unkrautfrei, ähnelt feuchtem Pumpernickel. Neben ihr liegt ein kurzstieliger Spaten. Cedric will mit einem kurzen Gruß an ihr vorbei, doch das ist nicht nötig. Die Frau bemerkt ihn nicht und so drückt er sich still an ihr vorbei.

Etwas später greift Frau Wolters zu dem kleinen Spaten. Vorsichtig schaut sie sich dabei um. Aber niemand hält sich in ihrer Nähe auf.

Der Friedhofsverwalter macht kurz darauf seine Runde. Er blickt einer verhüllten Person hinterher, die sich immer wieder umschauend eilig entfernt.

***

Der frühe Juni hat sich ein wahres Sommerkleid übergestreift. Angenehme Wärme streichelt die Natur. Cedric nimmt wenig davon wahr: Der tödliche Unfall des Bruders - ein verdammt klebriger Schatten.

Das Telefonat mit dem Chef eines Berliner Modehauses vor einigen Tagen hat Hoffnung aufkommen lassen. Der junge Mann ist jetzt entschlossen, jede sich bietende Chance bei dem bevorstehenden Bewerbungsgespräch zu nutzen.

Seit zwei Stunden sitzt er nun schon im Auto, ist auf dem Weg zum Vorstellungsgespräch in Berlin. Auf einer von Laubbäumen gesäumten Chaussee rollt er seinem Ziel entgegen. Gut, dass ihm sein neu installiertes Navigations-system den Weg weist. Nur nicht vom Weg abkommen. Unpünktliches Erscheinen? Nicht auszudenken!

Cedric hat sich über das Unternehmen bestens informiert: Umsatzentwicklung der letzten Jahre, Produktpalette, Anzahl der Mitarbeiter, Kapitalausstattung, dazu Einblicke über Führungsstruktur, Führungskräfte und Marktchancen. Noch gestern Abend hat er im Internet aktuelle Presseberichte aufgestöbert.

„Schnell noch mal Mutter anrufen", denkt er, „das lenkt ab."

Er aktiviert sein Handy. „Mam, es gibt endlich etwas Neues, etwas Erfreuliches. Bin auf dem Weg zu einem Vorstellungsgespräch. Habe ein echt gutes Gefühl."

„Das hört sich gut an. Ich drücke alle meine Daumen."

„Danke, kann ich gut gebrauchen. Werde mich dann später wieder melden. Grüße bitte Papa."

„Das tue ich, Cedric. Dein Vater wird bestimmt mit mir die Daumen drücken. Du wirst es schon richten, Kopf hoch. Aber beschreien wir es nicht. Alles Gute!"

Soeben meldet ihm eine aufdringliche Sekretärinnenstimme, dass er in hundert Metern scharf abbiegen muss. In fünf Minuten soll er sein Ziel erreicht haben. In dieser geschmackvollen Idylle am Rande Berlins muss also gleich eine vornehme Villa auftauchen. Das hat ihm der Modemann angedeutet. Nach einer langgezogenen Kurve kommt dann auch ein im Jugendstil erbautes, helles Gebäude ins Blickfeld: Das private Anwesen von Adalbert de Winter.

Cedric parkt seinen Mittelklassewagen neben der Toreinfahrt und atmet tief durch. Ein schneller Blick in den Rückspiegel, eine kleine Korrektur an seiner dezent gemusterten Krawatte, schon bewegt er sich aufrechten Ganges durch das schmiedeeiserne Tor. Kies knirscht unter blankgeputzten Slippern. Noch einmal atmet er tief durch, dann betätigt er den Klingelknopf. Ein melodischer Gong ertönt. Sekunden vergehen. Cedric will erneut klingeln, da erscheint ein nicht mehr ganz jugendlicher Juniorchef an der mächtigen Eingangstür. Der lässig übergeworfene seidene Bademantel verhüllt nur unvollständig die blanke Brust. Der Hausherr erweckt den Anschein, als befinde er sich im Urlaub.

„Tag Herr Tilman, entschuldigen Sie meinen Aufzug. So ohne Anzug. Habe mich in der Zeit vertan. Hoffe, mein Outfit stört nicht. Kommen Sie rein."

Die ebenmäßigen Zähne erwecken den falschen Verdacht, es könnten nicht die echten sein. Adalbert de Winter spricht ruhig, in kurzen Sätzen. Tiefbraune Augen erforschen das Gesicht des Gastes. Der wichtige erste Eindruck. Er geleitet den Ankömmling durch eine eichenholzgetäfelte Diele, vorbei an

wertvollen Gemälden und Antiquitäten, hinaus auf eine mit
Marmor gefliese Terrasse. Sie gibt den Blick frei auf uralte,
knorrige Kastanienbäume. Er geleitet seinen Gast hinüber an
einen Swimmingpool.

„Hatte eben noch einige Telefonate zu erledigen. Rom, Paris,
New York Geschäfte, Sie verstehen. Wollte noch vorher in den
Pool springen. Hat nicht gereicht, die Zeit. Werde das später
nachholen."

Der jugendlich wirkende Mann ist ein attraktiver
Enddreißiger. Man sieht ihm sein Alter nicht an, obwohl sich an
den Schläfen der Kurzhaarfrisur erste graue Haare zeigen. Die
eindrucksvollen Augen blicken warm und freundlich. Alles an
ihm ist gepflegt, fließend und weich. Ohne Zweifel ein Mann,
dem sein Äußeres wichtig ist, mehr als nur ein Hauch von
menschlicher Gefallsucht. An den Füßen schlurfen
Lederpantoletten, Schlappen mit einer kräftigen Sohle und einer
Lederschlaufe um den großen Zeh.

„Wundersame Treter", denkt der Ankömmling.

„Wundersame Sandalen, nicht wahr?" bemerkt der Hausherr
und kokettiert mit seinen makellosen Füßen. „Habe diese Dinger
aus dem Urlaub mitgebracht. Vor einigen Jahren. Hey, hat je ein
Designer was Schlichteres entworfen? Dennoch elegant! Sehe sie
vor Neid blass werden, die Trendsetter in Rom und Paris in ihren
Schickimicki-Läden! Treffliche Schöpfung", witzelt der
Modemann. „Habe sie in Dschabalpur gefunden. Liegt
mittendrin im Herzen Indiens. Fristeten am staubigen Boden
eines Bazars ein mickriges Dasein. Flirteten mit mir. Zwischen
unedlem Tand, Wasserpfeifen und gehämmerten Kupferkesseln.
Bin später damit im Vindhjagebirge herumgestolpert. Auch das
Vulkangestein des Strombolis haben diese Kinder der Sonne
kennengelernt. Tolles Schuhwerk, nicht wahr, Herr Tilman?"

Der Angesprochene betrachtet die Lederlatschen. „Diese
prächtigen Treter stehen Ihnen vorzüglich. Sie mögen es
offensichtlich, wenn ihre gepflegten Füße ausreichend Luft
schnappen können. Mir geht es ebenso. Vor Jahren drohte mir
auf Capri einer der Carabinieri eine Geldstrafe an, weil ich in

offenen Holzschlappen eine vornehme Straße betrat. Es gibt schon sonderbare Gebote."

„Kann ich bestätigen. Bin kürzlich in Nordamerika herumgereist. Auch in Kalifornien, verrückt, da braucht man eine Jagderlaubnis, um Mausefallen aufzustellen, in Florida, da ist es verboten, öffentliche Mülleimer sexuell zu belästigen und in Kanada ist es untersagt, Flugzeuge während des Fluges zu verlassen", ergänzt Adalbert de Winter lachend. Nach diesem für ihn ungewöhnlich langen Satz lässt er sich in einen Deckchair fallen. „Man kann nicht alle Gesetze studieren. Hätten dann keine Zeit sie zu übertreten. Wusste damals im achtzehnten Jahrhundert schon der Geheimrat aus Frankfurt", klärt der Hausherr auf und rekelt sich im exquisiten Sitzmöbel.

„Hocken Sie sich zu mir. Erzählen Sie über sich", fordert er. „Aber bitte kurz. Habe Ihre Unterlagen durchgesehen. Falls es Sie beruhigt, Zensuren interessieren mich wenig. Aber Ihre sind ja vorzeigbar. War selbst ein jämmerlicher Schüler. Und schauen Sie mich an." Mit großer Geste weist er über das parkähnliche Gelände. Aus dunkelbraunen Augen funkelt unverhohlen Stolz.

Der Bewerber nickt, nimmt artig Platz. Was mag den jungen Mann mehr beeindrucken, die lockere Art des Hausherrn oder das feudale Ambiente? Vermutlich beides. Cedric lässt den Blick über den parkähnlichen Garten schweifen. Überall entdeckt er sorgsam gestutzte Bäume und exotische Ziersträucher, pulkartig verstreut. Der komfortable Swimmingpool ist zur Straße hin durch hohe Buchenhecken abgeschirmt. Das Poolwasser leuchtet in grün angehauchtem Blau. Überall der Duft von dolce far niente.

Das Gespräch verläuft in lockerem Plauderton. In Harmonie mit den sanften Wellen des Pools plätschert es vor sich hin. Der Modemann nimmt sich Zeit.

„Kreativbereiche sind nach Paris und Rom ausgelagert. Dort muss man präsent sein. Könnte baldmöglichst Unterstützung brauchen. Arbeite zurzeit an einer neuen Kollektion. Nein, keine Winter-Kollektion", scherzt Adalbert de Winter. „Sie kennen unser Label ALDEWI?"

Der Bewerber kennt es, kann mit aktuellen Fakten aufwarten und vermittelt einen ansprechend kompetenten Eindruck. So ist ihm durchaus bekannt, dass sich der Seniorchef Albert de Winter schon vor zehn Jahren aus Gesundheitsgründen aus dem Geschäft zurückgezogen hat. Als Cedric den Tod des Bruders erwähnt, zeigt der Ältere Mitgefühl, streicht tröstend über die Hand seines Besuchers.

Eine Dame erscheint auf der Terrasse. Mit wiegenden Schritten kommt sie heran. Eng schmiegt sich das sommerliche Kleid an den Körper. Stoff gewordene Sünde. Der Ausschnitt wirkt vorn wie hinten eher mutig als anmutig.

„Sieht echt ziegig aus", denkt Cedric. „War vielleicht mal Mannequin."

„Darf ich vorstellen, meine Frau Elena. War früher Mannequin", erklärt Herr de Winter mit raschem Lächeln. „Dieser sympathische Junggeselle hier ist Cedric Tilman. Habe dir von ihm erzählt, Liebes. Gefällt er dir?"

Elena de Winter, eine kultivierte Dame, lächelt höflich und reicht Cedric ihre schlanke Hand. Die wird dominiert von einem protzig auf dem Mittelfinger thronenden Diamanten. „Schön Sie kennenzulernen. Es wäre wunderbar, wenn mein Mann in Ihnen einen zuverlässigen und qualifizierten Mitarbeiter finden würde. Er benötigt jemanden, dem er sein Vertrauen schenken kann. Aber ich warne Sie, er ist besitzergreifend, arbeitet oft bis in die Nacht. Sie werden ihm sicher auch dann zur Verfügung stehen müssen."

In dem Besucher köchelt Freude. Einen derart positiven Gesprächsverlauf hat er nach den unguten Erfahrungen der letzten Wochen nicht erhofft. Glaubhaft bekräftigt er die Selbstverständlichkeit seiner vollen Einsatzbereitschaft.

„Elena ist mir eine große Hilfe, besonders beruflich. Hat einen auserlesenen Geschmack. Hilft mir regelmäßig beim Design. Auch bei Präsentationen, bei wichtigen Terminen. Gibt mir wertvolle Tipps."

Von der Terrasse her sind trippelnde Schritte zu vernehmen. Erneut schreitet eine Dame heran. Straffe Haut, deutlich geschminkte Augen - groß wie Untertassen. Auch diese Frau hat Laufstegeigenschaften, kommt mit wiegenden Schritten angemodelt. Die beiden Frauen begrüßen sich mit Wangenküsschen links und rechts. Cedric wird mit einem freundlichen Nicken abgefertigt. Und mit einem forschenden Adlerblick.

Elena de Winter greift nach dem Arm der Freundin. „Wir wollen jetzt auf eine Vernissage, sind schon spät dran. Müssen uns schon wieder verabschieden."

Mit Trippelschritten enteilen die beiden über klickenden Marmor hinüber zur Villa. Der Weg dahin ein einziger Laufsteg. Nach wenigen Sekunden sind sie davongemodelt.

„So! Gott sei Dank. Sind wieder unter uns. Frauen können durchaus störend wirken, nicht wahr?" Die Äußerungen des Hausherrn klingen immer zutraulicher. „Bin mit Elena bald zwei Jahrzehnte verheiratet. Aber nicht fanatisch", bekundet er mit keckem Blick. „Zurück zum Thema, Herr Tilman. Ihr künftiges Aufgabenfeld. Müssen wir nicht in extenso drüber reden. Das entwickelt sich. Bin da pragmatisch. Der ganze Mensch muss stimmen. Habe einen durchaus positiven Eindruck. Die finanzielle Seite… auch kein Problem, denke ich. Werden uns schnell einigen. Reisen Sie gerne? Muss mich viel in Paris aufhalten. Wichtiger Standort. Hat sich zu unserer größten Dependance entwickelt. Schlage vor, dass ich morgen einen Vertragsentwurf fertigmache. Einverstanden?"

In Cedrics schmalen Gesicht zeigen sich rote Flecken. Es gelingt ihm nur schwer, seine Hochstimmung zu verstecken.

„Und jetzt ein paar Worte zum Privaten." Er beginnt, über seine Frau zu plaudern, nicht sonderlich galant und erstaunlich offen. Die beiden hätten sich auf einer Modenschau kennengelernt. Sie sei etliche Jahre älter und habe aus erster Ehe Sohn und Tochter mitgebracht. Eigene Kinder habe er keine. „In der Freizeit spiele ich gerne Golf, ja, ich versuche es zumindest." Er schmunzelt selbstkritisch. „Reiten und Schwimmen sind weitere Hobbys. Was haben Sie da zu bieten? Sie wirken sportlich. Erzählen Sie."

„Gerne, Herr de Winter. Wie sie vermutlich schon meinen Unterlagen entnommen haben, bin ich noch unverheiratet." Dann erzählt er von seinen Hobbys. Der Gastgeber ist ein freundlicher Zuhörer. „Reiten gehört sicher nicht zu meinen Steckenpferden. Da halte ich es mit einem irischen Schriftsteller, der das Pferd beschrieben hat als *vorn und hinten gefährlich und verdammt unbequem in der Mitte.*"

Adalbert de Winter entblößt sein prachtvolles Gebiss. „Aha, Sie lesen Oscar Wilde. Einer meiner Lieblingsautoren. Da haben wir gemeinsame Interessen." Feixend fügt er hinzu: „Tja, reiten ist eine Sportart, die zwischen den Beinen entschieden wird, nicht wahr? Und weiter?"

„Ich habe kürzlich mit dem Golfspiel angefangen und schwimmen tue ich auch regelmäßig, schon wegen gelegentlicher Rückenbeschwerden. Das viele Sitzen und Autofahren, Sie wissen schon."

„Richtig, schwimmen verhilft zu einer schlanken Figur. Auch wenn das bei den Blauwalen nicht funktioniert", witzelt der Gastgeber. „Aber ernsthaft. Das Golfspiel, ja. Da sollten uns mal in meinem Club treffen. Haben anspruchsvolle Grüns. Und verdammt enge Fairways. Wie wär`s?"

„Hervorragend", denkt Cedric und nickt. Klasse, wenn man geschäftliche mit privaten Interessen verbinden kann.

Sein neuer Chef erhebt sich, will den teakhölzernen Sitz verlassen. „Wollte vorhin schon ein paar Bahnen schwimmen. Kommen Sie. Herrlicher Tag. Hüpfen Sie mit mir rein."

„Aber ich habe nichts dabei."

Der vorsichtige Abwehrversuch wird lächelnd ignoriert. Adalbert de Winter greift in eine Teakholzkiste, zerrt zwei großformatige Badetücher heraus. „Wozu benötigen wir Badehosen! Hier, was zum Abtrocknen. Für später. Sind doch unter uns. Oder haben Sie Angst, dass mein Blick ihren Hosenwurm erhascht?"

Er erwartet keine Antwort, rüttelt die fernöstlichen Sandalen von den pedikürten Zehen und lässt den seidenen Bademantel gekonnt herabgleiten. Dabei wendet er seinem Gast den Rücken zu. Einige Sekunden lang werden auf dem Gesäß tätowierte Schriftzeichen sichtbar. Er bemerkt Cedrics Blick.

„Ach ja, das habe ich mir vor vielen Jahren einpiksen lassen. Jugendlicher Übermut. Bei einem Besuch in Hamburg, auf der Reeperbahn. War nachts um halb eins", fügt er grinsend hinzu.

„Das kommt mir chinesisch vor."

„Richtig, junger Freund! Sind chinesische Schriftzeichen. Wollen Ihnen mitteilen, dass das Leben schön ist. Der Wink auf der linken Backe bedeutet *Das Leben,* den Rest können Sie auf meinem rechten Globusteil ablesen."

Der Mann hat Spaß, sich offen gegenüber dem Jüngeren zu präsentieren. Der ist ihm offensichtlich sympathisch. Oder sollte das alles Teil eines raffinierten Testverfahrens sein? Wie auch immer, er reckt den blanken Körper in die   Nachmittagssonne, schreitet zum Swimmingpool. Dabei gleicht er einer Filmdiva, die auf der Showtreppe Eindruck schinden will. Mit einem recht ordentlichen Kopfsprung landet er im blaugrünen Gewässer. Cedric blickt dem Davon-schwimmenden hinterher, nestelt herum an Hose und Hemd, entledigt sich zögerlich seiner Kleidung und steht nun im Slip da.

Scheinbar ziellos durchpflügt der Hausherr das Wasser. Das freundlich gebräunte Hinterteil ist bei den Schwimmstößen deutlich auszumachen. Immer wieder tauchen chinesische Zeichen an der Wasseroberfläche auf und weisen auf die Schönheit des Lebens hin. Adalbert de Winter lässt dabei seinen Besucher keinen Moment aus den Augen.

„Sportlich, sportlich, junger Mann. Haben eine apollonische Figur! Werden nie ein Gesäßimplantat benötigen. Ha, ha. Würde Sie sofort als Unterhosenmodel engagieren. Habe aber keine Unterwäsche mehr im Sortiment", röhrt er und muss hüsteln. Ihm ist Poolwasser in den Hals geraten. „Habe früher mal einen internationalen Designerpreis eingeheimst. Für einen prickelnd durchgestylten Slip. Mit Eingriff, ha, ha! Aber kommen Sie endlich rein, Sie Knackarsch. Brauchen sich doch wahrhaftig nicht zu verstecken."

Cedrics Hemmschwelle ist längst herabgerutscht und mit ihr

sein letztes Textil. Zwei nackte Füße huschen über die Marmorplatten. Zwei Pulsschläge, dann federt er in gestreckter Haltung in das gänsehäutige Wasser.

Prustend verfolgt Adalbert de Winter den Sprung des federnden jungen Mannes. Mit kräftigen Schwimmstößen crawlt er auf ihn zu. Dabei tauchen erneut chinesische Schriftzeichen an der Wasseroberfläche auf.

Es stimmt. Das Leben ist schön.

***

Mit leisem Piepen erwacht das Handy zu neuem Leben. Cedric tippt eine längere Nummer ein, eine mit Münchner Vorwahl. Wochenlang hat er seine Freundin nicht mehr zu Gesicht bekommen. Selbst der telefonische Kontakt ist eingeschlafen. Der arbeitslose junge Mann hat sich in letzter Zeit immer mehr zurückgezogen. Nun aber gibt es Nachrichten, die er nicht für sich behalten kann. Eilig schickt er sich an, sie zu verbreiten.

Tina von Horwitz meldet sich und erfährt in aller Kürze von einem neuen Job und einem verständnisvollen Chef. „Dann stimmt die Chemie zwischen euch?", fragt Tina voller Interesse. „Ist doch eine prima Basis. Wann sehen wir uns? Hamburg ist ja so weit weg von München."

„Und umgekehrt umgekehrt." Cedrics Stimme klingt fröhlich. „In den nächsten Tagen erwarte ich den Mitarbeitervertrag. Dann werde ich häufiger in München sein. Ich melde mich und erzähle dir Einzelheiten." Er legt auf und wählt eine weitere Nummer. Schnell hat er seinen Vater in der Leitung.

„Hallo, Cedric, schön deine Stimme zu hören. Gibt es Neuigkeiten?"

„Ja, stell dir vor, ich habe einen neuen Job in Aussicht. Was heißt in Aussicht, ich habe ihn sicher. Die mündliche Zusage liegt vor, ich muss sie nur noch bestätigen. Ich werde meinen neuen Chef einige Tage zappeln lassen."

„Solche Nachrichten hört man gerne, prima! Aber übertreibe es nicht, warte nicht zu lange. Wie sieht der Job denn aus?"

„Ich soll Assistent der Geschäftsleitung werden, sozusagen die linke und rechte Hand vom Chef. Das Unternehmen besteht schon seit über fünfzig Jahren. Modebranche, Damenoberbekleidung."

„Klingt ja toll, passt doch. Erzähle weiter."

„Du hast sicher schon von der Firma *ALDEWI* gehört. Ich hatte vorhin ein ausführliches Gespräch mit dem Chef, ein toller Mann, eine Art Schöngeist, einfühlsam und verständnisvoll. Ein kreativer Typ. Er ist Ende dreißig, aber das sieht man ihm nicht an."

Stolz berichtet er Einzelheiten über seinen neuen Arbeitgeber. Der Vater kennt die ALDEWI als ein renommiertes Unternehmen. Er kann seinen Sohn nur beglückwünschen.

In der Nacht schläft Cedric unruhig. Die Aufregungen des Tages, das ungewöhnliche Bewerbungsgespräch und ein auf beunruhigende Weise sympathisch wirkender Gesprächspartner beherrschen seine Gedanken bis in den Traum. Immer wieder taucht ein lächelnder Adalbert de Winter auf und winkt ihm freundlich zu. Braungebrannt, in einen lichten Bademantel gehüllt, steht sein zukünftiger Chef am Swimmingpool und streckt ihm die Hand an einem überlangen Arm entgegen. Ein freundliches Fangeisen.

Der Wecker rasselt, zuverlässig und laut. Cedric fühlt sich unausgeschlafen, zerschlagen. Er will den morgendlichen Gang zur Dusche antreten, da scheppert das Telefon. So früh? Gerade mal acht Uhr.

Eine selbstbewusste, männliche Stimme meldet sich. „Ich bin von der Süddeutschen", erklärt der Anrufer.

„Von der Tageszeitung?" fragt Cedric.

„Nein, von der Klassenlotterie. Ich mache eine Postsendung für Sie fertig, checke die Adresse. Sie haben mal an einer Verlosung teilgenommen".

Cedric kann sich nicht daran erinnern, will keine Lieferung.

„Aber ich übersende Ihnen ein Geschenk, völlig umsonst".

„Ich will aber keine Geschenke!"

„Ja, wollen Sie denn nicht Millionär werden?"

Cedrics Aussage, er habe kürzlich einige Millionen geerbt, macht den Anrufe kurzfristig sprachlos. Wortlos legt er auf. Nun kann Cedric endlich unter die Dusche. Er will sich abtrocknen, da schnarrt der Fernsprecher schon wieder. Vielleicht ist es ja dieses Mal wichtig. Mit dem Badetuch in der Hand hastet er an den Fernsprecher.

„Herzlichen Glückwunsch, Sie sind ein Glückspilz. Sie haben gewonnen!" klingt es fröhlich vom Band.

***

Der Postbote war da. Cedric hat das Klappern am Briefkasten mitbekommen und fingert einen dicken Umschlag heraus. Es ist der erwartete Anstellungsvertrag. Gründlich liest er die einzelnen Seiten, Zeile für Zeile. Faire Bedingungen. Er zögert nicht lange und unterschreibt das wichtige Dokument. Es drängt ihn zum nächsten Briefkasten. Aber er zwingt sich, noch einen Tag verstreichen zu lassen. Dann bringt er die Antwort auf den Weg. Wieder daheim greift er zum Telefon. Er hat versprochen, den neuen Chef umgehend über seine Entscheidung zu informieren. Schnell wird er verbunden.

„Guten Tag Herr de Winter. Ich möchte Ihnen mitteilen, dass ich den Arbeitsvertrag unterschrieben und in die Post gegeben habe."

„Nett, dass Sie mir sofort Bescheid geben. Habe nichts anderes erwartet, Cedric. Ich darf Sie doch so nennen?" Der Chef erneuert die Hoffnung auf eine harmonische Zusammenarbeit.

„Sie werden Ihren Schritt nicht bereuen. Bin da sehr sicher. Tut mir leid, hab jetzt wenig Zeit. Muss in eine Sitzung. Danach dringend nach Paris. Mein Flugzeug wartet nicht. Hätte gern noch mit Ihnen geplaudert."

„Das geht mir auch so, Herr de Winter. Aber das holen wir bald nach, oder?"

„Richtig, wie wäre es, wenn Sie in den nächsten Tagen nachkommen? Könnte Sie jetzt schon in Paris gut gebrauchen."

Der Anrufer signalisiert Zustimmung.

„Passt Ihnen Anfang nächster Woche? Wunderbar! Regeln Sie Einzelheiten mit meinem Sekretariat, geben Bescheid, wann Sie ankommen. Hole Sie gerne ab. Wenn ich Zeit finde."

***

Auf Amadeus` Grab liegen frische Blumen.

Es liegen dort immer frische Blumen. Es ist kein Tag vergangen, an dem die Tilmans nicht an den Sohn gedacht haben. Sie haben mit Freunden und Bekannten zusammengesessen, ein Bier getrunken, daran gedacht, wie es damals war und was jetzt nicht mehr sein kann.

Rotweinpeter hat das Kantsche Wort – oder ist es von Tagore? – der leuchtenden Tage zitiert: *Nicht weinen, dass sie vorüber, sondern lächeln, dass sie gewesen.* Eine tröstliche Erkenntnis, auch wenn es allen schwerfällt, diesen Trost zu leben.

Die Augen der Mutter haben an Lauterkeit eingebüßt. Die Haare wirken an tristen Tagen wie eine schwarze Kappe. Ein kleiner Trost ist ihr geblieben: Amadeus hat nicht leiden müssen. Ihn traf keine Schuld. Vielleicht ist ihm ja auch Schlimmeres erspart geblieben. Zuweilen träumt sie von der unendlichen Weite der Nordsee, dann von den singenden Steinen am Sylter Strand, wenn das abfließende Wasser darüber hinwegflutet. Meist kehrt danach innere Ruhe ein und sie kann tief und fest schlafen.

Wie viel Zeit mag noch vergehen, bis sie den Sohn wiedersieht? Sie glaubt fest daran, dass es geschehen wird. Mit jedem Tag des Weiterlebens meint sie, ihrem Amadeus näherzukommen. Zumindest hofft sie es.

Was ist das, Zeit? Ist es das, was wir daraus machen? Der Sportler läuft seiner Bestzeit hinterher. Die sollte knapp bemessen sein. Dem Workaholic kommt die Zeit abhanden. Dem Glücklichen schlägt angeblich keine Stunde. Trauernde eilen ihrer Zeit voraus. Doch alle werden sie von ihr eingeholt. Zeit ist gnadenlos, ihr Puls pocht unerbittlich. Sie kennt keinen Tod. Und Lebenszeit? Das ist ohne Zweifel eine Größe, die wir nicht kennen! Und das scheint gut so.

Zum Leben gehört der Tod. Er ist Dauergast, ständiger Begleiter. Wir laden ihn nicht ein, er kommt, wann *er* will. Nur ein Selbstmörder kann diesem unerwünschten Gast die Sense führen. Und wenn er einem Schwerkranken hilft, ihn von schlimmen Schmerzen erlöst? Der Tod als Helfer, als Erlöser, gar als Freund? Ist er dann willkommen?

Ein alter Mensch mag jeden neuen Tag, den er gesund erlebt, wie ein Geschenk empfinden, aber auch wie eine Last, wenn eine quälende Gesundheit zerstörerische Kräfte entfaltet. Einer Eintagsfliege muss es wie eine Ewigkeit erscheinen, wenn sie noch das Heraufdämmern des nächsten Tages erlebt. Dem Sonnensystem geben die Experten noch drei Milliarden Jahre *Lebenszeit.* Bei einer solchen Betrachtungsweise ist das menschliche Leben nur eine unendliche Anhäufung von Augenblicken. Und für die Kirche gibt es das ewige Leben.

Die Lebenszeit von Amadeus war mit neunzehn Jahren nur kurz bemessen. Da wurde die Reihenfolge nicht eingehalten! Aber heißt das auch, dass er wenig vom Stoff des Lebens erwischt hat? Er hatte wohl ein gutes, ein intensives Leben und lebte es wie ein Schmetterling, zuweilen ein wenig flatterhaft, aber unbekümmert und nachhaltig.

Cedric ist überraschend auf einen Kurzbesuch vorbeigekommen. Vor Tomas Tilman liegt Cedrics neuer Arbeitsvertrag. „Sieht ja vielversprechend aus. Alles scheint fair formuliert. Glückwunsch, Cedric."

Die Mutter hat in ihrem Lieblingssessel am Terrassenfenster Platz genommen und blickt von der Zeitung auf. Die Todesanzeige eines jungen Mannes hat wieder einmal ihr besonderes Interesse geweckt.

„Hört mal, ihr beiden, schon wieder so ein junger Mensch, der durch einen Autounfall aus seinem Leben gerissen wurde. Ist doch schrecklich. Jeden Tag solche Meldungen."

In der Ecke leiern Oldies aus einer winzigen Lautsprecherbox, altbekannte Hits: *Maaama...* dröhnt Heintjes Stimme aus dem kleinen Lautsprecher. *Maaama, du darfst doch nicht um deinen Jungen...*

Die Mutter legt die Zeitung beiseite, erhebt sich hektisch aus dem Sessel, dreht den Ton weg.

Da sitzen sie und blicken in die Runde.
Es fehlt der eine sehr, ja, das ist wahr!
Die Uhr läuft weiter. Vielleicht schrumpft die Wunde.
Ein Tag geht hin, ein Monat, dann ein Jahr...

***

Gestern ist ein Brief ins Haus geflattert. Tomas Tilman hat die Handschrift sofort erkannt. Alexander Blaumann, der alte Weggefährte, hat sich mit einem Schreiben zu Wort gemeldet.

Sehr geehrter Herr Tilman,
welche Koinzidenz? Am heutigen Nachmittag stieß ich auf das Fragment eines Briefes, der unvollendet liegengeblieben war, weil ich zur Fortsetzung Zeit und Ruhe brauchte, die dann wohl ausblieb. Dass mir dieser Brief heute in die Hände fällt, exakt am Todestag ihres Sohnes, ermutigt mich nach Jahresfrist – gleichsam als Jahresgedächtnis – Ihnen diese Zeilen zu schreiben; ein bescheidenes Zeichen, dass ihr Sohn nicht vergessen ist. Meine Frau und ich wollten Ihnen etwas Tröstliches sagen, haben aber nicht die Worte gefunden, die dieser Vorgabe hätten gerecht werden können. Niemand wird Ihnen den Schmerz und die Trauer nehmen können, aber zu wissen, dass es Menschen gibt, die Sie in dieser Trauer begleiten und sich bemühen sie mitzutragen, mag ein kleiner Trost sein.
Meine Frau und ich möchten so gern Tröstendes vermitteln, doch wir empfinden nur die lähmende Leere, die mit der Endgültigkeit dieses schrecklichen Ereignisses über Ihre Familie hereingebrochen ist. Bei Susanne Tamaro las ich kürzlich das Zitat eines Augustinus zugeschriebenen Ausspruches, der in seiner Perspektive ein wenig Mut machen kann: Trauere nicht, dass Du den geliebten Menschen verloren hast; sei dankbar, dass du ihn gehabt hast.
Ihr Alexander Blaumann

P.S.: Mein Brieffragment vom letzten Jahr anbei.

Sehr geehrter Herr Tilman, sehr geehrte gnädige Frau!

Nachdem wir viele Jahre so wenig voneinander gehört haben, nun diese schreckliche Nachricht! Amadeus` Tod hat meine Frau und mich völlig ratlos gemacht.

Betroffen sehen wir uns in dem Gefühl der Ohnmacht und des Ausgeliefertseins, im aufrechten Mitfühlen und Mitleiden mit Ihrem Schmerz. Denn unser eigener Sohn ist nur um einen Tag jünger und hat auch erst kürzlich seinen neunzehnten Geburtstag verbracht.

Ist es für Eltern kaum auszuhalten, wenn ihnen ein Kind entrissen wird, so wird es völlig unerträglich, wenn dies zu einem Zeitpunkt geschieht, in dem die Kindheit erst durchschritten ist und das Kind beginnt, sich allmählich aus der Obhut des elterlichen Hauses zu lösen und dabei ist, sein Leben in die eigene Hand zu nehmen.

Unbegreiflich bleibt dann die bohrende Frage nach dem Warum. Warum er? Warum wurde Amadeus um seine Zukunft betrogen? Wo liegt der Sinn? Warum blieb ihm keine Chance, auf seinem Lebensweg weiter voranzuschreiten?

Gläubigen Menschen kann die Überzeugung helfen, dass er fortlebt und seine Seele weiter um uns und bei uns ist, entkleidet und befreit von den Lasten des irdischen Alltags. Aber wer hat schon eine solche Kraft des Glaubens. Wir wünschen sie Ihnen von Herzen. Außerdem möchten wir Ihnen…

***

Der Wetterbericht war mal wieder charakterlos. Statt der angekündigten leichten Bewölkung herrscht zum Zeitpunkt des Landeanfluges schauerliches Wetter. Massige Wolken drücken auf die Weltstadt. Nebel und Regen haben das Fluggelände in eine trübe Sauce verwandelt. Erstaunlich, dass der Airbus bei diesen Bedingungen problemlos landen kann.

Einer der ersten Fluggäste, der in der Abenddämmerung durch aschige Nebelschwaden von der herangefahrenen Treppe herabeilt, erinnert an Jack the Ripper. Er hat seinen Hut tief in die Stirn gezogen und sich in einen dunklen Mantel verkrochen. Regen und ölige Reste vermählen sich schillernd auf dem nassen Asphalt. Die Reflexionen stammen aber nicht vom trüben Licht antiker Gaslaternen im Londoner Westend. Halogenstrahler beleuchten das Rollfeld. Schon drängen weitere Passagiere aus dem Flugzeug, bewegen sich vorsichtig die nassen Stufen hinab. In der Menge der ankommenden Fluggäste wird auch Cedric vorangeschoben.

Adalbert de Winter ist auf dem Weg, um seinen neuen Mitarbeiter abzuholen, ist spät dran, quält sich durch den Berufsverkehr. Auf dem Parkplatz vor dem Flughafengebäude will sich keine Lücke auftun. Er kurvt herum. Endlich will jemand ausparken. Er wartet, um ihn nicht zu behindern. Von der Gegenseite saust ein knallroter Sportwagen heran. Mit quietschenden Reifen erobert der Flitzer den freigewordenen Platz. Dreist grinsend steigt ein Jugendlicher aus.

„Schnell muss man sein", ruft er.

Der Modemann ist sauer, sein Zögern nur kurz. Er setzt zurück, tritt entschlossen aufs Gaspedal, rammt den roten Flitzer, drückt ihn krachend an die Betonbegrenzung, kurbelt das Seitenfenster herunter und drückt dem verdutzten Jüngling seine Visitenkarte in die Hand und lächelt: „Geld muss man haben!"

Mit verbeultem Kotflügel fährt er weiter. Dann wird sein Suchen belohnt. Problemlos parkt er ein, glättet seinen erst kürzlich in der Londoner Savile Road maßgefertigten Zweireiher und enteilt in Richtung Ankunftsterminal.

Am Meeting-Point wartet bereits der neue Mitarbeiter. Die Begrüßung fällt überschwänglich aus. Adalbert de Winter empfängt den jungen Mann wie einen langjährigen Freund.

„Schön, dass Sie da sind, lieber Cedric. Hoffe, Sie mussten nicht lange warten. Hatte Parkplatzprobleme." Er schnauft leise vor sich hin. „Verzeihen Sie meine aufgeregte Begrüßung. Habe mich soeben übermäßig echauffiert."

Wind und Regen haben sich verabschiedet. Ein voller Mond kämpft sich durch den Wolkenbrei. Sie stehen auf dem Parkplatz, bereit zum Einsteigen.

„Warten Sie, ich setzte zurück. Müssen sich dann nicht reinquetschen. Neben mir wieder so ein Idiot, der schräg eingeparkt hat. Führerschein im Lotto gewonnen!" Er fingert eine Art Visitenkarte aus der Brusttasche und klemmt sie grinsend hinter den Scheibenwischer.

„Ein freundlicher Gruß?"

„So ähnlich, lieber Tilman, von diesen Kärtchen führe ich immer einige mit. Kann sie häufig einsetzen. Außerordentlich nützlich. Gibt mir Befriedigung. Hier, nehmen Sie eine. Können sie gewiss mal sinnvoll nutzen."

Cedric betrachtet das exklusiv wirkende Stückchen Karton und nimmt schmunzelnd den in goldfarbenen Lettern gedruckten Text zur Kenntnis: „Wenn Sie so bumsen, wie Sie parken, kommen sie nie richtig rein!"

Gut gelaunt chauffiert Adalbert de Winter seine angebeulte, aber noch voll fahrtüchtige Edelkarosse vom Parkplatz. Bald haben sie das Stadtgebiet von Paris erreicht und rollen über den Champs-Élysées. Beim Abbiegen in die Rue de Bern schleift der Vorderreifen am Kotflügel, gibt ein unangenehm krächzendes Geräusch von sich. Passanten blicken irritiert. Wenig später bringt der Mann vor einem schmiedeeisernen Tor sein Auto zum Stehen. Still surrend weitet sich die Tür. Der Wagen rollt auf einen mit einbetonierten Kieseln belegten Vorhof. Dahinter zeigt sich eine weiß getünchte, im klassizistischen Stil errichtete Villa.

„Da sind wir." Ein intelligenter Hinweis.

Eine dunkelhäutige Hausgehilfin erwartet die beiden Männer am Eingangsportal. Aus neugierigem Gesicht springen dem Neuankömmling blanke Augäpfel und blitzende Zähne an. „Ich Penelope", begrüßt sie den Gast und zeigt auf sich.

Der Hausherr schmunzelt. „Heißt Paula, die Gute. Ihr Mann schippert als Koch auf einem Bananendampfer herum. Durch die ganze Welt. Wartet ständig darauf, dass er heimkommt. Habe sie Penelope getauft."

Penelope nickt. Das Gesicht leuchtet. „Hübscher junger Mann." Kichernd verschwindet sie in Richtung Küche. Offensichtlich genießt sie das Vertrauen ihres Dienstherrn, der nun den Besucher durch die riesige Eingangshalle führt, vorbei an einer mit Gobelins bestückten Galerie, hinein in ein großes Esszimmer.

„Na, junger Mann, beeindruckt? Wir empfangen hier auch wichtige Kunden. Lässt sich steuerlich nutzen. Bin jedes Jahr hier, viele Wochen. Habe es mir im Seitenflügel wohnlich eingerichtet. Spare mir die teuren Pariser Hotels."

„Bestimmt ist alles sehr teuer hier."

„Sicher. Eine der teuersten Hauptstädte. Nicht so teuer wie Moskau, aber immerhin. Kommen Sie. Das moderne Gemälde da drüben neben dem alten französischen Gobelin hat übrigens schlappe 100.000 gekostet."

„Lire"?" witzelt Cedric.

Penelope taucht auf, ein silbernes Tablett balancierend. Appetitanregende Düfte breiten sich aus. „Essen fertig. Herren wollen bitte Sitz machen."

Mit einer ausholenden Handbewegung bittet der Gastgeber zu Tisch, ergreift diskret Cedrics Arm. Dann, ein, zwei Atemzüge lang, ruht die frisch manikürte Hand auf seiner Schulter, leitet ihn an den Tisch.

„Spargel aus Süddeutschland, Schinken aus dem Münsterland und Pellkartoffeln aus der Region. Neue Ernte. Esse gerne Hummer dazu."

Neben dem Teller - altes Nymphenburger Porzellan - entdeckt der Gast ein kleines Päckchen. Fragend blickt er Adalbert de Winter an.

„Bescheidener Ausdruck meiner Wertschätzung. Machen Sie auf." Der Ältere schaut aufmerksam zu, wie schlanke Hände mit unruhigen Bewegungen die Verpackung entfernen. Aus der Papierhülle kullert ein goldener Kugelschreiber. Der Beschenkte will antworten, doch sein Chef kommt ihm zuvor. „Keine Dankesworte. Ist mir ein Bedürfnis. Freue mich, Sie an meiner Seite zu haben. Hoffe außerdem, dass die Arbeit einen Teil ihrer Trauer verdrängt. Habe den Unfall Ihres Bruders nicht vergessen."

Cedric befürchtet Feuchtigkeit in den Augen. Das Mitgefühl tut gut.

„Meine Freunde sagen Adi zu mir. Bitte tun Sie doch ein Gleiches. In Ordnung? Bin ja bei Ihnen längst zum Cedric übergegangen. Dunkle Augen blicken liebenswürdig, wirken erwärmend.

„Gerne, Adi. Ich freue mich auf eine gute Zusammenarbeit."

„In Ordnung. Wollen mit dem Essen beginnen. Das Ganze wird sonst kalt. Wäre schade."

Ein geschmackvoll gedeckter Tisch, erlesenes Porzellan, Bestecke aus altem Sterlingsilber: reiches Verwöhnambiente. Auf einer großformatigen Silberplatte lockt westfälischer Schinken, daneben, liebevoll arrangiert, weiß bauchiger Spargel, an dem goldgelbe Butter herabtropft.

„Hat sich der Spargel extra für mich so unkeusch hergerichtet?" fragt Cedric in dem Bemühen, Lockerheit zu bekunden.

„Klar doch. Hoffe Sie mögen Spargel", lächelt der Ältere. Seine Zunge schlüpft von einem Mundwinkel zum anderen. Winzige Kobolde funkeln in seinen Augen. „Ist bekanntlich gesund. Wussten schon unsere Vorfahren im Mittelalter. Habe ein altes Kochbuch. Aus dem sechzehnten Jahrhundert. Da heißt es, dass Spargel *eyn teutsches Mannsbild bey Kräften halten soll.* "

Der Mann ist prächtiger Laune Er greift einen besonders dicken Asparagus, balanciert ihn genießerisch in der Mundhöhle. Dann lässt er ihn sanft zwischen den Lippen hin und her gleiten. Cedric fühlt sich wie ein Pennäler beim ersten Besuch im Puff. Selbst der nordspanische Hummer auf dem goldumrandeten Teller scheint in ein noch intensiveres Rot zu wechseln. Der Gastgeber versteht zu zündeln. Er will ein Feuerchen entfachen. Aber ist das junge Holz auch ausreichend trocken?

Penelope erscheint in der Tür, nähert sich mit blanken Backen. „Herren haben noch Wünsche?"

„Noch eine Flasche Chardonnay, meine schwarze Perle. Wollen unser Genusspotenzial heute voll auskosten." Die hausherrliche Zunge schleift genüsslich die Oberlippe. „Ist doch recht, mein junger Freund? Sie trinken doch gewiss noch ein Gläschen! Schauen Sie, der goldene Oktober küsst das Bleikristall. Dieser Wein schmeichelt nicht nur dem Hummer."

„Vielleicht sollte ich jetzt allmählich zu Wasser übergehen...?"

„Nicht doch Cedric! Jesus hat dereinst Wasser in Wein verwandelt. Der Mann kannte dessen Vorzüge. Also noch ein Fläschchen, Penelope!"

Die schwarze Perle räumt Teller und Bestecke weg und entfernt sich auffällig langsam. Cedric sitzt aufrecht am Tisch, innerlich aufs Äußerste bewegt. Bald ist eine weitere Flasche Chardonnay geleert. Das Tischgespräch gerät in zunehmend entkrampfte Bahnen. Ein Scherz generiert den nächsten.

Der Hausherr erhebt sich schwungvoll aus seinem Mahagonisitz. „Wenn Sie mich für einen kleinen Augenblick entschuldigen. Bin gleich wieder da."

Im Hintergrund setzt kurz darauf ein plätscherndes Rauschen ein. Dann ist Adalbert de Winter zurück und verweilt stehend an der Seite seines Gastes.

„Adi, haben Sie einen kleinen Wasserfall im Haus? Ein Wassereinbruch wird es doch nicht sein."

„Ein kleiner Wasserfall. Welch kreative Umschreibung! Gar nicht so falsch, mein Lieber. Kommen Sie. Schauen wir einfach nach."

Was ist im Leben schon einfach, wenn im Leben nichts einfach ist. Adalbert de Winter packt Cedrics Armgelenk. Schulter an Schulter verlassen sie das Esszimmer und durchschreiten den langgestreckten Vorraum. Am hinteren Ende stößt der Hausherr eine Tür auf. „Schauen Sie herein in meinen bescheidenen Wellnessbereich. Dort finden Sie Ihren Wasserfall." Erneut packt seine Hand Cedrics Arm und schiebt den Zaudernden sanft durch die Türfüllung.

Der *Wellnessbereich* erinnert Cedric an eine römische Therme. Tiffanylampen werfen einen pathetischen Glanz auf protzend verarbeiteten Carrara Marmor. Sekundenlang saugen sich seine Augen an einer obeliskförmigen Marmorsäule fest. Aus der Mitte der Säule springt ihm ein überdimensionaler, vergoldeter Herrenslip ins trunkene Auge. Vermutlich eine Reminiszenz an den Designerpreis vergangener Zeiten. Aus dem obszön gespreizten Eingriff ergießt sich in kräftigem Strahl blubbernd Frischwasser. Auf dem Slip entziffert Cedric das in kleinen, aber gut lesbaren Buchstaben eingestickte Motto: *Hol mich hier raus, ich bin ein Star.*

Der Duft von Hyazinthen erfüllt den Raum. Neben mächtigen Spiegeln hängen in farblicher Harmonie von Pool und Marmor kuschelige Badetücher. Auf einem mit Elfenbeinschnitzereien versehenen Beistelltisch lockt in einem Eiskübel eine Flasche *Taittinger Brut Réserve Champagner.* Daneben blinken zwei Trinkpokale. Adalbert de Winter packt die Magnumflasche. Schnell und fauchend entflieht der Naturkorken und knallt gegen den fleißig strullenden Herrenslip.

Cedric spürt die Enge eines zu heiß gewaschenen Pullovers, fragt sich, wie weit er zu weit gehen darf. Und wie weit Adalbert de Winter gehen wird.

„Jetzt fehlt nur noch, dass eine barbusige Penelope mit einem Palmenwedel erscheint", meint er stockend.

Die Worte *barbusige Penelope* kommen dem jungen Mann nicht mehr flüssig über die Lippen. Sein Blut wallt in Herz, Hirn und Hose.

***

Diskretes Klopfen an der Schlafzimmertür.

„Ich habe fertig Kaffee", säuselt Perle Penelope. Das klingt vertraut und zärtlich. Ohne auf ein *herein* zu warten drückt sie die Klinke herab und begibt sich wie auf Samtpfoten in das abgedunkelte Schlafgemach. Auf dem Tablett dampft frisch aufgebrühter Excelsa-Kaffee. In einem silbernen Körbchen hat sie Croissants, Brötchen und Obst liebevoll zusammengestellt. Neugierig huscht ihr Blick durch den Schlafraum. Die suchenden Augen finden nur ihren Herrn.

„Komm näher, du schwarze Perle."

Das XXL-Bett, in dem sich der Hausherr gähnend rekelt, präsentiert sich als kolossale, zerwühlte Spielwiese. Ein deutlicher Hinweis auf eine aufregende Nacht. Auf der Wand am Fußende reflektiert ein gewaltiger, kunstvoll geschliffener Kristallspiegel die zerkuschelte Lagerstatt. Ein ähnlich großflächiger Spiegel lauert dort, wo man ihn normalerweise nicht sucht: an der Decke. Sein Hauptzweck besteht gewiss nicht darin, nach dem morgendlichen Erwachen eine zerrupfte Frisur zu richten oder einen frisch gesprossenen Bartwuchs zu betrachten. Die schweren Veloursvorhänge vor der angelehnten Balkontür wabern in leichtem Morgenwind, geben den Blick frei auf eine schlanke Silhouette. Auf dem Balkon vollführt ein nackter Männerkörper effektvolle Dehnübungen. In der Ferne zeichnet sich schemenhaft der Triumphbogen, jenes gewaltige, zu Ehren Napoleons erbaute Monument. Auf der berühmten Prachtstraße beginnt aufkommender Berufsverkehr zu pulsieren.

Penelopes Augäpfel blitzen mit den Zähnen um die Wette. Mit blanken Backen verlässt sie das Schlafgemach. Mit sanftem Klick fällt die Zimmertür ins Schloss.

Adalbert de Winter ruft laut: „Frühstück, Cedric!"

Kurz darauf tritt der barfüßige Frühsportler den Raum und reckt seine geschmeidigen Glieder.

Adalbert de Winters Augen glänzen. „Weißt du was? Werde dich ab sofort Ciddy nennen. Denke da an den standhaften spanischen Recken, diesen El Cid.."

***

Tina von Horwitz hetzt durch ihre Münchner Wohnung. Die Zeit drängt. Schnell greift sie sich noch eine Freizeitjacke. Eine lederne Reisetasche steht an der Wohnungstür. Nervös sucht sie in einer Schublade nach Papieren. Am Vormittag hat sie noch fleißig krankengymnastische Übungen absolviert. Auf dem Rückweg von der Praxis ist sie im Verkehr steckengeblieben.

Das Telefon schnarrt laut und unmelodisch. „Auch das noch, gerade jetzt! Ist bestimmt wieder unwichtig." Eilig trippelt sie ins Nebenzimmer. „Das blöde Surren muss ich gelegentlich ändern. Gibt höflichere Klingeltöne. Horwitz!?"

„Hallo Tina", sagt eine leise Stimme. „Was ist mit den Klingeltönen? Ich wollte mich kurz melden. Bin in den letzten Tagen nicht dazu gekommen."

264

„Hi, Ceddy, nett von dir und schnell ist gut. Du erwischstmich voll auf dem falschen Fuß. Ist jetzt äußerst unpassend. Habe einen auswärtigen Termin."

„Hey, ich mache es kurz. Wollte gestern schon anrufen, aber ich musste Hals über Kopf meinen neuen Job antreten."

„Cedric entschuldige. Ich unterbreche dich ungern, würde wirklich gerne mit dir reden. Dein Job interessiert mich sehr, ich bin aber verdammt spät dran."

„Schade, dann ein anderes Mal. Ich musste deine Stimme hören."

„Bei mir ähnlich, aber ich muss weg. Habe dir allerhand zu erzählen."

„Ich dir auch, Tina." Er stockt. „Auch bei mir gibt es Neuigkeiten. Ist allerlei auf mich herabgeprasselt, in den letzten Tagen. Ich versuche es später noch mal. Du hast doch sicherlich dein Handy dabei."

„Ja, danke für dein Verständnis!" Schon ist sie auf dem Weg zur Haustür, packt die kleine Reisetasche und schließt ab.

Nachdenklich hält Cedric das Handy in der Hand und vergisst zunächst aufzulegen. Er hat erst nach langem Zögern zum Telefon gegriffen, Ziffern eingetippt und dann schnell wieder die Austaste gedrückt. Schließlich hat er sich doch entschlossen, es klingeln zu lassen, mit schlechtem Gewissen, ohne recht zu wissen, was er Tina sagen würde. Einfach nur reden, ihre Stimme hören.

***

„Oh Ama, kannst du nicht ...“

Sabine Tilman steht in der häuslichen Auffahrt und bückt sich nach einem Zigarettenstummel. Nein, den muss ein anderer weggeworfen haben. Gerne würde sie heute Zigarettenreste von Amadeus aus der Aufwegung entfernen!

Gestern hat einer der Nachbarn erzählt, er sei an einer Parkbank vorbei-geschlendert sei, auf der Amadeus beim Hundespaziergang oft gesessen habe. Auch jetzt hätte er grinsend dort gehockt, freundlich gegrüßt und eine Zigarette geraucht. Erst als die Blicke des Nachbarn den schwarz gepunkteten Hund suchten, sei ihm zu Bewusstsein gekommen, dass dies doch gar nicht möglich sein konnte. Beim erneuten Hinsehen sei die Bank leer gewesen.

Am Morgen hat Cedric angerufen und mitgeteilt, dass er seinen neuen Job angetreten habe und soeben in Paris angekommen sei. Die Mutter hat es ohne besondere Reaktion zur Kenntnis genommen. Jetzt schlurft sie durch das weiße Gartentor, begibt sich auf die Terrasse und nimmt auf der kleinen Bank Platz.

Der Gartenteich lädt eine Amsel zum Baden ein. Die schwarz gefiederte Turdus merula nimmt die Einladung an und lässt sich am Rand des Wassers nieder. Sie schlägt so heftig mit den Flügeln, dass das Wasser aufspritzt. Am Rosenbusch gaukeln Schmetterlinge, huschen durch Sonnenstrahlen hin und her, flattern herab. Die Rosen mochten im letzten Jahr nicht blühen. Der Busch drohte zu verdorren, doch jetzt haben sich zahlreiche Knospen gebildet.

Sabine Tilman betrachtet die sich entwickelnde Blütenpracht. Junge Knospen sind bereits aufgeplatzt. Sie sitzt auf der Bank und starrt in einen klaren Himmel. Heute weiß sie mehr vom Tod. Ihre Augen verfolgen die spärlichen Wolken. Weit oben bewegt sich etwas, kaum sichtbar. Ein entferntes, in klares Blau getauchtes Flugzeug. Erkennbar ist es nur an dem Kondensstreifen, den es in schmaler Spirale hinter sich herzieht. Fliegt Amadeus mit? Nein, der ist ja noch viel weiter weg. Aber die Mutter spürt seine besondere Nähe. Als sie kurz danach wieder hochschaut, kann sie das Flugzeug nicht mehr entdecken.

Sir Henry liegt platt am Boden und beäugt Ameisen, die auf den Steinplatten hin und her hetzen. Die Mutter horcht auf. Wurde da nicht das Gartentor betätigt? Und sind das nicht vertraute Schritte? Sie starrt zur Hausecke. Die Schritte kommen näher. Ein junger Mann taucht auf. Das ist doch Amadeus!

„Hi Mam!", sagt er, verweilt kurz an den Terrassenstufen. Amadeus hat sich nicht verändert. Die Mutter springt hoch, um den Sohn zu begrüßen, der nun die wenigen Stufen empor geht, auf die Mutter zu. Auch Sir Henry ist freudig bellend aufgesprungen, leckt die entgegengestreckte Hand, reibt seinen Kopf an der Hose und wischt sich dabei Mulm aus den Augen.

„Amadeus, wo kommst du her? Du kannst doch gar nicht hier sein!"

Er haucht der Mutter einen Begrüßungskuss auf die Wange. Sie ergreift seine Hand, spürt den vertrauten, nicht allzu kräftigen Händedruck. „Doch Mam, ich habe heute Ausgang und darf mal wieder bei euch sein."

Sie will fragen, ob er etwas trinken möchte, oder essen. Der Sohn ist nach Hause gekommen und muss umsorgt werden! Doch Amadeus kommt ihr zuvor.

„Ich wollte dir nur sagen, dass es mir gut geht. Ich weiß, dass du dir immer noch Sorgen machst. Das ist wirklich unnötig. Es geht mir echt gut, glaube mir."

Sabine Tilman ist von der Gartenbank aufgestanden. „Komm, setzt dich doch einen Augenblick zu mir, nur kurz. Und du, Sir Henry, mach Platz! Platz hab ich gesagt!"

Sie hockt sich nieder, wartet darauf, dass Amadeus neben ihr Platz nimmt. Sie fingert nach einem Taschentuch. Als sie aufblickt, ist der Sohn verschwunden. Ihr suchender Blick findet nur eine leere Terrasse. Amadeus ist nicht mehr da. Der Hund liegt zu ihren Füßen, fixiert sie mit braunen Augen und wedelt mit dem Schwanz. Sie ruft *Amadeus!* und nochmals *Amadeus!* Aber der Sohn bleibt verschwunden. Sie hat noch seinen unverwechselbaren Duft in der Nase, betrachtet ihre Hand und glaubt, noch seinen Händedruck zu spüren.

„Er war eben da, ich weiß es, ich habe doch nicht geträumt!" Sie schaut auf Sir Henry. Der muss es doch auch wissen. Der hat Amadeus gesehen, ihm die Hand geleckt!

Tomas Tilman hat Rufe gehört und tritt auf die Terrasse.

„Amadeus war da und hat gesagt, dass es ihm gut geht."

Der Mann ist irritiert. „Du hast geträumt", ist sein nüchterner Kommentar.

„Nein, habe ich nicht!" erklärt sie trotzig.

267

Er geht zu ihr, legt seinen Arm um sie und erkundigt sich nach Einzelheiten. Behutsam versucht er sie in die Realität zurückzuführen, will sie von ihrer Illusion abbringen.

„Du ungläubiger Tomas!" Grantig zieht sie sich ins Lesezimmer zurück, beginnt in alten Aufzeichnungen und Fotos zu wühlen. Später findet ihr Mann sie im hölzernen Schaukelstuhl sitzend, in der Hand ein Foto von Amadeus, eins, auf dem er sein Patenkind im Arm hält.

„Wie geht es dir", fragt er leise.

„Bitte lass mich allein." Sie mag nicht reden. Jetzt spielt sie nur noch auf den schwarzen Tasten. Der Tod wird attraktiver.

***

Rom, ewige Stadt. Ewiges Chaos auf den Straßen.

Elena de Winter schreitet über breite Stufen abwärts. Sie führen vom Kapitol hinunter zur weit geschwungenen Piazza de Venetia. In ihrem Rücken, auf dem Kapitolsplatz, präsentiert sich ein prächtiges Reiterstandbild. Auf mächtigem Bronzeross thront Marc Anton. Versucht er mit vorgestreckter Hand dem auf der Piazza tosenden Verkehr Einhalt zu gebieten? Man sollte meinen, dass sich lautes Hupen in einer Stadt verbietet, in der auf wenigen Quadratkilometern an jeder Ecke Jahrhunderte auf den Betrachter herabblicken.

Die elegante Dame zaudert, orientiert sich abwechselnd nach links und rechts, ist unsicher. Hinter ihr klappert ein Mann mit seinen Lederpantoletten heran. Italienische Männer, die etwas auf sich halten, lassen die Sohlen ihres Schuhwerks kurz auf den Boden klacken, bevor sie fest mit dem Fuß auftreten. Sie zelebrieren ihre Fortbewegung in leichten Sommerschuhen und schlurfen nicht so erschöpft herum wie die unzähligen Touristen.

Die Frau muss ihr Augenmerk auf das hektische Treiben auf der Straße richten, denn mit knatterndem Getöse nähert sich in Dreier- und Viererreihen ein Pulk von Fahrzeugen. Vereinzelt flitzen Motorroller, kess die Fahrbahnen wechselnd, zwischen großen und kleinen Autos hin und her. Sie sind bemüht, als erste den abgefahrenen Zebrastreifen zu überfliegen. Einige lassen ihr zweirädriges Gefährt noch einmal kurz aufheulen. Das klingt wie eine Warnung an die elegante Fußgängerin, nicht gerade jetzt das Vorrecht am Zebrastreifen einzufordern. Aus einer Seitenstraße stürzen sich noch zwei Busungetüme und weitere Motoredos in den Straßenkampf. Dem Verkehr scheint jegliche Regel abhandengekommen zu sein.

Die elegante Frau ist für den Nachmittag mit Giovane di Coppola verabredet, will mit ihm Kollektionsfragen abstimmen. Wie weiland Goethe hat sie zuvor im Cafe Greco einen Cappuccino genossen, war auf den Spuren der Antike mit zeitweise versagendem Ortssinn im Gewirr kleiner Gassen und holperiger Wege herumgewandert. Dabei ist der Rest der Welt in Vergessenheit geraten.

Die erste motorisierte Angriffswelle ist vorbeigeschwappt. Elena de Winter betritt mutig den bis zur Unkenntlichkeit abgefahrenen Zebrastreifen und strebt konsequent dem gegenüberliegenden Trottoir entgegen. Ein Italiener klappert mit seinem Schuhwerk hinter ihr her. Mit hypnotischem Blick versucht sie, erneut heranknatternde Fahrzeuge von sich fern zu halten, erzwingt mutig, typica tedesca, ihr Vorrecht. Und tatsächlich ändern die römischen Raser ihr Fahrverhalten. Ohne an Elan einzubüßen, umkurven sie geschickt und flott die Fußgängerin.

Frau de Winter wird morgen die Stadt wieder verlassen, eine Metropole, in der sich Weltstadtanspruch und liebevoll gehätschelte Provinzialität in einem nie enden wollenden Wettbewerb befinden. Dieses größte Dorf der Welt hat in reichem Maße Triumphe erlebt, aber auch Niederlagen und Demütigungen. Viele Menschen mögen dem Charme und Zauber dieser Stadt erliegen. Der eleganten Dame aber will es auch nach vielen Jahren nicht gelingen, die ungehemmte Improvisationsfreude der Einheimischen gutzuheißen. Und nach waghalsigen Straßenüberquerungen schon gar nicht.

***

„Damenbesuch ante portas. Musst dich heute besonders feinmachen, Ciddy."

Ciddy schaut Adalbert de Winter überrascht an. Barfüßig hockt er in einem Ledersessel und präsentiert einen offenherzigen, pinkfarbenen Kaschmirpullover. *Winter-Kollektion.* Die Beine stecken in abgewetzten Jeans. *Ciddy.* Diesen Scherznamen findet Cedric prickelnd. Erst recht aus dem Mund seines Chefs.

„Eine hübsche Dame kommt ins Haus."

„Ach ja? Wer ist es denn? Deine Frau?"

„Nein, die Gute weilt noch in Rom. Fliegt aber morgen direkt nach Berlin zurück."

„Also nicht. Dann vielleicht ihre modelhafte Freundin, die sich in Stoff gewordene Sünde kleidet? Die Dame, die mir bei meinem Vorstellungsgespräch arrogant gnädig ihre parfümierte Hand reichte?"

„Ha, ich weiß, wen du meinst. Nein, Ciddy, viel besser. Nachher kommt Martina-Maria zu Besuch. Ist eine Tochter, die meine Frau mit in die Ehe gebracht hat. Aus ihrer ersten Ehe. Ich war ja nur zweite Wahl", flachst er. Ist zuweilen von Vorteil. Martina-Maria, ein schöner Name, nicht wahr? Ich nenne sie MM, ist hübsch kurz. Erinnert mich ein quirliges Getränk. Ist eine prickelnde Frau, die Stieftochter. Habe schon angekündigt, dass sie abends von zwei flotten Männern verwöhnt wird. Wollte sie neugierig machen."

„Martina-Maria de Winter…, ist eine anregende Modulation. Der Name schwingt in mir wie ein Sommernachtstraum", bekennt Cedric. „Ist sie so nett, wie es der Name hoffen lässt?" Erneut fließt ihr Name über seine Lippen. „Martina-Maria de Winter. Allein schon der Name scheint ein vergnügliches Versprechen zu sein."

„Hey, du Romantiker. Muss dich enttäuschen. Heißt nicht de Winter. Trägt den Namen ihres Erzeugers. Hab dir ja schon erzählt, dass meine Frau sie mit in die Ehe gebracht hat. MM war ein Teil ihrer Aussteuer", grinst er. „Elena hat sich jung ins Ehejoch begeben. Wurde vom Hauch des Adels zum Heiraten verführt. War wohl ein Ausrutscher." Sein Grinsen gerät zur

Grimmasse. „Sie war nur kurz verheiratet. Zwei schnelle Kinder. Das reichte. So weit, so gut. Mach mir keinen Ärger, wenn mein Schmuckstück nachher kommt. Anbandeln ist nicht, mein Lieber", scherzt der Ältere.

Das Gespräch wird unterbrochen. Der unsensible Ton eines Smartphones stört. Giovane di Coppola meldet sich aus Rom. Begeistert berichtet der Designer von neuen Kollektionsentwürfen, die er zu einem perfekten Abschluss gebracht habe. Frau de Winter habe noch einige Feinheiten angeregt und sich seinem Urteil voll angeschlossen.

„Alle Termine gecheckt? Mit unseren Stofflieferanten die Details geklärt, ja? Klingt wunderbar." Mit dem Smartphone am Ohr geht Adalbert de Winter zur kleinen Bar und gießt sich einen Cognac ein. „Die Vorbereitungen für Rom allesamt planmäßig? Bin echt enthusiasmiert."

Mit den Worten *Giovane, wir sehen uns in der nächsten Woche* verabschiedet er sich. „Weißt du, Ciddy, in Rom flutscht es. Alles scheint bestens zu klappen. Die termingerechte Beschaffung der exklusiven Stoffe. Keine Probleme mehr, sagt Giovane. Muss demnächst mit dir da hin. Musst alles kennenlernen. Unbedingt. Giovane wird dich einführen. Macht er gerne."

Er tritt zu dem jungen Mann, der immer noch in dem gemütlichen Ledersessel hockt, setzt sich auf die Lehne und schaut ihm in die Augen.

„Hast du was auf dem Herzen, Adi?"

„In der Tat, muss dir was anvertrauen, was loswerden. Deine Gegenwart streut Hefe in mein Leben. Kenne dich erst kurze Zeit. Vieles fühlt sich anders an. Positiv. Bin wieder dynamisch. Spüre alte Kreativität. War in letzter fast verschüttet. Zuneigung, Respekt, Empfindungen, Einfühlungsvermögen. Sind alles eine Art von Liebe, denke ich. Sind wie eine aufplatzende Knospe."

„In mir ist auch etwas gewachsen, hat sich einiges entwickelt, geändert…weiß nicht."

„Ich hoffe zu meinen Gunsten. Geliebt werden, wiederlieben und lieben können, das muss doch wie eine Befreiung wirken. Durch die Liebe erhält das Leben seinen Sinn. Die ist nicht käuflich. Sex natürlich schon. Ja. Hat mit Liebe wenig zu tun. Liebe ist Phantasie und Sinnesreiz."

Nach einem Blick auf seine Breitling: „Oh, ich muss Gas geben. Habe eine Besprechung im Ritz." Er geht zu seinem Sekretär hinüber, wendet sich nach rückwärts. „Man kann meine Kreationen plagiieren, meine Entwürfe stehlen oder fälschen. Bei der Liebe geht das nicht. Nicht, wenn sie aufrichtig ist. Denn sie ist tief in uns verankert."

Er steht an einem düsteren Mahagonisekretär, den schon sein Vater genutzt hat. Er verstaut eine dünne Akte in einer schmalen Diplomatenmappe, geht noch einmal auf Cedric zu und streicht ihm eine störrische Locke aus der Stirn. „Liebe ist mehr als eine hormonelle Veranstaltung. Ich sage dir, Liebe ist überall. Auch dort, wo es die Gesellschaft nicht erlaubt."

„Da hast du vermutlich recht", murmelt der junge Mann. Die letzten Stunden waren irritierend, haben ihn im wahrsten Sinne des Wortes überwältigt. Eine ungeträumte Erfahrung. Er ist tief beeindruckt davon, dass sich ein Mensch offensichtlich ehrlich um ihn kümmert und ihm Wohlwollen, Wärme und Verständnis entgegenbringt.

„Also dann bis später. Müsste pünktlich zurück sein."

„Alles klar, Adi. Falls dein charmanter Besuch vor dir ankommen sollte, werde ich mich um ihn kümmern."

„Aber bitte nicht zu heftig. Der Saturn steht zurzeit im Wassermann. Ist ungünstig für die Liebe."

**

Abendglocken läuten. Sie rufen zum Gebet.

Adalbert de Winter ist von seinem Arbeitsgespräch zurückgekehrt und kurz im Badezimmer verschwunden. Cedric, immer noch in Kaschmirpullover und Jeans, sitzt im Arbeitszimmer, stöbert in einem Aktenhaufen, sortiert Berichte, liest Vermerke.

Das antike Bücherregal ist vollgestopft mit bunter Literatur. Die Flasche mit dem besonderen Likör im Glasschrank leuchtet in frischem Tannengrün. Eine kleine Menge verspricht Ermunterung, eine große Menge totales Vergessen. Cedric entscheidet sich spontan für ein kleines Glas der Absinthspirituose, einem Getränk, dem Berühmtheiten wie Ernest Hemingway oder Oscar Wilde, so ist es überliefert, aufrichtig zugetan waren. Unverdünnt kippt er die *grüne Fee* in einem Schluck hinunter, macht ein Gesicht, als habe er starke Zahnschmerzen. Er begibt sich auf den Balkon. Der Champs-Élysées erwacht zu neuem Nachtleben. Im Neonlicht entwickelt sich emsiges Treiben. Die Scheinwerfer dahinfließender Autos kratzen dünne Lichtbahnen in den Asphalt. Cedrics Augen verfolgen ein Taxi. Es ordnet sich ein, biegt von der Hauptstraße ab und strebt dem Innenhof der alten Villa zu.

„Ich glaube, deine Tochter ist da!" ruft Cedric in den Flur.

Auch Penelope hat es gehört. Sie erreicht als erste das Portal, sperrt die schwere Eichentür auf und eilt auf das Taxi zu. Eine junge Dame steigt aus.

„Hey Penelope, strahlend wie immer. Habe dich ja lange nicht mehr gesehen."

„Herzlich willkommen in bescheidene Hütte von Stiefpapa." Die schwarze Perle greift sich das Gepäck. „Bitte folgen. Papa und junger Herr warten schon."

Adalbert de Winter taucht auf. „Hallo MM, willkommen in Paris. Freue mich, dass du wieder einmal den Weg zu mir gefunden hast." Er drückt sie an sich. „Schön, dass du da bist, mein hübsches Kind. Hattest du einen guten Flug?"

„Ja, der Flug war wirklich angenehm, und pünktlich. Der Lufthansakapitän hat den Autopiloten souverän beherrscht. Ich höre du hast Besuch?"

„Ja, meine Liebe, wir dinieren heute Abend zu dritt. Ist dir doch recht? Aber *Besuch* ist das falsche Wort. Möchte dir Ciddy vorstellen. Meinen ausnehmend lieben Freund und Mitarbeiter. Wird dir bestimmt gefallen. Ciddy? Ciddy, kommst du mal?"

„Bin schon unterwegs, Adi."

Cedric schlüpft in weiße Nikeschuhe, strafft sein Lagerfeldshirt und strebt der großen Diele zu. Er hat sein Sonntagsgesicht aufgesetzt und umkurvt unbeschwert die antike Marmorsäule im Eingangsbereich. Die zur Begrüßung ausgestreckte Hand gefriert in der Aufwärtsbewegung.

„Tina, du?" Er starrt auf die Frau.

„Cedric! Ciddy?", stottert sie.

Das Gesicht des Stiefvaters entwickelt Verwerfungen. „Ihr kennt euch, seid euch schon begegnet?" Das Fragezeichen weicht nur langsam. Aber er begreift schnell. „Ist das die Freundin, von der du mir erzählt hast?"

Penelope platzt herein. „Darf ich bitten zu Tisch?"

Martina von Horwitz rührt sich nicht. „Ich weiß nicht ... ich weiß wirklich nicht, ob ich jetzt etwas essen kann." Sie macht eine Pause. „Cedric, du hast was mit den Wolken gemeinsam."

Er versteht nicht.

„Erst wenn die sich verziehen, wird es schön!"

Nun hat er verstanden.

***

„Es war so peinlich, Frau Tilman."

Die junge Frau presst das Handy an die Ohrmuschel, unterdrückt ein Schluchzen. „Ja, das war entsetzlich peinlich!"

„Und Sie haben überhaupt nichts geahnt, Tina? Sie kannten sich doch schon einige Zeit."

„Nein, er war immer herzlich und offen. Ganz stolz hat er mir von seinem neuen Job erzählt. Aber wir hatten wenig Zeit zum Reden. Das muss sich alles ganz plötzlich entwickelt haben. Als wir uns so unvermutet gegenüberstanden, war der Cedric ebenso geschockt wie ich."

„Sind die Dinge denn nun klar und eindeutig? Ist es etwas Ernstes mit deinem Stiefvater? Kann es noch eine für Sie positive Entwicklung geben? Wissen Sie, Martina, wenn man vom rechten Weg abkommt, lernt man ihn erst richtig kennen. Sie sollten zunächst zur Ruhe kommen."

„Ich weiß nicht, ja, mag sein. Er ist doch ein so lieber Kerl, dachte ich. Vielleicht nehme ich mir einige Tage frei."

„Machen Sie das, Martina, das tut gut. Sie brauchen Zeit. Rufen Sie mich an, wenn Sie jemanden zum Reden brauchen. Ich bin für Sie da."

Mit einem trüben Gefühl legt sie das Telefon beiseite. Da ist wieder dieses *Warum!* Warum ihr Sohn? In letzter Zeit ist es ihr gelungen, ein wenig aus ihrem Schneckenhaus herauszuschlüpfen. Die alte Traurigkeit holt sie ein. Wie kann der Cedric ihr das antun!

Die Gedanken fliehen zu Amadeus. Neun Monate hat sie ihn ausgetragen, war so lange mit der Nabelschnur fest an ihn gebunden. Und nun das mit Cedric. „Er wird mir wohl nie Enkelkinder schenken", ruft sie laut. „Mein Gott, habe ich nun auch noch meinen anderen Sohn verloren?"

Aber nein, Unsinn! Cedric ist ja noch am Leben.

XXI

Ein Kurztrip

Nebensaison.

Keine nervenden Mitreisenden in überfüllten Zügen. Wenig Hektik auf den Bahnhöfen. Adalbert de Winter hat Cedric hat einige Tage Sonderurlaub verordnet. Die will er nutzen, um in Ruhe über seine Situation nachzudenken. Im Zug kaut er auf seinen Gedanken herum, versucht, Spreu vom Weizen zu trennen. Viel zu viel Spreu.

Der Zug rattert über den Hindenburgdamm. Auf dem Nebengleis wartet ein Personenzug. Fremde Gesichter hinter blassen Scheiben huschen vorbei. Der im Sonnenlicht liegende Korpus des Kampener Leuchtturms rückt ins Blickfeld. Die Hochhäuser des Westerländer Kurzentrums wandern auf ihn zu. Am Bahnhof rein ins Taxi. Witwe Tiffemann wartet.

„Wo de Nordseewellen trecken an den Strand…" blubbert es aus den Autoboxen des Taxis. Schnell hat Cedric der Wirtin einen *Guten Tag* abgeliefert und Formalitäten erledigt. Dann steht er vor dem gemütlichen Friesenhaus. Der Wind kämpft mit seinem Haarschopf, bläst Locken aus der Stirn. Er schwingt sich auf das antike Fahrrad der Wirtin. Das klapperige Vehikel ist eine günstige Alternative zum Fahrradverleih. Und diebstahlsicher. Er muss mächtig in die rostigen Pedale treten. Sein Ziel ist das Ferienquartier von Bernhard Haller. Der Schwager befindet sich schon längere Zeit mit seiner Familie auf der Insel.

***

„Jakob, du Schlafmütze, wo bleibst du denn!" grantelt die Mutter am Kaffeetisch.

Der kleine Jakob Haller tappt von der Toilette herbei, wedelt mit der Unterhose. „Mami, können Hosen rosten?"

276

Die Mutter gelingt es kaum, ernst zu bleiben. „Nein, nicht wahrscheinlich, mein Liebling. Aber hol dir bitte eine rostfreie Hose aus dem Koffer!"

„Ja, nimm eine braune, die ist praktisch!" ruft Bernhard Haller grinsend und flüstert seiner Frau zu: „Übrigens habe ich heute mein „Oh-Höschen" an."

„Häh? Was ist das denn für eine Weltmarke?"

„Schatz, das habe ich dir doch erzählt. Als ich mich kürzlich vor meinem schwulen Urologen entkleidete und nur noch in meinem knappen Slip vor ihm stand, platzte ihm ein „Oh" heraus."

Er legt eine juristische Fachzeitschrift aus der Hand. Schon zu Schulzeiten hat er es verstanden, Fakten zu dehnen. Auf diese Weise hat er sich geschickt durchs Abitur gemogelt. Nach der mittleren Reife hatte der Klassenlehrer ihm vom Eintritt in die Oberstufe abgeraten und den eilig herbeizitierten Vater gefragt: „Warum soll der Bernhard denn das Abitur machen? Der Bruder hat doch auch keins." Welch ein Argument! Der Vater hatte an sich halten müssen, um dem Lehrer nicht an die Gurgel zu springen.

Sie brechen auf. Es ist ein spätsommerlicher Tag. In der Ferne drückt sich der Kampener Leuchtturm aus den Dünen empor. Schwüle liegt über der Dünenlandschaft. Jakob tollt herum, ist ein neugieriger kleiner Kerl, will wissen wie Wattwürmer schmecken, ob Schlümpfe ihre Gesichtsfarbe ändern, wenn man sie würgt und ob Hacki der Specht oft Kopfschmerzen bekommt. Er hat sich die Sandalen ausgezogen und auf den Strandweg geworfen. Nun stapft im matschigen Wattboden herum. Die kleinen Füße bewegen sich schmatzend und saugend durch finsteren Schlamm. Er sucht nach Wattwürmern. Papa hat gesagt, dass sie den Fischen besonders gut schmecken. Am nächsten Morgen, so hat der Vater versprochen, will er mit Jakob nach List fahren, um die neue Angelrute auszuprobieren.

Der Junge ist erfolgreich. Schon bald winden sich in der mitgebrachten Dose ungezählte Erdwürmer.

„Hallo Wattwürmchen", hört er den Vater rufen. „Ich denke,

du kannst deine Suche einstellen. So viele Köder brauchen wir nicht. Komm, wir wollen weiter."

In einem Wasserloch spült sich Jakob groben Schmutz von den Füßen und steigt in die Sandalen. Ein Urlauber schlendert vorbei.

„Na Kleiner, fleißig Würmer gesammelt?"

Jakob runzelt die Stirn. „Ich bin nicht klein!"

„Ah ja, wie alt bist du denn?"

„Sieben."

„Interessant. Und was willst du mal werden?"

„Acht."

„Oh ja, das wird klappen", stottert der Passant und wandert schnell weiter.

Auch die Hallers ziehen weiter, überqueren eine derb zusammengezimmerte Holzbrücke. Sie bewegen sich an einem kleinen Kliff entlang, vorbei an einem alten Hotel, das offensichtlich aus Geldmangel dem Verfall preisgegeben ist. Dahinter wird ein schlichter Kirchenbau sichtbar. Die helle, auf Granitquadern stehende Kirche befindet abseits des Ortes, auf der höchsten Erhebung Keitums.

„Lasst uns reingehen, eine Kerze anzünden. Für Amadeus", sagt Frau Haller.

Leise betreten sie das Hauptschiff des frühsakralen Baues. Ein einzelner Besucher hält sich im Gotteshaus auf, hockt dicht vor dem farbenprächtigen Kanzelkorb und studiert die darauf dargestellten Wappen und Tugenden. Sonnenstrahlen des Herrn dringen durch ein Seitenfenster in die Weite des Raumes und erleuchten das Rednerpult. Anneliese Haller entzündet eine Kerze und nimmt hinter dem fremden Besucher Platz. Bernhard Haller kommt hinzu. Der kleine Jakob geht eigene Wege, erklimmt die Holzstufen zur Empore.

Der fremde Kirchenbesucher vor den Hallers rutscht von der Bank, hockt sich auf die Knie und verharrt in einem kurzen Gebet.

„Hundertfünfundzwanzig Mäuse", flüstert Bernhard Haller.

Seine Frau blickt verständnislos. Ihr Mann weist mit dem

Kopf auf den knienden Vordermann, die Augen auf dessen Schuhwerk gerichtet. Von den Sohlen leuchtet ihnen ein kleiner weißer Aufkleber entgegen.

„Bernhard!" zischelt die Frau.

Jakob steht an der alten Kirchenorgel und betätigt einige Tasten. Mit brummeligem Gesicht nimmt er zur Kenntnis, dass das gewaltige Tasteninstrument nicht den kleinsten Mucks von sich gibt.

Bernhard Haller blickt hinüber zur Apsis. „Ein dreiflügeliger Schnitzaltar, Spätgotik", diagnostiziert er leise und deutet ein gesundes Halbwissen an.

Jakob wird es langweilig auf der Empore. Er beugt sich über die Brüstung und flüstert hinunter: „Wann gehen wir endlich?"

„Pscht, gleich", raunt der Vater.

„Können wir nicht heute schon zum Angeln fahren, Papi?"

„Nein, wir fahren morgen. Außerdem ist Vorfreude die schönste Freude", flüstert der Vater zur Empore empor. „Gib Ruhe!"

„Ich habe mich schon genug vorgefreudet!" ertönt eine unfromme Stimme.   Der Vater gibt auf. „Gut, wir gehen."

Schnell kommt Jakob die Treppe herab.

„Du schwitzt ja immer noch", wundert sich die Mutter.

„Nein, mir ist nicht mehr schwitzwarm. Habe mich erfrischt", erklärt der Junge und zeigt auf die große Schale mit dem Weihwasser. „Toller Service hier."

***

Der Besuch fällt aus. Die Hallers hocken an diesem sonnigen Urlaubstag nicht im Quartier herum. Das hat sein Gutes. Nach oberflächlichen Gesprächen ist ihm heute nicht zu Mute. Er besteigt das gebrechliche Fahrrad seiner Wirtin und strampelt in Richtung Norden. Der aufkommende Wind pustet ihm eine kräftige Brise unter das Freizeithemd. Die Insel, eben noch sommerlich herausgeputzt, versprüht jetzt spröden Charme. Der auffrischende Wind hat die Wärme eilig davongetragen. Man sollte sich bei starkem Wind Gewichte in die Taschen stecken, noch besser, sich bei jemandem einhaken. Aber da fehlt einer.

Cedric zerrt seinen Pullover aus der Strandtasche, kämpft sich hinein. Die Radtour führt ihn auf der Trasse der ehemaligen Inselbahn entlang. Auf der rechten Seite grüßt *Vater Leuchtturm*. Linkerhand kommt *Baby Leuchtturm*, unscheinbar auf seiner Düne hockend, in Sicht. Cedric schiebt das Rad die letzten Meter durch den Sand. Er betrachtet das Türmchen zum ersten Mal aus nächster Nähe. Das aus dunkelroten Backsteinen erstellte sechseckige Bauwerk wirkt jetzt nicht mehr niedlich. Klobig glotzt es ihn an. Das Dach glimmert schmutzig grün, angekränkelt durch Sonne, Wind und Regen. *Vater Leuchtturm* ist in Sichtweite, ist dem Kleinen nahe. Doch seine Mutter, die *rote Anna?* Sie ist weit weg, lässt sich nicht blicken. Vor Hörnum liegt eine dunstige Wand.

Geht es Baby Leuchtturm nicht wie ihm? Die Mutter fern und Geschwister hat er keine. Doch welch ein Unsinn! Er hat einen Bruder, der ist immer nahe! Cedric schließt die Augen, breitet die Arme aus, als wolle er den Himmel umarmen, kramt ein Foto hervor. Sehnsucht nach dem Bruder. Vorsichtig streicht er mit dem Daumen drüber und reckt es mit beiden Händen in die Luft.

„Schau, Amadeus, dieser Ort ist dir doch bestens bekannt!" Er schwenkt das Foto herum. „Hier waren wir oft, haben wir den Möwen zugeschaut, wie sie sich in grenzenloser Freiheit in stürmische Winde hineinstürzten und übermütige Flugmanöver ausführten." Die Arme sinken herab, mit hängenden Schultern steht er da. Sein Blick wandert zum Strand. Das Meer empört sich wieder einmal gegen die zum Küstenschutz aufgestapelten Tetrapoden, trommelt trotzig gegen die Betonklötze. Der Sturm spielt heftig mit den Möwen und die Möwen mit dem Sturm. Unermüdlich dieser Wind! Die Vegetation hat sich darauf eingestellt, ist tief im kargen Boden verwurzelt. Vergebens versucht ein peitschender Wind die Möwen von ihren waghalsigen Flugeinlagen abzuhalten.

„Ama, erinnerst du dich an die eine Möwe? Es war Winter. Sie hüpfte auf einer Eisscholle herum. Trotz der Kälte war uns dank einiger Rumgrogs südländisch zu Mute. Wir fragten uns, ob Möwen eine Gänsehaut bekommen können."

Wie durch Zauberhand entsteigt der See ein prächtiger Regenbogen, fließt hinein in einen bleiernen Horizont. Irgendwo dahinten könnte er doch sein, der Ama, sein *petit prince*, weit draußen, am Ende des Regenbogens. Minutenlang bohren seine Augen Löcher in die Unergründlichkeit des leeren Horizonts.

Wie viel Zeit hat Cedric am kleinen Leuchtturm verbracht? Er weiß es nicht. Er weiß auch nicht, wie er aufs Fahrrad gekommen ist. Kräftig tritt er in die Pedale. Immerhin, der Wind bläst ihm belastende Gedanken aus dem Schädel. Ein Gedanke an Adalbert de Winter huscht heran, ist dann für eine Weile verschollen. Auf Flut folgt nicht gleich Flut. Dazwischen kommt die Ebbe.

Am hölzernen Geländer eines verwitterten Laufstegs, der zum nahen Strand führt, kettet er das Fahrrad an. Unnötige Vorsorge. Das rostige Ding stibitzt gewiss niemand. Obwohl, es gibt Leute, die klauen sogar gebrauchte Särge. Über federnde Bretter wandert er dem Meer entgegen. Er bleibt kurz stehen, lauscht dem dumpfen Grollen der Brandung. Er meint die Brecher körperlich zu spüren. Und da ist sie, seine Düne! Hier hat er mit Martina wunderbare Stunden verbracht. Die dicke, mit hartem Dünengras bewachsene Erhebung, scheint sich heute besonders tief unter den wuchtigen Wolken wegzuducken. Zwei Hasen, denen der liebe Gott die Ohren langgezogen hat, rammeln in einer Mulde munter vor sich hin.

Auf der Dünenkuppe sinkt Cedric ins Dünengras und richtet die vom Wind und einem Anflug von Heuschnupfen glänzenden Augen auf das Meer. Die Nordsee atmet in langen Zügen. In kräftigen Stößen schaufelt sie unentwegt Wassermassen aus dunkler Unergründlichkeit dem Strand entgegen. Wenn die Fluten Trauerflecken von der Seele spülen könnten, wenn sie seine Trauer ertränken könnten, würde er sich gewiss hineinstürzen. Und wenn Tina bei ihm wäre? Schon wieder wenn. Was sollte er ihr sagen? Vielleicht würden sie nur gemeinsam aufs Meer schauen und den brutalen Charme der Brandung genießen. Und dann? Die Gedanken werden lauter.

Tina... Amadeus... Adalbert de Winter... Wie soll es nur weitergehen? Martinas erschreckte Augen verfolgen ihn. Was für ein peinliches Treffen in Paris! Was kann er tun? Sie anrufen und ihr versichern, dass er noch immer starke Gefühle für sie hat? Ihr sagen, dass er viel an sie denkt und sie wiedersehen möchte? Sie fragen, ob ein neuer Anfang möglich ist?

Will er einen neuen Anfang? Noch mal alles auf Null? Er versucht den Gedanken zu packen, ihn einer Klärung zuzuführen. Der sympathische Adalbert de Winter ein unbedachter Ausrutscher? Kann sich eine dauerhafte Freundschaft entwickeln? Tina und Adalbert de Winter - zurzeit sind es siamesische Zwillinge. Geduld ist gefordert. Das Dünengras wächst nicht schneller, wenn man daran zieht. Wäre er am Nordpol, gäbe es nur eine Richtung.

In der Ferne wandern Feriengäste am Wasser entlang. Ameisenmenschen. Der Regenbogen hat sich aufgelöst. Aus unerschöpflicher Quelle ziehen immer neue Wolkengebirge heran. In zunehmend hellerer Schattierung. *Dort, wo sich Himmel und Meer vermischen, könnte die Ewigkeit nahe sein.* Wo hat er diesen Gedanken kürzlich gelesen? Ein Goethewort? Er beginnt er zu deklamieren:

> *Des Menschen Seele gleicht dem Wasser,*
> *vom Himmel kommt es, zum Himmel steigt es,*
> *und wieder zur Erde muss es,*
> *ewig wechselnd.*

Er hockt sich auf der Dünenkuppe nieder, schiebt die entblößten Füße in den Sand. Hingekauert, umgeben von schwankenden, harten Gräsern erforscht er aus seinem Adlernest den Strand und Meer. Eng umschlungen spaziert in der Ferne ein Pärchen. Auch die beiden Langohrhasen sind in ihrer Mulde einander emsig zugetan. Cedrics Füße erkalten, drohen einzuschlafen. Fröstelnd bewegt er sich die Düne abwärts. Sandklumpen bröckeln voran. Achtgeben! Nur nicht kopfüber die Böschung hinabstürzen. Schon ist er am Ufer. Wasser schwappt heran, zieht schlürfend über angehäufte Kiesel und entwickelt ein melodisches Geräusch. *Singende Steine*, von denen die Mutter oft gesprochen hat.

Einige Strandkörbe stehen herum. Das ungleiche Pärchen ist nähergekommen und steuert auf einen davon zu. Ein kaffeebraunes Frauenzimmer zerrt an den Schultern eines älteren Mannes. Der Westwind treibt Wortfetzen auf Cedric zu.

„Du bist doch noch ziemlich jung, nun zeig mir, was du drauf hast", fordert die dunkelhäutige Balzhenne und zieht den Schwankenden mit offensichtlichem Vereinigungsstreben in einen der Strandkörbe.

Der einsame Zuschauer lächelt in sich hinein und bewegt sich am Wasser entlang. Welle um Welle schwappt heran, nässt die Hosenbeine. Er wendet den Blick nach Norden. Einige Kilometer Strandspaziergang locken erfolgreich. Bald ist Cedric allein an diesem idyllischen Strandabschnitt. Eine Ameise in der Sylter Strandwüste. Am Lister Ellenbogen angekommen führt ihn der Weg zu einem herumstehenden Strandkorb. Zwei jeansbedeckte Beine ragen heraus. Aus den Augenwinkeln erkennt er, dass Frauenbeine in den verwaschenen Jeans stecken.

„Ceddy, du?"

Der Mann erkennt die verdutzte Stimme sofort.

Martina von Horwitz!

***

Sabine Tilman hält den Fressnapf in der Hand. Die Tür zur Diele steht offen. Etwas ist an diesem Morgen ungewöhnlich. Die Frau vermisst das Meckern von Sir Henry. Meist macht er um diese Zeit grummelnd darauf aufmerksam, dass er sein Fressen serviert haben will.

Der betagte Dalmatiner liegt nicht in seinem Korb. Hat er sich heimlich das Sofa zum Schlafplatz gewählt? Na warte, Herr Bratbecker! Mit suchendem Blick steht das Frauchen im Wohnzimmer. Der Zipfel einer Decke schaut hinter der Sofaecke hervor. Ja, das ist die Hundedecke. Aber auf dem Sofa liegt er nicht. Sir Henry hat sich dicht neben dem Sitzmöbel niedergelassen und eingekuschelt. Will er sich nicht stören lassen? Sabine Tilman holt den Hundenapf und lässt trockenes Futter hineinklappern. Der Hund rührt sich immer noch nicht, ist nicht zum Aufwachen zu bewegen.

„Tomas!"

Der Aufschrei lässt den Mann aus dem Badezimmer herbeistürzen. Er begreift die Situation, nimmt seine weinende Frau in den Arm und führt sie in die Küche. „Ich werde tun, was wir abgesprochen haben."

Sir Henry ist vierzehn Jahre alt geworden. Gemessen am Menschenalter, so die allgemeine Auffassung, entspricht das etwa hundert Jahren. In letzter Zeit hat er sich beim Spaziergang nicht mehr freudig bewegt. Die Adern am schmalen Kopf sind schon nach kurzer Wegstrecke dick hervorgetreten, etwas, das sonst nur an heißen Tagen geschah. In der Nacht muss er sein Ende erahnt haben. Wie ein Indianer, der sich zum Sterben in die Berge zurückzieht, um dem großen Manitu nahe zu sein, hat er sich an seinen Lieblingsplatz begeben und dort auf seinen Tod gewartet.

In der Nacht waren keine Geräusche wahrnehmbar. Kein Jaulen oder schmerzhaftes Gebelle. Also ein schneller, ein angenehmer Tod. Jetzt wirkt Sir Henry wie immer, wenn er sich in seine Hundedecke kuschelte, hingerundet und klein. Die schwarzen Flecken glänzen auf hellem Grund.

„Einen so friedlichen Tod würde ich mir auch wünschen", hat Tomas Tilman an diesem Morgen seiner Frau anvertraut. Das wünschen sich vermutlich alle Menschen. Aber die Wahrscheinlichkeit spricht dagegen.

Am selben Tag buddelt er im Garten ein tiefes Loch, nahe am Rosenstock, gleich neben der letzten, nur halb gerauchten Zigarette von Amadeus. Er gräbt fast einen Meter tief. Das ist Vorschrift. Er nutzt die Dunkelheit. Die Nachbarn sollen nichts merken, sollen keine Fragen stellen. Es geht sie ja auch nichts an.

XXII

Ein Ende?

Ein Frühschoppen lockt.

Die Familie Nevermann wohnt in einer abgelegenen Nebenstraße. Für die Tilmans ist es nur ein kurzer Spaziergang. Stolz präsentiert der Hausherr seinen Gästen den neuen Wintergarten. Peter Nevermann ist ein konservativer Typ. Seine Ansichten sind heute schon von gestern.

Die Männer stehen mit einem Glas Bier in der Hand, blödeln herum und genießen die durch die Glasfront hereinflutenden Sonnenstrahlen. Die Frauen haben sich in die Küche zurückgezogen mit der Behauptung, Kuchenrezepte austauschen zu wollen.

„Da gehören sie auch hin", grinst Peter Nevermann und schwenkt eine Flasche. „Wer möchte von diesem leckeren Wein kosten?"

Tomas Tilman lehnt höflich ab. Bei seinem letzten Besuch wurde dieselbe Weinmarke gereicht. Seine Natur hat sich daraufhin erst einen Tag später von dem Angriff auf die Magenwände erholt. „Ja, die Frauen", seufzt er. „Meine träumt oft, ich sei ein reicher Mann."

„Das geht ja noch", lästert der Gastgeber, „die Meine denkt das auch tagsüber!" Er brüllt auf vor Lachen. Die eigenen Witze sind immer noch die besten, auch wenn sie einen langen Bart haben. Das lärmende Lachen poltert durchs ganze Haus, schwappt zu den Frauen in die Küche.

„Mein Mann hat vermutlich wieder einen seiner figelienschen Witze erzählt", vermutet die Ehefrau.

Am Ende der Rasenfläche werkelt die kleine Pauline neben einem mächtigen Rhododendron mit einer rot lackierten Schaufel. Ein bunter Strandeimer steht umgekippt daneben.

Fleißig beackert die Kleine den Gartenboden. Das anhaltende Kratzen, das Paulines Strandschaufel hervorruft, wirkt störend.

Die Frauen haben ihre ausgedehnte Kuchendebatte beendet und gesellen sich zu den Männern.

„Hallo ihr Lieben, kommt zu uns, wir haben euch schon vermisst, nicht wahr Herr Tilman?"

Der nickt höflich, ohne das Mädchen aus den Augen zu lassen. „Ihre Pauline ist ja ständig in Aktion. In diesem Alter brauchen die Kinder das!"

„Als unsere Kinder klein waren, Tomas, war es auch nicht anders. Besonders Amadeus hatte Hummeln im Po, konnte nicht stillsitzen, weißt du noch?"

Frau Nevermann beobachtet das Treiben der Tochter mit gerunzelter Stirn. Immer wieder schaut sie zu Pauline hinüber. Irgendetwas stört sie. Sie kann nicht genau erkennen, was das kleine Mädchen umtreibt. Jetzt hat sie das Schaufeln eingestellt und wischt sich mit einem großen Schnupftuch Schweißperlen aus dem geröteten Gesicht. Dann beginnt sie sorgfältig, mit dem Tuch einen dunklen Gegenstand zu bearbeiten.

„Pauline, was machst du?" Die mütterliche Stimme klingt besorgt.

Die Kleine ist bemüht, einen Gegenstand zu reinigen, der Ähnlichkeit mit einem Wollknäuel hat.

„Paulinchen, um Gottes willen, was treibst du denn da!"

Das Mädchen lässt von der Putzarbeit ab, schaut zur Mutter, erhebt sich und kommt mit dem toten Jonathan im Arm auf die Eltern zu. Vorsichtig versucht es dabei, Ameisen aus den Augen ihres Lieblings zu entfernen. Jonny kann doch nicht so schmutzig bleiben. Und einer muss schließlich den Job tun!

„Pauline, du hast den Kater wieder ausgebuddelt!"

„Ich hab ihn immer noch so lieb, Mami. Ich darf doch Jonny mit auf mein Zimmer nehmen?"

Ihre treuherzige Frage und eine Kinderträne rufen Bestürzung hervor.

***

286

Der Vormittag ist weit fortgeschritten. Die Vorhänge an den Fenstern der rot geklinkerten Behausung sind immer noch zugezogen. Jetzt, am späten Mittag.

„Um diese Zeit wird die gute Frau doch nicht mehr schlafen?", denkt die vom Einkauf heimkehrende Nachbarin und steigt vom Fahrrad. „Vielleicht ist sie krank", brummelt sie. „Ich werde nachher mal nach ihr sehen." Eilig schiebt sie das Fahrrad in den Schuppen hinterm Haus.

Im Gebäude herrscht Stille. Die Tür zum Schlafzimmer ist halb geöffnet und gewährt einen sparsamen Blick in das abgedunkelte Zimmer. Ein Raum voller Schatten. Eine Frau liegt schlafend im Bett, auf einer blumenbestickten Tagesdecke. Friedlich liegt sie da, angekleidet, in sanfter Ruhe. Die wirkt wie ein empor-geworfener Schleier. Auf dem Nachttisch neben der Tiffanylampe steht ein leeres Wasserglas, daneben liegt eine kleine Pappschachtel. Der Kopf der Frau lehnt an einem rosafarbenen Gegenstand aus Stoff. Ein Stofftier. Es hat stark gelitten, ist abgescheuert, intensiv abgeliebt. Unter ihrem Kopf schaut etwas Längliches hervor, sieht aus wie eine rosafarbene Schlange. Bei genauem Hinsehen kann man erkennen, dass es sich um den Rüssel eines Elefanten handelt. Der rechte Arm der Schlafenden ist zur Seite gefallen. Mit dem anderen Arm umschlingt sie ein schwarzes Behältnis. Es hat die Form einer bauchigen Vase mit einem Deckel oben drauf. Es ist ein vergoldeter Deckel.

Frau Wolters schläft friedlich. Und tief. Der Schlaf hat Kummerfalten geglättet.

In der Nachbarschaft bellt ein Hund.

∗∗∗

Sabine Tilman studiert in der Abendzeitung Leserzuschriften.

„Du Tomas, hör mal, ist dies nicht eine tolle Zuschrift?" Die Augen saugen sich an der Druckerschwärze fest. Sie beginnt vorzulesen.

„Ich habe im letzten Jahr meinen Mann verloren. An seinem Todestag sagte er mir: *Gott hat nur Tag und Nacht geschaffen, die Zeit haben die Menschen daraus gemacht. Lebe tageweise, denke zeitlos, nimm den Tag so, wie er kommt und freue dich an Freuden, die er dir schenkt. So verschwinden deine Probleme und du fängst an, ewig zu leben.*"

Das unfreundliche Klingeln des Telefons erzwingt eine Unterbrechung. Der Mann greift zum Hörer. „Ach, du bist es, Cedric, wo steckst du?"

„Bin vor Kurzem in Rom angekommen. Hocke hier in der Hotellobby und schaue auf das Kolosseum. Ein tolles Bauwerk. Wollte schnell die Zeit zum Guten-Tag-Sagen nutzen. Moment mal". Nach einigen Sekunden ist er wieder dran. „Ich dachte mein Chef ist schon zurück. Wir müssen dann sofort rüber in das Design-Studio. Alles in Ordnung bei euch?"

„Alles paletti, mein Sohn. Ich war vor vielen Jahren einmal mit deiner Mutter in Rom. Herrlich! Das Kolosseum ist übrigens der größte geschlossene Bau der römischen Antike. Er ist in Gefahr zu verfallen. Natürlich zu wenig Geld in der Stadtkasse. Hast du auch einen Blick auf die Kuppel des Petersdoms? Von oben hat man einen klasse Ausblick über die Stadt. Da musst du unbedingt mal rauf."

„Werd`s mir merken, fürchte nur, es wird vorerst nicht klappen. Zu wenig Zeit, wie immer. Minuten und Stunden werden viel zu schnell vom Ziffernblatt gewischt. Und ich bin neu im Job, muss ich mich ranhalten. Aber Rom ist eine tolle Stadt. Fortwährend blicken Jahrhunderte auf dich herab."

Ein leises Klatschen dringt durchs Telefon. „Mist, mich hat eine Mücke gestochen, aber ich bin nicht bestechlich", scherzt er. „Das kleine Ding musste ihr Leben aushauchen."

„Wie lange bleibst du noch? Vielleicht schaffst du es ja ins Trastevere. Die Altstadt muss man einfach besucht und einen Capuccino getrunken haben. Das kann man noch günstig. Gibt dort viele, nette Straßencafés. Meide aber hintere Räumlichkeiten, zumindest, wenn dort befrackte Kellner lauern. Dann wird es unanständig teuer."

„Mal sehen, noch einige Tage, dann bin ich wieder zurück und komme euch besuchen ..., wenn es recht ist", sagt er zögernd. „Wie geht es Mutter? Schwächelt sie immer noch so sehr, ist es gar schlimmer geworden?" Und nach einigem Zögern. „Ist sie noch sauer?"

„Na, geht so. Wir freuen uns, wenn du kommst."

„Vielleicht kann ich Tina überreden mitzukommen. Mal sehen."

„Ach ja? Das wäre wirklich toll." Der Vater merkt, dass bei Cedric die Zeit drängt. So ruft er noch schnell ein *also dann bis bald* in den Hörer und wendet sich seiner Frau zu. „Cedric lässt dich grüßen. Er hat die Absicht, demnächst vorbeizuschauen. Kann sein, dass er Tina mitbringt. Ob die beiden wieder zusammenkommen?"

„Weiß nicht. Er hat mich so enttäuscht."

Sabine Tilman schlurft zur Terrasse hinaus. Eine Nachbarin grüßt von der Straße her. Sie nickt automatisch zurück, setzt sich auf die Gartenbank und entfaltet ein Blatt Papier. Ihr Mann hat ihr ein kleines Gedicht aufgeschrieben, das er in abgewandelter Form bei Ricarda Huch gefunden hat. Wort für Wort, Zeile für Zeile liest sie den Text. Sie liest ihn nicht zum ersten Mal.

Nicht alle Schmerzen lassen sich heilen.
Sie schleichen oft still in dein Herz hinein.
Und während die Tage und Wochen enteilen,
werden sie Stein.

Du sprichst und du lachst, wie wenn nichts wäre.
Sind deine Schmerzen zerronnen zu Schaum?
Nein! Denn du spürst ihre Last, ihre Schwere
bis in den Traum.

Auf Winter folgt Frühling, mit Wärme und Helle.
Es wächst und es blüht voller Kraft um uns her.
Doch in deinem Herzen, da ist eine Stelle:
Da blüht nichts mehr.

Klein und zerbrechlich hockt sie auf der Bank und betrachtet das von einigen Vergissmeinnicht eingerahmte Blumenbeet. Ein kleiner Teil davon, ein knapper Quadratmeter, ist in ovaler Form mit Stiefmütterchen bepflanzt. Die weiß leuchtenden Blumen weisen unregelmäßige, schwarze Flecken auf und leuchten in der Sonne. Mittendrin versteckt sich ein winziges Holzkreuz.

Der Rosenbusch hat noch einmal späte Blüten hervorgebracht. Einzelne Rosen strahlen in einem fröhlich lebendigen Orange, das die Mutter so liebt. Hier wächst eine Blume des Trostes. Ein Schmetterling flattert ziellos um den Rosenbusch herum.

***

Es ist stockfinster im weiß getünchten Zweibettzimmer. Und es riecht nachhaltig nach Hygiene.

Ein knisterndes Geräusch weckt Cedric. Es hört sich an, als würde jemand ein Stückchen Papier zerknüllen. Oder sind Mäuse im Zimmer? Er richtet sich im Bett auf, registriert eine Behinderung am Arm und stellt fest, dass er über einen dünnen Plastikschlauch mit einem Tropf verbunden ist.

Ach ja. Er erinnert sich, dass ihn in Rom ein plötzliches Unwohlsein befiel und ihn zwang, auf direktem Weg nach Hamburg zurückzufliegen. Unerklärlich hohes Fieber hatte sich eingestellt. Im Krankenhaus war er eingehend untersucht und vorsorglich mit einem Breitbandantibiotikum versorgt worden. Der diensthabende Arzt hatte den Verdacht geäußert, dass der Patient sich kürzlich, irgendwie an irgendetwas angesteckt haben könnte. Ist ihm der San-Daniele-Schinken nicht bekommen, den er kurz zuvor in einem der teuren römischen Restaurants zu sich genommen hat? Die Ärzte wollen es bis morgen früh diagnostiziert haben. Dann werden die Blutproben ausgewertet sein.

Erneut ist dieses raschelnde Geräusch vernehmbar. Cedric erkennt den Grund. Keine Mäuse! Der Zimmergenosse nagt an einem Stück Knäckebrot. Kann auch Zwieback sein.

„Die hat er sich selbst besorgt", denkt Cedric und muss grinsen. Sein Vater hat ihm mal berichtet, dass er in jungen Jahren Eier mit ins Krankenhaus genommen hat, denn dort bekam man keine. Der Patient schrieb seinen Namen drauf mit dem Hinweis *hart* oder *weich*, und die Schwester servierte es am Morgen zum kärglichen Frühstück.

„Können Sie nicht schlafen?" fragt Cedric in die zwielichtige Dunkelheit.

Der vor sich hin knabbernde Mann hält inne, entschuldigt sich. „Ich habe Sie bestimmt nicht wecken wollen, aber bei dem kargen Essen hier knurrte mir der Magen. Aber nun fühle ich mich nun schon viel besser. Er dreht Cedric den Rücken zu, versucht wieder Schlaf zu finden. Kräftige Schnarchgeräusche zeugen schon bald davon, dass es ihm gelungen ist.

„Ist ja toll, dass der sich besser fühlt. Da war mir das knabbernde Geraschel lieber als dieses Geschnorchel", denkt Cedric.

Das Schnarchen lässt ihn unruhig im Bett hin und her wälzen. Eine Weile wandern seine Gedanken zu Martina. Kürzlich, beim überraschenden Zusammentreffen auf der Nordseeinsel, war das alte Feuer wieder aufgeflammt und sie hatten sich spontan in den Armen gelegen. Ein kurzes Glücksgefühl keimt auf. Er hatte geplant, auf seinem Rückflug von Rom in München Station zu machen und sich mit Tina auszusprechen. Aber dann packte ihn diese dämliche, fiebrige Erkrankung.

Er tastet mit der Hand über die Stirn, wischt sich Schweiß aus dem Gesicht. „Wann habe ich zuletzt so hohes Fieber gehabt? Vielleicht in der Kindheit, als ich Mumps oder die Röteln hatte?"

Es ist in der Nacht herrlich ruhig im Krankenhaus, kein hektisches Treiben, das die körperlichen Antriebsräder heißlaufen lässt. Vielleicht ist es gar nicht so ungünstig, für einige Tage dem Alltagsstress zu entfliehen und Zeit zum Nachdenken zu haben. Das Sylter Zusammentreffen hat zwischen Tina und Cedric ein Stück Zuversicht keimen lassen. Ein Gedanke an den Bruder huscht durch den Kopf. Beide haben sich immer bester Gesundheit erfreut, bis Amadeus…

Er spürt Feuchtigkeit in den Augen.

Eine Schwester in dunkler Tracht erscheint mit einer winzigen Taschenlampe. Fast lautlos nähert sie sich dem fiebrigen Patienten. Die Heilung versprechende Flüssigkeit hat längst den Weg aus dem Tropf in die Blutbahn gefunden. Die Schwester versorgt die Einstichstelle mit einem Druckpflaster.

„Schön, dass ich mich nun wieder ein wenig freier bewegen kann", stellt Cedric fest. „Ich werde meine wiedergewonnene Freiheit dazu nutzen, um dem Bad einen Besuch abzustatten. Was denken Sie?"

„Ja, das können sie, aber ich muss Sie noch mit dem Fieberthermometer belästigen... so ist es gut. Nur einige Sekunden, gleich haben wir`s. Wenn Sie aufstehen sollten, seien Sie vorsichtig, denken Sie an Ihren Kreislauf, der funktioniert nicht richtig. Oh je, das Fieber ist reichlich hoch", murmelt die Nachtschwester. „Soll ich Ihnen helfen?"

„Nicht nötig, den Klodeckel kann ich bestimmt noch selbst hochklappen und das fachgerechte Hantieren mit Klopapier habe ich fast dreißig Jahre lang geübt."

„Gut, das will ich ihnen dann mal glauben", lächelt die in der Dunkelheit kaum auszumachende Frau. „Dann wünsche ich Ihnen eine gute Nacht". Sie dreht sie sich noch einmal um. „Gott sei mit Ihnen."

Leise schließt sich die Zimmertür. Cedric richtet sich auf, hockt am Bettrand und sucht nach den Pantoffeln. Die nackten Zehen ertasten etwas Kleines, Hartes. Wieso liegt einer seiner Würfel vor dem Bett?

„Muss mir vorhin aus der Hosentasche gefallen sein." Er greift sich das Holzklötzchen, dreht es spielerisch zwischen den Fingern. Das beruhigt. Er schlurft ins Badezimmer, muss sich am Türrahmen festhalten und betätigt den Lichtschalter. Das kalte Neonlicht schmerzt. Die hellen Wände erinnern an kranke Haut. Durch das Falschlicht wird der Schriftzug auf dem T-Shirt sichtbar: *Hakuna matatta.* In letzter Zeit hat er oft dieses besondere Hemd getragen. Vorsichtig schließt er die Tür, klappt den Plastiksitz hoch und kauert sich nieder.

Auf der Ablage unter dem Spiegel steht ein geblümter Zahnputzbecher. Darauf abgebildete roten Rosen regen ihn an. „Wenn die Buschwindröschen bei uns im Hang wieder blühen, werde ich dem Ama welche ans Grab bringen", beschließt er.

∗∗∗

Der Morgen graut. Es ist ein verdammt grauer Morgen. Karoförmige Gebilde schwanken hin und her. Fiebrige Augen nehmen die Konturen kaum wahr. Die milchige Unschärfe lässt nach und die großen Karos verharren dicht vor dem Gesicht. Eine karierte Bettdecke? Was für ein eigenartiges Muster! Nur allmählich realisiert Cedric, dass er nicht im Bett liegt. Sein Kopf ruht zur Seite gedreht auf kalten Kacheln, unmittelbar vor seinen Augen eine Porzellanscherbe. Eine veilchenblaue Rose blickt ihn an, wechselt schnell in ein Rosenrot. Er betastet die Stirn. Sie fühlt sich klebrig an.

„Wie lange mag ich schon hier liegen?" Cedric quält sich hoch. Das Waschbecken ist beim Aufstehen eine willkommene Stütze. Der abgestoßene Spiegel zeigt eine blutende Schläfe in einem blasswangigen Gesicht. Zögerlich beginnt es zu kreisen. Er muss sich am Waschbecken festklammern. Benommen verharrt er eine Weile in dieser Position. Er fixiert sein Spiegelbild. Die Konturen werden schärfer. Er spürt, dass der Schwindel nachlässt. Mühsam sammelt Cedric Bruchstücke der Erinnerung auf. Es war wie ein Sturz durch eine Glaswand.

Mit unsicheren Schritten tastet er sich aus dem Bad, erreicht sein Bett, kann noch mit beiden Händen das stählerne Rohr der Bettumrahmung packen, dann bricht er erneut zusammen. Der Wunsch nach Ruhe keimt auf. Er spürt nicht den Schmerz im Ellenbogen, den er sich kurz zuvor aufgeschlagen hat, nicht die blutige Schwellung am Kopf. Nebel schleicht in seine Gedanken, er schwebt plötzlich in einem Meer von Leichtigkeit. Im Dunstkreis taucht ein jugendlicher Mann auf. Er trägt ein helles T-Shirt. Zwei afrikanische Worte springen ihn an. Der

Jugendliche breitet die Arme aus. Amadeus im Streulicht blasser Farben.

Eine sonore Stimme ruft: „Herr Tilman, hören Sie mich?"

Jemand leuchtet ihn mit einer Stablampe an. Schemenhaft nimmt Cedric ein über ihn gebeugtes Gesicht wahr, darunter ein helles Gewand. Analytische Augen mustern ihn.

Der Mann im Arztkittel tätschelt seine Wange. Eine leise Bewegung im silbergrauen Vollbart deutet auf ein freundliches Gesicht. „Herr Tilman, können Sie mich hören? Spüren Sie meine Hand?"

Er fühlt eine Hand an seinem Unterarm, einen kräftigen Druck, realisiert nicht sofort, dass der Arzt nach seinem Puls tastet. Es bedeutet eine ungeheure Kraftanstrengung, die Augenlider zu heben. Mühsam gelingt der Versuch. Das Gesicht über ihm erinnert Cedric an Glühwein, an duftende Lebkuchen, an Weihnachtszeit. Es ist verlockend, die Augenlider zu senken, sich dahintreiben zu lassen in eine ablaufende Flut.

„Er kommt zu sich!", flüstert die junge Krankenschwester an der Seite des Arztes. Sie seufzt erleichtert auf. Ihr liebes Gesicht drückt Mitgefühl aus. Im letzten Monat war sie zur Leiterin der Pathologie abkommandiert worden, obwohl sie erst kurz zuvor als schlichte Pflegerin eingestellt worden war. Sie musste aushelfen bei der diensthabenden Hexe. Auch bei Obduktionen. Eine überaus entbehrliche Erfahrung.

Der Mann im weißen Kittel setzt sein Stethoskop an, lauscht, findet eine flackernde Kerze, der Sauerstoff entzogen wird.

„Seine Zeit ist doch noch nicht gekommen?", flüstert die Schwester.

Der Arzt wirkt geistesabwesend. „Ich fürchte, mit normalen Medikamenten bekommen wir das Virus nicht in den Griff", murmelt er. „Der junge Mann will sich auf Zehenspitzen davonstehlen." Er setzt noch einmal das Stethoskop an. „Er hat jetzt wenig Angst vor dem Tod. Sterben ist oft leicht, leben oft schwer." Nachdenklich schaut er auf den Kranken. „Freund Hein will mal wieder nicht die Reihenfolge einhalten. Geben Sie mir das Kästchen dort", fordert er plötzlich mit stechendem Blick.

Die Schwester reicht ihm eine schwarze Pappschachtel. Der Silberbärtige entnimmt ihr eine Ampulle. Mit einem kaum hörbaren Klick zerbricht der dünne Glashals. Vorsichtig saugt er eine lilafarbene Flüssigkeit in den Kolben einer Spritze, hält sie prüfend gegen das Licht. Einige Tropfen treten heraus.

Langsam drückt der Arzt den Kolben herunter. „Verdammt dünne Venen."

Zeitlupenhaft wird die lila Tunke in den Arm gepresst. Sofort tritt sie ihre Reise in die Tiefe des Blutsystems an.

„Wie heißt das Medikament?", wispert die Krankenschwester.

„Es hat keinen Namen, ist in der Erprobung."

Abwartend sitzt der Arzt am Bett, die flache Hand auf der erhitzten Stirn des Sterbenskranken. Er überprüft Puls und Körpertemperatur. Nach einer Weile atmet er tief durch. Die Lippen formen sich zu einem leisen Kommentar: „In Momenten, in denen wir zu sterben scheinen, werden wir neu geboren."

„Mein Gott, bewegt sich der junge Mann schon im Grenzlicht? Geht er seinen letzten Weg?"

„Nein, das Mittel wirkt. Der Knochenmann hat ihm noch nicht den ewigen Schlaf verordnet. Er hat nicht das letzte Wort. Heute nicht."

„Herr Doktor, Sie sind plötzlich so optimistisch. Hoffentlich behalten Sie Recht", flüstert die Schwester.

Das Gesicht des Arztes wirkt blass. Tiefliegende Augen fixieren den Patienten. „Ich bin sicher. Er wird gestärkt aus dieser Krankheit hervorgehen. Das Leben hat noch einiges mit ihm vor."

Er packt Ampulle und Schachtel, verschließt die Schachtel sorgfältig und versenkt sie in der Kitteltasche. Dann erhebt er sich von der Bettkante. „Sein Vorname ist Cedric, richtig?"

Die Schwester nickt.

„Der Name kommt aus dem Keltischen und heißt so viel wie *freundlich* und *liebenswürdig*. Das passt."

XXIII

Ein roter Fleck

Ein unfreundlicher Morgen.

Der Herbst versucht, die Vergänglichkeit des Seins durch bunte Blätter zu schönen. Der Weltenschöpfer hat den seichten Himmel abgesenkt. Eine Bleistiftzeichnung. Verwaschene Nebelfetzen schaffen Zwielicht. Alles wirkt feucht und verschnupft. Die Zweige von Trauerweiden am schmalen Uferweg eines Weihers hängen müde herab. Lange Stunden hat der Nebel sein weiches Gespinst gewoben. Jetzt wogen die Schwaden in schleichender Auflösung vor sich hin. Aus diffuser Tiefe sickert ein unklares Rot, ein schemenhaft kantiger Fleck. Er büßt kurz an Kraft ein, kehrt dann gestärkt zurück.

Eine Gestalt, von nebligem Tüll eingehüllt, nähert sich dem Weiher. Tomas Tilman wandert über einen in verschmutztes Gold getauchten Teppich, herabgefallene Blätter, die sich üppig auf dem Boden des Feldweges ausgebreitet haben. Herbstlichkeit mit Fäulnisgeruch. Unter der schief ins Gesicht gezogenen Kopfbedeckung zeigen sich eingetrübte Augen und ein eselsgrauer Haarkranz. Die Zumutungen des Lebens haben das Gesicht gezeichnet. Zu wenig Aromen des Lebens genossen. Das Nullen beim Altern schreckt ihn nicht mehr.

Jede Falte wurde ehrlich erworben. Auch die Lachfalten. Nichts mittels Botox vertuscht. Tomas Tilman ist einer, der vielen wenig zu verdanken hat. Zeitig im Leben musste er lernen, Wünsche gegen Kompromisse einzutauschen. Nicht selten hat er sich durch ein Minenfeld von Missverständnissen gekämpft, trotzdem immer bemüht, sein Bestes zu geben. Im Laufe der Jahre, mit dem Heranwachsen der Söhne, hat sich mancher Traum verabschiedet, der eine oder andere neu aufgetan. Er hat nicht selten Richtungen gewählt, die ihm bequem erschienen, war zuweilen in den Fußstapfen anderer gewandert und so war es nicht verwunderlich, dass er diese nicht überholen konnte. Freilich hat er bei wichtigen Entscheidungen auch mal Honig an den Fingern gehabt. Vieles gemacht und gesehen, manches gewonnen und verloren. Einiges ausgelassen, vieles zugelassen. Ein ereignisreiches Leben.

Der Weg führt ihn zum Gewässer hin.

„Richtig, diesen Weg gab es damals schon", murmelt er und versenkt die Hände in den geräumigen Taschen seiner Joppe. Sie Finger treffen auf einen harten Gegenstand, kramen ein sperriges Handy hervor. Das unmoderne Ding vom Amadeus.

Er wollte das alte Handy längst abgemeldet haben. Hin und wieder aktiviert er es und lauscht der Ansage auf der Mailbox. „Die Nummer ist veraltet", denkt er. „Die kennt keiner mehr."

Mit dem Ärmel wischt er sich über die Augen. Dann versenkt er das unhandliche Gerät in der beuteligen Jackentasche. Der Blick wandert zurück zu dem roten Fleck, der sich im nachlassenden Streulicht als ein alter Backsteinbau zu erkennen gibt. Das Elternhaus. Schön, noch einmal dort gewesen zu sein. Der Mann nickt kaum merklich, wandert weiter, bewegt sich vorsichtig voran, wie auf glattem Schnee. An einem Steg, der das kleine Gewässer an seiner engsten Stelle überbrückt, hält er inne. Er krault sich die Stoppeln eines Dreitagebartes. Zwei leicht aufwärts gerundete Haken im Gesicht deuten auf einen zufriedenen Gemütszustand hin.

In letzter Zeit hat er oft die kleine Veranda mit der hölzernen Eingangstür vor Augen gehabt, diese knallig blau angestrichene Tür, die im Winter ständig klemmte und knarrende Geräusche von sich gab. Ein quietschendes Spektakel, damals, Anfang der Fünfziger. Er hat sich an den grün lasierten Kachelofen in dieser wohltuenden Stube erinnert, die ihre Bewohner nur mit Filzpantoffeln betreten durften. Besonders klar vor Augen die geräumige Küche, Mutters Herrschaftsbereich mit der emaillierten Spüle und den vielen abgestoßenen Stellen. Daneben der eiserne, kohlebefeuerte Herd, auf dem die Mutter das Essen und einmal in der Woche in einem gusseisernen Kessel die Wäsche erhitzte, immer kräftig darin herumpaddelnd. Dafür nutzte sie einen gigantischen Holzlöffel. Unvergesslich! Liegengelassene Erinnerungen aufsammeln. Zu einer Insel der Erinnerung reisen. Das war überfällig.

Tomas Tilman ist im Leben oft spät dran gewesen. Schon bei seiner Geburt war er unpünktlich, so als hätte er Bedenken gehabt, in diese von beginnenden Wirren des zweiten Weltkrieges beherrschte Welt hineinzuschlüpfen. Um die Hebamme bei ihrer lebenswichtigen Arbeit zu unterstützen, hatte die Großmutter einen mehrarmigen Kerzenleuchter aus dem Wohnzimmer in die Küche geschafft. Die schnelle Hausgeburt war im Schein des Kandelabers reibungslos vonstattengegangen. Das Baby wog ordentliche sieben Pfund, wie die Geburtshelferin mit Hilfe von Omas klapperiger Küchenwaage feststellte und hatte mehr Haare auf dem Kopf als der Alte heute.

„Ich bin im Laufe der Jahrzehnte über mich hinausgewachsen", pflegt er gelegentlich zu behaupten. „Meine Haare und ich gehen schon seit vielen Jahren getrennte Wege."

In der vorangegangenen Nacht ist seine Frau im Bett hochgeschreckt. Wieder einmal hatte sie von Amadeus geträumt. Sie war mit ihm am Sylter Strand spazieren gegangen, hin zu der kleinen Bucht, wo sie in früheren Urlauben das singende Geräusch von wasserumspülten, geschliffenen Kieseln vernommen hatte. Diesmal aber war ihnen eine Brandung mit anschwellendem Getöse entgegengedonnert, hatte den Sohn straucheln lassen und ins Meer gerissen. Ein längeres Gespräch war nötig gewesen, um seine Sabine zu beruhigen. Vielleicht könnte ja in den nächsten Tagen ein professioneller Traumdeuter helfen, um diese vielleicht aus göttlicher oder dämonischer Quelle stammende Botschaft zu entschlüsseln.

Tomas Tilman ist in den folgenden Stunden ein erleichternder Schlaf versagt geblieben. Übermüdet hat er am frühen Morgen die Küche betreten und eine Tasse Kaffee in sich hineingeschüttet. Da ist der Entschluss gereift, ein lang gehegtes Vorhaben in die Tat umzusetzen. Eilig hat der friedlich schlafenden Frau eine Nachricht hingekritzelt, bemüht, sie nicht zu wecken. Und Cedric? Den wollte er am nächsten Tag im

Krankenhaus besuchen. Der Anruf am Vorabend hatte wenig Anlass zur Sorge gegeben. Cedric ist schließlich ein junger, kräftiger Mann, der bisher nie mit ernsthaften Krankheiten kämpfen musste. Wenn erst die Laborwerte in der Klink ausgewertet sein würden...

Als die Schlaglöcher auf der Landstraße größer wurden, war eine bäuerliche Idylle erreicht. Auf verstaubtem Feldweg ist er zu einem ziegelroten Gebäude gewandert, neugierig und mit einem nervösen Kollern in der Magengegend, hat vor dem freundlichen, ihm immer noch vertrauten Backsteinbau verweilt. Auf dem Dach winkte nun eine Fernsehantenne. Die alten Holzfenster waren durch moderne Kunststofffenster ersetzt worden, aber sonst? Freilich, den asbest-verkleideten Hühnerstall gab es nicht mehr und auch nicht das kleine Holz-häuschen mit dem ausgesägten Herzen in der rustikalen Tür, so grob, als wären Tür und Herz mit einer Axt geschnitzt worden.

Was war das immer für ein Ereignis, wenn der Knabe - gelegentlich auch ein kleiner Freund aus der Nachbarschaft - zuschauen durfte, wenn dem Vater die Aufgabe zukam, gemeinsam mit einem Anwohner den schwabbelnd gefüllten Kübel in ein Loch in der hintersten Ecke des Gartens zu entleeren. Diese Notwendigkeit ergab sich alle vier Monate, im Sommer während der Pflaumenernte in kürzerem Abstand. Diese Arbeit erwies sich im Winter als besonders undankbar. Strenge Fröste behinderten oft die eklige Pflichterfüllung. Heute würden die Kids von einem echten Event sprechen.

Ach ja die Kids, damals waren es *Kinder*. Wie gut haben sie es heute! Zum Telefonieren, nur als Beispiel, müssen sie nicht mehr an einer Wählscheibe drehen, bis der Zeigefinger schmerzt. Oder zum Telefonhäuschen laufen und sich ärgern, wenn keine passenden Münzen parat sind. Damals ging man einfach los, überbrachte eine Nachricht persönlich. Kein Handy, kein Computer oder Tablet störte den Geist. Heute nutzen die Kids, wenn sie nicht in einem Kral geboren sind, ein komfortables Wasserklosett – Porzellan in diversen Farben, dazu saugfestes Klopapier, ein- oder mehrlagig.

Klein-Tomas musste in seiner Jugend zu jeder Tages- und Nachtzeit, bei Helligkeit und Dunkelheit, den Weg ins Freie suchen. Hin zu dem Örtchen, das man auch damals schon *still* nannte und das sich dem Nutzer im Garten anbot, nicht viel größer als eine Telefonzelle. Für das *kleine Geschäft* gab es einen emaillierten Pisspott, der unter dem Ehebett kauerte. Tante Martha sprach immer von *Nachtgeschirr.* Und dann die Innenausstattung dieses rustikalen Scheißhauses, wie die Kinder es heute noch lustvoll nennen: eine hölzerne Sitzfläche mit einem großen Loch mittendrin. Da hätte ein Kleinkind leicht hindurchfallen können, hinein in einen gewaltigen, eisernen Kübel mit zwei Henkeln, der empfangsbereit unter diesem Loch lauerte. In dem Kübel war noch wenige Jahre zuvor – im Krieg, in der Feldküche – Erbsensuppe transportiert worden.

Zuweilen hatte der Knabe Tomas länger als notwendig auf diesem Lokus ausgeharrt, hatte durch das kleine Herz in die große Welt hinausgeschaut, ist philosophischen Gedanken nachgegangen, weiße Wolken verfolgend, und hatte zugesehen, wie diese sich plötzlich in flüchtige Tiere verwandelten.

Wer mochte dieses Herz hineingesägt haben? War es mehr als ein Guckloch? Diente es etwa der elterlichen Kontrolle, um hindurchquellenden Zigarettenrauch zu orten? Zur Belüftung war es nicht gedacht. Die hatte man reichlich von unten. Warum also dieses merkwürdige Loch in Form eines muskulären Hohlorgans, eines Organs, das sich anatomisch gesehen dicht hinter dem Brustbein befindet und durch seine Pumpfunktion den Blutfluss bei Mensch und Tier in Gang hält? Gewiss, ein Herz hat zwei Hälften, Herzkammern genannt. Aber man muss schon sehr kreativ denken, um Ähnlichkeiten mit einem gewissen Körperteil unterhalb des Steißbeines zu erkennen. Allerdings, wenn wir es auf den Kopf stellen, könnte man mit einiger Phantasie durchaus…

Nein, der heranwachsende Tomas hat auch später keine sinnvolle Erklärung gefunden. Besonders Herzliches geschah schließlich nicht an diesem Ort der Notdurft. Bis auf das eine Mal. Da war der Knabe mit Anneliese, der blondnaiven Tochter eines Nachbarn, zu diesem Örtchen geschlichen. Die rohe Holztür hatte wie immer geknarrt, als der Junge sie leise öffnete und dann geschwind hinter sich zuzog. Aber keiner hatte es mitbekommen. Und bis heute Tag hat niemand davon erfahren.

Hand aufs Herz, lieber Leser, hat jemand von Ihnen schon einmal Gedanken darüber angestellt, warum in schlichte Plumpsklosetts kleine Herzen in die Holztüren gesägt wurden und weshalb diese heute noch symbolträchtige Verwendung finden? Herz gesund, wenn`s Arscherl brummt? Oder sollte es eine Signalform darstellen? *Hallo, hier ist Klo!* Egal, wenn der Kleine hindurchschaute, fühlte er sich behütet, obwohl die Bequemlichkeit durchaus zu wünschen übrigließ. Das war Händchen in Händchen mit Anneliese nicht anders.

Der Mann ist eine Weile unentschlossen vor seiner Geburtsstätte auf und ab gewandert in der Erwartung, dass jemand die Verandatür öffnen würde, um ihn mit einem fragenden Blick zur Kenntnis zu nehmen. Aber alles ist ruhig geblieben. Da ist unvermutet hinter der Häuserecke ein Hund zähnefletschend hervorgesprungen, ein nicht sehr großer, struppiger Terrier, aber immerhin groß genug, um den Alten mit abwehrend erhoben Händen zurückstolpern zu lassen. Der heranhechelnde Hund, ursprünglich dazu gezüchtet, Fuchs und Dachs aus unterirdischen Bauten zu treiben, hätte es ohne Zweifel geschafft, auch den ungebetenen Besuch davonzujagen, wäre er nicht von einem Strick immer wieder zurückgerissen worden. Ein verrosteter Eisenring an der Häuserwand, an den der Terrier mit einem starken Seil angebunden war, hat immer wieder klirrend und scheppernd gegen den Beton geschlagen. Doch auch diese Art rustikalen Klingelns hat im Haus keine Reaktion hervorgerufen. Keine Musik ist aus einem Radio erklungen, kein Klappern von Hausrat. Schließlich hat sich der Mann dem mit einem fliegenfleckigen Gitter umspannten Küchenfenster genähert und versucht, ins Innere zu schauen. Die geräumige Küche gab es noch. Die emaillierte Spüle mit den abgestoßenen Stellen und der gusseiserne, holzbefeuerte Herd waren freilich einer modernen Einrichtung gewichen.

Brennholz! Das war damals lebenswichtig. Tomas Tilman erinnert sich gut an die frühe Nachkriegszeit, als der Vater, in verschlissener Wehrmachtsuniform, den Sohn an die Hand genommen und sie sich in eisiger Winternacht mit einer schweren, größrädrigen Karre den Wald begeben hatten. Es galt, herumliegende Baumteile aufzuladen, verboten zwar, Baumfrevel. Aber Kohlen oder andere Brennstoffe waren für die meisten von den Kriegswirren erschöpften Menschen nicht verfügbar.

Das Ereignis ist dem Alten unvergesslich. Eine winterlich tief vermummte Aufsichtsperson war hinter einem Baum hervorgesprungen, als er eine Karre knarren hörte. Doch kaum hatte er das bescheidene Rangabzeichen auf der verschlissenen Uniform des herankeuchenden Mannes wahrgenommen, rief er: „Kamerad, hier entlang, die Kollegen sind am Hauptweg!" Danach war er sogar behilflich gewesen, das wuchtige Gefährt in die richtige Richtung zu bugsieren. So hatte dieses Abenteuer für Vater und Sohn einen glücklichen Ausgang genommen.

Weniger erfreulich sind seine Erinnerungen an Buchweizengrütze. Die Grütze brachte seine Mutter oft als Hauptmahlzeit auf den Tisch. Die Speisekammer war selten gefüllt, ein Kühlschrank unbezahlbarer Luxus. Er hat später oft behauptet, dass Mäuse, die sich in die Speisekammer verirrt hätten, mit verweinten Augen wieder herausgekommen wären. Gelegentlich kochte die Mutter Holunderbeeren ein, die wild und prächtig in den ländlichen Büschen und Knicks wuchsen und sich für die Anwohner zum Pflücken anboten. Wenn der Sohn erkältet war, gab es diese als Fliederbeersuppe, angereichert mit Grießklößchen. Die Klöße aß der Kleine nur widerwillig, wie auch die Buchweizengrütze.

Mit unklaren Gefühlen hat der enttäuschte Heimkehrer schließlich den unwirtlichen Ort verlassen. Ein schmerzloser Abschied für immer. An der Ecke, *Im Krug zum grünen Kranze*, hat er eine Tasse Kaffee und ein riesiges Stück Butterkuchen zu sich genommen. Dieser Gasthof existiert immer noch. Er führt auch heute noch seinen altertümlichen Namen. Dann ist Tomas Tilman auf einem der zahlreichen, holperigen Schotterwege weitergewandert, vorbei an herumliegenden Baumstämmen, an einer üppigen Wiese entlang. Dort wurden früher Rüben und Kartoffeln angepflanzt. Ihm ist Hinnerk in den Sinn gekommen, der Junge vom Bauernhof, sein damaliger kleiner Freund, der mit Mist an den Stiefeln aufgewachsen war. Diese Erinnerung hat sofort ein dickes Schmunzeln auf sein Gesicht gezaubert.

Hinnerk und die Rüben! Aus purer Langeweile hatte er damals Rüben aus einem naheliegenden Acker gerissen, um sie nach Hinnerk zu werfen. Überraschenderweise war einer der Würfe erfolgreich gewesen und Hinnerk hinkte, schmerzhaft am verlängerten Rücken getroffen, fluchend davon. Das nimmermüde Auge des um seine Rübenernte besorgten Kleinbauern, ein freudlos wirkender, bulliger Mann mit verwitterten Gesichtszügen, hatte es mitbekommen und wutschnaubend versucht, mit seinen schwieligen Händen den Knaben zu packen. Doch der Kleine war wieselflink entwischt, nach Hause hin entflohen und geschwind im Schlafzimmer unter dem elterlichen Bett verschwunden. Bald schon war der Verfolger schnaufend vor der aufgeschreckten Mutter aufgetaucht, mit brennendem Blick und den sich wiederholend herausgepressten Worten: „Wo is`r nu, wo is`r nu?"

Es kam auch vor, dass sich Hinnerks älterer Bruder Heinrich mit einigen Schulkameraden einfand. Die waren um die vierzehn Jahre alt. Einmal hatte Heinrich eine Anweisung gegeben, der niemand widersprach. „Kommt alle mit in den Knick, Pimmel zeigen!"

Die junge Bande hatte sich in Richtung Weizenacker aufgemacht und der kleine Tomas war brav mitgetrottet, hinein in die Büsche. Im Schutz der Hecken hatten die Jungs ausgepackt. Tomas Tilman kann sich gut erinnern, dass auch er schließlich das Gesuchte fand. Aber keiner der Älteren hatte sich für seinen Fund interessiert. Von denen vernahm er nur Laute wie *hmm, ah ja* oder *Dicktuer*.

Das alte Gesicht unter der schiefen Mütze hat sich aufgehellt. Das Auge weckt den Geist. Der Mann schaut über das stille Wasser des kleinen Sees, fixiert das üppig vom Rande hineinwuchernde Schilf, die tiefschwarz herausragenden Pompösel, das dichte Entenflott und abgebrochene, kaum merklich im grünschattigen Weiher schaukelnde Zweige. Wie oft hatte er hier gesessen, um mit einem kleinen Stock nach Stichlingen zu stochern. Oder um Stockenten zu beobachten, zuzuschauen, wie das schillernde Dunkelgrün auf ihren Köpfen im trüben Wasser Nahrung suchend verschwand. Gelegentlich hatte er kleine Steine nach den Enten geworfen und mit Vergnügen deren Unruhe genossen. Im Frühjahr war ein Schwan aufgetaucht, der majestätisch seine Bahnen zog. Das Tier war kohlefarben gefiedert, wie es in Europa selten vorkommt. Nur die versteckten Schwungfedern zeigten sich im Fluge in ungetrübtem Weiß. Der Schnabel am Ende des langen Halses war leuchtend rot gefärbt. Im Herbst, wenn Eichhörnchen und Igel begannen, ihr Winterquartier vorzubereiten und sich die Störche längst auf den Weg in den Süden gemacht hatten, war auch das dunkle Tier verschwunden. Der Schwan zeigte sich ein Jahr später noch einmal und der Knabe bestaunte erneut das an den Flügelrändern gekräuselte Federkleid, das schiere Hell der Schwungfedern und die erhabene Anmut in der Ruhe und in der Bewegung. Er fragte sich, wieso auch die dicksten Wassertropfen an diesem Tier so unschuldig abperlten. *Bestimmt ein verwunschener Prinz,* hatte er der blonden Liese eingeredet.

Die blonde Anneliese war zwar ein bisschen doof, hatte aber wunderbare, korkenzieherhaft gezwirbelte Zöpfe, die weit über die rundlichen Schultern hinabreichten. Hinnerk wollte immer daran ziehen und so hatte sich das Blondchen lieber Klein-Tomas zugewandt. Außerdem konnte der damals schon mit einer unordentlichen Briefmarkensammlung protzen. Aber das erklärt nur bedingt jenes Treffen in dem beherzten Häuschen.

Ach ja, die Mädchen! Was wusste der Knabe schon von diesen putzigen Wesen. Neben dem Kiosk am Zwergenbahnhof war ihm ein Magazin, achtlos in den Papierkorb geworfen, in die Hände gefallen. Mit roten Backen hatte er heimlich hinter der Bahnhofsecke darin geblättert. Es mit nach Hause zu nehmen, traute er sich nicht. Mutter hätte es schnell entdeckt. Später begnügte er sich mit Damenunterwäscheseiten aus einem der in Mode kommenden Versandhauskataloge. Und noch später…, aber zu dieser Zeit war der Junge bereits mit dem Vater in eine andere Stadt gezogen. Die Mutter ist früh gestorben. Sie starb schnell und unerwartet. Da hatte ihr immer schon schwächelndes Herz dauerhaft ausgesetzt. Aber schnell und ohne Schmerzen zu sterben, kann das nicht eine Gnade sein?

Tomas Tilman verfällt ins Grübeln. Sanft und schnell sterben? Das hat was. Es muss ja nicht so zeitig sein. Bedächtig bewegt er sich voran. Nur noch wenige Schritte bis zum vertrauten Holzsteg. Aus dem Pflanzengewucher am Treppenaufgang schimmert ihm ein verwittertes Blechschild entgegen. *Betreten auf eigene Gefahr. Eltern haften für ihre Kinder. Der Bürgermeister.* Das Schild war damals aufgestellt worden, nachdem Anneliese beim Kriegen spielen vom Steg geplumpst war und beinahe ertrunken wäre. Glücklicherweise war der Teich nicht sonderlich tief und so hatte das herumplanschende Blondinchen plötzlich Boden unter den Füßen gefunden, japsend nach Luft, mit erschreckt aufgerissenen Kinderaugen, die gezwirbelten Zöpfe in den Teich getunkt. Was für herrliche Kindheitserinnerungen!

Der kleine See dämmert vor sich hin. Der Mann tritt an den verbrauchten Steg. Das hölzerne Geländer ist in Teilen weggebrochen. Alles hat seine Zeit. Nichts ist für die Ewigkeit. Allenfalls die Seele. Der Holzweg wirkt vertraut, aber wenig vertrauenerweckend. Er überwindet die erste beschädigte Stufe mit einem geräumigen Schritt. Ertrinken kann man hier kaum, das hat ihm die wackere Liese damals bewiesen. Und daran hat sich nichts geändert. Erinnerungen rotieren. Schmunzelnd macht er seine ersten, tastenden Schritte. Die Bohlen-bretter knarzen. In der Mitte des Stegs hält er inne. Ach ja, hier hat er oft mit Hinnerk gestanden, bevor er Rüben nach ihm warf. Langsam bewegt sich Tomas Tilman auf das Brückenende zu. Dort lädt ihn eine verwitterte Parkbank zum Verbleiben ein.

„Komm her müder Mann und setz dich", flüstert die Bank. Der Mann ist bereit, die Einladung anzunehmen.

Der Tag hat sein freundliches, helles Gesicht verborgen. Auch der Wind hat sich eine Auszeit genommen, ist nur noch als Hauch spürbar und hat die Oberfläche des kleinen Sees in eine großflächige Gänsehaut verwandelt. Winzige kräuselnde Schauer. Am Rande des Sees stößt ein Jugendlicher mit einem freundlich vertrauten Schülergesicht eine Konservendose durch die Natur und scheucht eine Krähe auf. In seiner Behäbigkeit wirkt der Junge gemütlich. Das Scheppern ist dem in die Jahre gekommenen Vater nicht fremd. Welches Kind besaß zu seiner Zeit schon einen Fußball. Und auch der Junge weckt Erinnerungen.

Mit dem Wollschal wischt er gilbende Blätter von der maroden Parkbank und hockt sich hin. Vorsichtig schiebt er die Füße in einen Blätterhaufen, den ihm der alternde Herbst vor die Füße geworfen hat. Totes Laub, nackte Zweige am Rosenbusch hinter seinem Rücken. Einem der dornigen Zweige ist eine Blüte entsprungen. Das späte Röschen zaubert einen Hauch von Juni in den sterbenden Oktober. Diffuses Licht mildern das orangefarbene Leuchten.

Der Mann reckt den Kopf, um letzte Sonnenstrahlen einzufangen. „Wende dein Gesicht der Sonne zu, dann fallen die Schatten hinter dich", pflegte der Großvater zu sagen, wenn der Bub schlechte Laune verbreitete.

Absonderliche Ruhe liegt über dem Gewässer. Die Bäume rühren kein Blatt. Nur ein blechernes Scheppern ist zu vernehmen. Mit der Hand die Augen beschattend hockt Tomas Tilman auf der Bank, fixiert noch einmal den kantig roten Fleck und versucht, in dem kompakten Rot das Elternhaus wahrzunehmen.

Die oktoberfarbene Eiche am Teich hat schon vor vielen Jahrzehnten Wurzeln geschlagen. Ruhig steht sie da und laubt leise vor sich hin. Die Augen des Mannes wandern den mächtigen Stamm aufwärts und versuchen, das Dickicht des Astwerks zu durchdringen. Das Zwielicht ermüdet ihn. Die kräftigen Verzweigungen erinnern ihn an das Gewirr der Gleise am Hauptbahnhof. Als Kind ist oft zur nahen Brücke gegangen, um abfahrenden Zügen nachzuschauen. Er hat damals sich gefragt, ob die zahlreichen Weichen richtig gestellt waren. Jetzt verfolgen matte Augen den Weg über kräftige Äste hin zu Gabelungen, zu immer schlanker werdenden Ästen, die wie zufällig ihren Weg suchen und sich ständig verjüngen.

„Auch ein Lebensweg", denkt der Alte. „Doch was ist, wenn die Eiche altersschwach und krank wird?", sinniert er. „Wenn dieser betagte Laubbaum seine Kraft verliert, umzustürzen droht und gefällt werden muss. Dann ist auch für alle jungen Triebe und frischen Blätter das Ende unausweichlich! Doch bis dahin schmückt sich der alternde Baum immer wieder mit unverbrauchten Zweigen, Knospen und Blüten."

Unerwartet schnell hat die Dämmerung eingesetzt. Es ist kalt geworden. Er spürt, wie ihn die Müdigkeit einholt. Seit dem frühen Morgen hat er einen weiten Weg zurückgelegt. Fröstelnd presst er die warme Joppe an sich und vergräbt die Hände in den beuteligen Taschen. Seine Finger ertasten das alte Handy. Er tippt auf den Tasten herum und erwischt die Mailbox.

„Hallo, hier ist Amadeus. Bin gleich für Sie da, aber momentan zu beschäftigt. Meine Blechsekretärin wird sich inzwischen um Sie kümmern."

Eine lichte Erinnerung an einem trüben Tag und ein lieber Gedanke an den verstorbenen Sohn.

Mit unsicherem Lächeln lehnt sich der Vater zurück. „Ich darf nicht vergessen, der Sabine diese Ansage vorzuspielen", ermahnt er sich. Er weiß, dass er ihr damit eine besondere Freude machen wird, denn sie hat große Angst, den Klang seiner Stimme zu vergessen.

Die Augen brennen. Das Zwielicht quält ihn. „Was ist mit Cedric?" sinniert er mit geschlossenen Augen. Der Sohn ist ein Kopf, clever, gesund und kräftig. Der geht seinen Weg. Aber wird er irgendwann eine Familie gründen, auch wenn es im Augenblick nicht so ausschaut? Wird er den Familiennamen erhalten?

„Morgen ist auch noch ein Tag. Dann werde ich ihn besuchen, ihm Mut machen. Wenn er wieder genesen ist, werde ich noch aufmerksamer auf kleine Signale achten, versuchen, so viel Zeit wie möglich mit ihm zu verbringen, ihm ein verständnisvoller Vater sein."

Der Jugendliche mit dem freundlichen Schülergesicht nähert sich. Er kickt immer noch die verbeulte Dose vor sich her. Ein missratener Stoß befördert das Blech vor die Füße des Alten, der mit gesenktem Kopf zurückgelehnt auf der Parkbank sitzt.

„Entschuldigung, ich wollte nicht stören. Das habe ich nicht gewollt."

Tomas Tilman antwortet nicht. Die späte Blüte im Dornenbusch hat den kleinen Kopf eingezogen und sich in die Knospe zurückbegeben. Der Junge bückt sich nach der Blechdose, wendet den Kopf hinauf zum Alten und schaut ihm unter die schief sitzende Mütze. Er kann erkennen, dass er die Augen geschlossen hält.

„Na gut", denkt der Bub und klaubt vorsichtig das zerbeulte Blech auf. „Soll er doch ruhig schlafen."

Schlaf und Tod sind enge Verwandte.

XXIV

Ein Geburtstag

Zwanzig Jahre später.

Der Eichentisch im behaglich eingerichteten Wohnzimmer der kleinen Etagenwohnung ist mit geblümtem Kaffeegeschirr eingedeckt. Mittendrin ein Strauß orangefarbener Rosen und eine liebevoll dekorierte Marzipantorte. Auf ihr prangt in großen Ziffern eine goldfarbene *80*.

Auf einer Anrichte vibriert ein Smartphone. Es intoniert die alte Volksweise *Horch was kommt von draußen rein, hollahi, hollaho*. Doch im Augenblick horcht niemand. Neben dem Handy steht ein Foto in einem Silberrahmen. Es zeigt einen lächelnden jungen Mann mit einem Tennisschläger in den Händen. Die linke obere Ecke des Fotorahmens bedeckt ein schmaler Trauerflor. Durch das geöffnete Fenster strömt frische Luft ins Wohnzimmer. In der Ferne heult eine Polizeisirene, laut und anhaltend, kurz danach eine zweite. In der Wohnstube ist der musikalische Klingelton verstummt.

Die Badezimmertür öffnet sich. Sabine Tilman, dezent geschminkt, schlurft heraus. Sie streicht noch einmal über die silbrig ergrauten Haare, richtet das dunkle Kleid und begibt sich an die lieb gedeckte Kaffeetafel. Sie korrigiert die Lage von zwei Kuchengabeln. Vorsichtig zurrt sie an der Tischdecke, um eine unsichtbare Falte zu beseitigen. Ihr Blick streift über das Foto mit dem Trauerflor: Amadeus, der Sohn. Sanft berühren die Finger das Foto. Das tut sie täglich, auch wenn der tödliche Unfall viele Jahrzehnte zurückliegt. Die Zeit heilt alle Wunden - sagt man. Das behaupten Leute, die nicht von derartigen Schicksalsschlägen heimgesucht wurden. Denn oft heilen allenfalls die Wundränder. Da helfen auch keine gutgemeinten Ratschläge. *Wer nicht gleiches erfahren hat, der soll mir keinen Rat geben*, wusste schon Sophokles.

„Ach ja, wen Gott liebt, den holt er sich zuerst", seufzt sie, nimmt ihr Handy von der Anrichte, um ihren Ohrensessel am Fenster aufzusuchen. Meist klingelt das Ding ja immer dann, wenn man es nicht zur Hand hat, wenn man gerade auf einer Trittleiter steht, in der Badewanne hockt, oder... Sie sinkt in die Polster und betätigt einen Hebel. Die Rückenlehne fährt automatisch in eine angenehme Rückwärtsposition. Dieses plüschige Möbelstück ist in den letzten Jahren zu Sabine Tilmans Lieblingsplatz geworden. Oft hockt sie stundenlang in dem behaglichen Sessel, mit ausgestreckten Beinen und aufgelehnten Armen, strickt, liest ein Buch oder die Tageszeitung und schlägt mit der Zeitung auch schon mal nach einer Fliege. Oft schlägt sie auch nur die Zeit tot und schaut nur zum Fenster hinaus, hinaus in die Natur.

Das mobile Telefon, das Plapperkästchen, wie sie es nennt, gibt erneut Volksmusik von sich.

„Ja bitte?"

„Hallo Omili, wie geht es dir? Ich möchte dir meine besten Glückwünsche zum Achtzigsten übermitteln. Und besser als *beste Wünsche* geht nicht. Auf dass du noch den Hundertsten erlebst."

„Ach Julian, schön, dass du dich meldest. Aber übertreib nicht immer so!"

„Dann also erst mal auf die nächsten zehn Jahre, Omili. Dein Lebensweg befindet sich noch lange nicht in der Sackgasse."

„Julian Semmling, du sollst doch nicht so übertreiben! Ich denke von Woche zu Woche, vielleicht von Monat zu Monat. Ja gut, um ehrlich zu sein, ganz selten denke ich auch mal ein Jahr voraus. Hätte nie gedacht, dass ich überhaupt einmal so alt werde."

„Und das, ohne dabei richtig alt zu werden. Super Omili!"

„Schleimer!"

„Bin doch keine Nacktschnecke, Omili! Was ich noch sagen wollte, ich hatte ja heute vor, dich gemeinsam mit Mama und Papa zu besuchen, aber ich will meine Mannschaft nicht im Stich lassen. Muss kurzfristig für einen Freund einspringen. Wichtiges Medenspiel in unserem Tennisclub. Bin etwas in Eile."

„Das kann ich alte Frau gutverstehen. Dann also viel Erfolg."

„Danke, liebe alte Frau. Ich schaue morgen vorbei, in Ordnung? Morgen ist ja auch noch ein Tag, wie man so richtig sagt. Da habe ich mehr Zeit. Kann ich mal den Papa sprechen? Hat er dir schon von seinem neuen Sportwagen erzählt und wie flott er ihn einfahren will? Er wollte es auf der Schnellstraße mal richtig krachen lassen."

„Ich freue mich, wenn du morgen wieder vorbeischaust. Äh, nein, der Cedric und deine Mutter sind noch nicht da. Die müssen dann wohl jeden Augenblick eintreffen. Eine leckere Marzipantorte wartet auf sie. Auch auf dich natürlich, Julian. Die magst du ja so gerne. Ich werde ein besonders großes Stück für dich aufbewahren."

„Das ist lieb. Dann also bis morgen, Omili. Mein Teamkollege scharrt schon mit den Hufen. Wir müssen los."

Die alte Frau drückt die Austaste ihres Handys und lehnt sich zufrieden zurück. Julian ist ihr einziger Enkel. „Schön, dass es ihn gibt", denkt sie. „Den hat der Cedric mit seiner Frau prima hinbekommen."

Cedric war stets eine wohltuende Stütze. Und der Julian bereitet *Omili* immer wieder besondere Freude. Davon hat sie nicht mehr viel.

„Nun also achtzig Jahre", sinniert sie und rekelt sich in ihrem komfortablen Sitzmöbel. „Kaum hat man richtig Luft geholt, da ist schon wieder ein Jahr vorbei."

Vor einigen Wochen war sie in ihrem Ohrensessel mit den wunderbar breiten Armlehnen in eine äußerst prekäre Situation geraten. Sie hatte das Rückenteil ausgefahren, in die volle Liegeposition, wollte dann zurück, aber die Elektrik streikte! Verzweifelt hatte sie mit Armen und Beinen gerudert, um sich aus dem plüschigen Gefängnis herauszuwinden. Aber trotz größter Anstrengung war es ihr nicht gelungen, aus dem Sitzmöbel herauszukommen. Sie fühlte sich hilflos wie ein auf den Rücken liegender Marienkäfer. Eine Weile hatte sie die Decke angestarrt und sich vorgestellt, wie es sein würde, wenn sie lange Zeit in dieser Position ausharren müsste, das

Plapperkästchen nicht griffbereit und auch die Wasserkaraffe auf dem Beistelltisch zu weit entfernt. Womöglich tagelang ausharren müssen bis zum bitteren Ende? Dann war plötzlich das Smartphone auf der Anrichte aktiv geworden. In einem neuerlichen Aufstehversuch hatte sie die Beine in die Höhe geworfen und einen kuriosen Schwung zustande gebracht. Beim *hollahi, hollaho* des Klingeltones war sie unversehens auf der Sitzkante gelandet und beinahe vornüber auf den abgelebten Perserteppich gestürzt. Die Puste hatte noch ausgereicht, um laut *Scheiß Technik* zu rufen.

Der Humor war schnell zurückgekehrt. Sie hatte gedacht: „Wenn das eben am Telefon die Schwiegertochter gewesen sein sollte, wird sie gewiss denken, dass die Alte nun auch noch schwerhörig geworden ist."

Am nächsten Tag war sie sich mit ihrer Nachbarin Alma Scheefuß, eine ebenfalls hochbetagte Dame, mit der sie schon seit vielen Jahren locker befreundet ist, zu einem Kaffee-Cognac zusammengekommen. Am Ende wurde es Cognac mit Kaffee. Als die beiden Alten das böse Missgeschick vom Vortag diskutierten, hatte die Achtzigjährige mit dem Finger zum Himmel gezeigt und gesagt: „Der wollte mich noch nicht haben. Zuerst holt er sich doch immer die Besten."

Nach einem weiteren Cognac hatten die beiden galgenhumorig einen tödlichen Ausgang im Komfortsessel diskutiert, herumgeblödelt wie kleine Kinder und über mögliche Schlagzeilen in der Regenbogenpresse spekuliert. Alma Scheefuß hatte die Vermutung geäußert, dass dann gewiss auf *Seite Eins* verschiedener Boulevardblätter ein Riesenfoto des Schlafsessels abgebildet worden wäre - aus Gründen der Pietät *gewiss ohne die Mumie,* wie sich die Nachbarin ausdrückte, jedoch mit dem Hinweis, dass eine emsige Lübecker Staatsanwaltschaft inzwischen wegen unterlassener Hilfeleistung Anzeige gegen Unbekannt erstattet hätte. Danach war eine lange Pause eingetreten, fast einen Cognac lang. Den beiden war das Makabre der Situation erst jetzt richtig bewusstgeworden. Schließlich hatte Alma Scheefuß das grüblerische Schweigen beendet und bekräftigt, dass jeder Mensch irgendwann Besuch vom Gevatter Tod bekäme, der dann hart und erbarmungslos seine scharfe Sichel schwinge.

„Sense, nicht Sichel", hatte Sabine Tilman vorsichtig zu korrigieren versucht.

„Schietegal wie das dumme Ding heißt!" hatte die Nachbarin gebrummt. „Möge dessen tödlicher Schwung kurzen Prozess mit uns machen, wenn es denn mal soweit ist. Kein endloses Dahinsiechen. Wenn schon, dann bitte eine kurze Leidenszeit. Der …Sensenschwinger würde dann fast ein menschliches Gesicht zeigen, nicht wahr Frau Tilman? So wie es vor einigen Jahren ihrem lieben Mann ergangen ist. Auch wenn es gewiss zu früh war."

Die Frau hatte still genickt. Ja, es war zu früh gewesen. Und erst beim Amadeus! Amadeus, ein wundervoller Name, in welchem sich Liebe und Gott vereint haben.

„Ach Frau Tilman. Weshalb wurde der Amadeus nur so schnell abberufen? Trug er vielleicht eine schlimme Krankheit in sich? Und ist ein langes Leben immer wünschenswert? Der alte Sokrates soll sich gefragt haben, ob der Tod nicht das größte Geschenk für den Menschen ist."

„Kann sein, liebe Frau Scheefuß. Ich habe in meinem Leben oft herumphilosophiert. Sprechen wir dem Tod nicht eine falsche Autorität zu? Ist ER es denn, der unser Ende bestimmt? Oder ist er nur ein Pförtner, der bereitsteht, um uns in Empfang zu nehmen. Der Tod ist doch weder böse noch gut. Er ist gegenwärtig, wenn unsere letzten Organe versagen. Ja, das ist es doch! Er könnte ein Petrus sein, der uns mit einem besonderen Schlüssel erwartet, um die Pforte in ein unbekanntes Land zu öffnen, um uns eine neue Wohnung zu zeigen."

Diese Sätze waren wie ein Schlusswort gewesen. Mit dem Versprechen, sich von nun an jeden Morgen nach dem Wohlergehen der anderen zu erkundigen, hatte die Nachbarin schließlich mit onduliertem Gang den Rückweg zu ihrer Wohnung angetreten.

Sabine Tilman erhebt sich schwerfällig aus dem Sessel. Sie bewegt sich in letzter Zeit oft recht kurzatmig. Besonders das Treppensteigen fällt ihr zunehmend schwerer. Jetzt muss sie einen leichten Schwindel abschütteln.

„Mein Cedric müsste mit der Schwiegertochter doch längst hier sein", denkt sie. „Aber die Türklingel ist doch stumm geblieben!"

Die alte Frau steht vor dem properen Büfett und schaut auf Foto mit dem Trauerflor. Vorsichtig streicht sie noch einmal über das schützende Glas. Da ist ja Gott sei Dank noch der Cedric. Und der Julian.

„Amadeus, Amadeus. Die Besten immer zuerst.", murmelt sie, stellt den Fotorahmen zurück, greift sich das *Sabbelkästchen* und schlurft zum Fenster. Aufgestützt auf die Fensterbank atmet sie tief ein, genießt ausgiebig die frische Luft. Ihre getrübten Augen durchforschen den Horizont. Das dahindämmernde Licht lässt die Natur in schwachem Silber schimmern. Im Westen bemerkt sie einen hell funkelnden Stern.

„Hallo Amadeus, da bist du ja wieder. Und du leuchtest wieder so strahlend. Schön, dass du dich an meinem Geburtstag blicken lässt."

Tief atmend nimmt sie die hereinquellende Frische in sich auf. Nach Amadeus` Tod hatte sie gehofft, einem frühen Ende entgegenzugehen und geglaubt, ihn dann in einer anderen Welt wiederzutreffen. Ihn wiederzusehen, darauf hofft sie täglich.

Ein überraschendes *Horch was kommt von draußen rein...* lässt sie am Fenster zusammenzucken. Das ist gewiss der Cedric! Verspätet er sich noch weiter?

„Ja, Cedric?"

Eine dunkle Stimme meldet sich. „Entschuldigung Sie, spreche ich mit der Frau Resi Tilman? Hier spricht Polizeimeister Lomeyer. Ich habe Ihren Sohn..."

„Nein!" Entsetzt schreit die alte Dame auf. „Nein, nicht auch noch der Cedric!"

„Frau Tilman, hallo, wir haben Ihren Sohn vorsorglich ins Krankenhaus..., Frau Tilman?"

Die Achtzigjährige hört die Worte nicht mehr. Ihr ist das mobile Telefon aus der Hand gefallen. Es poltert auf die Fensterbank, prallt ab, stürzt drei Stockwerke tief hinunter. Instinktiv beugt sie sich über die Brüstung, um den Sturz des Handys zu verfolgen, hört, wie das Gerät auf dem harten Asphalt aufschlägt. Sie beugt sich noch weiter vor.

Wenn ein Kind stirbt,
dann geht ein Stück aus deinem Herzen.

(aus Persien)

Ferner im BoD-Verlag erschienen:

Oh je – ein Golfspieler!
Golfer im Zerrspiegel (Stories, Glossen, Typen),
mit zahlreichen Illustrationen von H. Neumer,
104 Seiten

Häuschen mit Herz...
Unterhaltsame Kurzgeschichten,
156 Seiten

Bereit für ein Lächeln?
Besuch in einer Verse-Schmiede (frisch, unfromm,
fröhlich, frei),
100 Seiten
Privatedition